현대시와 골룸의 언어들

허혜정 許惠貞

1966년 경남 산청에서 태어났다. 1987년『한국문학』신인상에 시가 당선되어 시작 활동을, 1995년『현대시』와 1998년『중앙일보』신춘문예에 평론이 당선되어 평론 활동을 시작했다. 시집으로『비 속에도 나비가 오나』『적들을 위한 서정시』, 평론집으로『에로틱 아우라』, 학술서로『현대시론』(전2권)『처용가와 현대의 문화산업』『혁신과 근원의 자리』『멀티미디어 시대의 시창작』『시 창작이란 무엇인가』(공저)『시를 써야 시가 되느니라』(공저)『초판본 서정주 시선』『초판본 박영희 평론선』등이 있다. 2010년 젊은 평론가상, 2014년 동국문학상을 받았다.『천년의 시작』『시와 사상』『서정시학』『시인수첩』및 국학자료원 편집위원, 한국시인협회 사무총장 등을 역임했다. 현재 숭실사이버대학교 방송문예창작학과 교수로 재직하고 있다.

현대시와 골룸의 언어들

초판 인쇄 · 2016년 3월 10일
초판 발행 · 2016년 3월 20일

지은이 · 허혜정
펴낸이 · 한봉숙
펴낸곳 · 푸른사상사

주간 · 맹문재 | 편집 · 지순이, 김선도 | 교정 · 김수란
등록 · 1999년 7월 8일 제2-2876호
주소 · 서울시 중구 충무로 29(초동) 아시아미디어타워 502호
대표전화 · 02) 2268-8706~7 | 팩시밀리 · 02) 2268-8708
이메일 · prun21c@hanmail.net
홈페이지 · http://www.prun21c.com

ⓒ 허혜정, 2016
ISBN 979-11-308-0613-6 93810
값 28,000원

푸른사상
평론선

27

Critics on Korean Contemporary Poetry :
Portraits of Gollum's Agony

현대시와
골룸의 언어들

허혜정

푸른사상
PRUNSASANG

이 도서의 국립중앙도서관 출판예정도서목록(CIP)은 서지정보유통지원시스템 홈페이지(http://seoji.nl.go.kr)와 국가자료공동목록시스템(http://www.nl.go.kr/kolisnet)에서 이용하실 수 있습니다.(CIP제어번호: CIP2016004390)

'골룸의 언어들'을 위하여

돌이켜보면 1980년대에 나는 강남의 한 여고에서 민중시에 빠져든 유별난 여고생이었다. 그 시절 나는 종종 아버지의 서가에서 가장 커다란 부피를 차지하고 있던 창비 전집을 꺼내 읽었다. 점차 나는 문학의 정치적인 감각에 빠져들었다. 하지만 정치적 구호가 난무하던 대학에 입학해서 내가 처음으로 수강해야했던 비평론의 교재는 아이러니하게도 웰렉과 워렌의 『문학이론』이었다. 신비평의 출현 이후 더욱 첨예하게 대립했던 두 개의 관점, 이를테면 작품을 역사적 공간 속에서 바라볼 것인가 아니면 텍스트 자체만을 다룰 것인가 하는 문제는 내가 고민했던 최초의 비평적 질문이었다. 물론 이 두 갈래의 관점은 온갖 지류를 타고 전개된 이론들 속에서 1980년대부터 지금까지 한국문학에 많은 설득력 있는 해석을 제공해왔다. 대학시절까지만 해도 나는 한국의 많은 사회문제와 얽혀있는 문학적 표현들에 주목했고, 정치적이고 역사적인 감각이 문학에 있어 가장 중요한 것이라고 확고히 믿어왔다. 그리고 1987년 시민혁명이 일어나던 그 해, 박종철 사건을 테마로 한 정치적인 시 「귀무덤」으로 시단에 데뷔했다.

하지만 지금 나는 시를 예전같은 스타일로 쓰지 않는다. 공부가 진행되어 갈수록 나는 문학과 시대를 바라보는 다른 방식, 다른 시간의 프레임을 생각하게 되었다. 문학사에도 십 년이 아니라 백 년쯤, 때로는 그보다 큰 프레임이 있다. 봄, 여름, 가을, 겨울 같은 자연의 순환주기도 있고, 그보다 더 큰 인류학과 과학적 주기, 혹은 '겁'이라는 어마어마한 종교적 시간관념도 있다. 문학작품이 한 시대를 지배하는 권력, 제도, 이념 등과 연관되어 있는 것 이상으로 문학은 인류가 상속해온 상상력과 꿈, 거대한 인식의 지층과도 연관되어 있다. 김욱동 교수의 『광장을 읽는 일곱 가지 방법』에는 내가 대학원 시절 남긴 노트가 있다. 왜 한꺼번에 읽을 수는 없는 것일까? 작품을 보다 전체적으로 읽어낼 수 있는 나만의 방법론을 가질 수는 없을까? 그러한 방법론을 찾기 위해 나는 때로는 동양시론으로, 구조주의로, 신역사주의로, 여성주의로, 심리분석으로, 내가 공부했던 모든 접근법을 동원해 비평을 시도해보곤 했다. 많은 이들이 알고 있겠지만, 평단에 입문했던 1990년대 중후반에 나는 거대한 시간의 프레임을 가진 신화와 종교, 에로티즘의 감각으로 가장 시대적인 시를 검토해보려는 비평적 도전을 했다. 문명비판시, 도시시, 그런 식의 논의가 가득하던 시기, 나는 나만의 선명한 각도로 적지 않은 평론을 썼는데, 그때 쓴 글들 중의 작은 일부는 첫 평론집인 『에로틱 아우라』에 수록되었다.

어쨌든 나의 비평이 편리한 이론의 기계를 돌리지 않고, 무언가 좀 바깥으로 튕겨져 나간 까닭은 대단히 명쾌하고 작품을 분석하는 데는 효율적인 각각의 이론들이, 작품을 해독하는 데는 무언가가 부족하다는 느낌을 지울 수 없었기 때문이다. 그러한 아쉬움을 안고 어떻게 해야 제대로 된 비평을 쓸 수 있을까를 끝없이 질문해오던 내게 톨킨의 『반지의 제왕』이 던져준 충격을 잊을 수 없다. 판타지물이지만 지극히 역사적으로 느껴

현대시와 골룸의 언어들

겼던 그 작품에는 인류사회의 오랜 원동력이었던 도덕적 추진력을 분쇄시킨 현대의 악에 대한 근원적 탐구가 담겨 있었다. 언제든 악마로 돌변할 수 있는 존재의 탐욕과 악의 기류에 대한 강렬한 고발이 인상적이었던 그 작품에서 놀랍게 느껴진 것은, 그 책에 부록처럼 덧붙여진 연표였다. 그 거대한 시간의 프레임에 나는 강렬한 매혹을 느꼈다. 요정과 인간, 호빗과 난쟁이같은 부족들의 기나긴 역사는 존재의 다면적인 초상을 비춰주는 놀라운 신화적 감각을 품고 있었다. 『반지의 제왕』은 과연 문학적 현실이란 무엇인가? 라는 질문을 다시 던지게 했다. 그 작품은 종교, 역사, 신화, 언어학 이 모든 것을 삼켜버린 거대한 서사였다. 비록 판타지는 한국문단에서 주류로 취급하지 않는 장르지만, 이미 20세기 서구문학의 정전으로 확고히 자리잡고 있는 그 훌륭한 작품을 통해 나는, 한 시대의 서사로만 국한시킬 수 없는 강력한 상상력의 힘을 현대의 한국문학이 다소 결여하고 있음을 느꼈다.

사실 이 작품을 읽기 전에도 나는 인간의 꿈과 맥박을 느끼게 하는, 사회공동체의 표현일 수 있는 신화적 상상력 같은 것을 통해 작품을 읽으려 노력하기도 했고, 시의 경우도 마찬가지였다. 나는 생태시, 정신주의시, 극서정시 등등으로 범주화된 어떤 유형의 시들만을 특별히 사랑하진 않았다. 오히려 수많은 비평문을 써오면서 그러한 명명을 가능케 한 이론이나 태도의 한계를 느껴왔다고 해야 옳을 것이다. 나는 시에서 파편으로 튕겨나간 것들, 인간의 꿈이 생산해낸 모든 것을 문학의 이름으로 되찾고 싶었다. 현대시의 난폭한 말부림들 속에서도 충분히 인간의 꿈을 펼쳐낼 수 있는 말들을 사랑했기에, 마음과 영혼, 철학적이고 인간적인 가치들을 소홀히 하고 싶지 않았다.

시간이 지날수록 나는 현대예술에서 가장 중요하게 다루어져야 할 문제가 '삶'에 대한 감각이라는 것을 깨달아가고 있다. 우리는 세계가 삶이라고 주입한 생존의 방식들을 위해 자신의 마음과 영혼을 파괴하고, 권력과 자본을 얻기 위해 대립과 갈등의 질서를 따라간다. 버겁게 가동되는 세계를 견뎌내기 위해 우리는 서로에게 냉담한 이방인이 되어가며, 서로를 짓밟고 배신한다. 이러한 현실의 문법에 대입해보면 '반지'는 자신의 권력 확장을 위해 사용되는 모든 관념의 총체일 뿐만 아니라 인류가 경험해보지 못한 극단적 폭력 속으로 말려들게 하는 문명 그 자체의 메커니즘으로도 해석될 수 있다. 하지만 오늘날 반지의 힘은 철저히 시스템 속으로 스며들어 보이지 않는다. 자연과 인간의 소중한 꿈을 약탈하면서도 아무것도 반성하지 않는 세계 속에 사우론은 편재한다. 이러한 장소와 시대를 예민하게 감지하듯 산산이 부서져간 현대시의 형상들은 정치만으로는, 문화만으로는, 역사만으로는 설명할 수 없는 어떤 위협적인 기류에 대항해온 거대한 싸움의 한 부분이다.

『반지의 제왕』에 등장하는 '오크'처럼 세계의 복사물인 클론으로 존재하는 말들은 결코 시가 아니다. 시는 인간의 삶과 의식을 영토화하는 의미들에 맞서, 특히 자본주의에 코드화되어 있는 교환의 언어에 길들여지길 거부하며 역사 이래로 인간의 상상과 꿈을 상속하는 언어로 존재해왔다. 때로는 사회체를 규정하는 권력의 언어에 맞서, 그 사회체를 파괴시킬 가능성을 지니고 있는 자연어로서, 기형적인 세계를 축조해온 인간정신 그 자체에 대한 통찰을 간직해왔다. 개인 뿐만 아니라 세대와 집단을 제물로 호명하는 의미의 '개복'을 통해 시대와 존재가 결여하고 있는 존귀한 가치들을 제시하기도 했다. 나는 현대시인들이 추구하고 있는 인간적인 비전을 단지 시대적인 언어로만 격하시키고 싶지 않다. 표현의 장치와 메시지가 어떠하든 시인의 언어는 궁극적으로 인간 정체성의 뿌리를 재발견하려는 노력이고, 우리가 살아가고 있는 시대의 복사물이 아니라 의미 있는 현실을 생산해 내려는 강력한 의지의 소산이다. 비평이 지식이나 사회의 도그마가 아니라 문학이 바라보는 가치들에 주목하는 것은 보람된 일이다. 문학의 비전을 해독하고, 실제적인 작품 생산을 자극하고, 어떤 가치를 가져올까를 고민하기 위해서 말이다. 비평에서 신념과 비전의 결핍은 결코 작은 문제가 아니다. 비평은 언제든 자신의 이론적 도그마를 벗어나 작품이 제시하는 진실을 설명하고 해석할 준비가 되어 있어야 한다. 그런 해독을 기피하고 전망을 모색하는 것을 두려워하는 것은 오늘날 비평의 커다란 한계다.

이러한 현실에서 또 한 권의 비평집을 꾸리며 문득 나는 골룸의 얼굴을 떠올려 본다. 골룸은 본래 자연인으로 살아가는 지혜로운 호빗족이었다. 하지만 그는 반지의 힘에 의해 오염되고 일그러진 괴물처럼 변화한다. 이제 골룸은 당신의 언어이고, 나의 언어이고, 현대시의 언어이고 비평의 언어이다. 착한 스미골과 나쁜 스미골, 탐욕과 좌절, 후회와 갈등으로 얼룩진 골룸의 언어는 어두운 욕망에 오염된 개인의 서사임과 동시에 집단의 서사다. 골룸의 언어들은, 끊임없이 서정시의 존재 근거를 의심하며 자신을 파괴하고 재정의하려는 실험시의 표정을 떠올리게도 한다. 호빗족으로 살아갔던 스미골이 완전한 미적 질서와 조화, 공감의 언어를 추구해온 서정시의 모습이라면, 자기혐오에 빠진 골룸은 자신을 부수고 일그러뜨려야만 했던 현대시의 형상들을 시사한다.

하지만 골룸이 꼭 화산에 떨어져 죽어야만 했을까. 그의 본모습을 되찾을 수는 없었을까. 지금이라면 가능할까? 비록 작품 『반지의 제왕』 속에서는 그것이 불가능했지만 언젠가는 그렇게 될 수 있으리라고 믿는다. 극악한 세상의 혼란이 호빗족에게 험난한 여행을 가능케 했듯이, 우리 시대의 언어에 가해지는 부정적인 힘들은 영원한 시의 쇄신을 가능케 할 것이기 때문이다. 그렇다면 서정시가 상실한 것은 무엇이고 추구하는 것은 무엇인가. 그런 질문을 담고 있는 『현대시와 골룸의 언어들』은 서정의 언어를 구하면서도 그것에 쉽게 다가갈 수 없는 우리 시대 현대시의 절망과 실험들에 대한 비판적 점검이다.

그간 어지럽게 쌓여가던 글들 중 일부를 추려본다. 감사하게도 맹문재 선배의 도움으로 나의 비평은 오랜 동안 묶여 있던 파일 속에서 지극히 일부분이나마 풀려나오게 되었다. 내가 너무 게으른 탓에 많은 글들이 시간 속에 낡아가고 버려지는 것을 그대로 지켜보고만 있었던 것처럼 나는 이미 두 해 전에 도착했던 이 책의 교정지를 그냥 방치해 두었었다. 다시 교정지를 마주 대하며 반지를 파괴하고 초원으로 돌아가는 호빗족의 축제를 떠올린다. 스미골에 대한 골룸의 향수처럼, 언어 그 자체에 내장된 인간의 꿈을 시대의 언어로 힘있게 부활시키는 서정시를 나는 여전히 갈망한다. 자신의 땅을 수호하려는 비장한 의지로 무시무시한 여행을 하고 있을 종족들이 시의 언어가 꿈꾸는 고향으로 돌아갔으면 좋겠다. 정말로 그랬으면 좋겠다.

제3부   현대시의 골룸들

제1부

시인이라는 개인

는 현대시에 대한 비판과 부정이 가해지지 않는다면 서정시의 역사는 갱신될 수 없으며, 심원한 지혜와의 조화로운 …와 고귀함을 견인하는 진지성으로 실체화되어야 한다. 꿈꾸지 않는다면 새로운 언어는 태어나지 않을 것이고, …나 감수성으로 우리의 삶을 조롱하고 있다고 해도, 예술은 현실과 인간의 허위를 비판하고 진실을 말소

너는 죽을 것이다, 시인이 아니기 때문에

1. 문학위기론 : 회상과 반성

단 한 가지 이유로 제목을 이렇게 달았다. "너는 죽을 것이다. 시인이 아니기 때문에"라는 사포의 말은, 시에 대한 사랑과 숭배를 이보다 더 잘 담고 있는 구절이 없었기에, 1997년경 당시에도 흘러다니던 시의 위기론에 관련된 나의 예전 비평문의 제목을 그대로 가져온 것이다. 사실 당시에도 시의 위기론은 심심찮게 운위되고 있었지만, 그때는 지금과는 체감도가 다른, 말 그대로 '담론'이었던 감이 있다. 나는 잠시 동일한 제목의 글을 쓰던 당시로 돌아가본다. 우리의 현대시가 맞닥친 위기에 대한 대응 전략을 찾고 있는 사람이라면 멀리서 찾을 것이 아니라 바로 그 진단의 시점으로 돌아가보면 될 것이기에 말이다.

우선 오늘날의 시에 대한 가장 가혹한 은유였던 '시의 죽음'의 문제부터 다시 논의해보자. 시가 죽었다는 논의의 기원은 1934년 에드먼트 윌슨의 「시는 죽어가는 기술인가?(Is Verse a Dying Technique?)」라는 논문이다. 윌슨이 18세기 이후의 서구 문학사를 더듬으면서 시의 역할이 점점 협소해

지는 것을 관찰하며 제시한 논점은 낭만주의의 격렬한 폭발 이후 시가 궁극적으로 '서정적 매체'로 스며들어간다는 것이었다. 과학이 발전시킨 대중매체는 드라마 같은 이야기를 쏟아내며 시의 영역을 탈권했고, 야망 있는 작가는 시가 아니라 마침내 산문을 쓰기로 결단한다. 계몽주의 이후의 문학적 추세에 대한 그의 분석은 시가 놓여 있는 장소에 대해 회의적인 메시지를 줄줄이 쏟아놓고 있다. 그의 논리는 현대시의 회의론자들에 의해 자주 옹호되거나 때로는 시에 대한 자기 점검을 요구하는 텍스트로 중요하게 분석되었다. 개중에 가장 중요하게 여겨지는 비평적 반박은 조셉 엡슈타인의 『누가 시를 죽였는가』(1988)라는 비평이다. 우리는 이광호가 동일한 제목으로 우리 1090년대 시단에 대해 중요한 점검(「누가 시를 죽였는가 ― 90년대 시의 체위」, 『문학동네』 1996년 겨울)을 행한 것을 기억하고 있다.

일단 엡슈타인의 이야기부터 하자. 윌슨과 엡슈타인의 중요한 차이는, 윌슨이 시의 문화의 점차적인 몰락을 강조했지만, 엡슈타인은 지난 두 세기의 중요한 모더니스트들, 이를테면 소멸하는 낭만주의 시대에 엘리엇이나 스티븐스 같은 이가 행해온 시적 성취를 현대시의 작은 시적 실행과 대조시키고 있다는 점이다. 현대 시인들이 대학이라는 작은 공간 안에 웅크린 전문가로 존재하는 시대에 그는 시인들뿐 아니라 창작 지도를 하는 문학기구를 시를 죽여가는 범인으로 기소하고 있다. 그의 논의는 비평과 문학 매체에 폭발적인 논쟁을 점화했고, 이는 적어도 30명의 비평가가 달라붙은 논쟁으로 번지고, 시인 헨리 테일러는 두 개의 반박문까지 출간했다. 그렇게 맹렬하게 자기 중심부터 들여다보자는 엡슈타인의 주장은, 1990년대 한국의 시단에 대해 고투 어린 진단을 내놓은 이광호의 논조와 상당히 닮아 있지만, 그것은 적시에 다른 맥락에서 터뜨려진 고마운 폭탄이었다.

제1부 시인이라는 개인

시의 죽음, 모든 현대시에 선언된 그 난폭한 공리는 과연 정확한가? 이론과 현상은 일치하지 않을 수도 있다. 하지만 분명 이광호의 「누가 시를 죽였는가—90년대 시의 체위」는 우리 시와 시비평에 충격과 자극을 주었고, 대단히 심각한 반응을 불러일으켰다. 이광호의 글은 부정의 방식으로 시를 살리기 위한 대단히 열정적인 비평문이었다. 또한 우리 시단의 중요한 문제점들[1]이 조목조목 제출되어 있는 소중한 글이었다.

---

1 "오히려 그것은 시가 이러한 위기론의 중심 무대에서 논의되지 못할 만큼 문화적 주변부로 밀려나고 있다는 것을 보여주는 것이 아닌가? 시가 문학의 위기라는 담론의 장에서도 변방에 머물고 있다는 것이 아닐까? 시가 현대 문학 장르 안에서의 주도권과 대표성을 상실했기 때문에 문학 전반의 위기에 대한 논의에서도 중심으로부터 비껴나 있을 수밖에 없는 것이 아닌가? 지금 우리는 시가 죽기도 전에 시를 먼저 죽이고 있는 것인가? 섣부른 예단과 저주로. 오히려 시를 죽이는 것은 이러한 무책임한 추측과 풍문들인지도 모른다."//"시 장르는 그 탄생에서부터 상품성과 영상 매체와의 호환성의 문제에 있어 소설보다 불리한 처지에 있었다. 문화산업의 논리에서 보면 시는 소설에 비해 상대적으로 비좁은 시장성을 가질 수밖에 없다. 물론 이런 사태들이 이 땅의 모든 시를 당장 절멸시키지는 못할 것이다. 시의 문화적 의미가 약화되고 있다고 판단되는 지금에도 여전히 수많은 신인 시인들이 탄생하고 있고 헤아릴 수도 없이 많은 시인들이 시를 쓰고 있다. 그리고 문화산업의 거친 파고 속에서도 여전히 대중과의 단절을 자신의 미학적 자존심의 준거로 삼는 시인들과 해석 공동체가 만들어가는 전문적 문학 집단은 여전히 존재한다. 그것이 비록 한 줌의 문학 혹은 자기들끼리 서로 어루만져주는 문학이라는 한계를 벗어버리지 못한다 하더라도 이러한 문학 집단의 존재는 앞으로도 지속될 것이다."//"그러면 왜 아직 우리는 시를 읽고 시를 써야 하는가? 어떤 변명과 요청들이 우리에게 남아 있는가? 어떤 저항이 우리에게 남아 있는가? 시가 가진 언어적 에너지 중의 하나인 역설의 논리에 기댄다면 위기는 위험한 기회이며, 죽음의 기회는 생성의 기회이다. 우리가 살고 있는 사회는 자본과 권력이 만들어내는 상징적 질서에 의해 고도로 관리되는 사회이다. 김수영의 수사법대로 시가 아직 침을 뱉을 수 있다면 그것은 시가 자본주의 사회의 상징적 질서를 교란하는 기호의 반역적 열림을 통해서 가능하다. 경제적 합리성과 언어 구문의 합리적 질서를 뒤흔들면서 시는 사회질서의 내부로부터 저항할 수 있어야 한다."

나는 우리 시비평의 우유부단한 궤적이 이광호가 제출한 문제, 즉 '문화적 주변부'로 밀려나는 시의 '변방화' 문제와 절대로 무관하지 않다는 판단하에 다시 1990년대로 거슬러 가볼 필요를 느낀다. 먼저 엡슈타인과 이광호가 함께 제출한 문제들의 중심은 문학기구라는 자기 중심에서 출발했다는 것을 우리는 잘 알고 있다. 오늘날 문학기구의 도움을 받지 않고서는 문학 전문가라는 타이틀은 물론, 자투리 글 하나 제대로 실을 수 없는 처지이고, 이는 실상 가장 건드리기 힘든 문제이기 때문에, 이광호의 글은 안타까운 현상 진단의 수준에서 무언가 벗어나지 못했다는 느낌을 분명히 던져준다. 하지만 나는 이광호가 시의 죽음 논의에서 회피하고 있다고 여겨지는 문제, 즉 잡지라는 '매체'를 비롯한 문학기구가 어떤 암시를 끝없이 우리 시단에 던져왔다고 믿는다. 이에 대해서는 이미 2004년『시와 정신』겨울호에 나의 논의를 개진한 바 있고, 또 작년부터 다시 문예지를 찬란하게(허망하게) 장식하는 무성한 번영론 내지는 위기론의 대강도 이광호가 이미 1990년대에 제기한 문제보다 더 심화된 국면이 그다지 없는 듯하여, 독자들이 기억하고 있을지 모를 이광호의 다음과 같은 진술을 간략히 인용해본다.

　　　문화산업의 거친 파고 속에서도 여전히 대중과의 단절을 자신의 미학적 자존심의 준거로 삼는 시인들과 해석 공동체가 만들어가는 전문적 문학집단은 여전히 존재한다. 그것이 비록 한 줌의 문학 혹은 자기들끼리 서로 어루만져주는 문학이라는 한계를 벗어버리지 못한다 하더라도 이러한 문학 집단의 존재는 앞으로도 지속될 것이다.

　　　그러면 왜 아직 우리는 시를 읽고 시를 써야 하는가? 어떤 변명과 요청들이 우리에게 남아 있는가? 어떤 저항이 우리에게 남아 있는가?[2]

이 논의의 바통을 점선으로 끌고 온 듯, 근래의 논의 또한 위의 문학환경론, 해석공동체론, 의식부재론 혹은 1990년 초반 '한일작가회의' 때 가라타니가 제기했던 논의의 재탕에 대한 명상이 아닐까 싶다. 주장의 골자는 문학이 아직 번성하고 있다는 허위의식이야말로 실은 문학의 죽음을 역력하게 증명한다는 것이 아닐는지. 시의 위기와 관련하여 내게 있어 가장 먼저 체감되는 문제는 위기론이 마구 흘러 다녀서가 아니라, 실제적으로 사회적·문화적 제도들의 무게를 이기지 못하고 무너졌거나 곧 붕괴되어버릴 듯한 시인의 위기, 앙상한 말들이 너무나 범람하고 있다는 사실이다. 분명 우리 시대의 시인들은 무언가 비정한 현실에 체포당하거나 위기를 상수로 받아들여야 한다는 사실을 절감한다. 우리 시의 질병의 심층적 원인이 무엇인지 이미 우리는 다양한 진단서와 처방전으로 너무나 자주 읽어왔지만, 그 또한 약간 공소한 이야기로 들리는 바 없지 않아 (비록 소설에 관련된 논의이긴 하지만, 권두 좌담 「오늘의 소설 문학 위기, 어떻게 할 것인가」, 『월간문학』 2005년 3월호 ; 「문화예술의 뿌리, 문학을 어떻게 살릴 것인가?」, 『문예중앙』 2004년 여름호 ; 「갈림길에 선 한국 시와 시 비평」, 『창작과 비평』 2005년 여름호 등이 읽을 만하다) 다시 그에 대한 무성한 말들의 전시가 필요한 건 아니다.

정말로 무엇이 우리를 이토록 맥 빠지게 하는가? 우리의 시가 맞닥친 진짜 장벽은 무엇인가? 이즈음 시 쓰기·읽기의 시들함은 비단 나만의 고민거리는 아니리라. 시에 대한 세심한 해석이나 신간 서평을 부담스러워하는 표정들은 적지 않은 반면, 아예 한 철에 30~40편씩 전투적인 물량 공세를 퍼붓는 시인들도 눈에 띄는가 하면, 한 편의 시를 발표하기만 해도,

---

2 이광호, 「누가 시를 죽였는가 — 90년대 시의 체위」, 『문학동네』 1996년 겨울호.

그것을 공들여 찾아 읽고 품평을 해주는 따스한 기류도 사라진 지 오래다. 시집이 너무나 흔하고 흔한 폐휴지통 취급을 받고 있어서인지 출판기념회도 시들해진 지 오래다. 우리는 시간이 흐르면 살아남을 작품은 살아남는다는 낙관론에만 기댈 수 없다. 너무 많이 방류되고 한꺼번에 사장된다. 좋은 작품을 건져내기에는 특별한 역동적인 감각이 필요하고, 그럴 만한 시비평가도 몇 되지 않으며(존경할 만한, 용기 있는 비평가들은 격무에 시달리는 어딘가 바쁜 곳으로 배치되어서인지 펜을 놓고 있다) 수많은 장치를 돌파하지 않고서는 아무도 제대로 작품을 부각시킬 수 없다. 시인은 당연히 열정적으로 시를 쓰고, 비평가는 좋은 작품을 선별해 공들여 사회적으로 소통시킨다는 믿음은 우리가 더 이상 고수할 수 없는 낡은 미신에 불과하다. 그것들은 하나하나 결코 작은 문제가 아니다. 하지만 혼란과 동요 앞에 당황하지 말자. 오히려 우리가 불가피하게 허우적이는 현실에서도 무언가 고통스레 쓰여지길 기다리고 있다는 점, 궁극적으로 종잡을 수 없는 무심한 현실의 변덕에 복종하는 것이 아니라, 그 모든 것을 춤추듯 지휘하는 질서(혼돈)에 대한 심층적인 감수성을 단련시켜나가야 한다는 점, 시를 추구하기 위해서는 우리가 시를 이해하던 방식을 재고해야 한다는 점이 중요하지 않을 듯싶다. 시이든 시비평이든 물밑의 군도처럼 서로서로 연결되어 있는 말들이 어떤 고통으로 스스로 연결되어 있다고 나는 믿는다. 그 말의 의미를 알기 위해서는 스스로 물밑으로 죽을 때까지 잠수해보아야 할 것이다.

2. '담론의 비만화'와 지식에 먹히는 시

다양한 이유로 시에 대한 기묘하고도 광범위한 무시의 분위기가 고요하게 그러나 거의 치명적인 수준으로 번져가고 있다. 올해도 예외 없이 집중적으로 제기되는 문학위기론이 소설 쪽에 대부분 집중되어 있는 것은 물론 현대시에 대한 진단을 행하는 소수의 글들조차 현재의 시를 제대로 읽고 논의하고나 있는지 의문투성이다. 그럼에도 불구하고 시에 대한 사랑은 얼마나 지극하다고 떠들어대는가. 언제부터인지 시와 시인 하면 우리 문학판의 빈처가 생각난다. 대학이라는 서방, 출판사라는 남편, 비평이라는 정부……, 완벽한 사랑은 궁지에 몰릴 때, 구체적으로 돈이 없을 때 가장 절대적인 힘을 드러내는 법인가. 단순히 지적으로 빈궁하다거나 혹은 자본주의의 이기심에 대항한 가난이 아니라, 가난을 견디는 사랑, 즉 부가 아니면 가난이라는 적대적인 이념으로 양극화된 사랑의 이론이 그렇듯이, 시에 대한 무시와 사랑 또한 핵심적으로 돈(자본주의)에 대한 사유와 맞물려왔다. 왜 우리는 시라는 빈처를 그런 빈궁으로부터 분리시키기 어려운가. 거기에는 그 돈을, 가장 아무것도 아닌 것처럼 매도해야만 하는, 자본주의 공간 그 자체에 기탁하고 있는 불안정한 코드가 서식하고 있지 않은가. 분명히 돈은 사회적 공간에서 한 존재를 개인화시키는 원칙이다. 하지만 빈처풍의 논리와, 지식과 자아실현을 추구하는 서방의 이념에 의하면, 사랑은 개인적인 영혼을 규정하는 논리의 적대자로 드러난다. 빈처에 나타나는 두 성 사이의 관계는, 바로 돈이 아니라 양자의 따스한 상호관계만 있으면 족하다는, 시에 대한 강대한 문학기구의 독단과 편견을 드러내는 장소가 아닐까. 간단히 말하면 한쪽의 예술적이고 부르주아적인 계급이 돈에 의해 결정된다면, 사랑을 받느냐 못 받느냐에 따라 다른 쪽의 계급이 결정된다는 식의 이론적 수사가 발생하기 때문이다. 이런 기이한 구도와 관계 속에서 결국 성적 불평등을 유지하기 위한 사랑에 대한 관념을 창조함으로써, 여성이라는 계급을 소비하고, 서방의 의지를 따라, 사랑의 기원인 장소, 가난한 상황에 붙들려 있는 여성의 정체성의 이념이 창조되듯, 우리의 시는 문학기구가 주물럭거리는 대로 마구 내몰려왔고, 권력은 없지만 사랑은 받는 기묘한 이중 지대에 안착하고 있는 것은 아닌가. 돈이나 권력을 추구하는 여성(시)이란, 얼마나 속물적이고 창부적으로 매도되는가. 그것은 사랑받는 시가 가져서도, 추구해서도 안 되는 것이라 하지만, 실제로 우리의 문학기구가 비밀스럽게 상상하는 것은, 늘 남성이 은밀하게 꿈꾸는 여성 이미지가 그렇듯, 가난에 찌들지 않은 젊고 우아한 존재가 아닌가. 그렇다면 돈과 권력, 그리고 그것을 가능케 하는 지식이라는 것은 더욱 중요한 코드가 될 수밖에 없다. 사랑의 강도를 가난을 견딜 수 있는가로 재단하는 식의 논리와 이념에는, 이 세계에 대한 포기와 지극히 사적인 지배의 영역으로 아내를 유도하고자 하는 시험이 작용한다. 가난을 경험하고, 그런 가난을 진실로 사랑의 몫으로 받아들임으로써, 위대한 서방에게 걸맞은 지고의 존재로 완성된다는 이념이 공급되는 것이다. 그럼에도 불구하고 이 땅의 시인들이 염려하는 것은 항상 돈이며, 가난이며, 실제로 경제이며, 작품 하나 맘대로 흘려보낼 수 없게 하는 권력의 문제이다. 서방이 간단히 비웃어버리는 세속적인 요소들을(궁극적으로 그는 그 장소의 주역이 될 것이므로) 빈처는 놀랍도록 세심하게 제공함으로써 그의 우주를 구축하는 데 일조하고, 궁극적으로 그런 빈처의 사랑을 전리품으로 챙기는 그가 물론 관심을 가지는 것은, 수신제국치국평천하 즉 사회적 실행이다. 지식과 권력의 확장인 것이다. 그런 논리를 가동시킴으로써, 다시 말해 바깥 세계에 대한 '차단'을 통해 여성을 사유화하듯, 우리의 문학기구는 내가 책임지겠다는 사랑의 논리로 사회적 경제적 아웃사이더로 시와 시인을 방치하고 있는 것은 아닐까. 사랑의 형이상학적 구축에 돈이나 권력의 관념을 배제시킴으로써 실제로 너무나 현실적이지 않은 텅 빈 난

센스를 생산한다는 말이다.

　나는 빈처에서 우리의 시와 시인, 비평과 대학 같은 문학기구의 관계 혹은 지도를 본다. 하지만 이런 독단적인 자기중심의 논리를 절단하고 파기하기 위해 시가 특별히 살아 있어야 한다는 점은 우리가 자주 간과하고 있다. 시장과 관련된 모든 분야에서 문학적 활동을 주도하는 문학기구와 관련하여 나는 이 장에서, 시와 시인이 왜 시가 빈처의 논리와 지식에서 탈출해야 하는지에 대해서 논의하겠다. 그렇다. 어느 날부터인가 시는 이상하게도 빈처처럼 불쌍해지기 시작했다. 오늘날 우리는 시인을 대국적으로 지어진 집에서 안살림이나 잘 하라는 듯, 그저 언어나 잘 만지는 사람으로 격하시키고 있다. 시인들은 현대시의 모든 역할을 비평에 일임하고 있으며 대학이 만들어준 문학성의 옹색한 틀 속에서 옹알거리고 있다. 시가 지리멸렬한 지식의 난파물이 되고, 시에 대한 지식이 시를 넘어 행세하고, 시는 너무나 고분고분 문화 논리들에 패배하고 있으며, 우리는 무슨 강박증처럼 새로운 텍스트가 나올 수나 있을까를 고민스럽게 논의한다. 엄청난 잡지들, 무한한 자본, 인터넷과 완벽한 정보망까지 갖춘 이 시점에 말이다. 우리의 문학 지식이란 것은 시가 도대체 어떤 조건에서 가능해지는지 그 근원을 망각하고, 시가 무엇 때문에 존재하며 어떤 가치를 지향하고 있는지에 대한 조망조차 포기하다시피 하고 있다. 이러한 상황에서 수많은 논의들은 난해한 지식의 회로 속을 도는 이야기만 쏟아놓고 있으며, 현재의 시적 실행을 도외시한 추상적이고 메마른 공론을 일삼고 있다. 그것은 학문의 영역에서도 마찬가지다. 오늘날 각각의 이론적 지류를 따라 시에 대한 이론은 세밀하게 개발되어왔지만, 개중에 어느 부분들은 그것이 진짜로 시에서 차지하는 중요성에 비해 지나치게 과장된 이론의 거품이라는 생각을 나는 뿌리칠 수 없었다. 도대체 우리의 시는 무엇을 좇아가며 빈처의 자리는 어디 있는가?

　　"사실 엄격하게 말해 현재의 우리 시단은 시가 담론의 기원지나 생
　산처가 되는 게 아니라 시가 담론을 따라가면서 담론의 비만화(풍요
　화가 아닌)에 기여한 측면이 있습니다. 우리가 이번 대담에서 생태시
　나 여성시를 문제 삼은 이유 중 하나는 두 분야가 토픽 중심이랄까 담
　론의 시적 복제랄까 하는 그런 떨떠름한 유행에 지나치게 노출되어
　있다는 우려 때문이었지요. 따라서 저는 시인들이 특정 담론에 자기
　의 영혼과 시를 저당잡히기보다는 자기 고유한 목소리를 내는 데 더
　열심이기를 바랍니다. 이보다 나은 시적 전망과 담론의 형성법은 없
　겠지요. 그러면 그것을 따라가면서 행복과 고통을 나누어 가지려는
　비평가 역시 훨씬 신이 날 겁니다."[3]

　시가 담론의 기원지가 되는 것이 아니라 "담론의 비만화"에 기여하고
있다는 최현식의 발언은 우리가 익히 알고 있으면서도 새삼 충격적으로 다
가오는 지적이 아닐 수 없다. '담론의 시적 복제'를 일삼는 '떨떠름'한 빈
처가 "특정 담론에 자기의 영혼과 시를 저당잡히기보다는 자기 고유한 목
소리를 내는 데 더 열심이기를" 나도 바란다. 사랑을 믿느니 자기 힘을 믿
어보는 것이 낫지 않은가. 우리는 시의 힘을 기만하는 기괴한 이론을 너무
나 맹신하고 있으며, 때로는 창조나 저자라는 말조차 능멸하는 이론의 홍
수 속에 허우적거리고 있다. 우리는 도대체 왜 시라는 현상이 발생하며, 시
라는 독특한 언어 형상이 왜 유독 요구되는지에 대해 새롭게 인식할 필요
가 있다. 시라는 것과 연계되어 작동하고 있는 메커니즘들, 그 필연적인 위

3　「삶의 근원에 닿기 위한 경계, 그 위에 서 있는 시인」 대담문 중 최현식 발언,
　『현대시』 2004년 12월호, 68쪽

기 또한 희미하게 가늠될 필요가 있다. 시라는 것은 우리가 스스로 시를 안다고 생각해왔던 방식이나 지식 구조 자체에 대한 근본적인 저항을 수행하는 장르라는 점도 충분히 강조되어야 한다. 그럼에도 불구하고 우리가 근래 자주 발견하는 것은 위의 논의가 넌지시 암시하듯 영리한 '소피스티케이션' 같은 것이며, 비평 담론의 하수인이 되어버린 듯한 시적 변설과 유행 담론과의 타협이다. 물론 여태까지 생각할 수조차 없는 비평적 의식의 간섭과 개입 속에 현대시는 생산되고 있다. 오늘날 시에 대한 연구도 지나치게 복잡한 이론의 경로를 따라가는 추세이다. 시 그 자체보다는 시에 대한 지식의 구조들을 습득하고 이른바 창작을 수행하는 것이다. 이는 우리가 상당히 심각하게 받아들여야 할 현상이다. 장대한 문학적 비전을 축조하고 비평이 움직이는 궤도를 의식하며 시를 쓰는 것이다. '고유의 목소리'가 으스러지든 말든, 문학기구가 제공하는 사랑의 지식을 수혈받으며, 그런 지식이 시를 상처 입힌다는 것을 알면서도 우리의 시는 다시 어느 통로로 되돌아 나와야 할지조차 모른다. 그러한 현실이 얼마나 시를 번영시켜주었는지는 오늘날의 문학판을 보면 알 것이다. 고맙다, 문학기구야.

하지만 모든 특권적 의미의 자장으로부터 이탈할 수 있는 자유는 문학의 가장 중요한 핵심이다. 엄청난 권위를 부여받고 있는 관점을 거부할 수 있고, 그런 예외가 또다른 세계로 존재할 수 있다는 것은 문학에서 가장 중요한 것이다. 논리적으로는 시적인 자유를 주장하면서 우리는 얼마나 스스로 시적인 자유를 능멸하는가. 과감하게 제 목소리를 내지 못하고 슬쩍 담론에 편승한 시는 사실 비평가에게 있어 가장 쉽게 이해되는 것이라고 해도 틀린 말은 아닐 터이다. 하지만 현대시는 영리한 소피스티케이션이 아니라 이미 만들어진 논리의 절단과 파기, 전복을 통해 개인의 인식을 유일하고 개성적으로 저장한다. 시인은 우리 정신 안의 혼돈을 인식하고,

그런 혼돈을 언어로서 명명하기 위해 낯선 언어를 구사할 수 있고, 그것에서 느껴지는 감각의 힘은 현대시의 필수 요소다. 우리에겐 그러한 문학적 지성에 대한 특별한 존중이 필요하며, 날마다 늘어나는 지식 대중들처럼 이미 익숙해진 정신의 버릇에 맞추어 작품을 생산하는 관성에 어떤 일격을 가할 준비가 되어 있어야 한다. 하지만 우리는 한 가지 규준 속에 통합된 텍스트를 따라 지속적으로 진군하는 지식의 논리에 따라, 지식의 언외로 넘어가는 시를 자꾸만 담론의 장에서 배제하고 말소하는 것이다. 그런 담론의 논리에 포섭되기 위해 담론의 근원지가 되기는커녕 제 목소리를 깎아먹는 빈처들이라니!

여기서 다시 한 번 환기되어야 할 것은 시와 지식과의 관계이다. 시의 정의에 있어 우리가 일반적으로 동의하는 것 중의 하나는 '자아의 세계화'이며 이런 장르적 정의를 가능케 하는 것은 특별한 감정이입의 능력이다. 일단 그런 감정이입의 능력은 시인의 천부적인 재능이라 해도 좋다. 시인에게 있어서 강력한 목소리는 가수와 마찬가지로, 너무나 중요한 재산이자 핵심이다. 하지만 오늘날의 시비평은 이른바 '시적 천품'이라고 하는 무한한 반항의 정신을 무시하고 있다. 이 반항이야말로 시가 표현의 감옥으로부터 해방될 수 있게 하는 중요한 자질인데 말이다. 시 작법은 가르칠 수 있어도 목소리만은 가르칠 수 없다. 따지고 보면 시 작법이란 것도 춤의 몸짓을 훈련시키듯 무대 매너를 가르치기 위한 것이다. 시적인 매너는 갖추었지만 목소리가 없는 시는 성대를 수술하고 나서 노래를 못 부르게 된 가수와 다를 바가 없다. 우리는 어디서 시가 파손됐는지, 시가 담론과 결탁할 때 어떤 치명상을 입을 수 있는지에 대해 좀 더 엄격하게 인식할 필요가 있다. 시의 언어는 너무나 압축, 절제되어 있기에 거의 본능적인 선택에 가깝다. 엄청난 지구력과 활력, 긴장, 감정적 진폭은 단순히 기교의 능란함과 다르다. 갑자기 무서운 주먹처럼 우리를 후려칠 수 있는 역동적인 감각을 지적인 조작으로만 만들어낼 수 있을까? 시라는 것을 제대로 알지 못하고 쓰는 시가 우연히 커다란 울림을 줄 수 있는 이유도 바로 거기에 있다. 이미 만들어진 담론에 포섭되지 않는, 세계를 넘어선 현상들에 열렬히 마음을 개방하고자 하는 '절망의 능력'(플로베르)을 우리는 너무나 과소평가하고 있다. 좀 거창하게 말한다면 시는 우리의 언어적 습관을 전복하는 고도의 말들의 축제이며 모든 말들이 그려낸 세계의 화폭 위에 그려지는 그림 같은 것이다. 비록 현대시가 지적인 요소를 강력하게 요청한다고는 해도, 그럼에도 불구하고 시의 첫 줄은 신비롭게 백지 위에 하강한다. 이상한 바퀴처럼 스스로 굴러가게 하는 그 첫말은 무한한 호기심과 열린 눈에서 포착되는 것이다. 비록 그것이 다른 책이나 작품에서 흘러나온 것이라 할지라도 깊은 가슴과 영혼의 공명 없이는 쓰여지기 힘들다. 그러한 순간을 시인들은 가장 순수하고 겸손하게, 힘겹게 절망하며 기다리는 것이다. 언어의 진창에서 그러한 말들을 줍기 위해 그들은 얼마나 많은 쓰라림을 감수하는가. 그러나 지식은 그렇게 얻어진 말들을 그저 물질적으로 배치하고, 수집하고, 분류한다. 이 민주적인 시대에 시인은 제왕도 부랑자도 특별한 존재도 아니지만, 시라는 것은 우리가 너무나 익숙해져 있는 문화적 가치들과 인식의 결여를 탐색하고자 하는 특별한 의지와 소망의 산물이다. 어떤 지식의 틀 안에서, 이미 만들어져 있는 관계 안에서, 그 결과로 만들어진 의미가 아니라, 진지한 내성이나 사물에 대한 깊은 공명에 의해, 신비하고 장엄한 세계가 열리는 것이다. 하지만 개탄스러운 것은, 이러한 시적 공명에 대한 존중도 겸손도 없이 우리의 시비평이 그저 지식의 틀 안에서 시를 다루고, 이는 지적인 타이틀과 권위를 가진 시인들에 대한 특별한 선호로 이어지며, 시인들 또한 그러한 기류에 맞춰 대단히 영합적인 창작을 하는 것은 아닌가 하는 점이다. 현재 우리의 현대시가 속해 있고, 우리가 현대시의 현상으로 이해하면서도 현대시의 지반을 침식시켜가는 요소들에 대한 혹렬한 점검이 필요하다.

3. 새로운 패배주의

문제는 다시 우리 현실이다. 문은 아무도 선뜻 열어젖히라고 요구하지 못하는 자물쇠로 잠겨 있다. 가장 먼저 와 닿는 문제는 시를 쓰기에 꽤 '부적절한' 시인의 위치와 장소이다. 나는 작년 겨울 「다시, 죽은 시인의 사회를 말한다!」(『문학세계』, 2004년 겨울호)에서 현대 시인들의 절필을 둘러싼 신산한 기류와, 시인이 사라져가는 대학에서의 현황, 그리고 지식에 대한 과도한 애착과 결부되어 있는 우리 시단의 이상기류에 대한 반성을 강조한 바 있다. 나는 이 문제를 좀 더 심화시킬 필요를 느낀다. 냉정하게 말하면 설익은 사변의 포즈에 중독된 우리 시의 문제는 물론이거니와, 전혀 시에 생산적이지 않은 시비평 내지는 문학기구에 대한 점검이 필요하다는 얘기다.

앞에서 지적한 것처럼 오늘날 우리 시가 담론에 과도하게 지배받고 있는 현상은 대학이라는 문학기구의 영향력과도 무관하지 않다. 현실적으로 보아 가장 많은 문학 인구를 양산하는 대학과 출판사 같은 문학기구의 문제는 메커니즘 그 자체로 현대시의 실행과 직결되어 있기에 그 의미와 역할이 교과서적으로나마 검토되어야 할 필요가 있다. 일단 모범 답안처럼 그 역할을 써보자. 대학은 문학과 연관된 커리큘럼을 만들고, 문학을 위해 익혀야 할 광범위한 지식과 경험을 제공한다. 또한 문학을 위한 지식을 생산하기 위한 많은 텍스트를 연구하는데, 그것은 문학 시장에서 소비되는 텍스트가 아니라 다양한 관점에서 가장 의미 있다고 판단되는 양질의 텍스트들이다. 이러한 텍스트는 시장에서 일종의 문학적 모델이 되며, 문학의 범주 등을 확정하기도 함으로써 문학에 대한 지식을 공공화시킨다. 특히 대학은 어느 시기의 중대한 작품이나 이슈를 학술적으로 의미화하고, 그것이 가지는 문학적 의미를 통해 새로운 현재의 문학적 실행을 자극한다. 그리고 다양한 학술적 이슈를 통해 문학의 역할과 문화적 목적 등을 새로이 규정하고 동기화한다. 일반적으로 가장 강고한 문학적 규준은 문학사에 의존한다. 이를테면 시에 대한 강고한 관념, 시에 대한 관념을 혁신했던 타당한 예들, 정전의 형성을 통해 현재의 문학적 관념과 그 변화를 지도화한다. 하지만 그러한 문학적 지식이나 정보는 다시 급진적인 문학적 실행이나 도전적인 창작자에 의해서 변화하거나 전복되기도 한다. 대학은 그러한 창의성을 폭발시킬 생산자와 문학적 지식을 재형성할 수 있는 연구자를 집중적으로 양성한다. 뿐만 아니라 자신이 형성한 문학 지식을 유포하기 위해 문학 시장에 관여하는 출판기구에 의존함과 동시에 학술적 지식을 가진 이들이 출판에 참여하여 양질의 문학이 생산되고, 독자들에게 제공될 수 있도록 기여한다. 대학은 문학과 관련된 그 어느 기구보다 더욱 강화된 학습의 기회를 제공하며, 문학인을 집중적으로 양성하지만, 그들이 전문적인 문학인이 될 수 있는가를 평가하는 것은 물론 등단의 기회를 부여하는 것은 출판사 같은 다양한 문학기구다. 즉 출판사나 신문사 같은 민간 기구들이 공모나 신인 선발을 통해, 보다 전문적으로 창작하고 출판할 수 있는 권리를 부여한다. 그러한 기회는 창작자의 교육 수준과는 상관없이 정기적으로 제공되는데, 이러한 기회를 통해 문학기구가 요구하는 기준이나 문학적 관점에 따라 전문적인 창작자가 선발된다. 때로 문학적 포상을 국가기구가 하는 경우도 있지만, 전문적인 문학인으로 인정되는 것은 특별히 심미적인 창작물을 요구하는 문학기구의 관문을 통과한 자에게 한정된다. 그러한 문학기구가 강조하는 이 시대의 문학적 요구를 보여주는 흥미로운 대목이 있어 인용해본다.

> 2000년대 들어서 새로운 문학의 핵심적인 키워드 가운데 하나는 '감각'이다. 빼어난 문학작품은 정교한 감각의 형식을 내장하고 있으며 그 감각의 운동 방식에 주목하는 일이야말로 진정한 비평이 수행해야 할 임무 가운데 하나이다. 우리는 그동안의 우리 비평계에서 관성적으로 활용되었던 리얼리즘과 모더니즘, 서정과 실험, 근대와 탈근대와 같은 이분법이 더 이상은 유효한 비평적인 준거가 될 수 없다고 생각한다. 그것들은 외심적인 문학에서 주요한 근거가 되었지만 사실은 증명하거나 논증할 수 없는 '거대한 추상'의 일부이다. 비평이 추상의 늪에서 빠져나와 '구체의 과학'이 되기 위해서는 반드시 감각의 질과 양을 측정해야 한다. …(중략)… 새로운 문학의 또 다른 키워드는 '즐거움'이다. 따지고 보면, 미학은 언제나 고통마저 객관화함으로써 미학적 쾌감을 제공해왔다. 5월 광주의 참혹함 앞에서 제출되었던 수많은 문학적 조사들을 생각해보자. 그것들은 우리의 상처와 고통이 얼마만한 것인지를 그 미학적 아름다움을 통해 역설적으로 구현하지 않았는가? 2000년대 들어서도 새로운 문학적 성과물들은 그 유희의 외피 속에서도 시대와 개인에 대한 고통스런 성찰을 게을리하지 않고 있다.[4]

위의 글은 현대문학의 키워드를 '감각'과 '즐거움'으로 진단하고 있다. 여기서 '감각'이란 말은 "거대한 추상의 늪(비평에만 한정되는 이야기가 아니다)"이 아니라, 구체적이고 생생한 삶의 질감과 인식을 건져 올리는 감

---

4 「혁신호를 내면서」, 『문예중앙』, 랜덤하우스 중앙, 2005, 2쪽.

수성을 의미할 터이다. 위의 주장은 그런대로 무리가 없는 듯하지만 이 감각과 즐거움이라는 것이 어디서 발생하느냐는 문제는 따지고 있지 않기에 너무 막연하다. 획일적이고 몰개성적이고 인격이 손상되는 방식으로도 우리는 즐거움을 얼마든지 느낄 수 있기에, 이 문학적 감각에 대한 치밀한 논의가 뒷받침되어야만 함은 말할 필요도 없다. 온갖 야유와 독설 등 비속어를 동원한 언어폭력에 다름없는 현대시의 '경박성'이 위의 '즐거움'의 논의와 맞닿거나 맞닿지 않는 지점에 대한 대해서도 심각한 고민이 있어야 함은 물론이다.

어쩌면 이 감각이란 말은 이미 환경이 되어 있는 인식 논리나 대중적 인식에 통합되어가는 말에 대한 철저한 응시와 표현의 쇄신력이라는 말로 표현되어도 좋을 것이다. 그러한 감각은 지나치게 현대 시인들이 탐닉하고 있을지도 모를 지적 사변주의나 문학적 노선주의 같은 것과는 물론 다를 터이다. 우리는 감각적이고 시적인 분위기를 지녔지만 지극히 상투적인 담론에 편승하는 시를 상당히 많이 목도하고 있으며, 그것은 아주 괴팍한 제스처를 노출하고 있는 시의 경우에도 예외가 아니다. 또 위에서 주목되는 것은 '감각의 질과 양'을 측정해야 한다는 논의이다. 감각의 질이 낮을 때, 그것은 한때 새로워 보이지만 고정된 인식 속으로 스며들어가는 낯익음의 변용일 수 있으며, 그것은 현대시가 궁극적으로 지향하는 새로움, 즉 상투적이고 상식적인 것에 대한 전복성을 가지기 어렵다. 하지만 우리는 그러한 '도발성'과 감각을 얼마나 자주 혼동하고 있는가. 도발성은 현실의 문법에 대한 치열한 인식을 건네주기는커녕 현실의 탄막에 포위되기 십상이고, '튀어 보이긴 하지만' 전복적인 것은 아니다. 현대의 불모성과 사고의 마비는 너무나 쉽게 자극과 폭력으로 곧바로 환원된다. 아무리 잔인한 것을 봐도 잔인하게 느껴지지도 않고, 아무리 추악한 것을 봐도 욕도

안 나오는 세상에서 한없이 도발적이지만 궁극적으로는 무기력한 플레이를 하는 말들이 '감각적'인 작품으로 포장될 수도 있는 것이 현실이기에 우리는 '감각'이라는 말을 새로이 탐색하고 정의할 필요가 있다. 위에서 언급한 "시대와 개인에 대한 고통스런 성찰"이 현금의 문학이 감당해야 할 긴박한 요구라면, 쉽사리 현실의 영사막 저 너머를 느끼지도 상상하지도 못하게 하는 말들의 '사이비 감각성'에 대한 경계도 아울러 필요할 것이다.

이는 무기력하게 유행 담론에서 차용한 시적 비전이나 "감각의 질과 양"을 제대로 포착하기에는 너무나 습관적인 지식의 공리에 길들여져 있는 비평의 경우에도 예외가 아니다. 자, 솔직히 터놓아보자. 오늘날의 비평은 자신의 비평적 렌즈가 조준하기 좋은 것을 '감각적'으로 포장하기까지 하며, 다양한 '바깥'의 텍스트에 대해서는 대단히 편협하다. 자신의 이론적 렌즈와 동반할 수 있는 시인이나 작품을 얼마간 선호하게 되는 것이 꼭 불합리한 것이라고 말하기는 어렵지만 치명적인 문제는, 이상한 지식과 학벌의 도그마에 사로잡혀 지적인 타이틀을 지닌 이가 더 중요한 문학적 발언을 하고, 더 좋은 작품을 써내리라는 확신한다는 점이다. 특히 비평에 있어서 지적인 결정론 같은 것은 얼마나 두드러지는가(우리 시대의 영향력 있는 비평가가 대다수 대학 사회에 포진하고 있는 이들이라는 것을 그 누가 부인할 수 있겠는가) 하지만 나는 그러한 도그마에 언제나 거대한 의문을 품어왔다. 우리는 문학이 추구하는 최상위의 가치는 지식도 과학도 아니라는 점에 주목해야 한다. 그것은 자연주의나 계급적인 문제가 지배했던 사회주의 문학론 외에는 첫 번째 미덕으로 거론되지 않는다. 우리는 지식과 과학에의 신념이 지배했던 시기에도 대단히 환상적이거나 낭만적인 문학을 다수 소유해왔으며, 실제로 과학과 지식 숭배의 물꼬를 튼 프랜시스 베이컨이 지식의 연원으로 강조한 것도 경험이었다는 상식을 기억해야 한다. 경험은 가장 중요하게 이해되어야 할 문학적 인식의 방법이기도 하다. 문학적 지성이란 바로 그런 문학적 체험, 우리가 희로애락이라 말하는 다양한 감정들의 복합체를 어떤 의미로 인식할 수 있는 특발한 능력이다.

하지만, 오늘날의 문학기구는 탐욕스런 지식의 공리로 연단받은 엘리트를 대단히 선호하고, 출판의 관문을 통제하는 이들 역시 대다수가 대학에서 흘러나온 이들이다. 그런 판에서 그런 방식으로 부각되는 작품들이 과연 온당한 기류를 형성하고 있는가도 질문해볼 필요가 있다. 거의 어떤 재미도 감동도 느낄 수가 없는 작품들이(비평에는 깐깐한 분석의 재미를 선사할지 모르지만) 어쩌면 독자가 아니라 비평을 위해 존재하는 듯한 기교만 현란한 작품들이, 문학이론의 끝머리를 쥐고서야 덤벼들 수 있는 작품들이, 지식 담론에서 동종 번식한 말들이 일급 문학의 행세를 하고 있는 경우는 없는 것인가. 혹은 '순수'라는 부르주아적 이념에 걸맞게 그야말로 현대적 삶의 질감조차 느껴지지 않는 낡고 애조 어린 작품이나, 시보다는 시론으로 설명되고 방어되는 무미한 작품들도 문제의 예외가 될 수 없다. 시학에 기초한 글쓰기? 그것이 정상이라 보는가? 나는 시론이 시를 배반하고 방해했던 모순적인 구절들을 수없이 예로 들 수 있다. 문학에 대한 지식을 가진다는 것은 문학의 나라에서 일종의 대중이 되는 것이다. 그것은 특별한 것이 아니다. 박사도 교수도 특별한 존재가 아니다. 적어도 시에 있어서는 하나의 은유로 신비와 심장을 정복하는 자가 제왕인 것이다. 더 많은 지식을 장악하는 자가 더욱 좋은 작품을 쓸 수 있다는 것은 우리의 지독한 환상이다. 하지만 엘리트가 장악한 문학기구의 현실은 곧 출판의 문제와 직결되고, 그렇게 생의 질감에 무심한 이들이 우리의 문학을 얼마나 문화의 들러리로 전락시켜놓았는지를 우리는 직시해야 한다. 경쟁력의 결여와 문학적 안목의 부재를 언제나 자본주의 탓으로 돌리는 무능한 비평에 대해서도 재고해보아야 할 필요가 있다. 우리의 비평은 무언가를 잘못 짚고 있는 것이 아닐까. 외부의 압력에 대한 도전이 아니라 그 충격만을 수동적으로 강조하며 문학의 축소를 시대적 대세로 기정사실화하는 비평이 도대체 어떤 역할을 하고 있다는 말인가. 첨단의 지식을 내세우면서도 아무런 대안도 모색하지 못하는 공리공론들, 한없는 무능을 반복하면서도 기고만장하게 문학 위에 군림하는 논객들, 창작자가 아니라 해석자가 점거한 문예창작과는 물론, 수많은 문예지의 편집권을 틀어쥐고서도 생산과 소비를 자극하지 못하는 실무진들…… 어찌 문제가 한두 가지로 압축될 수 있으랴.

우리는 예전에 작고 초라한 한 권의 시집을 정말로 중요하고 심각한 무엇으로 인식하고 있었다. 바로 그 작은 책에서 흘러나온 무수한 논의들과 그것에 자극받은 창작자와 독자, 연구자까지 아우른다면 한 권의 시집은 문학에의 가장 중요한 안내서이자 출판사의 날카로운 규준과 안목을 보여주는 중요한 표지가 아니었던가. 그 출판사에서 어떤 잡다한 서적을 발간하든 말든 그 작은 선집들은 출판사의 문화적 관념을 요약할 수 있는 핵이었던 것이다. 그러나 오늘날 수많은 문예지는 시인이 아니라 야망에 찬 논객들의 발굴에만 여념이 없으며, 바로 그런 담론의 득세 덕분에 독자가 그나마 문학을 붙들고 있다고 심각한 착각을 하고 있다(그런데도 비평가가 비평의 역할 축소에 대해 끊임없이 근심하고 있는 것은 아이러니다). 이러한 진부한 국면에서 별다른 저항감도 없이 문학기구가 부여하는 기회를 붙들려고 발버둥치는 이들이 과연 총독부의 충실한 하수인이 되었다고 지탄받는 근대의 저자들보다 나을 것이 있는지 묻고 싶다.

우리가 살고 있는 현대는 우상의 파괴에서 시작된다. 정말로 펜이 무기라면 문학은 가장 무서운 전쟁과 같다. 문학은 결코 빈처의 논리 속에 웅크려선 안 된다. 전체 군대를 위해 용기 있는 선발대가 필요하듯 문학은 그런 방식으로 가야 한다. 낡은 도시를 무너뜨리고 점령하고 이주하며 나아가는 곳에 문화도 꽃피고 떠들썩한 상인들도 생겨나고 하는 것이다. 대담하게 문학적 에너지를 해방시키고, 생산을 자극을 가하고 동기화하는 것은 오늘날 너무나 필요한 문학기구의 역할이다. 우리에겐 거친 돌진을 자극하는 말들이 너무나 없다. 감상과 애조의 말들, 변명과 적당한 지식 놀음만이 판치고 있다. 막강한 문학적 소임을 위임받고서도 언제나 '어쩔 수 없다'는 식의 패배주의만을 유포시키는 것은 더 이상 의미가 없다. 어떤 가능성을 구축하기 위해서, 언제나 자유혼을 사수했던 위대한 문학의 전통을 지켜가기 위해서 이제 우리는 다시 물어야 한다. "어떤 변명과 요청들이 우리에게 남아 있는가? 어떤 저항이 우리에게 남아 있는가?"라는 질문은 1990년대뿐 아니라 오늘날 더욱 긴박하게 다가오는 질문인지 모른다. 진정으로 우리에게 요청되는 문학이 무엇인지, 우리의 문학 공동체가 전체적으로 싸워야 할 과녁이 무엇인지, 현실의 압력을 돌파할 수 있는 문학적 지구력은 어떻게 가능해질 수 있는지를 모색해야 할 시점이다. 우리의 현대시는 무능하고 무기력한 말 놀음을 진실로 경멸할 수 있는 용기와 분노의 에너지를 쇄신해야 할 것이며, 비평에 있어 가장 빛나는 지성이 있다면 바로 그런 문학과 함께 있겠다는 결단일 것이다.

다시, 죽은 시인의 사회를 말한다

1. 절필하는 시인들

시인의 절필(絶筆) 선언은 언제나 비장한 느낌을 건네준다. 절필에는 여러 가지 요인이 있을 수 있다. 역사를 통해서도 발견할 수 있듯 나치 시대나 일제시대 같은 외형적인 압력에 의한 상황적인 절필, 혹은 어떤 문학적 자아를 찾기까지의 시한부 절필 등이 있을 수 있지만, 작년 경부터 인터넷에 오르내리고 있는 송수권의 시인의 글은, 오늘날 이 땅의 시인이 맞닥친 문제들에 대해 다시 뼈아프게 숙고해볼 필요를 제기한다. 백혈병으로 투병 중인 아내에게 피를 나눠준 의경들에 대한 감사의 뜻으로 송수권 시인이 경찰청의 홈페이지에 올려놓은 글[1]은 명백히 우리의 시인이 놓여 있는 장소, 즉 사회적 경제적 문화적인 텍스트라 해도 지나치지 않을 것이다. "저를 살려두고 만일에 아내가 죽는다면 저는 다시는 부질없는 詩를 쓰지

---

1   「서울지방경찰청장님께 올리는 글」, 서울지방경찰청 홈페이지, donga.com. 2003. 10.30 14:55

는 않을 것"이며 "다시 시를 쓰면 손가락을 자르겠다"는 비장한 발언과, "시란 피 한방울보다 값없"는 '말장난'임을 알았다는 자탄을, 우리는 말 그 대로 시에 대한 경멸이나 무시의 언사로 읽을 수 없다. 문제는 그에게 절 필을 유도했던 현실에 대한 울분이며, "똥장군을 져서 저를 시인 만들고 교수를 만들어낸 여인"에게 피 한 방울 구해주지 못하는, 그토록 무능한 시인이란 존재에 대한 개탄일 것이다.

한 사람의 시인이 탄생하기 위해, 송수권 시인의 경우같이 누군가의 전 폭적인 헌신, 그렇게 무한정 빚을 질 수 있는 누군가가 필요하다는 것은, 시 인이 시인으로 살기 위해 정말로 무엇이 필요한지를 암시해준다. 시인도 먹 고 살아야 한다는 의식조차 제대로 형성되어 있지 않은 전근대적 현실 속 에, 즉 "첫 월급을 받아놓고 "……시 쓰면 돈이 나와요, 밥이 나와요, 라고 평생 타박했더니 시도 밥 먹여줄 때가 있군요!""라고 울게 하는 땅에서, 한 시인을 비참하게 뒷바라지하다 죽어가는 아내에게 시인이란 존재가 무엇 을 되돌려주었으며, 시라는 게 다 무엇인가, 도대체 시를 써서 '피 한 방울' 사줄 수나 있었는지 자탄하는 그의 절필 선언은, 어쩌면 시가 아니라, 시를 그토록 쓸모없이 만드는 세계를 과녁으로 한 항변일 것이다. 또한 자신을 대변하던 손가락을 자른다는 극단적인 수사는, 이 악덕한 세계에서 창조라 는 미친 꿈을 부풀려왔던 그의 생에 대한 처형식일 것이다.

잘 알려져 있다시피 송수권의 시는 '수능시험'에 출제될 정도로, 이미 지식이 되어야 할 정도로 공인된 작품이다. 하지만 "보험회사 28년을 빌붙 어 하늘에 별 따기보다 어렵다는 교수까지 만들어낸" 아내의 극단적인 헌 신 덕에 시인이자 교수가 될 수 있었다는 사연은 그 이야기 자체로 문제성 을 함축한다. 그렇게 특별한 장르인 시가 사철 내내 누군가에게 의존해야 쓸 수 있는 것이라면, 그런 누군가에게 아무것도 되돌려줄 수 없을 만큼 허망하고 어리석은 생산이며, 절필을 선언할 지경으로 시를 쓴 불행이 막강했다면, 그것이 아무리 낡은 문제처럼 보일지라도 마땅히 우리는 이 문제를 다시 시비평의 주제로 삼아야 한다.

시인으로 남겠다는 것이 실로 무서운 생의 도박이 되어야만 하는 이 기막힌 세상에서 가장 먼저 요절하는 존재도 시인이 아닌가 싶다. 작년에 나는 일 년에 한번쯤 뵈어왔던 존경하는 시인 두 분의 죽음을 목도했으며 (2003년 5월 28일 한 날 한 시에 타계한 임영조, 김강태 시인), 그들을 추모하는 모임 및 유고 시집 발행, 사후에 수상된 문학상 등을 지켜보면서 오늘날의 시인의 의미와 위치에 대한 재점검이 필요하다는 생각을 뿌리칠 수 없었다. 또한 나는 개인적으로 정말 시를 위해 살고 싶어 했던, 그러나 시로 돌아오기 위해 온갖 허드레 글에 시달려야만 했던 절친한 시우(詩友)의 비통한 요절까지도 지켜보아야 했다. 나는 그들의 운명이 언제든 나를 비롯한 여타의 시인들에게도 일어날 수 있는 일이라 생각하며, 아직도 상황이 더욱 나빠지고 있기 때문에, 그런 비극을 거들고 있는 것이 무엇인지, 시인이 처해 있는 환경에 대해 찬찬히 검토해볼 필요를 느낀다. 여기서 내가 다루고자 하는 주제는 첫째 시인의 정체성과 관련된 문제, 그리고 오늘날의 시쓰기와 결부된 문학기구의 문제 두 가지이다.

2. 시인이라는 직업

오늘날 시인이란 존재는 그 존재 자체가 하나의 현대적 모순을 표현한다. 일반적으로 시인이란 존재는 우리의 가장 내밀하고 개인적인 표현을 공적으로 드러내는 존재를 암시한다. 특별한 개성적 존재라는 개인적인 요소와 문학 제도 안에서의 존재라는 공적인 측면의 결합이 바로 시인이란 존재를 규정하는 중요한 요인이다. 무엇보다 오늘날 시인들 중 다수가 공적인 문학기구에 소속됨으로써 특별한 사회적인 인정을 받는다는 광범위한 현상을 고려한다면, 시인이 놓여 있는 '장'의 문제는 시인이라는 정체화의 가능성들과 직결되어 있기에 간단히 놓치고 지나갈 수 있는 문제가 아니다. 앞에서 송수권 시인의 경우에서 잠시 언급했듯 시인이란 존재는 오늘날, 공공의 영역에서 너무나 직업적 존재로 인식되지 않고 있거나, 명백한 직업으로 인식되고 있음에도 불구하고, 아무것도 벌어들일 수 없는 무상의 천직이라는 관념에 지배받고 있다. 문제는 송수권 시인의 경우 같이, 오늘날 정말로 존재하기 힘든, 누군가의 희귀한 헌신 없이는 우리는 한 사람의 훌륭한 시인을 소유하기 어려우며, 무언가 밥이 될 수 있는 여타의 직업을 확보하지 않고서는 시인으로 살아갈 길이 주어지지 않는다는 점이다.

작가나 시인이 된다는 것은 그 무엇보다 혹독한 직업을 가지는 것임에도 불구하고, 시에 대한 합당한 제도적 보상 대신 그에 상응한 대가를 사적인 차원으로 전가하거나, 베스트셀러라는 위험하고 비열한 도박으로 시인을 끌어들이려는 움직임도 이미 오래전부터 포착되었다. 총괄적으로 보아, 시를 쓰기 위해 시의 에너지를 고갈시키는 다른 직업을 얻어야 하고, 반복적으로 빈약한 수익에 익숙해져야 하는 비참한 구조 속에 시인 자신이 얼마나 순응하고 있는가는, 문예진흥원 연감이 알려주는 극빈 문인 수치에서도 확연히 드러난다.[2] 2003년도 『문예연감 작년 문학 분야 통계』에

---

2 『문예연감』작년 문학분야 통계 문인들 인세수입 月평균 26만원 "지난해 우리나라 문인 1인당 인세 수입은 한 달 평균 약 26만 9000원. 생계 유지를 위해서는 창작 이외의 수단이 필수적인 것으로 확인됐다. 이는 문화예술진흥원이 최근 내놓은 『2003년 문예연감』에 실린 「2002년도 문학 분야 현황 분석」에서 드러

의하면 문인들 인세 수입은 월평균 26만 원이다. 이것조차 베스트셀러 작가들의 전체 인세 수입의 비중이 대부분이라는 사실을 감안하면 이보다 훨씬 밑도는 수준이다. 2003년의 시 발표작은 평균 3.8편이며 소설은 1.5편, 평론은 2편이다. 예술인들의 의식과 정책 평가에서 2000년 조사와 비교하여 여전히 '예술가에 대한 경제적 지원'이 필요하다는 응답이 가장 많았다는 보고와 예술 활동에 대한 경제적 지원에 대한 불만이 87.6%로 압도적 부분을 차지하고 있다는 사실을 감안해보면, 실제로 우리는 문학 생산의 가장 결정적인 부분일 수도 있는 현실적이고 물질적인 기반의 문제를 너무 과소평가하고 있음을 알 수 있다. 나는 아무도 이런 삶을 참을 수 없으리라 믿는다.

사실 원고료를 몇천 원 올린다는 것은 일종의 미봉책에 불과한 것이 아닐까. 진정으로 우리가 시인을 가지고자 한다면, 차후에 다가올 텍스트 생

난 것. 문학평론가 김진수 씨가 대한출판문화협회 등의 통계자료를 분석해 기고했다.//김씨는 문학도서 발행 부수와 평균 정가를 곱한 2002년 문학시장 규모를 2,266억 원으로 추정, 이를 민족문학작가회의, 한국문인협회, 펜클럽 등 3대 문인단체 회원 수인 7,000명으로 나눠 1인당 인세수입을 연평균 323만 원으로 산출했다. 김씨는 '소수의 베스트셀러 작가가 전체 인세 수입의 대부분을 차지하는 현실을 감안한다면 문인들의 인세 수입은 훨씬 줄어들 것'이라고 설명했다.//반면 문학 관련 도서의 발행 종수는 2001년보다 5.4% 늘어나 회복세를 보이는 것으로 나타났다. 그러나 발행 종수 1위 자리는 문학에서 아동도서 분야로 넘어갔다. 문학 분야의 총 발행 종수는 2001년 4,806종에서 2002년 5,067종으로 늘어났지만 아동도서는 2001년 4,754종 발행에서 2002년 6,103종으로 39% 늘어 전체 발행 종수에서 1위를 차지한 것. 지난해 발간된 도서의 권당 평균 면수는 247쪽으로 2001년의 250쪽에 비해 1.2% 줄었다. 그러나 문학 도서의 경우 278쪽에서 279쪽으로 오히려 한 쪽이 늘었다. 도서당 평균 가격의 경우 전체 장르 평균은 1만351원에서 1만1,959원으로 1,608원 인상됐으며, 문학 도서 평균 가격은 8,451원에서 8,862원으로 411원 올랐다." (donga.com, 2003.9.14 18:13)

산자를 위한 어떤 환경과 가능한 기반을 조성해야 함에도 불구하고, 응당 제도적 차원에서 논의되어야 할 부담을 우리는 어딘가 다른 곳으로 전가해왔고, 아무리 많은 시인들을 발굴하고 키워낸다 해도 차마 더 이상은 견뎌낼 수 없는 압력 속에 얼마나 많은 시인들을 잃어가고 있는가. 문제는 시인이란 으레 빈곤하고 고통받고 요절하는 자라는 신화로 우리가 자꾸만 돌아가고 싶어한다는 점이다. 부와 성공, 권력을 위해 달음질치는 이 자본주의 사회의 이단아처럼, 모든 이들이 이성적으로 선택할 수 없는 삶을 사는 자를 시인으로 당연시하고, 심지어 요절 혹은 자살을 숭배하기조차 하는 이상한 미신에 빠져 있는 것이다.

심지어는 시인을 사취하는 이윤 집단이 되어가는 추악한 문학기구조차 존재하는 것이다. 돌이켜보건대, 몇 년 전에 풍문으로 오가던 우리 시단의 구조적 모순에 관해 폭로한 원구식의 글[3]은, 도대체 이 나라의 문학기구가

---

3 우리는 원구식의 글 「교활한 여우를 위하여」(『현대시』, 2001년 7월호)를 참조할 수 있을 것이다. 그는 "문단을 어지럽히는 '어리석은 여우'와 '교활한 여우'가 있다"며 이들 두 부류의 문인과 그들 배후에 있는 문예지들이 만들어내는 한국 시단의 구조적 모순을 폭로하고 있다. 가령 '어리석은 여우'에 속한 시인들은 국내 120여 개의 문예지 중 제대로 된 15개 정도를 제외한 나머지를 차지하고 있다. 이 문예지들의 존재가 가능한 시스템은 이렇다. 책값을 1만 원 정도로 책정하고 매달 10여 명의 문인을 등단시킨 뒤 100여 권씩 의무적으로 구입하게 한다. 1인당 100만 원씩 1,000만 원의 판매 대금이 보장된다. 신작 특집은 10만 원씩의 게재료를 받는 한편, 등단시킨 문인 모두에게 정기구독료를 받는다. 이후 문예지는 협회를 구성하고 회비를 걷는다. 신인들의 시집을 출판해주고 이익을 챙긴다. 이들이 다른 데로 가지 못하도록 바깥세상과 차단시킨다. 원씨는 "문예지는 사회교육원이나 문화센터, 시동호회 등을 타깃으로 삼아 시인지망생을 포섭한다"고 말했다. 원씨는 또 문예지의 주간이 잦은 지역 나들이를 하는 것과 잡지 판매를 위해 단체를 설립하는 것은 '교활한 여우의 행태'라고 밝혔다. "지역 시단에서 중앙 시단의 잡지 주간들을 세미나, 초청 강연이라는 이름으로 초대한다. 강연 비용으로 몇십만 원을 챙겨주는 한편, 참석한 지역 시인들이 정기

문학을 번영시키기 위해 존재하는가, 근절시키기 위해 존재하는가?라는 질문을 던지지 않을 수 없게 한다. 제 새끼들인 작품을 세상으로 내보내기 위해 돈까지 바쳐야만 했던 일련의 사태 등이 정말로 사실이라면, 그런 문학기구는 도대체 무엇을 위해 존재하는가? 때로 나는 우리의 문단 혹은 문학기구에서 어느 개인을 기소한다는 것이 웃기고 터무니없는 일이라는 생각을 하지 않을 수 없다. 공식적으로 무슨 실명 비판을 행한다는 것도 마찬가지라는 생각을 뿌리칠 수 없다. 이미 우리는 시스템에 의존하지 않고는 작품 발표 하나 할 수 없는 구조 속에 들어와 있다. 작품의 발표가 창작의 연속성으로 간주되는 기류에서 시인은 문학기구와 관계를 맺어야만 하고, 이는 달리 말해 문학기구와의 타협에 근거한 생산을 말해주는 것이다. 하지만 오늘날 시인이 불가피하게 의지하고 있는 문학기구는 시인에 대한 배려, 책임, 존경을 회피하고 있다. 작품을 내주고 돈이라는 공물까지 진상해야 그런 병든 의식까지도 가능한 것이 오늘의 문학의 나라라면, 나 또한 시인이란 존재로 이런 시대를 통과하고 있다는 면에서 깊은 고통을 느끼지 않을 수 없다.

이렇게 극단적으로 타락할 수도 있는 의식이 시인들의 삶의 근거를 뒤흔들고 있을 때, 이제 시인의 존재라는 것은 세계가 부여하는 의미를 고분고분 받아들이는 존재가 아니라 시인 스스로 만들어내고 새로이 규정해야만 하는 대상이 되어야 한다. 시인이란 존재는 수천의 대중 앞에서 자기의 심장을 내보이려 결단한 용기를 가지고, 그렇게 내보여야 할 중대한 운명

구독료를 걷어준다. 맛을 들인 주간은 한 달에 몇 번씩 지방 나들이를 한다. 수금을 하러 다니는 것"이라고 말했다. 여기에다 잡지를 창간한 뒤 단체를 만들어 가입비와 회비, 정기구독료를 받는 행위도 오랫동안 자행돼온 시단의 치부이다. (http://www.hankooki.com/entertain/book)

을 느끼고 있는 사람이라 믿는다. 바로 우리의 심장과 육체, 손발이 알고 있는 이 뜨겁고도 처참한 생의 감각을 정확하게 전달하고자 하는 놀라운 욕망을 가진 자가 아니라면 아무도 시인이 되려 하지 않을 것이다. 그렇게 신성한 시인의 소명을 우리는 오랫동안 떠들어왔지만, 바로 그런 신성함에 대한 환불을 너무나 유예하고 있다.

하지만 어느 사회든 권리는 스스로 찾는 것이다. 시인에게는 분명 자신의 새끼들인 작품을 위해 할 일이 있다. 하지만 우리는 그 할 일을 쓰기만 하는 것으로 오도하고 있다. 우리가 살아가는 시대에 대해 누구보다 치열하고 날카롭게 문제 제기할 수 있는 힘을 가지고 있음에도 불구하고 오늘날의 시인은 너무나 그들만의 작은 공간에 침묵하며 웅크리지 않는가. 그들의 운명을 조종하고 있는 틀을 적당히 거부하는 척하면서, 그저 살아 있다는 신호로 작품을 주기적으로 내보내고, 아무도 읽지 않는 냉소 속에 틀어박혀, 간혹 상이나 챙겨 받으며, 비평이 부풀려놓은 명성과 신문지가 선전해주는 지명도에 도취해, 출판사 책임자나 만나 술을 마시는 것이 오늘날의 시인의 초상이 아닌가. 주말이면 등산을 하고, 싸구려 문학 행사의 초대장을 기다리며, 이미 그의 책이 누구의 덕분으로 출간되었는지 충분히 잘 아는 이에게 증정을 하며, 때로는 출판사에 원고를 들이밀기 위해 굽실거리는 풍경. 그런 장면은 악몽이다. 더 나아가 그렇게 허약해진 시인들은 경제, 정치, 환경, 모든 곳에서 주제를 가져올 수 있는 박력을 상실하고 있으며 우리 삶에 대한 총체적인 시야를 잃어가고 있다. 뿐만 아니라 문학을 위한 경험을 가능케 할 돈을 미디어에 팔아넘기거나 약탈당하고 있다.

그러나 시인은 이런 사회에 대해 항의하지 않는다. 그러나 항의하려 노력해야 한다. 마치 현실에 대해 운운하는 것이 마치 저급한 무엇인 양 고고한 탈속주의에 빠져 아무도 시인이 죽어나가는 환경에 대해서는 말하지 않는다. 이 자본주의의 사회에서 무언가를 위해 최대한 매진한 자에게 주어지는 돈이라는 보상은 합당한 것이다. 작가나 시인이 작품을 위해 여행을 할 수 있는 수익을 가질 수 있는 직업이 되어야만 한다고 주장하면 아마도 사람들은 놀랄 것이다. 최소한 한 편의 작품은, 다음 작품을 발표하기 전까지 버틸 수 있는 수입이 되어야 한다. 고물이 된 컴퓨터를 몇 년 후에 갈아치울 수익은 최소한의 재생산을 위한 대가가 아닌가. 더 나아가 시인은 자기의 안방만이 아니라 더 넓은 세계에 대해 쓸 수 있는 기회를 위한 돈을 가져야 한다.

나는 문학에 대한 자긍심을 가지고 문학을 직업으로 당당히 선택할 있는 세대가 등장하길 정말로 바란다. 적어도 자기 표현의 절박성에 강박당한 자라면, 그토록 불합리한 빈곤을 강요하고 자신을 이 세계의 나머지로 만드는 세계에 대해 항의해야 하는 것이다. 문학은 문화 속에서도 가장 고도의 창조적 행위이다. 왜 우리는 쓰기만 하고 말하지 못하는가? 왜 말할 방편을 가지지 못하는가? 적어도 그것은 시인이 살아남느냐 마느냐 하는 진짜 삶의 문제와 관련된 것인데 말이다. 그러나 우리는 강의실에서 시인은 쓰는 자라고 배웠다. 쓰는 게 이력의 전부라고. 하지만 그 쓰는 일이 얼마나 힘들고 중요한 일인지 우리는 말해야 한다. 그리고 그에 합당한 대가가 반드시 확보되어야 한다는 것을 주장해야 한다. 사느냐 쓰느냐? 하는 절망적인 선택 끝에, 절필의 악몽을 반복하지 않을 시인을 키워내야만 한다.

3. 시인이 사라져가는 대학

시인이 된다는 것은 우리의 사유와 감정을 통제하는 공적 영역에 접근하는 정체성과 경험 등에 있어서 가장 치열한 반역성을 내포한다. 그러므로 시인이 일종의 직업인으로서 분명히 받아들여져야 한다는 주장은 실상 매우 민감하게 여겨질 수 있다. 즉 글쓰기의 표현적 영역에서의 개인적인 정체성과 직업적 차원에서의 공공의 정체성의 문제가 어떻게 결합될 수 있는가 하는 문제가 있다. 아마도 이러한 개인성과 공공성을 가장 효과적으로 결합시킬 수 있는 대표적인 직업은 문학 교수가 아닐까 싶다. 그럼에도 불구하고, 이 글에서 일부러 인용하진 않았지만 "여보! 학위 없는 시인으로 국립대학교 교수가 된 사람은 저밖에 없다는군요. 해방 후 시 써서 국립대학교 교수가 된 1호 시인이라고 남들이 그러는군요!"라는 송수권 시인의 말처럼, '학위도 없이' 대학교수가 된다는 것은 오늘날 얼마나 힘겨운 일인가.

오늘날 시인을 대학에서 받아들이는 경우는 주로 두 가지 특수한 차원들에 집중되어 있다. 첫 번째는 대학이 요구하는 지적인 경력을 충실히 밟고 시스템이 요구하는 실적물을 확보하는 차원이고, 두 번째는 사회적인 선전의 차원에서 대학의 간판처럼 존재할 명성인으로서 스카우트당하는 차원이다. 하지만 그러한 명성의 확장주의는 문학작품을 통해서만이 아니라 오히려 문화인으로서의 수많은 변종의 글쓰기를 통해 생산되며, 이는 문학 자체보다는 주변적인 매체와의 관여를 통해 이루어지는 것이다. 뿐만 아니라 그러한 명성을 만드는 것들은 분명히 문화/문학기구에 참여하는 이들과의 개인적인 교분, 상호 신뢰와 기회 포착, 극악하게는 단독자로서의 시인의 주체성과는 대단히 위배되는 요소 등에 기반하는 것이다(가령 점잔 빼기와 편파주의, 아첨은 취업의 일등공신이다. 그러나 그것은 시에 있어 언제나 가장 쓸모없는 항목이다).

어쨌든 적어도 시인이 대학 시스템에 들어서기 위해서는, 지식을 우선적으로 추구하는 다른 이들과 같이 열심히 연구에 종사하거나 시스템이 요구하는 기준에 맞추어 생산을 해내야 한다. 우리의 대학은 작품보다 논문을 더 신임하며 지식의 철책을 돌파한 완벽한 학위 소지자들에게 문학의 나라에서 먹고 살 수 있는 공민권을 부여하지 않는가. 실제로 대단히 학벌 중심으로 움직이고 있는 우리의 대학 기구는, 문학의 생산을 마치 난잡한 학문의 아류쯤으로 여기거나, 창작의 경험조차 없이 문학에 대해 유창하게 떠들어낼 수 있는 지식 세대를 키워내는 데 여념이 없다. 우리의 대학은 그렇게 지독하게 문학 교육에 투자하는 목적이 바로 문학을 위함이라는 점을 무시하고 있으며, 창작자를 2등급의 인력으로 강등하고, 문학이 아니라 문학에 관한 지식을 신봉하기까지 한다. 그리고 텍스트 생산에 몸바쳐온 이들에게 주어지는 보상은 바로 대학이 그들에게 닫혀 있다는 쓰디쓴 절망감이다. 당연히 이러한 기류에 따라 새롭게 등장하는 문학 세대들도 시가 아닌 다른 영역으로 고요히, 거대하게 이동하고 있다.

창작 자체가 너무나 커다란 생존의 위험을 무릅쓰게 하는 현실 속에 젊은 세대는 학자가 되기 위해 공부하지 창작자가 되기 위해 매진하지 않는다. 오로지 문학을 통해 생산해내는 이차적인 직업을 원할 뿐 생산자가 되기를 바라지 않는다. 지적인 이념에 중독되어 있는 오늘날의 대학처럼, 비평은 의심할 여지 없이 학생들이 가장 선택할 가능성이 높은 장르이다. 그것은 학술적인 리더십은 물론 문학인으로 살기 위한 현실적 물질적 기반을 장악할 수 있는 지름길이다.

그런 문학 인구에 점령당한 대학은 명백히 텍스트 생산자보다 해석자에게 과도한 특권을 부여해왔다. 문학 생산자가 아니라 해석자가 중심이 된 관료적 시스템 속에서 새로운 이론을 방류해낼 만큼 비대해진 비평이 바로 자신의 근거지인 작품을 버리고 있다. 시인에 대한 겸손을 상실하고 있다. 그것은 우리 시대의 가장 위험한 현상이다. 더 나아가 우리의 비평은 얼마나 기망 어린 말들로 생산자를 유린해왔던가. 대학 강단을 틀어쥔 비평가는 야만적으로 쳐들어오는 대중문화에 침략당한 문학을 한동안 옹호해왔고, 짧은 서정시 하나를 설명하기 위해 푸코와 데리다와 온갖 잡동사니 이론들을 버무려놓고 문학작품이 좋은 것이 없네 코웃음쳤다. 혼성 모방을 유포시키고, 패러디와 원작이 동일하네 하는 허튼소리를 퍼뜨리며(정전은 패러디와 동일한 것이 아니라 '다른' 것이다. 우린 그것을 망각해선 안 된다) 창조에 대한 기본적인 인식마저 뒤흔들어놓았고, 그러한 변화의 진원지엔 저자의 중요성을 심각하게 파괴하는 이론이 있어왔다. 가령 저자라는 개념에 근본적인 도전을 던진 것은 단연코 브룩스의 "시적 오류"의 개념일 것이다. 창조자의 의도에서 떨어져 나온 작품은 창조자의 의도와 목적과는 다르게 읽힐 수 있는 가능성을 열었고, 텍스트가 저자의 생각과 목적만을 담고 있다는 고정관념을 깨뜨렸다. 저자의 오류가 가능하니 비평가는 텍스트에 대해 무슨 말이든 하고, 할 수도 있는 것은 자유다. 저자의 의향이 내포하고 있는 텍스트를 어떻게 읽어내든 정말 누가 상관하는가? 텍스트는 무엇이든 담을 수 있는 신축성 있는 직물이 되었고, 그런 의심스러운 저자 때문에 저자 대신에 비평가가 대신 작품에 대해 떠들어대고 강의한다. 시인이나 저자는 그저 가만히 앉아서 놀라면서 그들의 의견을 경청하기도 하고, 그런 저명한 학자 혹은 비평가가 '발견해준' 시에 대해 감사하며 자신보다 더 나은 독자일 수 있는 그에게 감탄을 보낸다. 텍스트는 그냥 거기 있고, 자, 저자는 너보다 나은 존재가 아니다 식으로 막 나온다. 하지만 작품에 있어서의 저자는 적어도 유전적 법칙이 아닌가.

그렇게도 이론과 지식을 숭배하는 비평은 얼마나 시보다 대단했다고 보는가? 우리는 비평이 창조라는 놀라운 말을 기억할 것이다. 만약 어떤 것이 창조라면 원텍스트가 되도록 노력해야 하는 것이다. 비평이 한 편의 시처럼 일차 텍스트가 되려면 표준을 전복하고 새로운 규준을 창조하는 과학 수준이거나 시처럼 꼼꼼히 뜯어 읽을 만한 상당한 텍스트의 수준에 올라서야 한다. 신비평식으로 생각하더라도 '잘 빚어진' 비평은 비평의 이상적인 형식을 완성하자는 거 아닌가. 작품에 대한 자기만의 직관을 불러내고 다른 방식으로는 똑같이 그렇게는 읽힐 수 없는 논리, 거기에 덧붙여진 다른 말들을 이차 텍스트로 만들어버리는 무엇인 것이다. 그저 찬란한 해외 이론의 주석자로 남아 이론의 기계를 돌리고, 남이 써먹었던 때 묻은 은유를 흩뿌려놓은 글은 내가 생각하기에 비평이라기보다 그저 산문적 주해이다. 비평이 창조가 되려면 이론을 문학작품처럼 철저히 패러디하든지 어떤 질문으로 다시 열어야 한다. 우리는 문학작품에 대해 어느 정도는 이론적으로 떠들어댈 만큼 충분히 공부했다고 믿는다. 진저리나도록 강의실에서 배운 것을 반복하며, 억지스런 이론적 질문으로 작품을 오만하게 깔아뭉개면서도, 창작자가 작품에 쏟아 넣는 열정을 비평에는 제대로 쏟아넣지 않는다. 하지만 무엇이든 창조하기 위해서는 똑같은 정신의 격렬한 강도를 견뎌야 한다. 적어도 자신이 쓰는 글이 문학이라는 의지를 가질 때는 말이다.

지식과 이론과 권력을 문학작품보다 숭배하는 현실 속에서 우리는 무언가를 통째로 다시 생각해야 한다. 생산자에 대한 제대로 된 인식도 없이, 썰물처럼 빠져나간 시인들 대신 밀물처럼 밀려드는 학위 소지자로 문학기구가 채워져선 안 된다. 문과(예술)대학의 기본적인 목적은 가장 효과적이고 집중적으로 양질의 문학인을 양성해내는 것이다. 대학은 더욱 깊이 자유롭게 사색할 수 있게 하고, 무언가를 창조하기 위해 자주 강의실의 좌석을 비우기도 하는 어린 학생들을 위해서, 무정부적인 창조의 구역을 제도적으로 지켜주어야 한다. 그것은 너무나도 분명한 문과(예술)대학의 문화적 정체성의 이데아다. 그런 창조적 에너지를 사수하기 위해 존재하는 대학이, 문학이 아니라 지식을 숭배하는 기구로 변질되고, 이상한 권위자로 군림하는 문학 전문가들은 작품이 아니라 이미 쓰여진 작품에 대한 학술서와 비평집만 쏟아내고 있다. 이미 조사하고 조사한 것을 또 조사하고, 벌써 충분히 논의된 작품을 다시 해독하며 무한한 에너지를 낭비하고 있다.

우리는 작품보다는 작품에 대해 떠들어대는 비평을 믿고, 놀랄 만한 지적인 수사가 부풀려놓은 풍문을 믿고, 돈으로 범벅을 해놓은 표지를 믿는다. 그러면서도 우리는 문학사의 심장이 될 수 있는 빼어난 작품들이 없다고 슬퍼한다. 왜 우리에게 영감을 불어넣어주는 시인들은 더 이상 나오지 않는가? 거대한 문학기구의 배를 타고서도, 폭풍을 무릅쓰고 더욱 먼 곳으로 항해하는 대신 이미 도착한 항구에 걸터앉아 아첨쟁이처럼 맴도는 시인이나 낚시질하며, 시가 죽었다고 떠들어대면서도 의자에 앉아 명시집을 발간하고 문학사를 정리하고, 이미 죽었다고 주장하는 시에서 얻어지는 이윤을 우리는 얼마나 많이 누려왔는가. 시인들조차 시가 아니라 시론에 발광한 문화 속에 살고 있지 않은가. 나는 시인들이 자신의 거창한 시론을 늘어놓기 전에 작품이나 좀 좋은 것을 보여주었음 한다. 지적인 커리큘럼을 밟지 못했다는 근심 혹은 전문가에 대한 공포에 빠져 오래전에 대학을 떠났던 시인조차 다시 대학원으로 내몰리는 그런 집단적인 공황 속에, 우리는 당당하고 위대한 시인은커녕, 끝까지 시를 써나가는 시인을 얻는 것조차 힘들어질 것이다. 나는 정말로 시가 어떻게 죽는가를 간략히 정리하고 싶다. 생산자가 없으면 사라지는 것이다. 그것은 너무나도 간단한 진리다. 생산자를 부인하고, 저자를 능욕하고, 표절에도 무엇에도 분노하지 못하는 우리가 조잡하고 멋대가리 없는 시를 만나는 것은 당연한 일이다.

우리는 무언가를 거절하거나, 기권하거나, 아니면 단념해야 한다. 작품을 읽어보기도 전에 작품에 대한 지식을 주입받고, 재빠르게 권력을 수확할 수 있는 장소로 이동하며, 논리를 주워댈 뿐 한 번도 문학적 소신을 밝히지 않는, 바로 그런 이들에 의해 주도되는 시스템의 그늘처럼 존재하는 시인들은 오늘날의 문학적 지성이 창조해낸 새로운 사물이 아닌가. 우리는 누군가 힘든 작업을 대리하고, 그런 작업을 통해 이윤을 얻어내는 이차 생산자가 되고 싶어한다. 자신의 물질적 토대였던 자연에 악마같이 무관심한 현대문명처럼 말이다.

나는 이 시대가 더 많은 제물을 요구할까 두렵다. 나에겐 송수권 시인의 절필 선언이 일종의 예언처럼 들린다. 단순히 이전에 시인이 존재해왔기에 지속적으로 시인이 탄생하리라는 기대는 너무 낙관적이다. 우리는 어떤 집단적 노력을 통해서, 시인이 시인으로 살아갈 수 있도록, 새로운 시인이 탄생하도록 도와야 한다. 적어도 그러도록 노력해야 한다. 우리가 무수히 잃어버려왔고, 또 지금도 잃어가고 있는 시인들이 견딜 수 없는 고투 끝에 얻어낸 것들을 건네줄 때, 적어도 그것을 받을 만한 사회는 되어 있어야 한다.

반성하는 버릇을 반성하지 않는
세계에 보내는 편지

1. 미안하지만 그들은 시인이다

시인이 자기만의 스타일을 가진다는 것은 무얼 의미하는가? 현대시의 핵심적인 요소로 여겨지는 '스타일'이란 것은 관습적인 방식이나 감각으로는 전달할 수 없는 특별한 메시지나 정서를 보다 효과적으로 독자에게 전달하기 위해 고안된 말하기의 방식이라 할 수 있다. 즉 사회의 인식지수와 타협할 수 없는 특별한 무엇을 말하기 위한 전략이며, 실제로 독특하고 다양한 스타일을 통해 현대시는 많은 것들을 말할 수 있었다. 절대로 자신을 반성하지 않는 표준과 관습의 논리로 굴러가는 세계에서 시인은 늘 '다른' 목소리를 구성해낼 스타일을 고안함으로써 이 사회가 놓쳐버린 것들에 대해 간곡한 편지를 전하는 것이다. 그러므로 하나의 개성적인 목소리를 창조하는 행위는 세계와 사회에 대한 질문을 전제하고 있다. 현대 시인들이 강력하게 자신의 스타일을 밀어붙이는 것은, 때로 강고하고 교활하기까지 한 사회의 문법이 희생시킨 목소리를 들려주고 아무도 제기하지 않는 질문을 사회에 내던지기 위함이라 할 수 있다. 그러한 시인의 자리는 늘 고통스럽다.

왜냐하면 그곳은 세계와 적당히 타협할 수 없는 이방인의 목소리를 들려주는 자리이기 때문이다. 시인은 사회의 '가장자리'를 고수하고 더욱 극단적인 가장자리로 기어나가려 애쓴다. 그러면서도 스스로 주류에서 벗어나는 고립과 이화(異化)의 삶을 한탄하고 저주하지 않는다. 미안하지만 그들은 시인이기 때문이다. 어느덧 21세기의 십 년 단위 끄트머리를 돌아가는 시점에서 나는 시인의 삶에 대해 질문하고 있는 시 한 편을 먼저 주목해본다.

> 이성복 시인이 물었다
> "시인은 끈질기게 어렵게 살아야 시인이 아닐까요?
> 보들레르, 랭보, 두보를 보세요."
> 어려운 삶!
> 일찍이 호머는 눈이 멀어
> 지중해를 온통 붉은 포도주로 채웠고,
> 굴원은 노이로제에 시달리며
> 양자강을 온톤 흑백으로 칠했다.
> 저 어려운 색깔들!
>
> — 황동규, 「시인은 어렵게 살아야 1」 부분

위의 시는 수많은 시인들이 감내해온 "어려운 삶"의 의미를 다시 곰곰이 생각하게 해준다. 보들레르, 랭보, 두보, 굴원 같은 숱한 시인들의 삶의 비화나 그들이 남긴 언어의 "어려운 색깔"은 당대의 사회적 이념이나 신념, 시대에 대한 절망과도 맞닿아 있다. 시대와 타협하지 못하고 굴곡 많은 생을 선택해야 했던 시인들의 삶을 통해 우리는 시라는 것이 단순히 언어를 부리는 '기술'이 아니라 모든 것을 내던질 때 가까스로 얻어지는 언어라는 것을 깨닫는다. 그래서일까? 올해 신작 시집 『투구꽃』을 발간하기도 했던 최두석은 시인이 대중의 하수인인 연예인처럼 행동한다거나 앞장 서서 대중 추수적인 삶으로 뛰어드는 세태를 응시하면서 현대 시인들이 자칫 잃어버리기 쉬운 시인으로서의 기품을 상기시켜준다. 그의 시 「산벚나무가 왕벚나무에게」는 도시에서 자라는 외래종 "왕벚나무"에게 '산벚나무'가 건네는 말을 빌려 명성과 권력을 좇는 군상들을 은근히 풍자하고 있다. "화투장에 삼월의 모델"로 등장한 것을 시작으로 "지역과 거리의 자랑" "가문의 영광"(최두석, 「산벚나무가 왕벚나무에게」)까지 이루어낸 왕벚나무의 세속적인 삶은, 고적한 은둔자의 기품을 지키며 "조촐하게 꽃피고/버찌는 새들이 먹어 새똥 속에서 싹트는/예전의 습성"으로 사는 산벚나무의 삶과 대비를 이룬다. 김후란의 「농부와 소」 또한 묵묵히 언 땅을 갈아내는 농부처럼 "부지런히 일하면서 세상을 열어가"는 시인의 자세와 시류에 흔들리지 않는 견고한 정신을 되새겨보게 한다.

그렇다. 시라는 것이 생의 진실한 표현이자 시대의 표지가 되기 위해서 시인은 얼마나 많은 탐욕과 세속적인 포즈를 내던져야 하는가. 나는 그렇게 살아온 훌륭한 시인들의 삶을 무수한 시집들을 통해 만난다. 올해의 시단에서 가장 주목해야 할 현상들이 있다면 우선 나는 정말로 간난한 시대를 통과해온 원로/중진 시인들의 부단한 작품 발표라고 말하고 싶다. 이들의 시에는 전후에서 출발해 산업 개발기 등 간난한 시대의 모퉁이를 돌아온 세대 의식에서 배태된 사유, 자본주의의 비판적 극복을 위한 생태적 자연관, 자연을 닮아가는 겸손한 삶에 대한 응시가 자리잡고 있다. 올해 우리 시단의 거목들이 한정판 납 활자본 자선 시집을 발간한 것 또한 대량 생산과 속도가 지배하는 자본주의 사회의 상식을 거부하는 특별한 역설이다. 정진규, 이근배, 김종해, 오세영, 허영자, 김종철 같은 시인들의 활자본 시집은 그들의 시력을 결산함과 동시에 우리 시의 새로운 출발을 지시하는 아름다운 표지판이다. 각기 스타일은 다르지만 이들의 시집이 보여주는 시적 건강성, 영혼의 진실과 철학적 자세야말로 경박한 말부림이 번져가는 시단에 가장 절박하게 요구되는 시적 덕목이 아닐까 한다. 아울러 김규동, 김남조, 유안진, 오세영, 황동규, 송수권, 강희안, 허만하, 김후란 등 우리 시단의 거목들이 치열한 작품 활동을 통해 그들의 시세계를 결산해나가고 있는 현상도 주목해볼 수 있다.

특히 광복기의 젊은 모더니스트로 출발해 한국 현대 시사에 큰 발자욱을 남겨온 김규동 시인의 가열한 작품 발표는 사뭇 감동적이다. 그는 "어머니의 가슴"과도 같은 고향을 그리는 월남 시인의 향수를 「추락」 같은 시편에 담아냄으로써 우리가 잊어버리기 쉬운 분단의 아픔과 극복의 의지를 되새기게 해준다. 김남조는 「숲과 불」 등의 시편들을 통해 어떠한 문학의 유행에도 흔들림 없이 견지해온 인생과 사랑의 시학을 완성해가고 있다. 제2회 이상문학상을 수상하기도 했던 정진규는 「슬픈 살」에서 누군가 "떠나면서 길 연 슬픔"과 자신의 길을 걷기 위해 불가피하게 껴안아야 하는 고독의 의미를 나지막한 목소리로 들려주고 있다. 제7회 영랑문학상을 수상하기도 했던 허형만 시인은 서정적 품격을 지닌 철학적인 언어를 통해 삶의 진정성을 독자에게 다시 각인시키고 있다.

올해 열여덟 번째 시집 『바람의 그림자』를 발간하기도 했던 오세영은 시를 통한 생명의 회복과 자연과 함께 하는 휴머니즘의 가치를 신선한 상상력의 언어로 표현해내고 있다, 그는 "하늘나라 백화점은/도시가 아니라 한적한 시골에 있다"(「천문대」)라고 말을 통해 자연의 소중함과 생명의 가치를 거듭 독자에게 각인시킨다.

겨울 숲
비트에 몸을 숨긴 딱따구리 한 마리

제1부 시인이라는 개인

예의(銳意)
주위를 경계하며 다다 따따따 다다
난수표에 따라
비밀 암호를 타전한다.
"거점 확보, 오바"
산 너머 대기 중인 봄
예하 부대에 긴급히 명령한다.

진군이다.
행동개시!

— 오세영, 「간첩」 전문

　　겨울 숲에서 나무를 쪼고 있는 딱따구리 소리를 '간첩'의 "비밀 암호"
로 비유하고 있는 오세영의 시는, 딱따구리의 출현을 뉴스와도 같이 긴급
타전하고 있다. 문명인의 귀에 놀라운 암호를 타전하는 딱따구리는 자연
과 대지를 약탈하고 오염시킨 인간의 세계를 인간과 다른 눈으로 바라보
고 있는지도 모른다. 짐승의 시선은 간첩의 눈만큼이나 예민하다. 우리가
무시해버린 사소함에서 그들의 대지를 지배하고, 생을 약탈하고 굴복시키
는 것들을 냄새 맡는지도 모른다. 모든 것이 넘쳐흐르는 이 자본주의 사회
에서 누가 굶주림을 상상하겠는가? 하지만 한여름 유령처럼 서 있는 가로
수를 보며 우리는 상상할 수 있다. 물들기도 전에 찌들어가는 낙엽을 보며
우리도 그런 공기를 마시고 있다고 상상할 수 있다. 탐욕이 우리가 매일매
일 먹어야 하는 아편 같은 것이며, 우리의 삶이란 영혼을 팔아치우는 과정
이고, 마음의 대지를 강탈당하는 시간임을 느낄 수 있다. 우리가 그런 방
식으로 계속 살아가도록 강요되고 있음을, 그런 분위기가 생명을 황무지
로 내몰고 있음을 느낄 수 있다. 그의 시는 우리가 묵인하고 있는 의미의

통로들, 자랑스레 과시하고 있는 가치, 관념들에 대해 아름다운 시비를 걸고 있다. 너무나도 당연하게 여겨지는 인간 중심의 시스템을 '간첩'처럼 비밀스레 탐지하고, 그것을 넘어서기 위한 자연의 "행동개시!"를 선포하고 있는 것이다.

올해 제4회 이형기문학상을 수상자이기도 했던 유안진의 시집『알고(考)』에는 시인이 30년간 연구한 민속사와 '달집태우기' '쥐불놓기' 등의 아름다운 생활풍속, 자연과 인간이 어우러진 서정이 오롯이 담겨 있다. 허만하의『바다의 성분』, 김명인의『꽃차례』또한 생명의 근원인 자연과 역사, 소멸의 운명을 마주하고 있는 존재의 의미를 숙연하게 되짚어보게 한다. 홍신선의 시집『우연을 점찍다』는 그의 문학적 결산이라고도 해야 할「마음경」연작을 비롯하여 적지 않은 빛나는 시편들을 담고 있다. 그의 시집에는 인간의 본성과 따스함, 시에 대한 초심을 잃지 않고자 하는 한 시인의 갈망, 영원한 시적 화두일 수밖에 없는 인간, 자연, 생명 등을 어떻게 바라볼 것인가 하는 문제의식이 깃들어 있다. 올해 윤선도시문학상과 박두진문학상을 동시에 수상했던 최동호의『불꽃 비단벌레』는 "우리의 삶 속에 감추어진 정신적 황금 부분을 객체화시키는 정신"을 통해 우리 시단의 경박함과 가벼움, 그리고 자기 쇄신력을 상실한 채 지나치게 철학적인 포즈나 주관주의로 함몰하고 있는 서정시의 기류에 경종을 울린다. 무엇보다『불꽃 비단벌레』가 보여주는 것은 '비움'의 세계이다. 비록 이 세속적인 세계에 구원은 없을지라도 인간 정신의 존귀함과 간절한 염원, 사랑과 헌신에의 의지는 구원을 대신한다. 일상에 밀착하여 삶의 '황금 부분'을 탐색하고 있는 그의 시는 "시를 부정하는 현학적 궤변"을 넘어 생명의 존귀함을 통찰하고 '시의 진정성'을 회복하고자 하는 성숙하고 품격 있는 시정신을 보여주고 있다.

2. 쓴다는 것은 앓는다는 것 : 시인과 작품들

올해의 시단에 발표된 수많은 시편들은 각기 시적 개성은 다르지만 생생하고 역동적인 시대감각과 실험 정신, 자연에 대한 새로운 발견 혹은 일상성에 대한 탐구를 다채롭게 보여준다. 시의 메시지와 정조로 본다면 치열한 현실 인식의 끈을 놓지 않는 사회비판적 시, 자본주의의 난폭함을 비판하며 자연과 생명의 존엄함을 되새겨보게 하는 시, 일상을 영위하는 존재의 고립감과 불안 등을 해부하는 시, 거침없는 문화적 감수성과 발랄한 상상력을 내보이는 시편들이 몇 갈래 특성을 이루고 있는 듯이 보인다.

2009년의 시단에서 유독 눈길을 끄는 현상 중의 하나는 광우병 파동 때문인지 올해 유독 '소'에 대한 시편들이 많이 발표되었다는 점이다. 백무산의 「업」과 같은 시는 미국산 쇠고기 파동과 관련된 우리 사회 이슈를 소재로 하여 예전에 식구같이 살아가던 소에 대한 연민을 통해 생명을 상품화한 자본주의 사회를 비판하고 있다. 시사적 내용을 시 속에 담아낸 시편들도 적지 않았다. 여아 성추행 사건을 모티프로 삼은 김기택의 시는 "건강은/너무 건강한 건강은/건강이 너무 많아 어디다 써야 할지 모르는 건강은"(김기택, 「건강이 최고야」) 건강이 아님을 일갈함으로써 너무나도 추한 자기중심적 욕망을 탄핵하고 있다. 함민복의 「김선생의 환청」은 정부의 "저탄소 녹색운동"을 교묘하게 비틀며 자연을 위한 녹색이 아니라 생산력의 가동을 위한 녹색의 슬로건에 통쾌한 일격을 날리고 있다. 김형수의 「봄 측면」은 남대문 화재를 제재로 하여 한국 사회에 대한 비판적 성찰을 내보이고 있으며 안상학의 시 「문근영을 생각다가」는 '통혁당 사건'을 통해 한국 사회에 아직도 만연되어 잇는 레드 콤플렉스를 날카롭게 해부하고 있다(문근영의 외조부가 통혁당 사건과 관련된 류낙진이라는 것이 알려진 후 문근영에게는 '너도 빨갱이가 아니냐'며 비난의 말이 쏟아졌다). 이러한 사회비판적인 메시지는 "명명백백 인간이 자행한 총의 역사"(안상학, 「팔레스타인 1300인」)를 탐구하고 있는 안상학의 다른 시편들에서도 두드러진다. 이 외『한국 사회어 용례 사전 ─ 풍자소시집』으로 묶여 발표된 김진경의 작품들이나 윤병무의 시편들도 강한 풍자성과 날카로운 현실 비판의 시각을 통해 음험하게 숨겨진 시대의 '중심'을 저격하고 있다.

시를 쓰고 또 쓰는 것만으로는 부족하다. 쓰는 이는 그 시대의 어느 것과 논쟁해야 하는 것이다. 우리 삶의 질을 변화시키는 어떤 중심에 대한 반역자로서 시는 존재한다. 이러한 반역의 도전장을 내던지는 데 있어 여성 시인들은 무척 용감하다. 올해도 많은 작품을 발표해온 김승희, 문정희, 김혜순과 같은 시인들은 젊은 시인들 못지않은 치열하고 뜨거운 시적 열망을 보여주고 있음이 주목된다. "아직이라는 말 참 좋아,/…(중략)…/입천장 가득 활짝 일어서는 향기로이 넘치는 반원의 무지개/아직은 더 갈 수 있다잖아./…(중략)…/아, 머리가 시원하다,/아직이란 말"(김승희, 「아직이라는 말」)이라는 김승희의 시구에서 엿보이듯이 '아직'이라는 말은 결코 뒤늦은 출발이란 없음을, 시라는 것은 영원히 치열하게 걸어가야 할 길임을 우리에게 알려준다. 김혜순의 시편들 중에서도 주목되는 것은, 조류독감으로 인해 구덩이에 몰살당한 새의 운명에 시인의 운명을 포개놓은 '인플루엔자' 연작이다. "내가 지금 새의 시를 쓰는 것은/새를 앓는다는 것"(「인플루엔자」)이라는 시구에서 엿볼 수 있듯, 시인은 지상에서 피살된 새들처럼 지상에서 꿈꾸기를 포기하지 못하는 시인의 삶을 노래한다. 허수경은 "호흡이 거칠어지는 병을 앓기"(허수경, 「내가 쓰고 지웠던 시 제목」)도 하는 비극적인 화자를 통해 "어미를 죽인 자/아이를 죽인 자/현금을 강탈한 자"(「삶이 죽음에게 사랑을 고백하던 그때처럼」)처럼 세계를 난폭하게 배반하는 '빌어먹을 심장'의 소리를 추구해간다. 이 외에 김상미, 최정례, 최영미, 신현림, 조말선, 이수명, 김경미, 김민정, 진수미, 하재연, 정한아, 박미산, 이은규, 김지유, 유희경, 김은주, 임현정, 강성은, 심인숙 등도 대단히 치열한 활동을 보여주고 있다. '뿔'로 대변되는 시인으로서의 자존 의식(유희경, 「서른」), "지우개만으로 그림을 그"려야 하는 타자로서의 인식, "복화술로 훈육된 염소들"(김은주, 「구름왕」)이 되기를 거부하는 반항의 포즈는 아마도 젊은 여성 시인들의 감수성과 상상력을 요약할 수 있는 한 방식이 될 수 있을 것이다.

황학주, 손택수와 배한봉의 시는 자본주의 세계의 이기성을 넘어 진정으로 존귀한 삶을 위해 우리가 지향해야 할 바가 무엇인지 진지하게 고민하게 한다. 특히 황학주는 아프리카 순례에서 얻어진 고귀한 체험들을 수많은 시편과 에세이에 담아 '나'라는 독단을 넘어서는 사랑과 삶의 의미, 대자연의 숨결과 존귀한 생명의 메시지를 감동적으로 독자에게 전달해주고 있다. 손택수의 「감 항아리」는 배고픈 시절의 풍경화를 뭉클하게 그려낸다. "뱃속 아기를 잃어버린 외손주를 위해" 풋감을 소금물에 삭혀 먹이던 할머니는 자연과 생명에 겸허했던 시절의 삶을 되새겨보게 한다. 배한봉의 「하늘이 찬란하다」 「사람의 무게」와 같은 시편들은 자연을 능욕하고 약탈해온 인간의 이기성과 자본주의적 삶에 대한 반성의 시선을 내보여준다. 어찌 이뿐이랴. 강형철, 장석주, 박상순, 박정대, 이은봉, 윤희상, 고형렬, 나태주, 김요일, 박현수, 윤재철, 김형수, 이경교 등 참으로 많은 시인들의 작품에서 우리는 삶을 돌이켜볼 수 있는 반성의 계기와 진실된 자아를 발견할 수 있는 눈을 얻게 된다.

함성호, 성기완, 함기석은 여전히 언어에 대한 실험과 탐구를 치열하게 수행하고 있다. "빛의 풍차를 돌리는 툰드라의/바람처럼/감로탱화 한 점

같은 죽음의 전쟁터를 떠도는/고민에 찬 순례자"(함성호, 「울부짖는 솥」)의 의식을 노래한 함성호, 'ㄹ'이란 기호를 독특하게 실험하고 있는 「리을별곡」을 발표한 성기완, 초현실적인 이미지를 강렬한 화폭처럼 밀어붙이는 함기석의 「중복」 등은 자유로운 인식의 삶을 위해 세계가 요구하는 논리와 언어를 난폭하게 거부하는 시적 전위성을 엿보게 한다. 이재무의 「버림받은 자」는 관계의 그물에서 외로이 벗어난 상처 입은 내면을 들여다보고 있다. "그는 버릇처럼 핸드폰 액정 화면 들여다본다/문자 한 통 날아오지 않는다/…(중략)…/세계의 소음으로부터 고립되었다, 그는/우리에 갇힌 짐승의 하루를 사는 동안/혼잣말하는 버릇이 생기고/내면은 온통 잡음의 부유물 끓어넘친다/침묵으로부터도 고립되었다, 그는/자신과 세상으로부터 버림받은 자인 것이다"(이재무, 「버림받은 자」)라는 구절에서 우리는 세계의 기존 질서에 안주한 타인들에게 소외당하고 망각되는 시인의 고통을 엿볼 수 있다. 하지만 그 '실종'은 영광스런 것이다. "사람들의 기대는 무너지고/박수갈채는 잠잠해지고/그는 한 걸음 한 걸음씩/세상 사람들 기억 속에서 잊혀져 갔다//또 다른 삶이 시작되었다/눈부신 실종."(나태주, 「실종」)에서 엿보이듯이 망각과 고립의 지점에서 시인으로서의 "또 다른 삶"은 시작되기 때문이다. 망각과 외로움은 여전히 시인들의 치열한 자아 인식을 위한 통로가 되고 있다. "어떤 처량함이 있다. 혼자 밥을 먹을 때, 식도를 타고 내려가는 밥 알갱이들이 한 알 한 알 조개탄처럼 느껴질 때가 있다."(허연, 「역류성 식도염」)고 노래하는 허연의 시에서도 우리는 살아가는 자의 고독과 슬픔, 삶의 의미를 진지하게 되물어보는 시인의 모습을 발견하게 된다. "마음이야 늘 지치고 허기졌으니/그렇게 종일토록 외로움만을 낚아올려도/행복하겠다 오히려/불타는 낙조를 뒤로하고 돌아오는 길이/속세로 유배를 떠나는 것처럼 끔찍하겠다"(김선태, 「낚시 유배」)라는 시구에서도 세상으로부터 떠남으로써 한 줌의 언어를 건져올리는 시인의 자세를 엿볼 수 있다.

각기 시적 개성은 다르지만 김근, 김경주, 황병승, 오은, 임윤, 김규성, 박윤일, 박강, 이이체, 박현규, 정영, 이윤설, 정한아, 주원익 등은 산문성이 강한 스타일과 자기분석의 예리한 시선이 번득이는 시편들을 많이 발표하였다. "귀하의 우울은 어느 정도인지 검사하여 보십시오. 한 문장도 빠짐없이 성실하게 답하셔야 정확한 진단을 통해 진정한 도움을 드릴 수 있습니다."로 시작하는 박진성의 「우울증 자가 진단표」는 심리상담사의 '설문지' 양식을 시에 도입하여 '진단'은 있지만 '처방'은 없는 현대사회의 우울한 기류를 진단하고 있다. 조말선은 자전적 소재를 통해 현대인의 심리를 예리하게 파헤치는 흥미로운 시를 발표하였다. "이름의 억압으로 시인이 되었군요, 그는 내 이름을 듣자마자 정신분석가처럼 말하지만 전체주의적이다 초면치고는 점쟁이처럼 말하지만 보편적 오류에 빠져 있다"(「조말선」)는 시구에서 엿보이듯 '이름'을 통해 주체를 호명하고 해석하고 멋대로 규정하는 세계의 '전체주의'를 꼬집고 있다. 그렇게 난폭하고 권력적인 '육식성'(김경미, 「육식성의 아침」)의 세계에는 무수한 열등 인간이 탄생하게 마련이다. 박강의 「이불 속의 마적단」 「아랫목의 순례자들」 「고아」 등에 나타나는 '백수' 같은 열등 인간들은 자본주의라는 삶의 조건 속에서 이름도 정체성도 찾지 못한 젊은 세대의 고민을 우울하게 투영하고 있다. "우리는 배우지 못했어/올바르게 주장하는 법을 아무도 가르쳐 주지 않았고/덩치가 커지기 시작했지/밤거리의 불빛을 따라 걷다 보면/교도소에서 나온 형제들 먼 친척들/이웃들과 마주칠 때가 있지만/우리는 큰 모자를 눌러 쓰고 서로를 완전히 외면해"(황병승, 「솜브레로의 잠벌레」)라는 황병승의 시귀가 암시하듯이 그들을 '성인'으로 호출한 현실 속에서 '성장'의 트라우마를 겪는 키덜트적 감성을 우리는 많은 시편들에서 엿볼 수 있다. 세계는 "사람은 살아서 건널 수 없다는 사막, 혹은/짐승이 아니면 견딜 수 없다는/적막"(김정웅, 「짐승스타일 1」)이라는 인식은 박성준의 「초대장」 같은 젊은 시인들의 시편들을 자주 가로지른다.

시대적 감각을 무거운 이념이나 정치성으로 채색하지 않고 그들만의 시선과 감성으로 노래하는 것 또한 우리 시단의 두드러진 특성으로 여겨진다. "스무살의 전경과 스물두살의 전경이 은박 방패를 바닥에 깔고 앉습니다. 삶은 계란도 먹고 칠성사이다도 마시고 오물오물 김밥도 나눠먹습니다. 매일매일 금요일이 되면 우리는 우리는 광장으로 모여듭니다. 광장은 시청에도 없고 용상에도 없습니다."라고 노래하는 김산의 「랄랄라 집시법」에서 우리는 구호와 선동이 아니라 일상의 감각으로 정치적인 공간을 재현하는 젊은 시인들의 렌즈를 읽을 수 있다. "난 빨강이 좋아/새빨간 빨강이 좋아/발랑 까지고 싶게 하는 발랄한 빨강/누가 뭐라든 신경 쓰지 않고 튀는 빨강"(박성우, 「난 빨강」)이라 노래하고 있는 박성우의 시는 지난 시대라면 감히 발설하지 못할 무엄한 어조로 레드 콤플렉스에 짓눌려온 기성세대의 의식을 가볍게 때려 부순다. 이렇게 정치성과 탈정치성, 중요함과 사소함의 경계를 재치 있게 해체하는 솔직, 발랄한 감성도 올해의 젊은 시의 주목할 만한 흐름이다.

일상의 사건들에 밀착한 세밀한 시선도 주목할 만하다. "버려진 유모차를 주워온다./곰팡이 슨 씨트를 벗겨내어/끓는 물에 펄펄 삶는다.//아파트 놀이터에서 여자가 알은체를 한다./"우리 거랑 같네. 그저께 버린 건데."(임현정, 「검은 쿠션」)에서 엿보이듯, 세상이 내버린, 그러나 시인은 끝내 내버릴 수 없는 말과 생명의 요람은 얼마나 소중한 것인가. 문혜진의 시 「사슴뿔극장」의 화자는 "생계형으로 변질된 혀"를 가지고 있으나 그의 속내는 "순결한 시간의 결정체"와도 같은 순수한 유서를 꿈꾼다. 김지유의 「킬 힐」에는 과장된 여성적 매력과 어긋나곤 하는 삶의 불안이 위태롭게 드러나고 잇다. 김연숙의 「포커페이스 증후군」에서 엿보이는 세상의 위선과 불온한 언어적 제스처는 언제나 길항한다. "종이/펜/질문들/쓸모없는 거룩함/쓸모없는 부끄러움"(진은영, 「쓸모없는 이야기」)과 마주하고 있는 시인은 자신의 언어를 소통시킬 새로운 방도를 꿈꾸는 것이다. 정윤천의 「세상의 모든 구라」 또한 "세상의 높거나 귀한 자리에 애초부터 인연 없거나 밀려난 이들"에 대한 이야기를 담고 있다. 남들에겐 쓸모없는 것이지만, 자신에겐 중요한 것을 정직하게 재현하고자 하는 '입'의 욕망은 이들의 시를 가로질러가는 공통항이다. 김연숙의 「開花」는 "욕망이여 입을 열어라 내가 거기서 사랑을 발견하겠다"는 김수영의 「사랑의 變奏曲」을 차용하여 "검보랏빛 흉측한 거대한 혀 하나 이것이 네 몫으로 할당된 사랑이었노라고"라고 주장한다.

미친 짓이라고? 시를 쓰는 것은 미친 짓이 아니라 가장 멀쩡한 자가 하는 짓이다. 시는 우리의 정신이 여과해놓은 현실이 아니라, 영혼과 감정 정신 모든 것이 갈망하는 온전한 현실을 더듬기 위해 창조된 언어이기 때문이다. 시는 그러한 의미에서 우리의 존재를 가장 완벽하게 매개하는 언어이다. 시는 언어의 탄막이 포위하고 있는 실재에 대해 질문하고, 우리가 쌓아올린 지식 자체의 의미를 묻는다. 이렇게 자신의 시적 개성을 세상의 논리 속에 물화시키지 않고, 세상이 무엇이라 번역하든 말하기의 욕망을 정직하게 내보이는 시편들이 많이 발표된 것도 올해 시단의 한 특징으로 지적될 필요가 있다.

3. 가슴의 환한 고동 : 수상작과 시집, 그리고 신인들

　문학상은 어떤 시의 언어적 실험이 대단히 의미 있는 것이라는 일종의 전문가적 승인이다. 별다른 의미도 없이 문학상의 의미가 소비되어버리는 현실에 대해서 많은 비판들이 존재해왔지만, 그럼에도 불구하고 문학상이란 대단히 외롭고 은밀한 작업을 수행하는 시인에게 부여되는 의미 있고 가치로운 포상 행위다. 또한 획일적인 가치가 지배하는 자본주의 사회에서, 특별히 가치로운 예술적인 표현을 선택하는 중대한 행위이다. 그것은 폭넓은 문학의 스펙트럼 속에서 특별히 어떤 장점을 취하는 것이며 우리 시대의 문학에 대한 나름대로의 설득력 있는 규정 행위이므로 적지 않은 시편들이 많은 문학상 수상작들로 발표되었다는 사실을 놓치고 지나갈 수 없다. 앞서 언급한 수상자들은 과감히 생략하고 지나가자. 너무나도 많은 수상자들이 쏟아져 나왔으니!(내가 아는 시인이란 시인은 거진 다 상을 받았다!) 치열한 현실 인식과 따스하고 인간적인 삶의 조화를 보여주던 도종환의 시적 성취가 제21회 정지용문학상 수상으로 새로운 평가를 받게 되었다. 수상작인 「바이올린 켜는 여자」는 "정지용이 일찍이 물려주고 간 모국어의 어떤 숨결, 가락의 어떤 떨림은 이제 도종환에 와서 오늘의 시로 깨어나고 있음을 보여준다"(심사평)는 평을 받으며 작품성을 인정받았다. 올해 네 번째 시집인 『고양이가 돌아오는 저녁』으로 17회 대산문학상을 수상한 송찬호의 「이상한 숲 속 농원」은 인간 중심의 사유가 자연에 부과한 상처와 인간이 눈치 채지 못한 자연의 처절한 생존법을 동화적 상상과 실험적인 화법으로 노래한다.

　제24회 소월시문학상 수상자인 박형준의 「가슴의 환한 고동 외에는」은 인간의 순수성과 "가슴의 환한 고동 외에는 들려줄 게 없는" 순수한 인간으로 회귀하고자 하는 의지를 드러낸다. "나는 바람 냄새 나는 머리칼/거리를 질주하는 짐승/짐승 속에 살아 있는 영혼"(「가슴의 환한 고동 외에는」)이라는 시구에서도 엿보이듯이 그의 시는 자연과 교감하는 무구한 영혼과 순연한 유년에 마주쳤던 '은하수' '우물'(「무덤 사이에서」) 같은 꿈의 깊이를 서정적으로 드러내고 있다. 시집『말똥 한 덩이』를 발간하고 윤동주문학상을 수상하기도 했던 공광규는 수상작「놀랜 강」등을 비롯한 시편들에서 문명의 그늘을 견디고 있는 자연의 씨앗들에 따스한 눈길을 던지고 있다. 새가 날아와 놓고 간 "분홍 새똥" 속에 숨어 있었던 "자리공 씨앗"들이 시멘트 틈 사이로 자라나 "밑동이 굵어지면서 시멘트를 부수고 있다"(「새똥」). 섬세한 시선으로 자연의 존귀한 힘을 포착하는 시편들은 2009년 미당문학상 수상작인 김언의「기하학적인 삶」과 사뭇 대비를 이룬다. 젊은 시인 김언이 세 번째 신작 시집『소설을 쓰자』발간과 함께 미당문학상 수상자로 선정된 것은 거의 '파란'에 가깝다. "나는 서른 여섯 살이고 혼자 있었다."(「혼자있었다」)고 시인이 말하듯, 그는 정말로 외롭게 창작에 매진해온 부산의 젊은 시인으로, 무척 난해한 언어 미학을 극단으로 밀고 나가는 시인이다.

> 미안하지만 우리는 점이고 부피를 가진 존재다.
> 우리는 구이고 한 점으로부터 일정한 거리에
> 있지 않다. 우리는 서로에게 멀어지면서 사라지고
> 사라지면서 변함없는 크기를 가진다. 우리는 자연스럽게
> 대칭을 이루고 양쪽의 얼굴이 서로 다른 인격을 좋아한다.
> 피부가 만들어 내는 대지는 넓고 멀고 알 수 없는
> 담배 연기에 휘둘린다. 감각만큼 미지의 세계도 없지만
> 3차원만큼 명확한 근육도 없다. 우리는 객관적인 세계와

명백하게 다른 객관적인 세계를 보고 듣고 만지는 공간으로
서로를 구별한다. 성장하는 별과 사라지는 먼지를
똑같이 애석해하고 창조한다. 우리는 자연으로부터 나왔지만
우리가 만들어 낸 자연을 부정하지 않는다. 아메바처럼
우리는 우리의 반성하는 본능을 반성하지 않는다.
우리는 완결된 집이며 구멍이 숭숭 뚫려 있다.
우리의 주변 세계와 내부 세계를 한꺼번에 보면서 작도한다.
우리의 지구가 어디에 있는지 모른 채 고향에 있는
내 방을 한 치의 오차도 없이 찾아간다. 거기
누가 있는 것처럼 방문을 열고 들어가서 한 점을 찾는다.

— 김언, 「기하학적인 삶」 전문

수상작인 「기하학적인 삶」은 황막한 도시 문명 속에서 서로를 경계하면서 이성의 독단 속에 웅크리고 있는 현대인의 내면을 대단히 새로운 감각으로 그리고 있다. "주변 세계와 내부 세계를 한꺼번에 보면서 작도"해가며 "한 치의 오차"도 없이 반복되는 우리의 삶은 "하나의 점과 부피"로 규정된 3차원의 우주 속에 갇혀 있다. 이렇게 낯설고 메마르고 삭막하기까지 한 시적 표현은 "반성하는 본능을 반성하지 않는" 이성의 세계를 저격하고 있다. 제3회 시작문학상을 수상한 김경주의 『기담(奇談)』도 "시단의 중심 음을 이동시키는 젊은 힘"(심사평)이라고 평해질 만큼 "심미적 모험의 극단을 두려워하지 않는 도전 정신과 혁신적 언어 감각"을 보여준다. "외계적 상상"으로 규정되기도 하는 그의 기이한 시적 모험은 "우리의 현실과 사유를 규정하는 근대적 제도로부터의 일탈 욕망, 본원적인 자기 확인을 위한"(심사평) 언어적 기투이다. 그들의 시는 이성적 가치만이 일방적으로 신봉되는 현대 세계에서 인간의 감정이나 영혼적인 요구에 대한 자각에서 이루어지는 문학적 생산은 복잡한 사회문화적 환경을 비춰주는 특별한 거

울일 수 있음을 보여준다.

이러한 세계에서 한 권의 시집을 묶는다는 것은 세계가 인간과 사물을 다루는 방식에 대한 특별한 미적 싸움으로서의 창조 정신을 바탕에 깔고 있다. 올해 발간된 채호기의 『손가락이 뜨겁다』는 "몸의 언어"라는 그의 시적 화두를 심화시키면서 언어의 한계성을 넘어선 실재와 완성에의 의지를 보여주고 있다. "돌의 말" "돌의 귀"(「마이산」)로 암시되는 사물과의 대화에서 우리는 언어와 침묵의 경계를 질기게 탐색하는 진지한 창조 정신을 읽을 수 있다. 생명에 자행되는 폭력을 문제적인 시선으로 응시하고 있는 김기택의 시집 『껌』, 무정형의 일상에서 순간과 영원의 의미를 탐색하고 있는 박주택의 『시간의 동공』, 존재의 상처와 치유의 꿈을 담고 있는 나희덕의 『야생사과』, 세계라는 텍스트를 재기발랄한 언어로 해체하고 있는 강정의 『키스』, 일그러진 시대와 세대의 초상을 포스트모던하게 부조하고 있는 장석원의 『태양의 연대기』 등 매우 잡다한 스타일을 가지고 있는 시집의 면모들을 일일이 요약하긴 힘들다. 대중문화와 동화적인 감각을 위트 있게 보여주는 오은의 『호텔 타셀의 돼지들』과 황성희의 『앨리스네 집』, 상처 입은 욕망과 여성의 자의식을 재치 있게 부조해낸 안현미의 『이별의 재구성』과 신해욱의 『생물성』, 우연과 찰나의 미학을 발랄한 상상력으로 노래하는 강성은의 『구두를 신고 잠이 들었다』, 류인서 시집 『여우』 등도 각기 다른 상상력과 스타일로 젊은 시인들의 감성을 힘차게 내보이고 있다.

올해도 예년처럼 어린 신인들이 대거 쏟아져 나왔다. 제16회 실천문학 신인상 시부문에 김은상이 「고무 외투」 외 3편, 박찬세가 「Cold Bird」 외 3편으로 당선되었다. 제16회 문학동네 신인상에 이선욱이 「탁탁탁」 외 4편으로 당선되었다. 제3회 세계의 문학 신인상에 김상혁이 「정체」 외 7편으로 당선되었다. 제61회 문학사상 신인문학상에 손미가 「달콤한 문」 외 4편으로 당선되었다. 제7회 시작신인상은 기세은과 김정웅이 공동 수상하였다. 우리 시단에 쏟아져 나온 엄청난 신인들을 일일이 열거하기는 불가능하므로 눈길을 끄는 시를 조금만 살펴보기로 하자.

내가 죽도록 훔쳐보고 싶은 건 바로 나예요 자기 표정은 자신에게 가장 은밀해요 원치 않는 시점부터 나는 순차적으로 흘흘히 눌어붙어 있네요 아버지가 만삭 어머니 배를 차고 떠났을 때 난 그녀 뱃속에서 나도 모를 표정을 나도 몰래 지었을 거예요 (중략) 나를 훔쳐볼 수만 있다면 눈이 먼 피핑 톰(Peeping Tom)이 소돔 소금 기둥이 돼도 좋아요 거기, 저울을 들이밀지 마세요 표정은 보려는 순간 간섭이 생겨요 맑게 훔쳐보지 않는 한.

— 김상혁, 「정체」 부분

그 무렵 나의 모든 예감은 예고였다 어긋난 적이 없었으므로 나는 어긋나기
위해 살았다 자주 웃었고 자주 미쳤다 예감이 맞아떨어질 때면 고개 숙였다
꿈은 소묘처럼 늘 섬세했고 기민한 손끝은 밖으로부터 흘러들었다
가끔 깊어진 독백에 치를 떨었으나 도시의 밤은 캄캄했다 안개는 매캐했다

— 이선욱, 「하모니카」 부분

저 깃털 사이에 삐죽 나온 젖꼭지 좀 봐
부리로 쪼아 먹는 젖에서 피 냄새가 납니다
엄마는 서쪽 하늘로 고개를 돌립니다
북극곰이 물개를 물어뜯습니다
허연 하늘이 핏물로 더럽혀집니다

나는 그녀의 내부였단 사실이 믿기지가 않습니다

— 박찬세, 「Cold Bird」 부분

아빠는 등푸른 생선을 즐겨 먹다가
바다로 떠났다
그 이후
내 머리카락에 파란 물고기가 살고 있다
머리카락이 자랄 때마다
파란 물고기도 무거워진다
두통이 심해서 병원에 갔다

— 기세은, 「내 슬픈 전설의 25페이지」 부분

위의 시편들에서도 엿볼 수 있듯 이들의 발랄한 어조와 풋풋한 상상력은 우리 시단의 젊은 피의 역할을 충실히 수행할 것으로 보인다. 다양한 언어의 프리즘을 통해 우리는 다채롭게 펼쳐지는 현대시의 가능성을 읽어낼 수 있을 것이다. 그럼에도 불구하고 올해 쏟아져 나온 무진장한 시편들을 읽으면서 발견하게 되는 것은 우리 시의 지나친 산문화 경향과 다변증이다. 시적 상상력은 산문적인 상상력과는 다르다. 고리타분한 이야기 같지만 산문 세계는 외부 세계를 있는 그대로 드러낸 것이라면 시적 세계는 '대지의 은폐'라는 하이데거의 말을 되새겨봄직한 시점이다. 아울러 "할머니가 당신 면전에 정신없이 미얀마 같은 뉴(new)욕을 퍼붓는 사이,/판을 벌려라 베이지(gong)를 쳐 대거나 미친듯이 시카 고(drum)를 두드리란 말이다."(오은, 「말놀이 애드리브—모스크 바에는 빅토르 최가 있다.」)와 같이 외국어를 거침없이 뱉어내는 경향도 우려를 자아낸다. 이러한 말놀이는 너무 모국어에 지나치게 진지하지 못하다는 느낌을 던져주기도 한다. 때문에 나는 우리말의 아름다움을 되새기게 하는 시 한 편을 마지막으로 기억해보고 싶다.

> 밤새도록 소반상에 흩어진 쥐눈콩을 새며
> 가갸거겨 뒷다리와 하니 두니 서니 숫자를 익혔던
> 어린 시절,
>
> 가나다라 강낭콩
> 손님 온다 까치콩
> 하나 둘 다섯콩
> 흥부네 집 제비콩
> 우리 집 쥐눈콩
>
> 소반다듬이 우리말 왜 이리 좋으냐
>
> ― 송수권, 「소반다듬이」 부분

　송수권의 시는 어린 날 처음으로 한글을 익히던 기억을 떠올리게 한다. 소반다듬이에 담긴 콩알처럼 다시 세어보는 우리말의 미감을 유감없이 전달해주는 시다. 우리말의 느낌이나 함축, 운율이나 어조에 대한 감각까지 곱씹어보게 한다. 물론 시의 스타일에 정답은 없고 끝없이 문화의 경계가 흔들리는 시대에 외국어 차용이란 것이 별 문제가 되지 않을 수도 있다. 하지만 시는 모국어의 정점에 있는 언어적 실현이다. 오늘날 시에 대한 수많은 규정이 가능하지만, 가장 커다란 전제 조건은 모국어 창작이라는 점이며 현대시의 기본 토대 또한 모국어이다. 도전과 실험의 '액션' 속에서도 모국어의 미학에 조금 더 진지해졌으면 하는 바람을 가져본다.

시대와 감각

1. 시대의 패도파일

2000년대의 시단에 지난 1980년대를 돌이켜보려는 논의가 활발하게 전개되고 있다. 왜 현대의 젊은 시인들이 1980년대를 블랙 유머의 극장으로 만들어버리는가? 이러한 질문을 마주하고서, 잠시 나는 생각에 잠긴다. 1980년대는 꼭 비장하게 쓰여져야 하는가? 이러한 질문에 대답하기 위해서는 나도 포함되어 있다고 믿는 한 세대의 시인들에 대한 약간의 분위기 묘사가 필요할 것 같다. 알려져 있다시피 2000년대에 가장 왕성한 활동을 하고 있는 젊은 시인들은 1980년대의 수련기를 거쳐 대거 1990년대에 그 정체를 드러냈다. 1990년대 전반기의 시를 읽어내는 일반적인 기류는 '신세대론'과 '신서정'론 '일상성' '키치' 등등이 중심이었음을 기억해주기 바란다. 당시 '신세대'라고 불렸던 시인들은, 1990년대의 가장 젊고 색깔 있는 출판사였던 '청하'에서 많은 시집이나 동인지를 발간했는데, 거기에 『슬픈 시학』『시운동』『21세기 전망』 등의 시인들이 대거 참여하고 있었다.

우리 시대는 아무것도 기묘하지 않았다. 문학에 대한 모든 이념과 표현이 가능했다. 우리는 지칠 줄 모르고 문학의 복음을 전파하는 민중시의 흐름을 목도하며 시를 써왔지만, 비장하면서도 혁명적인 삶과는 다소 거리가 있는 청춘을 구가하기도 했다. 언제나 나는 유쾌한 동료들과 매혹적인 이야기꾼들 사이에 섞여 있었다. 방탕한 난봉꾼도 있었고, 난폭한 주정뱅이도 있었으며 소심하고 우울한 랭보풍의 소년들도 있었다. 그들은 시의 무력함을 잘 체득하고 있었지만 언제나 시적 순수와 열정을 재건하려 애썼다. 시란 무엇인가? 라는 질문은 때로 내용적인 것이라기보다 스타일과 연관된 것이었다. 한 시대의 충격을 선동적인 언어가 아니라 스타일이 드러내는 예술적 이념으로 제기한 글에 우리는 많은 찬탄을 했던 것 같다.

여러 각도에서 논의가 가능하겠지만 이들이 주도했던 1990년대 시는, 민중시의 다소 상투화된 수사들을 넘어 다양한 스타일을 개척했다고 본다. 그들의 시는 특히 우리가 힘겹게 쌓아올린 문학적 흐름과 전통, 그리고 문학 자체가 의존하고 있는 토대와 싸우면서, 독재적 권력과 결탁하고 있는 언어 질서, 시적 문법, 부르주아적 문학 질서에 대한 총체적 부정으로 집중되었다. 이를테면 우리가 죽음의 미학이라 명명했던 세기말의 상상력은 존재 · 본질 · 진리 · 실체 · 형식 · 의식 등의 확실성이 붕괴된 시대의 글쓰기를 충분히 맛깔나게 전시했다. 하지만 근자에 두드러지는 일군의 시들은 데카당스적 성향으로 도출되어 나온 1990년대 시의 심미화 성향과도 다른, 블랙 유머를 하나의 징후처럼 내보이고 있다. 왜 그들은 얼빠진 듯한 허무맹랑한 이야기를 줄줄이 늘어놓는가? 그러한 유머스런 감수성은 도대체 무엇을 노리는가? 라는 질문을 우리는 한 번도 예민하게 던져보지 않았던 것 같다. 적어도 1980년대는 현재의 젊은 시인들의 문청기를 관통하고 있음에도 불구하고, 그들이 그려내는 1980년대는 이른바 민중시인들의 구사해온 정치적이면서도 서정적인 수사와 확연한 이질감을 노출한다. 정치적 수사와 만화 같은 것이 짬뽕이 된 괴이한 판타지를 드러내보인다고나 할까. 물론 이러한 시시껄렁해 보이는 말들은 언어의 의미성에 대한 질문과 함께, 완전히 무의미하거나, 우리가 의미 있는 것이라고 이해하는 것과는 상당한 거리에 있는 무엇을 담아내려는 노력과 결부된다. 무엇보다 그들의 시에서 인상적으로 여겨지는 것은, 우리가 정치적인 문제라고 부를 수 있는 것에도 이념이나 의식이 아니라 '감각'으로 대응하고 있다는 점이다.

여기서 감각이라고 하는 것은 매우 중요한 문제이다. 왜냐하면 아무것도 우리의 감수성을 건드리지 않고서는 경험될 수 없으며, 개인의 경험이란 환경이라는 외부의 의미와 관계의 거미줄, 즉 사회라는 텍스트에 의해 구축되는 것이기 때문이다. 나는 이전에 쓴 「너는 죽을 것이다, 시인이 아니기 때문에」[1]에서 2000년대 시단에서 자주 운위되는 '감각'에 대한 논의를 펼친 바 있는데, 그 평문을 쓰던 당시 젊은 시인들이 지나치게 시대성을 탈색한 경박한 말놀음만을 추구하고 있지 않나 하는 의구심을 가졌었다. 하지만 근래에 지속적으로 쏟아져 나온 시편들을 보면서 나의 이전의 논의에 대해 약간의 보론이 필요하다고 느꼈다. 이 글은 젊은 시인들의 유머러스한 감각을 통해 드러나는 정치의식, 특히 1980년대의 시적 재현을 짚어보기 위해 쓰여지는 것이다.

2. 불온한 위트

우리는 1980년대를 정치의 시절로 기억한다. 늘 이념, 민주, 자유, 민중과 같은 말 혹은 인식을 선행적으로 요구한다. 하지만 일군의 젊은 시인들

---

1 「너는 죽을 것이다, 시인이 아니기 때문에」, 『시작』, 2005년 가을호.

은 정치적 수사만으로 1980년대를 재현할 수 없음을 끝없이 역설한다. 시대에 관심을 갖는다는 것이 꼭 그러한 수사를 동원해야 하는 것일까? 물론 그러한 인식은 일정 부분 당위적이기도 하다. 그러나, 1980년대의 현실 재현이 그 당위론의 범주를 벗어나지 못하고 있는 것은, 민중시의 커다란 한계이다. 시적 형상화라는 측면에서 볼 때, 1980년대의 민중시는 지나치게 비장하고, 엄숙하며 낭만적인 열정에 매달려 있었다. 언제나 묵직한 메시지를 다소 틀에 박힌 수사로 독자에게 흘려보냈다. 이러한 시적 기류에 익숙해진 독자라면, 어쩌면 현대의 젊은 시인들의 시는 지나치게 낯설거나 경박해 보일지도 모른다. 하지만 이들의 시에서 울려나온 여러 혼성적인 목소리에는 분명 날카로운 정치적 감각이 깃들어 있다. 그것은 혁명, 민족, 정의 같은 순결한 관념에 의존하지 않는다. 오히려 육욕적이면서도 천박해 보이는 애매함과 불투명한 위트로 범벅이 되어 있다. 추상적인 정치적 관념들은 보다 구체적인 일상의 문제로 재현된다. 정치는 그들 일상의 한 부분을 차지할 뿐 결코 전체는 아니었다. 그들은 이미 탈현대의 시뮬라크라(simulacra)의 정치학이 가동되던 시대, 즉 편집된 정치적 이미지가 넘실거리는 브라운관에 길들여진 세대라는 점에서 정치적인 문제에 문화적으로 반응한다는 것도 전혀 놀라운 일이 아니다. 특히 그들은 탈현대 담론의 주요 이슈였던 욕망의 세부적 정경들을 드러내면서, 성적인 은유로 정치적 감각을 확장시킨다. 그들이 자주 정치적 기표로 건져 올리는 것은, 윤리의 아킬레스건이 되는 섹스의 문제다. 물론 오늘날 섹스에 대한 인식은 아주 많이 달라졌지만, 언제나 성은 한 존재의 위선과 거짓말이 가장 많이 필요한 부분이라는 점에서 심각한 정치적 은유로 다루어질 수 있기 때문이다. 또한 섹스는 사람들이 가장 많은 흥미를 가지는 부분이다. 그래서 대중문화는 자주 성의 이미지를 도발적으로 이용하고, 그러한 문화에 중독되어 있는 세대에게, 정치적 메시지를 포함하고 있는 시에 성의 이미지가 끌려들어오는 것은 지극히 자연스럽다. 우선 함민복의 시를 읽어보기로 하자.

> 불알이 심장보다 커지면서
> 나는 섹스의 노예가 되었습니다
>
> 나는 하루에 한 번씩 모돈들의 돈사로 갑니다
> 모돈들은 내 발자국 소리만 들어도 일제히 일어나 오줌을 쌉니다
>
> 주인은 모돈의 엉덩이를 손호미로 눌러보고
> 뒷다리에 힘주는 놈을 케이지에서 꺼내 놓습니다
> 그러면, 나는 그 짓을, 지긋지긋한, 생명부지를 위해
>
> 나는 매일 운동을 합니다 다이어트에 실패하여
> 모돈이 내 몸무게를 견디지 못하면 나의 생은 끝
>
> 내 옆 케이지에서 나와 같은 생을 살아야 할
> 어린 종돈이 철없이 욕망을 키우고 있습니다
> 언젠가 나는 그분을 위해 묵은 자지를 물려줄 것입니다
>
> 불알이 심장보다 커지면서
> 나는 내 운명을 알게 되었습니다
>
> ― 함민복, 「종돈」 전문

연민도 미련도 없이 자신이 사육한 돼지를 학살하는 광경은 성적인 은유로 가려져 있지만, 이는 실상 '케이지'에 다름 아니었던 한 시대에 대한

비유라 할 수 있다. 프로이트에 의하면 아버지와 아들이라는 세대의 관계는 페니스의 문제, 즉 "묵은 자지" 물려주기로 압축된다. 창살처럼 잔혹한 관념 속에 갇혀 "철없는 욕망을 키우고 있"던 "어린 종돈"은 바로, "생명부지"만을 생각해야 하는 화자의 자화상과 오버랩된다. 제 욕망에만 몰입하는 철없는 돼지, 자신이 어떻게 죽어가는지도 모른 채 살아가던 돼지는 잔혹한 시대 속에 사육되는 아이의 표정을 닮아 있다. 수많은 잔학 행위가 아무렇지 않게 저질러지는 돈사는 어쩌면 1980년대의 알레고리적 공간일 것이며, 그 잔학성이 몸에 밴 화자가 '심장'의 논리보다 '불알'의 욕망을 좇아가는 것은, 힘과 폭력만이 생존의 방식이 되는 암울한 시대의 교의를 압축한다. 한 소년이 폭력과 잔학의 세상 논리에 눈떠가는 모습을, 돼지 같은 욕정을 발산하는 주체의 문제로 치환시켜가는 기술에는 상당히 참혹한 재치가 깃들어 있다. 현실은 비극이거나 희극이다. 웃음은 폭력적인 장면에서 튀어나온다. 먹이사슬이라는 위계 속에 편입된 순진한 돼지는, 생존이라는 대의 앞에서 무슨 짓이든 할 수 있는 주인 앞에 속수무책이다. 주인은 '섹스의 노예'가 되었지만 돼지들은 화자의 "발자국 소리만 들어도 일제히 일어나 오줌을" 쌀 정도로 공포에 질린다. "모돈의 엉덩이를 손호미로 눌러보고" 케이지에서 꺼내 해치우는 화자는, 먹이사슬이라는 원시적인 욕망 관계에서 어린 종돈을 겁탈하는 폭력적인 지배자의 모습으로 대치된다. 실상 여기서 섹스는 희극이 아니라 비극이 되는 학살의 제의이다. 이러한 폭력과 살해의 관계는 패도적 욕망에 다름 아니며, 그러한 의미에서 함민복의 시는 성적 은유를 통해 폭력과 잔학의 시대였던 1980년대에 대해 아주 의미심장한 통찰을 제공하고 있다. 프로이트는 인간을 아버지와 아이의 관계를 섹스로 번역했다. 그러나 이 세계는 사회적인 용어로 섹스를 번역한다. 언젠가 "묵은 자지"를 물려받기 위해 혹은 물려주기 위해 주체가 발휘하는 잔혹성은 세계의 본질이다. 이러한 성적 에너지의 잔혹한 방출을 세계의 문법으로 번역해낸 권력이란 얼마나 비참한 야만인가. 어린 종돈을 덮치고 학살하는 돼지 사육자처럼, 아버지가 물려준 시대는 끔찍한 폭력으로 경험되었던 것일까. 이른바 이러한 현실의 도덕적 공황 상태는 1980년대의 학살극, 더 나아가 지속적인 가학과 피학의 관계로서 점철되어온 한 시대의 문제까지도 엄숙하게 되새겨보게 한다. 이 '패도필리아'의 위협은 어떤 시대의 한계점을 시사한다. 그러한 의미에서 야만적인 식욕을 수간의 이미지로 표현한 함민복 시의 위트는, 한 시대에 대한 대단히 지적인 재현이며 심각한 재현이라 할 수 있다.

여기서 우리는 하나의 중요한 문제를 발견하게 되는데, 그것은 젊은 시인들의 시에서 우스개처럼 등장하는 성적 은유가 단순히 개인적 일탈이 아니라, 사회적 도덕 지능을 모사하는 또 다른 은유로 뒤바뀐다는 점이다. 공광규의 시에서도 이러한 성적 우스개는 동일하게 시대적 내포를 띠고 있다.

> 친구들은 기독교 신자인 나를
> 도덕 교과서라고 부른다. 그러나
> 회사 접대 술을 마실 때면 항상
> 여자를 옆에 앉히는 버릇을 가졌던 나는,
> 생일날 친구네 식구들을 불러
> 술을 마시다가 나 자신도 모르게,
> 친구 아내의 사타구니에 그만
> 손을 넣는 바람에 대판 싸우고
> 뜻하지 않게 친구까지 잃었다.
> "애새끼들만 아니면 네 놈하고 안 살아!"
> 아내는 울고불고하다가

지갑을 압수하고 신용카드란 카드는
모두 가위로 잘라버렸다.
"쌍놈! 신용 지랄하네!
그놈의 물건도 그냥 잘라버릴쳐!"

— 공광규, 「우리 집에서 생긴 일」 전문

시인은 방탕한 회식 문화에 길들여진 화자의 일상적 에피소드를 가볍게 묘사해나간다. 회식 문화에 길들여진 화자는 "친구 아내의 사타구니"조차 더듬게 된 "쌍놈"이 된다. 여기서 "기독교 신자" "도덕 교과서"라 불리는 화자의 '신용'은 사회문화의 치부를 덮고 있는 또 다른 베일로 기능한다. 겉과 속이 일치하지 않는, 삽시간에 무의식의 수준으로 침몰하는 화자의 도덕 지능에 대해 아내는 날카로운 일격을 날린다. "쌍놈! 신용 지랄하네!/ 그놈의 물건도 그냥 잘라버릴쳐!"라는 아내의 일갈은, 실상 남편의 애정 행각이나 남녀 간의 사랑을 문제 삼는 것이 아니다. 겉으로는 점잖은 척하지만, 진짜로 개처럼 살아가고 있는 우리 사회와 시대의 문제를 지적하고 있는 것이다. 자본주의의 철저한 부품이 되어, 생존의 노예처럼 장소를 가리지 않고 끌려다니던 화자는, "도덕 교과서"에서 "쌍놈"으로 전락한다. 위의 시가 궁극적으로 까발리고 있는 것은 사생활의 치부가 아니라, 누구도 도망칠 수 없는 현실의 천박함이다. 여기서 우리가 상기해볼 것은 자주 정치적 음침함은 사생활의 난잡함이라는 요소와 결합된다는 사실이다. 성적 타락이라는 코드는 개인적 욕망과 사회적 욕망(출세 혹은 생존)의 연결자로서, 수단과 방법을 가리지 않는 단합의 문화, 즉 집단 논리에 간단히 결부됨으로써, 이 사회에 온존하고 있는 살벌한 전체주의적 악습을 노출시킨다. 사창가를 순례하며 단합을 다지는 회식 문화는, '의리'라는 이름으로 나쁜 짓까지도 집단적으로 해야 하는 군사 문화의 음침한 유습이다. 겉과

제1부 시인이라는 개인

속이 일치하지 않는 존재의 이중성은 자주 집단적인 윤리의 문제와 결부되는데 이러한 시대를 살아가는 개인의 자의식을 위트 있게 잘 표현하는 시인들 중에 김왕노만 한 시인은 없다. "공격용인지 방어용인지 모를 방패를 들고/지켜야 될 정의도 사라진 나라(「로보캅의 나라」)에서 '불온의 넋'들은 무엇을 꿈꾸는가.

집에 돌아가지 못한 채 숱한 밤 너에게 읽힌 나는
미안하지만 불온서적 한 권이었다.
엉컹퀴꽃 핀 내 문장 속에서 호롱 호로롱 울던 새도
미안하지만 불온의 넋이었다.
…(중략)…

내가 너 앞에서 진술할 때 나는 한때 눈부신 어깨였다.
「어깨가 아니었다 똘마니였다.」
내가 너 앞에서 진술할 때 나는 한때 투사였다.
「아니었다 뒷걸음쳐 달아나던 배신자였다.」
내가 너 앞에서 진술할 때 나는 한때 의리의 사나이였다.
「그게 아니었다. 의리를 가장한 체 뒷북만 쳤다.」
내가 너 앞에서 진술할 때 나는 인간적이었다.
「아니었다. 몸 속 깊이 숨겨둔 야비한 발톱들」
내가 너 앞에서 진술한 때 태양은 내 편이었다.
「아니었다. 나는 음화이거나 음지식물 태양 먼 곳에서 떠돌았다.」

나의 출신성분은 불온이었다.
나의 내력은 어둠과 죽음의 문장이 마땅하다
자꾸 별들이 날 읽으려 기웃거린다.
그러지 마라니까 나는 지워져도 벌써 지워져야 할 잘못된 낙서
심오한 뜻 한 줄 없다

나는 읽혀지지 말아야 될 금서 한 권일 뿐

해가 지면 돌아가지 못한 집이 더 아득해진다.

사실 내 주거지는 불온서적 안이었다.
즐거움으로 탕진한 날도 축제가 끝나 꽃다발이 시들어 간 날도
내 청춘을 할례한 것도
저 꽃들의 순결을 짓밟고 물짐승처럼 웅크려 울던 날도
은하수가로 밀항을 꿈꾸던 날도
너를 버리고 내가 되돌아선 절망의 날도 너를 찾아 미쳐가던 날도
불온서적 안의 일이었다.
불온의 사이트와 접속한 내 불온의 단칸방
…(중략)…
불온의 수태를 기다리며 끊임없이 용두질하던 허기진 욕망
그러나 때로는 철든 듯 불온한 세태를 비난하였으므로
내 불온을 자아비판 하였으므로
블랙리스트에 올랐다.
끊어도 끊어도 재생되는 도마뱀의 긴 꼬리를 세상이 매달아주었다.

— 김왕노, 「불온서적」 부분

위의 시에서 불온한 것들은 겉으로 드러나지 못한 화자의 내면이라 할
수 있다. 불온은 그의 삶 전체를 관통하고 있다. 화자가 읽었던 책장, 날마
다의 사연, 그의 청춘과 진실, 모든 행적이 불온한 것이라면, 그 불온이 궁
극적으로 말하고자 하는 것은 어떤 진실도 통하지 않는 장소와 시대인 것
이다. 그의 시에서 불온한 것들이란 차마 말할 수 없었던 내면의 진실의
문제이다. 일상의 모든 곳에 속임수가 자리하고 있기에, 자그마한 진실을
폭로하기 위해서도 한 개인의 매니페스토 같은 거창한 형식을 취해야 한

다. "내가 너 앞에서 진술할 때 나는 한때 투사였다./아니었다 뒷걸음쳐 달아나던 배신자였다./"와 같이, 자아비판을 위한 선언문과도 같은 시행들은, 화자의 일거수일투족을 정치적인 우화로 만들어내고 있다. 외부적으로는 투사처럼 보여도 그는 투사가 아니었으며, "불온의 단칸방"에 웅크리고 있는 고립된 개인이었을 뿐이다. 거짓이 진실로 관통하고 있는 시대에는 어떤 진실도 거짓의 중심을 강화하기 위한 부분으로 전환될 수밖에 없다. 그래서 그의 시는 무언가 켕기는 듯한 삶, 드러난 모든 것들은 허위인 시대를 살아가는 개인의 내면의식을 날카롭게 드러내고 있다. 허위의 껍질을 뒤집어쓰고도 멀쩡하게 살아가는 시대에 화자는 "내 불온을 자아비판 하였으므로/블랙리스트에 올랐다." 어쩌면 1980년대는 이렇게, 누구도 책임지지 않는 거짓에서 미끄러져 달아나는 "도마뱀의 긴 꼬리를" 개인들에게 매달아주었는지 모를 일이다.

김왕노의 시가 시사하듯, '불온'이란 사회의 문법에서 미끄러져 나온 한 페이지이다. 모든 것이 불온했던 시대는 그의 청춘을 '할례'하고 그의 생은 겉으로 드러나지 못한 '음화'에 비유된다. 사적인 욕망이 낱낱이 검열당하고 채취되는 시대에, 시인이 말하고 싶었던 것은, 껍데기의 수사를 텅 비워낸 진실의 바탕, 비의미의 공간들이다. "불온의 수태를 기다리며 끊임없이 용두질하던 허기진 욕망" 속에 세상이 '나'라고 지시하는 기호는 아예 통째로 내가 아니었던 것이다. 오직 존재의 진실성은 '불온'이라는 한마디에 매달려 있을 때만 나타나는 듯이 보인다. 마치 불온이란 말이 끝없이 사회적 논리와 충돌하고, 그럼으로써 끊임없이 규범적이고 윤리적인 규범의 지도가 그려지듯이. 너무나 거창하면서도 시시한 '불온'은 오로지 주어진 이 장소를 견디기 위한 자기 확인과도 같다.

3. 정치적 판타지

1980년대는 정치적 덫과 속임수로 가득한, 동시에 너무나 완강한 신념이 넘쳐흘렀던 시대였긴 했지만, 그것이 다는 아니었다. 어쩌면 1980년대는 그간 너무나 상투적인 이미지에 갇혀 있었던 것은 아닐까? 물론 광주라는 재난의 문턱을 넘어온 1980년대는 길고 긴 투쟁과 희생, 모든 삶의 몸짓을 '시국춤'으로 만들어버린 잔혹한 시대였다. 하지만 동시에 나의 기억을 스쳐가는 것은 스노우진, 람바다, 브레이크 댄스, 군화와 견장들이 치덕거리는 패션, 권력을 꿈꾸는 총학생회, 캠퍼스에 파견된 안기부의 밀정들, 골프장과 헬스클럽과 스포츠에 열광하는 중산층들 같은 것이다. 63빌딩의 준공이 보여주는 경제적 과시증! 무엇보다 1980년대에는 중산층의 부조리한 스캔들이 가득했다. 고관 부인들이 천만 원대의 도박판을 벌이고, 연예인이나 주부 등의 마약 사건이 자주 불거졌으며, 경영권자들의 재산 빼돌리기 등은, 한국의 중산층의 고질적인 행태였다. 달러를 외국에 유출시키고, 고급 승용차를 몇 대씩 굴리는 졸부들의 천지, 약삭빠른 기회주의적 정략꾼이 판치는 사회를 바라보는 대중의 상대적 빈곤감과 위화감은, 오렌지족을 바라보는 질투 어린 시선, 부동산 투기를 일삼는 '유능한 엄마'와 권력에 굽실거리는 '무능한 아빠'의 이미지로 대중문화 속에 집중적으로 나타나곤 했다. 간혹 나는 우리의 현대시가 1980년대를 재현하는 데 자주 놓쳐버리는 것이 바로 이 다양한 풍속도가 아닌가 하는 생각을 해본다. 노동자 농민의 시대, 민중의 시대로 각인된 1980년대의 정형화된 이미지는 결코 1980년대의 현실에 대한 전체적인 재현이 아니다.

어쨌든 민중시가 놓쳐버린 1980년대의 다층성을 근래의 젊은 시인들은 다양한 방식으로 맛깔나게 표현해내고 있다. 급진적이고 저항적인 메시지를 쏟아놓는 대신, 그들의 당대에 경험했던 대중문화의 아이콘들을 빌려 그들이 열광했던 영웅적 이미지의 덧없는 추락을 노래하고, 시대에 대한 조소와 실망감을 위트 있게 내보이는 시인으로 권혁웅을 거론해볼 수 있을 것이다. 권혁웅은 영화 〈애마부인〉을 추억하며 쓴 시에서 "안소영은 어린시절 내 트라우마였다"(「말」 부분)라고 고백하며 「애마부인 略史」까지도 쓰지 않았던가. 동세대의 많은 시인들처럼 대중문화 코드에 익숙한 이 시인은, 정치의 시대를 성에 대해 눈뜨는 소년기의 겁나는 자기욕망의 발견으로 해독해낸다.

실상 이러한 시인의 의식은 당대의 분위기를 조금이라도 아는 자라면 쉽게 납득할 수 있는 것이다. 1980년대 젊은이들의 독서 경향은 무라카미 하루키가 평정했다고 해도 과언이 아니다. 특히 1980년대 후반부에 출간되어 1990년대까지 무려 700만 부가 팔렸다는 하루키의 소설은, 1990년대 베스트셀러 작가군의 대표주자인 '장정일'의 소설에서도 그 영향력의 암시를 역력히 찾아볼 수 있다. "무엇이 정의인지 아무도 알지 못하고 있어. 모두들 알지 못하고 있어. 그러므로 눈앞의 일을 다루고 있을 뿐이야"(무라카미 하루키, 『댄스 댄스 댄스』, 문학사상사, 89쪽)로 요약될 수 있는 젊은이들의 심리적 풍속도는, 『바람의 노래를 들어라』와 같은 하루키의 다른 소설 속에 드러나는 허무적이고 퇴폐적인 군상들처럼, 어쩌면 모든 권위와 힘의 중력으로부터 이탈하고 싶은 '자유'라는 말의 마력적인 위력에 기반하고 있다고 표현될 수 있을 것이다. 여기서 우리가 심각하게 재고해보아야 하는 것은, 어느 한 세대에게는 '꽤' 나쁜 시대였던 1980년대가, 어느 세대에게는 즐겁고 웃기는 만화 같은 시절일 수 있다는 시대의 이중성이다. 1980년대는 정치적 폭압만이 아니라 만화와 영상, 영화 등 무한한 쾌락의 통로를 열어놓기도 했다. 그런 재미있는 시대를 마음껏 구가했던 시인들이 만화적 이미지 같은 것에 시대의 이미지를 봉해버리는 것은 너무나 자연스러운 전략이라 할 것이다. 이 세대가 학창 시절 즐겼던 만화 중에 빼놓을 수 없는 것이 마징가제트다. 언제나 약자를 지키고 정의를 수호하는 마징가제트를 현실의 알레고리로 사용하고 있는 시 한 편을 보기로 하자.

1. 마징가 Z

기운센 천하장사가 우리 옆집에 살았다. 밤만 되면 갈지자로 걸으며 고래고래 소리를 질렀다. 고철을 수집하는 사람이었지만 고철보다는 진로를 더 많이 모았다.
아내가 밤마다 우리 집에 도망을 왔는데, 새벽이 되면 계란프라이를 만들어 돌아가곤 했다. 그는 무쇠로 만든 사람, 지칠 줄 모르고 그릇과 프라이팬과 화장품을 창문으로 던졌다.
계란 한판이 금세 없어졌다.

2. 그레이트 마징가

어느날 천하장사가 흠씬 얻어맞았다. 아내와 가재를 번갈아 두들겨 패는 소란을 참다 못해 옆집 남자가 나섰던 것이다.
오방떡을 만들어 파는 사내였는데, 오방떡 만드는 무쇠 틀로 천하장사의 얼굴에 타원형 무늬를 여럿 새겨넣었다고 한다.
오방떡 기계로 계란빵도 만든다. 옆집의 계란 사용법을 유감스러워했음에 틀림이 없다.

3. 짱가

위대한 그 이름도 오래가지는 못했다. 그가 오후에 나가서 한밤에 돌아오는 동안, 그의 아내는 한밤에 나가서 오후에 돌아오더니 마침내 집을 나와 먼 산을 넘어 날아갔다.

어디선가 누군가에 무슨 일이 생겼다. 그 일이 사내의 집에서가 아니라 먼 산 너머에서 생겼다는게 문제였다. 사내는 오방떡 장사를 때려치우고, 엄청난 기운으로, 여자를 찾아다녔다 계란으로 먼 산 치기였다.

4. 그랜다이저

여자는 날아서 어디로 갔을까? 내가 아는 4대 명산은 낙산, 성북산, 개운산, 그리고 미아리 고개, 그 너머가 외계였다. 수많은 버스가 UFO군단처럼 고개를 넘어왔다가 고개를 넘어갔다. 사내에게 驛馬가 있었다면 여자에게는 桃花가 있었다. 말타고 찾아간 계곡, 복숭아꽃 시냇물에 떠내려오니…… 그들이 거기서 세월과 계란을 잊은 채…… 초록빛 자연과 푸른하늘과…… 내내 행복하기를 바란다.

— 권혁웅, 「마징가 계보학」 전문

어린아이에게 한 시대의 영웅은 "마징가"로 표상된다. 하지만 "기운센 천하장사"를 능가하는 그레이트 마징가, 짱가, 그랜다이저 등에 의해 마징가는 영웅의 지위를 찬탈당한다. 짱가의 엄청난 괴력은 어이없이 여성의 도망에 의해 전복된다. "사내에게 驛馬가 있었다면 여자에게는 桃花가 있었다"는 말로 요약되는 한 시대의 '마징가들'의 운명은 궁극적으로는 현실 앞에서는 깨져나갈 수밖에 없는 아이들의 꿈을 표상한다. 마징가에서 그랜다이저의 계보처럼 현실의 난관은 끝없이 업그레이드되고, 궁극적으로 정의로운 영웅들은, 욕망에 탐닉한 자본주의라는 '외계'로 실종되어버렸다. 그 너머에서 무슨 일이 일어나고 있는지는 거의 외계문명의 미스터리 수준이다. 어쩌면 "미아리 고개" 저 너머에는, 모든 영웅이 파멸하는 욕망의 아노미, 정의에 대항하는 비열한 협잡만이 판타지처럼 판치고 있는지도 모를 일이다. 이렇듯, 청소년 시절에 좋아했던 만화를 현실의 알레고리로 치환하고 있는 이 시는, 경쟁하고 이기고 짓밟기를 가르치는 진보의 테러리즘, 자본주의의 잔인한 생태를 희화하고 있다.

이웃집의 불행은 가슴 아프긴 하지만 재미있었다. 삶을 만화처럼 구경하는 이러한 키덜트적 감수성은, 잔혹한 시대이긴 했지만 동시에 신나는 시대였던 1980년대를 통과해온 한 세대의 감수성을 압축하고 있다. 그것을 행복이라 해야 할 것인가? 불행이라 해야 할 것인가? 마징가제트의 꿈은 악을 소탕하고 세상을 수호하고 바꿀 수 있다는 순진한 아이의 믿음을 반영한다. 하지만 이미 마징가를 넘어서는 더 큰 강자가 있고, 그 강자조차 최후의 강자는 아니다. 가장 막강한 것은 바로 자본주의다. 세상은 여자를 자본주의의 홍등가와 같은 머나먼 '외계'로 데리고 간다. 마징가제트는 아이들의 윤리적 기대를 반영하지만, 그 윤리는 이미 예비되어 있는 환경 속에서 속수무책으로 깨져나간다. 시인은 아이의 꿈이 반영된 만화의 세계와 만화 밖에 존재하는 세계의 풍경을 오버랩시켜 1980년대의 현실을 꽤 위트 있게 그려내고 있다.

그렇다면 그러한 마징가제트들이 사라져간 다음에 오는 종족은 어떠한가. 평화를 수호하고 정의를 사랑하며, 행동하는 얼빠진 영웅은 더 이상 존재하지 않는다. 영웅이 존재하지 못하는 세계는 유토피아의 꿈을 상실한다. 윤리적 코드 대신, 힘의 논리가 지배하는 부패한 사회는, 장석원의 시에서 다시 의미심장하게 공격받고 있다.

1
꽃잎이 피고 또 질 때면, 그대의 눈동자에 고이는 슬픔 때문에 속절없이 흔들리는 갈대, 갈대의 순정 때문에 그날이 다시 온다 해도, 나는 빛 좋은 개살구.

그대를 보면 입안에 침이 고여, 그대를 만지면 몸이 부풀어, 아흔 아홉 풍선이 되어 서쪽으로 날아가버려, 꽃잎이 피고 또 졌기 때문에, 꽃잎 속에 다시 꽃잎이 모여들기 때문에

그날은 부처님이 오신 날이었어, 자비는 그들에게 구해야 돼, 살려 줘, 날 구해줘, 날 묻지 마, 파헤쳐줘, 뒤에서 날 쑤셔줘

떨어지는 꽃잎, 삼천의 꽃잎들, 실려간 청춘, 푸른 청춘, 꽃다운 그대 얼굴 위에, 다시 꽃비 내리는 오월에

그대 왜 날 잡지 않고, 그대 왜 가버렸나, 누가 사랑을 아름답다 했는가, 누가 내게 사랑을 실어보냈는가, 나는 토막난 몸통이고 끊어진 길인데

다만 후회하지 않는, 지워지지 않는, 길 위의 혈흔 더운 피 더러운 피, 나의 시신경에 와 닿는 오월의 햇빛, 희미한 전기 신호, 뭉개진 얼굴

그대는 물질적 증거이기 때문에, 짓이긴 꽃잎이기 때문에, 오월의 햇빛 속에서, 소리없이 지는 한 점 그림자, 물들자마자 한 겹 벗겨지는 껍질

그리고 나의 사랑스런 벌레들 이 풍진 세상을 만나 번성의 시대를 보냈으니, 변태해야 하리, 벌레들이여 또 다른 살덩어리여, 내 아파트로 와서 하룻밤 즐기시라

그대 또 다른 살덩어리여, 붉은 혀 붉은 젖가슴 붉은 엉덩이여, 어두운 거실 소파 위에 나의 게르니카, 그대 차가운 추상이여

2
이것이면 족하다. 단 하나의 이미지면 나는 완성된다. 환상이 나를

건강하게 하고 희망이 나를 발기시킨다. 나의 연인이여, 내 가슴에 볼
비비는 꽃잎이여, 머릿속의 총알이여

'가장'이라는 최상급 부사는, 그렇다. 그대에게만 해당된다. 아름다
움이라는 단어는 그대만이 독점한다.

3
우리는 자욱한 歲月에 걸친 試鍊과 苦惱의 時代를 넘어서서 이제야
말로 成長과 成熟을 通해 自己 完成의 時代를 形成하여야 할 80年代
에 들어서고 있습니다. 이와 같이 聖스러운 새 時代의 序場에서 大統
領이란 莫重한 責務를 맡게 된 本人은 國家의 成長과 成熟이 本人에
게 賦與된 歷史的 課題임을 痛感하고 있습니다.('제5공화국 대통령 취
임연설문'에서)

— 장석원, 「김추자에게 보내는 연서」 부분

장석원의 시는 대통령 취임 연설문과 '꽃잎'처럼 짓이겨진 광주 학살의
참상, 그 잔혹한 학살극도 모른 채, 김추자의 육감적인 엉덩이에 빠져 있
는 어린 세대의 뒤죽박죽이 된 의식을 여러 장면의 병치를 통해 암시하고
있다. 시인은 대중문화에 섹슈얼한 열풍을 불러일으켰던 '김추자'라는 우
상을 "떨어지는 꽃잎, 삼천의 꽃잎들, 실려간 청춘, 푸른 청춘" 혹은 독재
자 프랑코에 의해 무참히 유린당한 '게르니카'의 풍경에 비유하고 있다. 시
속에서 '제5공화국 대통령 취임연설문'이 웅변하듯이, 이제야말로 "成長
과 成熟을 通해 自己 完成의 時代를 形成"하겠다던 1980년대의 끔찍한 비
극은, 대중의 욕망의 무대에 강도처럼 난입해 폭압적인 주인공이 된 '대통
령'의 엄숙한 이미지와 교묘하게 오버랩된다. 대통령의 취임연설문은 새로
운 시대, 새로운 낙원을 약속한다. 그것은 최고의 윤리와 정의, 희망을 선
포한다. 하지만 그 선포자가 바로 한 시대의 가장 지독한 학살자라는 딜레

마는 1980년대의 가장 커다란 상처로 남겨져 있다. 김추자의 육감적인 춤이, 화자의 무의식에 가라앉아 있듯, 권력과 폭력에 찢겨져간 청춘의 '살덩어리'는 "나의 게르니카", "차가운 추상"으로 기억 속에 남겨져 있다. 김추자가 대리하는 대중의 욕망은, 곧 민중의 욕망일 것이며, 그러하기에 김추자만이 "아름다움이라는 단어"를 '독점'할 수 있다.

장석원 시에서 드러나는 유머는 쓰라리면서도 달콤하다. 당혹스럽도록 도발적이면서도 무언가 참혹한 느낌을 던져준다. 시대는 공포스러웠지만 동시에 우스꽝스러웠다. 만약 이러한 세대의 감각이 아니라면, 우리는 이토록 섬세하고 예리하게 1980년대를 기억하지 못했을지 모른다. 욕망과 폭력, 무언가를 상처 입히면서 건설되는 한 시대의 쾌락들, 우상에 대한 매혹과 복잡한 죄의식이 젊은 시인들의 시를 가로지르고 있다. 이렇게 오늘날 적지 않은 시인들이 1980년대를 재호명하는 것은 혁명의 시대에 대한 향수라기보다 정치적일 수 있는 모든 텍스트에 대한 재점검의 욕망에서 비롯된다고 보아야 할 것이다. 모든 정치적 수사와 탈현대의 전복적인 기류를 관통해온 그들은 일종의 "정치적인 판타지"라고 해도 좋을 위트 있는 스타일로 나름대로 그들 세대만의 시대감각을 표현하고 있는 것이다. 혁명과 낙원에 대한 열망과 기대로 가득했던 민중시의 일반적 기류와는 달리, 그들은 섣부른 감상주의에 빠지지 않는다. 보수와 급진의 양단적 제스처도 취하지 않는다. 그들의 시가 우리에게 보여주는 것은, 모든 것을 정직하게 드러내기 위한 끝나지 않는 싸움이다. 재난은 결코 끝나지 않는다. 혁명도 완수되지 못한다. 그들의 위트는 미래를 의심하고, 개인과 집단의 위험을 인식한다. 이들의 시야말로 민중시의 시대적 감각을 보충하며 전복하는, 1980년대에 대한 소중한 주석이다.

거짓말 탐지기의 시대

1. 되돌아보기 : 1990년대 시인들의 무의식

'90년대 시인들의 재조명'이라는 주제를 앞에 두고서 새삼스레 질문을 던져본다. 1990년대 시인들이란 과연 누구일까? 여러 가지 규정이 가능하겠지만 1990년대부터 줄기차게 현장비평을 수행해온 내게 우선 떠오르는 이들은 1990년대 당시 '신세대'라고 불렸던 일군의 젊은 시인들이다. 돌이켜보건대, 대중문화의 과감한 시적 수용을 통해 '신세대 시인'들에 대한 논의를 촉발시키기도 했던 유하는 대중문화의 극적인 부상이라는 1990년대 문화의 흐름을 타고 가장 문제성 있게 논의되어온 시인 중 하나였다. 어떤 한 의미에서 1990년대의 젊은 시인들이라면 유하가 과감하게 내보였던 키치적 감수성으로부터 정도는 다를망정 자유로울 수 없었다. 유하가 지적하듯 '이소룡 세대'라는 말은 1990년대의 시인들을 명명하기에 꽤 그럴듯한 표현이기도 했다. 대중문화에 대한 탐닉과 미묘한 적대감에 그들만큼 익숙한 세대는 없었으며, 그들은 자본주의 사회의 병폐를 예리하게 간파하고 절망하면서도 그에 대한 탐닉을 거부하지 않았다. 그래서 더욱 1998

년 언론 보도를 통해 유하와 박노해의 시적 노선의 극적인 변화를 지켜보던 날만큼 허무한 날은 없었을 것이다.[1] 왜냐하면 "2000년을 여는 젊은 작가 포럼"이라는 그 행사는 "자, 90년대는 끝났어. 이제 2000년대를 생각하란 말이야"라는 메시지를 던지는, 유별나게도 '새로움'이라는 슬로건을 좋아하는 한국 문단의 조급증을 보여주는 선전성 행사같이 보이기도 했기 때문이다.

어쨌든 1990년대 시인들의 세대적 특이성을 극적으로 시단의 이슈로 밀어올린 유하 자신이 대중문화의 불온성 상실을 탄핵하며 문학의 내적인 영역으로 깊숙이 잠입하겠다는 요지의 발언을 한 것은 유연하기보다는 오히려 독선적일 수 있는 감상성을 지닌 대중문화 속에 온존하는 시대의 거짓말을 탐지하기 위한 전략이었다. 그것은 물론 어지러운 탈현대 사회의 달콤한 잔인성에 대한 반응이며, 그 잔인함을 감추는 다양한 문화 전략들에 대한 복잡한 감정의 표현이다. 유하가 일찍이 보여준 대중문화의 편람기와 박노해가 보여준 현실비판성이 각기 다양한 비율로 뒤섞이고 반죽되

---

1 1998년 대중문화의 가치에 대해 시인 유하와 박노해는, 각각 자신들의 기존 입장을 수정하는 상반된 발언을 내놓았다. 유하는 지난 17일 서울 세종문화회관에서 열린 '2000년을 여는 젊은 작가 포럼' 중 "박노해 씨는 1990년대에 태어났더라면 서태지가 됐을 거라고 말했지만 나는 1990년대에 태어났더라면 노동자 시인 박노해가 됐을 것"이라고 언급했다. "대중문화가 내 시적 에너지가 될 수 있었던 이유는 그것이 시적 엄숙성으로부터 억압받고 이단시됐기 때문이었다. 그러나 지금 대중문화는 공식문화의 권력을 얻는 대신 저항 정신, 불온성을 상실했다"는 것이 그의 주장 요지. 반면 출소 직후 가진 기자회견 때부터 "문장 스타일까지 신세대적인 비트와 리듬에 맞추려고 노력한다"고 밝힌 바 있는 박노해는 "삶의 모든 모순이 생활 문화 영역으로 중심이동한 1990년대에는 신세대들이 펼쳐보이는 '새로움(New)' '지금(Now)' '네트워크(Net)' 추구의 특성이야말로 주목해야 할 가치"라는 긍정론을 펴고 있다(『동아일보』, 1998. 9. 30).

며 1990년대 시인들의 성향을 규정한다고 말해볼 수 있을까? 그럼에도 불구하고 1990년대 우리 시의 흐름은, 한두 가지의 용어나 주류 미학으로는 도저히 요약할 수 없는 다양하고 풍부한 시적 형상과 이념을 보여주고 있었다. 그래서 비평가들은 '신서정'이란 곤혹스런 말로 천차만별의 감수성을 묶어보려 안달하기도 했다. 즉 '신서정'이라 부를 수 있는 내면적 서정의 언어화, 혹은 세밀한 감각의 복원에 매진했(다고 평가되)던 시인들의 시는, 집단적 이념이나 자연에 의탁하여 시적 개성을 내보이던 '구서정'과 구별되는 일상의 찰나성과 현대인의 실존 의식을 드러내고 있었다는 것이 지난 1990년대의 보편적인 논의였다.

그래도 실상 1990년대 시인들의 무의식이 무어냐? 라는 질문에 대한 단정적인 진술은 거의 불가능하다. 1990년대에 '신세대'라는 화려한 말들의 폭죽을 터뜨리며 등장한 그들은 누구인가? 아무리 기지에 찬 글로 표현하려 해도 그것을 단적으로 규정하는 것은 어렵다. 하지만 1990년대 당시 여러 글들 속에서 그 '신세대 시인'이라는 말은 잘 통용되는 듯했고 별다른 오해도 남기지 않는 듯이 보였다. 배경은 당연히 정보화 시대, 소비문화의 폭풍이 휘몰아쳐오는 1990년대일 것이고, 그 맹렬한 뇌우를 송두리째 맞으며 즐기고 있는 자들, 즐기는 것도 분수를 알아야지, 하고 지탄받는 아이들, 산업사회의 고감도 세대, 탈이데올로기 세대, 눈 뜨고 쳐다보기 어려운 가벼움! 그렇다. 항간엔 탈현대 문화론의 계보까지도 작성될 법한 신세대론이 난무했다. 박식한 근거와 논증까지 해가며, 세기말의 사주팔자에서부터, 후기산업사회의 풍수지리, 그리고 테크놀로지의 바이오리듬에 이르기까지, 온갖 지식을 동원하며 신세대의 운명을 분석하고 예측까지 해주고 있었다. 그리고 자, 너희는 그런 무리들이니, 신세대적으로 놀아보라고 선동했다. 신세대라는 주먹만 한 활자처럼 교활하게 개성, 자유, 욕망,

광란 같은 말을 유포시키며, 그야말로 한 시대 문화론의 대세를 장악해나가는 논의들이 봇물을 이루었다. 거기에 이심전심으로 일본이며 미국까지 한통속을 이루어 1990년대를 신세대론으로 도배질하고 있었으니, 거의 신세대는 글로벌화된 차세대 문화상품임에 틀림없었던 것이다.

그러나 문제는 이러한 기획거리들에 늘 줄줄이 메들리로 엮였던 말들이다. 신세대론 하면 꼭, 한 번씩 하는 말이 있었다. 1990년대 계간지를 그득 메운 신세대 문학론을 간략히 하나의 명제로 만든다면, '역사의식을 결여한 주관성 과잉의 현란한 문학적 악취미'로 요약될 수 있으리라. 하지만 실제로 그랬을까? 그렇다고 말하는 이들의 표정에는 꼭 기나긴 밤을 지새우던 아침이슬의 비장한 눈물이 아롱져 있는 한 세대의 모습이 뚜렷하게 부각되곤 했다. 기근과 전쟁과 가난을 뚫고, 진압자의 출동 명령, 곤봉과 최루탄 가스에서 살아남은 세대가, 역사라는 환상의 스토리텔링과 이념적 허상의 파편을 들이대며 "역사의식이 결여된" 신세대 문학의 이데올로기를 번식시키고 있던 1990년대, 마치 모든 탈역사적 담론들을 조롱하듯 비웃음을 날리던 한 시인을 나는 잊지 못한다.

> 나는 웃는다. 육이오 동란 때의 동족 상잔을
> 나는 웃는다. 젊은 나이로 산화한 학도병 비석 앞에
> 초라하게 놓인 조화를
> 나는 웃는다. 너무 파란 하늘을 배경으로
> 비석 앞에 쪼그려 앉은 팔십 넘은 할머니를
> 나는 미쳤는지 웃는다.
> 전사한 아들의 이름을 이젠 부를 힘조차도 없어
> 옹알거리기만 하고, 어찌할 수 없어 끝내 흥건히 젖는 옷소매를
> 그 깊이 패인 우리 부끄러운 역사의 주름살을

나는 또 웃는다. KAL기를 향해 발사되는 소련제 미사일을
태평양 한구석에서 어렵게 인양되는 폭파된 KAL기 블랙박스를
나는 자꾸 웃는다. 블랙박스 속에 저장된
기장의 마지막 순간 다급한 음성을
채 다 피지도 못한 채 꺾여진 어린 꽃들 그 이름이
별처럼 박혀 잇는 밤하늘을 웃는다.
나는 바보처럼 웃기만 한다.
태평양 바다에 흰 국화꽃들만 던지고 이름만 애타게 부르다
통곡하며 돌아서야만 하는 꽃들의 아버지들을 향해

나는 웃는다.
말년에 밀림 속 작은 골방에 감금되었던 폴 포트
크메르 루주의 한때 최고 권력자의 초라한 시신을
나는 겁나서 웃는다. 킬링 필드에 차곡차곡 장작더미처럼 쌓인
폴 포트에 의해 학살당한 수백만 캄보디아인의 해골들을
해골들이 덩달아 웃는다.
강탈 당한 평화로울 수도 있었던 자신들의 여생들을.

나는 웃는다. 히틀러의 광기를
독가스실에서 학살되던 수만의 유태인들을
그들이 마지막까지 끌어안앗던 가족애를
나는 웃는다. 안네의 일기의 안에의 애닮은 마음을
나는 끝없이 웃을 것이다.
남미의 작은 도시의 성모 마리아의 누에서
흐른다는 피눈물을
지구 밖에서 지구 안을 들여다보는 신의
눈에 흐르는 눈물을

— 김경수, 「거대한 폭력을 웃다」 전문

김경수의 시에서 엿보이듯이 1990년대 시인이 인식한 것은 역사라는 말이 사라져간 자리에도 여전히 진좌하고 있는 거대한 폭력이었다. 누가 그들을 자유롭다 했던가? 누가 그들을 탈이데올로기 세대라 했던가? 그들은 교실 앞에 부착된 태극기에 경례를 하고, 애국조회 연설을 듣던 세대다. 용의검사 때마다 책받침과 잡지와 엽서를 무차별적으로 빼앗기며 난폭한 교련 수업을 강요당한 세대다. 빛과 이성의 시대를 넘어 새로운 빈곤과 폭력과 광기로 옮겨온 인류 문명의 추악함 속에, 그들은 무참한 정치적, 종교적, 민족적 분규의 시대를 살고 있기도 했다. 갈등의 시대인지 화해의 시대인지 중공이라고 불렀던 나라가 교역국이 되고, 적국이었던 러시아 사람들이 떼를 지어 부산 거리에 몰려다니고 있던 시대, 그런가 하면 아프리카 동남아의 우상국인 것도 같고, 냉전 논리에 발목이 잡혀 있는 후진국인 것도 같은 대한민국의 모순된 분위기 속에 그들은 시를 쓰기 시작하자마자 대중문화에 참패해가는 문학의 황혼을 지켜보았다. 10분 만에 동이 나는, 심장병 아동을 돕는다는 연예인의 경매 상품보다 시는 외롭게 서점에 쌓여가기 시작했다. 그런 와중에서 역사성 운운하며 신세대 문학을 공소한 개인주의로 몰아붙이는 논의들이 문예지를 장식했고, 지폐를 찍어내듯 책들을 찍어내는 상업주의적 판세 속에 그들은 세기말적인 자폭증과 포스트모던한 실험의 포즈로 문예지의 기획 거리를 장식하기도 했다.

  그렇게 그들의 레퍼토리를 미리 다 공연하고 분석하고 규정하며 신기루로 날려버렸던 시대! 연예 상품들 못지않게 신나게 벗기고 개그적인 유머를 강조하는 매력 덩어리의 시풍, 아예, 금세 '신세대'라는 말을 무의식적으로 끌어내게 하는 근사한 기호로 무장하며 개성의 몰락을 자초하는 시집들도 있었다. 온갖 대중문화의 잡탕이 흘러들어와서 혼성 모방도 창조라고 억지를 부리던 시인들도 있었고, 구린내 나는 문학의 상품화를 비난하면서도 판매 부수로 대표 시인들을 줄 세우는 출판계도 있었고, 선정성도 유치 시리즈도 없는 맹숭맹숭한 시집을 외면하는 고감도 독자도 있었다. 거기에 그러한 시들을 포장해주던 잡지와 문학상도 즐비하게 존재했던 1990년대, 정말 시인들은 신세대론 속으로 침몰하는 가운데, 도대체 자신이 누구인지 알 수 없는 이미지의 저편에서 휘발하고 있었던 건 아닐까? 이상한 자본 논리, 문학 제도, 시인까지 어우러져 현란하게 구축되어 있는 그 신세대 문학이라는 이데올로기 속에, "내가 왜 신세대냐"라고 짜증스럽게 묻던 '슬픈 시학' 동인들의 표정을 나는 잊을 수 없다.

가장 비관적으로 보면 잡지가 신세대로 띄워주던 그들은 실상 신세대가 아니었다. 왜 그러한가? 1990년대의 신세대 현상은 냉혹하게 말해서 창작 의식이나 미학은커녕 문학판이 열망했던 바람직한 세대교체 현상도 아니었기 때문이다. 신세대 문학론의 문제는 세대교체식 발상으로 설명되는 문제라기보다는 보다 본질적인 개편을 겪고 있는 문학 자체의 문제로 바뀌어 인식되어야 했다. 그럼에도 불구하고 1990년대에는 신세대 문학을 말 그대로 60년산 시인들의 감수성 차원으로 축소하여 인식하는 경향이 있었다. 우리가 진정으로 되짚어보고 싶어 하는 1990년대라는 시대, 혹은 신세대라는 말과 관계되는 문화적, 지적 풍토의 변질에 대한 문학적 대응력에 대한 논의는 너무도 피상적이었다. 이를테면 부조리한 집단성을 공격하기 위해서 동원된 문학적 이념들의 모습을 총체적으로 보여준 것이 1980년대 문학이라면, 1990년대 문학은 1980년대 제도 해체를 행동으로써 무너뜨리고자 했던 운동문학, 다시 말해 정치체제에 대한 저항문학으로서의 실천문학의 양상과는 다르다는 식의 단순 논리가 횡행했다. 비평가들이 너무도 현란하게 치장해온 자유로운 1990년대의 환상을 조금만 벗겨보면 거기에는 그들이 끔찍이도 증오했던, 전혀 새롭지 않은 1980년대

'집단'의 얼굴이 엿보였는데도 말이다. 그럼에도 불구하고 그들은 신나는 세대교체를 이야기하고 짜릿한 새로움의 환상을 흩뿌렸다. 1990년대 시단에 결핍되어 있었던 것은 그 무성한 신세대론이 아니라, 그 신세대를 자명한 것으로 받아들이려는 자기만족적 담론들을 거부했던 뜨거운 패기가 아니었을까.

2. 세상과 맞장 뜨는 시

문득 1990년대의 기사 하나를 떠올려본다. 계간 문예지 『세계의 문학』이 81년 제정한 권위 있는 시문학상의 하나로 인식돼온 김수영문학상의 위상이 도전을 받았다던 문화면의 귀퉁이 기사를 나는 잊지 못한다. 1990년대 PC통신 문단의 문학지로 자리잡은 계간 『버전 업』 가을호가 김수영문학상에 '딴죽'을 걸고 기존 수상작 대신 "보다 적절했을 수상작" 명단을 발표했던 사실은 평범하게 묻혀간 오래전의 보도에 지나지 않지만 되새겨볼 만한 정보를 전해주고 있다. 『버전 업』의 편집위원인 평론가 이용욱, 토마토출판사 기획실장 전사섭, 시인 김소연은 「김수영문학상에 시비걸기」란 제목의 기획 특집에서 재미있는 명단을 발표했는데, 그들은 1983년의 『새들도 세상을 뜨는구나』(황지우)와 1987년의 『햄버거에 관한 명상』(장정일)처럼 본래 김수영문학상 수상작과 일치하는 시집도 있었으나 대부분 다른 시인의 시집을 김수영문학상 수상작으로 선정했다. 선정위원들은 글의 서문에서 "김수영문학상의 가장 중요한 선정 기준은 꿈과 불가능을 추구하는 실험정신과 자유주의에 있다. 그러나 당해 연도 출간 시집을 대상으로 하면서 이 상이 간과한 것은 차후 세대에 대한 영향력이다. 우리는 이를 고려해 다시 1980년대 시를 돌아보았고, 이로써 김수영문학상의 탄생 취지가 재인식되는 계기가 되기 바란다"고 당당히 밝혔다. 이는 그해 5월 현대시동인상 수상작이었던 이대흠의 「봄은」에 대한 오세영 시인의 표절 주장, 그리고 21회 오늘의 작가상 수상작이었던 김호경의 「낯선 천국」에 『현대문학』이 가혹한 평을 가함으로써 불거진 시인과 비평가의 갈등과 함께 문학상의 권위에 대한, 이른바 '신세대'의 도전이라는 점에서 관심을 끄는 사건이었다. 상을 주고 평론하는 기준은 출판사와 비평가의 주관이겠지만, 문필을 가지고는 1990년대의 새로움을 구가하면서 뒤에서는 문학 대중들의 심미안과 여론을 무시하고 1980년대식 권위주의로 "좋은 시"를 깔아뭉개는 비평에 대한 분노가 팽배해간 1990년대의 표정을 우리는 기억해야 한다(간혹 "이미지도 모르는 것들이!" 하며 술판을 뒤엎어버리던 이윤학은 2000년대 김수영문학상을 왜 자신이 수상했는지 모르겠다는 듯 시상식장에 몇 시간이나 지각했다).

식상한 이야기지만 1990년대 이후 우리 문단에서는 2백여 개나 되는 갖가지 문학상의 편파성 상업성을 우려하는 소리가 끊이지 않았다. 힘없고 친분 없어 작품 발표조차 못 하는 시인들에게 '너희는 삼류다'라는 오명을 뒤집어씌우는 제도권의 횡포처럼 일류와 삼류를 가르기 좋아하던 시단, 하지만 사회의 약자들은 안으로 곪은 상처 속에서 그 손해 전달 법칙에 고스란히 노출되고 있다는 사실은 1990년대의 교훈이 아니던가? 누구라도 제목쯤은 들어봤을 몇몇 시집들은 출판사가 연출한 논리대로 신세대 문학을 이끌어나갈 주요 시인들로 연출되었고, 그즈음 서점가에는 신세대 문학에서 몇 명씩 묶어 떠받들어 미화하려는 움직임까지 노골적으로 드러나고 있었다. 누구는 자타가 공인하는 선구자적 시인이다(누가 우리를 이끌었단 말인가. 누가 우리의 대표자고). 여기에 시인까지 구색을 맞춰 자신이 10대 시인이니 20대 시인이니 앤솔로지를 내고 이렇게 기획된 내용을 잡

제1부 시인이라는 개인

지가 홍보하며 품질 보증을 해주는 현상이 과연 우리가 동의할 수 있는 것인지에 대한 의문은 적지 않았다 할 것이다.

그러한 1990년대의 분위기 속에서『버전 업』동인들의 시비는 그냥 넘겨버리기에는 지극히 구체적이고 온당한 발언이라 여겨지는 바가 있었다.『버전 업』이 제시한 수상작 명단은 1981년 이성복의『뒹구는 돌은 언제 잠깨는가』, 1982년 김정환의『지울 수 없는 노래』, 1983년 황지우의『새들도 세상을 뜨는구나』, 1984년 최승자의『즐거운 일기』, 1985년 박노해의『노동의 새벽』, 1986년 수상작 없음, 1987년 장정일의『햄버거에 대한 명상』과 김영승의『반성』공동 수상, 1988년 황인숙의『새들은 하늘을 자유롭게 풀어놓고』, 1989년 송찬호의『흙은 사각형의 기억을 갖고 있다』와 기형도의『입 속의 검은 잎』, 1990년 고진하의『지금 남은 자들의 골짜기엔』, 1991년 유하의『바람부는 날이면 압구정동에 가야 한다』, 1992년 허수경의『혼자 가는 먼 집』, 1993년 김중식의『황금빛 모서리』등이다. 이 명단에 통째로 동의할 수는 없지만, 1990년대의 시인이라면 박노해의『노동의 새벽』, 기형도의『입속의 검은 잎』, 1992년 허수경의『혼자 가는 먼 집』, 1993년 김중식의『황금빛 모서리』등이 수상작이 되었어야 마땅하다는 사실에는 대부분 충분히 동의했을 것이다. 일단 원시적으로 물어보자. 위의 목록에서 1990년대 시인으로 선명하게 각인된 시인들은 누구인가? 출판사와 비평가가 아니라, 당당히 시인들이 수여한 진정한 김수영상 수상자였던 김중식은 그들의 시대를 다음과 같이 회고했다.

가죽나무 타고 넘어 들어갔던 서대문형무소
왜식 목조건물 사형장은 나의 놀이터였지
도르래에서 밧줄을 끌어내려 목에 걸었지

축하해, 젊음의 교수형을 집행하는 화환(花環)
목의 때와 살갗과 육즙으로 엮은 비린 동아줄
미친 시대가 하필 우리의 전성기였으므로
돌아버리지 않아서 더 돌아버릴 것 같았던
속으로 화상(火像) 입은 청춘이었으므로
유언이래야 "할 말 없다"는 것이었지, 개로
태어나더라도 늙은 개로 태어나고 싶었지
짖지 않는 개로 태어나고 싶었지, 덜컹
발판을 열면 다리가 뜨고 혀가 나오겠지
죽을죄는 없고 죽일 벌만 있을 뿐, 발아래
컴컴한 식욕을 날름거리는 콘크리트 지하실
나는 뛰어들었지, 귀 막고 입 다물며
나는 뛰어들었지, 다시는 젊지 말자고

— 김중식, 「자유종 아래」 전문

"미친 시대 하필 우리의 전성기였으므로/돌아버리지 않아서 더 돌아
버릴 것 같았던" 1980년대에 김중식은 완강하고 치열하게 시를 썼다. "늙
은 개" 혹은 "짖지 않는 개"로 태어나고 싶었다는 자괴감은 실상 그의 것
만은 아니었으리라. 하지만 "죽을 죄는 없었고 죽일 벌만 있"었던 그 시대
를 김중식만큼 불온하고 위트 있게 노래했던 시인은 드물다. 별나게 우스
꽝스러우면서도 비극적인 어조는 물론 2000년대에도 변하지 않았다. 시절
이 가고 (아직도 여긴 식민지라는 듯) 자유종이 힘차게 울려도 독자의 머리
통에 일격을 날리는 그 까다롭고 성마른 언어는 아직도 건재하다. "다시는
젊지 말자고" 뇌까렸던 그의 다짐에도 불구하고 그의 시는 얼마나 젊고 예
민한 것인가. 떠들썩한 연애꾼과 감상과 애조의 말들이 판을 치는 이 시절
에도, 그의 시는 독특한 호전성을 잃어버리지 않는다. 김중식의 시에는 늘

제1부 시인이라는 개인

삶의 구체성이 물씬하도록 담겨 있고, 웃지 못할 시대의 비극과 꼿꼿한 시인의 깡다구가 선명하게 각인되어 있다. 이것이 바로 김중식의 시가 발휘하는 독특한 활력이며 1990년대 시인들의 저력이었던 건 아닐까.

역사라는 말이 모든 것을 대변해주던 시절, 종이 위에 해방과 자유의 나라, 유토피아까지 세울 수 있던 그 미친 시절, 어떤 시인은 민주투사의 레테르를 달고 국회의원도 되었으며 근대화가 닦아놓은 고속도로를 신나게 질주했다. 좌측통행과 우측통행이 민족문학이란 지점에서 어이없이 교차하는 인터체인지를 건설하느라 수많은 문예지는 참으로 분주했지만, 그 급조된 구조물이 실은 설계부터 다시 해야 할 부실공사였음이 탄핵받고 있었지만, 소유주와 감리자의 부실을 증명하며 가부좌를 틀고 있는 흉물스런 현실을 직시하는 주류는 별로 없었다. 그래서 1990년대의 전투는 바로 1980년대가 남겨놓은 그 흉물스런 쓰레기와의 싸움이라고 선포하던 이들이 바로 쓰레기 놀이만큼은 자신 있다고 자부하던 '슬픈 시학' 동인들이었는데, 아주 무더운 여름날 결성되어 한 권의 동인지를 남기고 목구멍의 포도청을 느끼며 생업의 현장으로 흩어져갔다. 어떻게 쓰레기장에서 쓰레기 아닌 것을 볼까? 일찍이 '슬픈 시학'의 이진우는 『적들의 사회』에서 이 시대의 양심선언을 수행한 바 있다. 그가 보기에 1990년대 시인들이 싸워나가야 할 것은 그들의 세대와 시대를 조직적으로 서술하고 있던 권력이며 그러한 모순을 고스란히 축소 지향적으로 간직하고 있는 문단 파시즘이었다. 1990년대라는 빛나는 산하에 아직도 구석구석에서 청산되지 못했던 권위주의, 출판사와 비평가가 합작해 만들어낸 '일류들'과 가짜들에 대한 싸움은 이진우가 선포했던 가장 '역사적'인 전투이기도 했다.

왜 문단에도 권력이란 게 있고 관료주의라는 게 있지 않은가? 주류와 주변을 가르면서 권력 논쟁이니 뭐니 쓰레기 같은 헤게모니 싸움을 벌이고 있었던 문단은 사실상, 1980년대가 주고 간 정치적/역사적 상처만큼이나 심각한 상처를 1990년대 시인들에게 안겨주고 있었다. 지구가 뽀개지더라도 한 편의 시를 쓰겠다는 시인들이 인간 생태계의 그물망에 줄줄이 엮여서 일류 시인과 삼류 시인으로 우열반이 갈리고, "학대받는 것은 학대받는 관계를 청산하지 못해 그런 것"이라는 1980년대의 가장 기본적인 교훈을 망각하고 있었으니, 안 그래도 '몰역사적'이라는 비판을 받고 있는 정말 가여운 신세대가 아닐 수 없었다. 하지만 그 유통 경로가 사방으로 뻗쳐 있으니 누가 자유로울 수 있었을까? 써내기도 전에 재단되어버린 문학, 비평적 찬사에 뒤떨어지지 않기 위한 전략적 포석까지 어우러진 해프닝성 작품들도 즐비하게 양산되었던 현실, 하지만 그 현실의 자그마한 표면적 움직임 속에서도 보이지 않는 거대한 권력의 준동을 읽을 줄 알아야 한다는 지혜를 그들에게 가르친 자 누구인가. 다 알겠지만 1990년대의 주요 시인이 되기 위해서는 1980년대적 후일담을 아련하고 감상적인 비극으로 치장하는, 넌더리나는 되씹기의 문학을 지향하거나 신세대 담론에 승차해 문학상 하나쯤은 거머쥐어야 했다. 한날한시, 몇 사람이 모여 커피숍에서 선발하는 문학상 수상자는 의미가 없었지만 잡지는 늘 타이밍을 맞춰 '좀 뜨고 있는' 시인들을 찬란하게 치장하고 특집 내용을 굵직하게 실어댔다. 과연 그게 그렇게 큰 이슈였을까? 청탁서는 자사가 내겠으니 투고하지 말라는 최고의 잡지, 문단의 하이클래스 내지는 톱클래스로 군림하는 시인들을 밀어주는 이미지 메이커, 그리고 그런 작품만을 편식하던 까다로운 비평가도 있다 보니, 거기에 각종 애조 어린 작품들을 우수 문학으로 선정한 채 도대체 기준을 어디에 두는지를 알 수 없는 이상야릇한 문학상이라는 것도 있다 보니, 그 반칙의 후유증을 고스란히 전달받는 시인들이 있었다. 한때 불멸의 천재를 꿈꾸기도 했으나 이상한 제도권의 생태 법칙에 말

제1부 시인이라는 개인

려 자신의 의지와는 상관없이 아류가 되어 버린 시인들, 등단 9년 동안 문인 주소록이라는 호적에도 못 올랐던 문단의 사생아 나를 비롯하여 자기 비하적 냉소주의에 빠져 있는 소위 낙오자들이다.

하지만 시인들은 얌전했다. 그들의 문학 자체가 여전히 그러한 세계의 '통제 장치'라는 메커니즘에 걸려 있고, 적당한 절충까지 하지 않을 수 없었던 현실이었기에 말이다. 그러한 의미에서 1990년대의 시를 '재생 쓰레기'이라고 자조적으로 단언했던 이진우의 발언은 한 번쯤 되돌아볼 가치가 있다. 신세대를 구가하면서도 거꾸로 전 시대에 회착하는 말들, 기표와 기의의 밀월이 끝난 지 언제인데도 "이리 이리 붙어라"라 하며 권력의 숨바꼭질을 하던 집단에 누가 특별히 가르쳐주지 않았는데도 우르르 몰려갔던 무지한 세대, 도무지 연유를 알 수 없는 커버스토리와 밀어주기 한 판에 신세대 시인들의 술판은 비난과 야유, 난투극으로 무너져 내리기도 했고, 어떤 시인들은 고요히 집필을 포기하기도 했다. 그렇게 떠났던 시인들이 2000년대 시단으로 돌아왔다. 김중식, 허연, 김요일, 조현석…… 어찌 그들뿐이랴. 배고픈 고양이처럼 그들이 돌아와 느꼈던 것은 무엇이었을까.

배고픈 고양이 한마리가 관절에 힘을 쓰며 정지동작으로 서 있었고 새벽 출근길 나는 속이 울렁거렸다. 고양이와 눈이 마주쳤다. 전진 아니면 후퇴. 지난밤이 고스란히 남아있는 나와 종일 굶었을 고양이는 쓰레기통 앞에서 한참동안 서로의 눈을 바라보며 서 있었다. 둘 다 절실해서 슬펐다.

"형 좀 추한 거 아시죠."
얼굴도장 찍으러 간 게 잘못이었다. 나의 자세에는 간밤에 들은 단어가 남아 있었고 고양이의 자세에는 오래전 사바나의 기억이 남아있었다. 녀석이 한쪽 발을 살며시 들었다. 제발 그냥 지나가라고. 나는 골목을 포기했고 몸을 돌렸다. 등뒤에선 나직이 쓰레기봉투 찢는 소리가 들렸다. 고양이와 나는 평범했다.

간밤에 추하다는 말을 들었다

— 허연, 「간밤에 추하다는 말을 들었다」 전문

새벽의 출근길에서 화자는 문득 쓰레기통을 뒤지는 고양이와 마주쳤다. "둘 다 절실해서 슬펐다" "형 좀 추한 거 아시죠"라고 고양이가 말하는 듯하다. 얼굴도장 찍으러 간 간밤, 속이 울렁거리는 출근길에서 고양이의 매서운 질책이 찔려서인지 화자는 골목길을 슬며시 돌아간다. 고양이가 쓰레기봉투 찢는 소리가 들린다. 결국 화자도 고양이도 '평범'하게 먹고살기 위해 했던 일이 아니던가. 그러나 간밤에 추하다는 말을 들었다. 누군가에게 눈도장을 찍기 위해, 또는 먹고살기 위해 그는 얼마나 수많은 추한 웃음을 웃었던 것일까. 그의 존재는 시시각각 깨져나가는 심장 속에 얼마나 많은 굴욕을 저장해온 것일까. 그에게 문득 세계는 환멸의 사막이 된다. 그것은 어쩔 수 없이 우리가 살아가야 하는 장소이며, 결코 부정할 수 없는 현실이다. 그렇게 어설픈 평화주의자로 오염된 채 살아갈 수밖에 없었던 1990년대 시인의 무의식을 서정학의 시는 다시 읽게 해준다.

어설픈 평화주의자. 그래요 나는 죽고 싶지도 않고 전쟁은 정치인들이 하고 싶어하는 것 아닙니까. 그런 거지요……우리는 전쟁을 원하지 않아요.

몇 발의 총성이 울리자 그는 내게 말했다. 전쟁이라는 것은…… 자신이 살아남……을 수만 있다면……가장. 홍미있는……일이지 그렇지. 않나……상병……그런 셈이지……그는 가쁘게 숨을 몰아쉬고 잇었다. 열려 있는 문 사이로 음악이 흘러나오고 있었다. 몇 군데 꺼져 잇는 조명은 나를 우울하게 만들었다. 적군도 아군도 우리가 이곳에 갇혀 있다는 생각은 하지 못할 것이다. 내 헬멧 후드 안쪽에 붙어 잇는 산소 게이지에 빨간 불이 들어왔다. 내 방열복은 그의 것보다는 낫다, 그는 이미 총상을 입었고 그는 오, 염, 되, 어, 있, 다. 그는 오염되어 있다. 그의 머리카락과 눈썹과 귓불과 콧구멍 따위는 이미 더럽혀져 있는 것이다. 이미, 모든 것은 끝난 것이다. 그는 나를 바라보며 애처롭게 버티고 있다. 이미, 모든 것은 끝났는데도 말이다. 그는 떨리는 목소리로 계속 말을 한다. 왜 내가……이렇게……많은, 땀을, 흘……리는 걸까……나는 건강하지. 못한 걸까……이 정도 온도를……견디지. 못하는 걸까……그의 눈이 자꾸 뒤집히려 하고 있다. 그의 방열복에 구멍이 났고 또, 총상을 입어 중태라는 사실을 모르는 걸까. 오염되면 끔찍한 결과가 오지……비디오. 로 봤겠지만……(너도)……비참한 거야……내가……미(쳐버린)……것 같군……머리가 아프군……여기가 아……어디지……여기가 어디인가 상병……조명이 꺼져 있는 무대는 마치 장례식의 눈물과도 같다. 쓸모없는 것들. 당신은 훈장을 받을 거야. 당신의 가족들은 D블록으로 옮겨지겠지. 장례식은 성대하게 치러질 거야. 금발의 당신 머리는, 그러나, 오염되어 있지 않은가. 가족들은 시체 없는, 당신 없는 장례식을 치르겠지, 나만 살아남게 되겠지. 어설픈 내일이 기다리고 있다.

— 서정학, 「보수/오염」 전문

　왜 우리는 어설픈 내일을, 어설픈 평화를, 어설프게 견디고 있어야만 하는가? 바로 이 어설픈 것들이야말로 세계가 원하는 것이 아닐까? 그 어설픈 안일주의를 도구 삼아 자신의 근거지를 강화하는 세계의 매끈한 표면은 이미 완공되었다. 평화를 고수하는 착실한 지하 인간들은 숨죽여 세상

거짓말 탐지기의 시대

을 보수할 뿐이다. 전쟁 또한 "정치인들이 하고 싶어하는 것"이니까. 맨홀같이 불결하게 끈적이는 권력의 그늘 아래 낮과 밤은 없다. 오직 어둠이 있을 뿐이다. 방열복과 산소 헬멧을 착용한 채 도시의 지하에서 '보수' 작업을 하는 노동자의 대화는 겉으로는 문제없어 보이던 시대에 그들의 싸움이 얼마나 새로운 국면에 접어들었는지를 잘 보여준다. 어디에도 권력의 무게중심은 없다. 권력의 모든 동력 기관은 산재해 있다. 선전을 앞세우고, 자본을 내세우고, 지성의 컬렉션과 미학적 규준을 앞세우고 권력은 가동되었으므로 삶 그 자체가 오염된 공기와의 화생방전이다. 죽음을 공훈으로 치하하고, 오염을 포상으로 길들이는 세계는 거대한 괴물의 세계이다. 어떤 방어막으로 차단하더라도 숨쉬지 않을 수가 없는 오염. 그러한 의미에서 근원적인 레지스탕스는 가능하지 않다.

그렇게 모두가 꼭두각시가 되어 있는, 아무도 골머리를 썩이지 않는 이 완벽한 세계를 질료로 삼아 1990년대 시인들은 자신의 세계를 구축해갔다. 김요일의 「고백, 1995, 혁명이 끝난 후」에서 "나의 낚시바늘에 거대한 난파선이 걸려 있"다라는 시구는 시대의 사망 선고와 같았고, 수많은 시편들이 지하의 유격전을 벌이는 특공대처럼 반항을 압도하는 세계와 치열한 암투를 벌이고 있었다. 때로 엄청난 분열증적 에너지의 집광력을 가지고 세계를 해부해가는 1990년대 시인들의 렌즈는 거의 자살 공격에 가까운 것이었다. 눈앞에 폭발적으로 터져 나와 경이롭게 부서지는 컴퓨터 영상처럼, 그들의 시는 포개놓고, 덮어놓고, 확장시켜놓은 현실의 이미지를 다시, 연속 시리즈의 형식으로 토막 내고 다큐멘터리 형식으로 편집하고, 비디오 게임의 이미지 속에 담아놓았다. 정신분열증 환자가 바라보는 세계처럼 조각조각 흩어지는 난폭한 형식, 광고에서 복사된 기호들과 디스플레이된 언어들은, 활자를 그림과 사진으로 해체시키는 등, 도대체가 걸림돌이 없는 온갖 방식으로 현실의 이미지를 파편화시켰다. 김요일의『붉은 기호등』이나 정남식의『시집』이 보여주던 시집이라는 관념의 파괴(한 편의 시가 시집으로 확장되거나 '시집'이라는 집 그 자체에 변소라는 배설 공간을 이식시킨다), 서류, 일기, 기사 형식의 차용 등의 반드시 검토해야 하는 예들은 무수히 많다. 통합시킬수록 더욱 파편화되고 있는 삶, 머리와 사지가 공중분해된 비디오 게임 속의 벌레처럼 삶이 프로그래밍된 현실의 최면에 무지막지하게 걸려 있다는 인식, 뇌세포를 샅샅이 검열하고 지문을 채취하는 거대한 힘에 대한 무감각의 공포는, 그들의 시에서 끝없이 다루어지는 주요 메뉴 중의 하나이다. "손가락 끝을 자판기에 대는 것만으로도,/입자로 파동으로 변해가는 나는,/플로피디스크보다도 얇어진 가슴으로, 갸날픈 다리로/그대 안으로 들어갑니다"(장경기, 「온라인망—누가 나의 뇌신경을 0시의 모니터에 접속 시키는가」 부분)와 같은 시구들은 아예 이 세계의 권력 게이트인 컴퓨터와 교령 상태에 이르고 있는 착란증까지 보여준다. 테크놀로지는 그들의 적이며 애인이며 어버이기도 했다. "이 테레비 없는 후레자식/네 테레비가 그렇게 가르치디/(중략)/이제 나는 어버이날 테레비에게 카네이션을 달아드리련다"(함민복, 「오우가」 부분)라는 시구나 "세포들에, 죽어가는 나는 묻힌다/그 어지러운 분열이 뒤섞여/또다른 나를 대신할 것이다"(조현석, 「죽음에 대하여」)와 같은 시는 주체를 대체하는 허상들에 대한 노골적인 까발김을 신나게 보여준다. 육체란 "무수한 기호가 작살처럼 꽂혀 있는"(김요일, 「붉은 기호등」 부분) 것이고 멀쩡한 정신이란 문화의 말초적 자극으로 구성된 낯선 환영과 같다. 그러니 "알고 보면/ 모든 얼굴이/꺼져가는/꺼진 척하는/하나의 얼굴/똑같은 얼굴/멀쩡한 광기/알고 보면"(심재상, 「베티 블루, 37.2도」 부분) 아닌가? 하지만 삶을 길들였던 그 엄청난 권위와 획일화의 논리들이 역으로 세계의 스모그에 오염된 말, 오염된 방식으로 해체된다는 것은 얼마나 아이로니컬한가?

"때로 그 안에서/뱅그르르 돌아가는 음식을/지켜보노라면/오렌지빛 아래/무도회장의 멋드러진/무희만큼이나/황홀해/그 끔찍스런 황홀,/어때?/그 안에서 죽어가는 건"(조하혜, 「전자렌지 속의 사랑」)과 같은 시에서 보여지던 엽기적인 죽음의 증후군을 어떻게 설명해야 할까? 그들은 머리와 장기가 동시에 뜯겨나간 시체처럼, 뻔뻔스레 눈을 뜨고 자신의 타살을 증명하는 시체처럼 누워 거대한 공포의 환영으로 존재하는 문명의 테러를 영사해낸다. 성미정의 「머리 없는 인형」, 조하혜의 「동업」, 김소연의 「환신의 고백」, 김언희의 「HOTEL ON HORIZON」 등은 그들의 삶을 옭아매고 있던 허구의 그물망들, 그 언어의 허방에 떼 지어 기생하는 의식을 가차 없이 조롱한다. 그 상상을 초월하는 위악적 유머와 공격성이야말로 1990년대 시인들의 주력 상품이 아니던가? 이 사악한 자식들에게 정이 들리 만무한 이들의 그 묘한 동시대적 이질감이 '신세대' 혹은 '신서정'의 '신(新)'이라는 말로 포장되었던 건 아닐까. 그들에게 쏟아졌던 온갖 비판과 해석은 근사하기도 했지만, 지나간 인식의 틀, 사고의 논리로 우리를 소환하지 말라는 선전포고는 1990년대 시인들의 시를 관통했던 게 아닐까. 그들은 1980년대적 권위주의적 시스템이 통제할 수 있는 궤도를 달리고 있지 않다. 시작도 없고 목적지도 없는 수많은 길에서 가소롭게 못 박힌 교통 표지판을 짓밟으며, 신세대의 뜬소문을 교묘하게 흘리는 구세대적 신세대론과 싸우고 있었다. 그러나 그것은 계급투쟁의 필연성 같은 것이 아니다. 문단 권력을 찬탈하기 위한 자코뱅적 반란도 아니다. 오직 그것은 삶의 이력서를 조작하고 오해와 풍문을 불러일으키는 저 말들의 권좌와 맞장 뜨기 위해서다. 그것은 바로 1980년대 문학이 가르쳐 준 눈물겨운 교훈이 아니던가. 껍데기는 가라고 외치면서 왜 거적 같은 껍데기를 뒤집어 쓰고 있나? 문학은 그 퀴즈를 스스로 풀어보라고 요구하고 있었다.

3. 조종된 언어를 넘어

1990년대 시운동의 마지막 해체 동인이기도 했던 성귀수의 처녀시집 『정신의 무거운 실험과 무한히 가벼운 실험정신』을 잊을 수 없다. "이 시집을 내기까지 10년이 걸렸습니다. 「태양의 내면화와 내면 불꽃의 체험」 같은 경우 1년이 넘게 걸린 시고, 가장 빨리 쓴 것도 석 달이 걸렸습니다. 매일 숙제하듯이 썼는데도요"라고 성귀수는 말했다. 그의 시는 "언어로 조립된 시학"이라며 "다이아몬드 목걸이와 반지가 아니라 다이아몬드 원석 자체의 아름다움을 알고 싶은 이들"(『연합뉴스』, 2003. 4. 13)에게 헌정된 이 시집이 내보인 스타일은 너무도 고집스럽고 강력했다. 하나의 스타일을 구축해가는 것은 단순히 시적인 제재를 발견하는 것보다 더 어렵다. 특별한 방식으로 언어를 조직하고 구성해내는 과정 자체가 엄청난 에너지와 정신의 강도를 요구하기 때문이다. 무자비한 어조를 사용하든 날개 같은 언어를 구사하든 강력한 스타일은 모든 작품들의 '원석' 같은 정신의 수위를 예민하게 반영하는 것이다. 그러한 정신의 강도와 수사적 긴장력이야말로 작품의 근원에 흐르는 주제를 보여주기도 한다. 물론 능란한 언어만이 그 도구다.

얌전한 비평의 논리 속에 배치되기에는 너무도 기이했으므로 성귀수의 시집은 철저히 잊혀졌다. 하지만 권력의 언어가 물질적 바탕으로 놓여있는 세계에서 형식이나 구문, 수사 등을 통해서 강력한 일탈을 만들어내는 정신 자체가 매혹적인 것이다. 1990년대의 가장 강력한 스타일리스트이기도 했던 박상순은 다음과 같이 쓰고 있다.

　　그것은 한낱 기구일 뿐이다. 300볼트용 연결기. 그것은 내 손에 있
고, 두 개의 구멍이 있고 튀어나온 두 개의 금속 막대가 있고, 몸체를
조여주는 볼트가 있는 그것은 한낱 300볼트용 커넥터일 뿐이다.

　　그런데, 고등어가 내게 말하길, 낙엽들이 내게 말하길, 지하철 공사
장이 내게 말하길, 그 속에는 길이 있고, 내가 걸었고, 그 속에는 네가
있고 너를 향해 내가 있고, 그 속에는 고등어가 있고 낙엽이 있고 공
사장이 있고, 눈썹 아래로 흘러내리던 머리카락을 다시 쓸어 올리던
내 손이, 손가락이 있다는 것이다.

　　그 뒤로 나는 커넥터가 되었다. 나와는 정말 관계가 없는, 멍청한,
바보같은, 쓸데없는 이야기지만, 나는 정말 커넥터가 되었다. 그래서
내가 다시 네게 말하길, 나는 한낱 기구일 뿐이다. 300볼트용 연결기.
그리하여 나는 내 손에 있고 두 개의 눈이 있고, 두 개의 금속 막대가
있고 몸체를 조여주는 볼트가 있는, 300볼트용 커넥터일 뿐이다.

　　그런데 그 속에서 길이 말하길, 그 속에서 네가 말하길,
　　내 손가락이 내 손에게 말하길, 그것은 한낱 기구일 뿐이다. 300볼
트용 연결기. 그것은 내 손에 있고, 두 개의 구멍이 있고 튀어나온 두
개의 금속 막대가 있고, 몸체를 조여주는 볼트가 있는 그것은 한낱
300볼트용 커넥터일 뿐이다.

— 박상순, 「스모그−300볼트용 커넥터」 전문

　　화자는 커넥터일 뿐이다. 정보를 암호화하거나 암호화된 정보를 다시 흘
려보내는 "연결기"는 시인의 언어가 묻고 있는 의미회로, 즉 세계 그 자체이
기도 하다. 그의 시는 "고등어", "낙엽들", "지하철 공사장" 속으로 뻗어가고

그래서 결국 "내가 걸었고, 그 속에는 네가 있고 너를 향해 내가 있"던 안팎이 동일하게 복제되는, 어찌 보면 의미의 통로에서 벗어날 수 없는 언어, 존재, 의미의 문제를 다루고 있다. 새, 태양, 달, 우물, 나무…… 조잡한 언어의 퓨즈처럼 무한 연결되어 있는 말들의 시스템을 응시하며 시인들은 낯선 길을 상상한다. 독자에게 소통시킬 수 있는 모든 장비를 들고, 자고 일어나고 출근하면서 세계의 "커넥터"가 되어 있는 나를, 그러나 "나와는 정말 관계가 없는, 멍청한, 바보같은, 쓸데없는 이야기"를 상상한다. 하지만 세계의 커넥터로 존재하지 않는 언어란 존재할 수 있을까.

우리는 얼마나 많은 언어들의 권력에 조종되고 있는가. 시적인 자유를 배우면서 우리는 얼마나 시적인 자유를 약탈당하는가. 돌이켜보건대 1990년대 시인들에게는 부자유한 시대의 자유로운 언어를 꿈꾸던 엇비슷한 기억이 있다. 대학 시절 그들에게는 비공식적인 오리엔테이션을 하는 문학의 사제들이 있었다. 헐렁한 야전점퍼 같은 것을 걸치고 풋내기 신입생을 모아놓고 문학에 대해 떠들어대던 선배들은 국문과의 낯선 별종 같기도 했다. 그들은 막 입시지옥에서 빠져나온 우리의 머리통을 두드려대던 멋진 망치들이었다. 애절한 목소리로 시론 강의가 있다고 탄원하면, 그들은 그렇게 나약해서 무엇을 쓰겠냐고 윽박지르곤 했다. 그들은 시라는 것은 거짓말 탐지기며 무지막지 쓰면서 체득하는 것이라고 떠들어댔다. 학점과 지식과 인생의 진실을 능멸하는 모든 것을 무시할 수 있는 배짱을 가르쳤다. 그들은 신랄한 기소장을 내듯 대자보를 써갈겼고, 휴학생의 신분으로 문학회를 들락였고 당당히 학교를 떠나기도 했다. 적어도 1980년대에는 그런 예술적 특권이 주어졌다. 가장 혁명적인 학생들과 급진적인 천재들이 대학원에 가지 않아도 좋은 시대, 시라는 모험을 위해 학업도 포기할 수 있었던 이들이 존재했다.

하지만 이론을 배우지 않고 시는 쓸 수 있겠는데 도대체 어디에 고용될 수 있을까? 그것은 굉장한 위협이었다. 그렇게 1990년대 시인들을 호출하던 한 세대는 퇴각당하고, 캠퍼스는 신속하고 기민하게 경력을 향해 나아가는 입시형 재원들로 보충된다. 한국의 교육 체제상 무수한 시험과 평가의 덤불에 갈기갈기 찢겨진 채 젊은 시인들은 대학에 도착한다. 그들은 너무 일찍 지적인 코드에 일찍 노출되고 리포트와 논문에 자신의 언어를 처박아버린다. 추상적이고 논리적인 현대시를 구조 혹은 이미지로 분석해내는 이론에 지나치게 중독되어 있다. 체험도 목표도 비전도 없이 그냥 '시답게' 쓰는 것이 중요한 것이다. 시는 이론과 연결되고 논리의 커넥터가 된다. 시인이 비평가가 되고 교수가 되고 다시 시인들은 유능한 비평가의 각주를 요구한다. 전문가가 논의하고 싶어 하는 감수성의 방향을 재빠르게 감지한다. 오늘날 시단은 시도 비평도 논문도 잘 만들어내는 수재들이 점거하고 있다. 비평가와 교수들이 편집위원으로 진좌하고 있는 출판계가 시인들을 관리한다. 거기에 시의 공장이 있다. 매끄러운 연접 기기의 언어, 커넥터가 존재한다.

얼마나 많은 것들이 시인의 피를 모기처럼 빨아먹는가? 탁상에서 만들어진 공리공론, 특집, 기획, 안 보이는 권위주의, 아첨, 선생, 님, 씨, 귀하…… 시인은 시인 외에 아무것도 안 되기를 바라지만, 또 아무것도 안 되는 걸 두려워한다. 이 죽음의 초대장을 어떻게 사절할까? 1990년대 시인들이 가르쳐주는 것은 어떤 의미에서 "거절의 감각"이다. 아주 아무것도 아닌 것으로 여겨지는 사소함에서 우리의 영혼을 지배하고, 감각을 굴복시키는 것들을 냄새 맡던 시대, 모든 방식으로 묶이는 의미의 통로와 자랑스레 과시되고 있는 가치들에 대해 시인들은 자신의 돈과 시간을 탕진하며 시비를 걸었고, 그렇게 1990년대를 걸어왔던 청춘은 상처였다.

14년 넘게 입어온 청바지 무릎이 해졌다
날실은 닳아 없어지고 수평의 씨줄만 남아 있다
내 청춘의 무릎도 저만큼 환부를 드러냈을 것이다
사람들은 내 청춘에서 어떤 수평을 보았을까
청춘을 질주해 온 내 걸음 오래오래 바라보니
수직을 코바늘처럼 당겨대는 무릎이
바로 전 한 걸음을 그림자에 얽어 짠다
수직이 무릎을 다시 잡아당기고,
몸을 닮아가는 그림자만 수평으로 누워 있다
몸속에 빛을 켜면 드러나는 저 몇 자의 피륙에서
청춘은 등잔 기름처럼 닳고 있다
이토록 환한 만성통증을 외면해온 나여
네게로 가는 門인 네 환부를 바라보아라, 그러면
꼿꼿이 서려고만 했던 나 지워진 어느 날
어두워서 뚜렷한 네 그림자를 밟고 있을 것이다
그날은 전생으로 떠났던 한 사람 돌아와 무릎 끓고
네 그림자를 오려서 기워 입을 것이다

— 차주일, 「그림자 갈아입기」 전문

　"14년 넘게 입어 온 청바지 무릎이 해졌다". 오랜 시간 걸쳐 입었던 청
바지만큼이나 "청춘의 무릎도 저만큼의 환부를 드러냈을 것이다". 상처의
속살을 내보이는 청바지의 구멍은, 나태한 삶에 관대해지지 못했던 화자
의 청춘을 들여다보게 한다. "몇 자의 피륙"처럼 남아 있는 청바지는 수없
이 거쳐온 고단한 날들의 직조 무늬를 닮았다. 하나의 가면, 사무실, 말의
제복 속에 갇히기를 거부했던 청춘의 반항과 열정은 얼마나 뜨거웠던가.
확신과 불안, 도전과 패배가 교차하던 쓰라린 순간들은, 결국 자신의 상처
를 발견하기 위한 여행의 도정이었을까? 오늘 "내 몸을 닮아가는 그림자만

수평으로 누워 있다". 존재가 곱씹어낸 언어처럼 씨줄과 날줄이 교차하던 직물은 서서히 올이 풀려 "수평의 씨줄"만 남아 있다. 그가 거듭거듭 반추해온 언어도 옹골찬 논리와 독단에서 풀려나, 흐르는 씨줄처럼 좀 부드러워진 걸까? "그림자를 오려서 기워 입을" 누군가는 다시 올 것인가?

그렇게 시인들을 천재적으로 좌절시키는 시스템 속에서, 대학에서 굴러나오는 문학 담론들 속에서, 이론들의 전염 속에서, 시시각각 등단자를 쏟아내는 탐욕스런 문예지들 속에서, 문학상을 노리는 '스펙' 관리자들 속에서, 어딘지 미심쩍은 '일류'들의 봇물 속에, 1990년대 시인들이 가르쳐주는 것은 조종되길 거부하는 존재의 분노, 인간이란 생물은 그토록 작은 분노의 유전자에 의해 끝없이 끼적인다는 점이다. 거기서부터 문학은 변할 수 있는 것이다. 무수한 문학의 천재들이 증명해주지 않는가? 우리는 응석받이만이 아니라 버릇없는 반항아를 키워내야 한다는 것을. 때로는 치명적이기까지 한.

가장자리의 시, 시학으로서의 가장자리

1. 먼지 인간의 주문

위험한 집단 논리가 지배하는 사회는 언제나 질문을 삭제하며, 더 나아가 말하기의 공포를 압도하는 자유를 위장한다. 언제든 집단의 논리와 다른 목소리를 따옴표 안에 집어넣고, 자신의 문맥에 맞추어 변조하는 경우도 있을 수 있다. 현대 시인들이 강력한 자기만의 스타일을 밀어붙이는 것은, 그렇게 강고하고 교활하기까지 한 사회의 문법이 희생시킨 목소리를 들려주고 지극히 개인적인 방식으로 던져야만 하는 질문을 사회에 내던지기 위함이라 할 수 있다. 시인들은 사람들이 쉽게 알아듣기 힘든 자신만의 언어를 고수하며 세상의 가장자리에 내버려져 있지만, 누구도 돌아보지 않는 그 가장자리를 강건한 꿈의 요새로서 축성하고, 언어의 성가퀴 속에서 세계에 응전하는 건강한 정신의 역설을 보여준다.

최근 발간된 세 권의 시집을 읽으면서 내가 만나게 되는 것은, 세상으로부터 소외된 삶의 가장자리에서, 치열하게 존재의 의미를 묻고 세상의 가치와 양식들을 비판해가며, 더 나아가서는 인간 회복에 이르는 비전까지도 꿈꾸고 있는 아름답고 자유로운 시의식이다. 그들의 시에는 어쩌면 상처 입은 삶 속에서만 빛나게 살아나는 시에의 열정을 감춰두고 있는 많은 삽화들이 있다. 그들 시가 그려내는 화자들은 어딘가에서 뿌리 뽑혀 있고 세계의 변방을 떠돌고 있지만, 그 가장자리의 고통을 감내하며 오히려 자신의 문법을 밀어붙이려는 치열함을 간직하고 있다. 그들의 시는 '우리'라는 진부함 속으로 가라앉지 않고 도대체 시인이라는 존재가 뭔가라는 질문을 다시 곰곰이 던져보게 한다.

우리의 문화적인 통념으로 '시인'은 세계나 삶에 접근하는 태도가 무언가 다른 존재로 인식되고 있다. 비록 오늘날 수많은 시인이 대단히 속물적인 모습을 스스로 작품 속에서 내보이고, '대중' 속의 한 존재로 인식되고 있다고는 해도, 시인이란 오늘날도 예외적인 '개인' 혹은 사회적 '방외인'이라는 인식은 쉽게 사라지지 않는다. 일반적으로 현대 시인들의 개인주의는, 세계에 대한 시인의 근본적인 적대감에 기인한다. 불행하게도 자유로운 인식의 삶을 위해, 세계의 강고한 문법을 거부하는 개인주의자들은 대중의 몰이해로부터 자유롭지 못하다. 하지만 우리가 생각해보야 할 점은, 바로 현대 시인들의 그 '유별남' 때문에 독자들이 시인을 사랑하는지도 모른다는 역설이다. 비록 다수는 아니라 할지라도, 어쩌면 독자들은 '우리'를 혐오하는 별난 개인의 목소리를 더욱 진지하게 시인에게 요구하는지도 모른다. 박세현 시집『사경을 헤매다』, 정병근의『번개를 치다』, 박형준의『춤』에서 내가 발견한 것도 독자와의 특별한 소통을 꿈꾸는, 서럽도록 치열한 시의식이다. 돈이 "삶의 총화"가 되어버린 현실에서, 자본의 이윤을 거절하며, '돈이 부리는 조화'에 따라 춤추는 대학에서, 시인으로 남는다는 것은 무얼 의미하는가. 먼저 박세현의 시를 읽고 지나가기로 한다.

금요일, 서해안 갯벌 쪽에 있는 캠퍼스
문과대학 407호 강의실
낡은 책상들이 음험한 전통의 표정을 짓고 있어
사뭇 학문적으로 보이는 교실에서
생전 오지 않으시는 인문학부 학생들을 기다린다
…(중략)…
삶은 언어의 총화
앞시간의 강의흔적이 고대의 벽화 같다
침 튀기며 열강하다 자신의 침방울에 놀랐을
인문주의자의 유려한 필체가 칠판에서
미끄러지지 않으려고 봄바람에 목을 맨다
그래도, 그래서 삶은 두근거림의 총화

— 박세현, 「삶은 두근거림의 총화」 부분

　　화자는 "생전 오지 않으시는 인문학부 학생들을 기다"리는 강의실에서 "앞시간의 강의흔적"으로 남아 있는 "삶은 언어의 총화"라는 말을 본다. 마치 '고대의 벽화'처럼 느껴지는 그 진지하고도 숭엄한 명제는, 빛바랜 헌 잡지같이 낡고 잊혀지고 소외된 모습으로 이 세계의 가장자리에 밀려나 있는 현대시의 운명을 다시 진지하게 되새기게 한다. 본래 시라는 것은 상상력을 통해 "불가능한 것을 가능하게" 표현할 수 있는 문학의 허구적 속성을 가진다는 점에서, '언어의 총화'로서 삶을 말하고, 세계에 대한 우리의 일상적 인식을 쇄신시키는 역할을 수행한다. 박세현의 시는, 세계의 가장자리에 서성이고 있는 그 '인문주의자'의 말들이 '두근거림'을 가져오고, 모든 것이 뻔한 돈의 논리로 움직이는 세상에서 "삶의 총화"라고 당당히 주장한다.

　　너무나 익숙하게 우리가 기억하고 있는 이러한 주장이 새삼 의미 있게 들리는 것은, 건강하고 당찬 시정신의 상실을 우리가 너무나 자주 목도해왔기 때문인지도 모른다. 동시에 우리를 새삼 놀라게 하는 것은 이 당당한 한 구절이 어떻게 이렇게 초라해질 수 있단 말인가 하는 문제이다. 화자는 "삶은 언어의 총화"라는 말을, 마치 아득한 옛날의 전설적인 어구처럼 느껴지게 하는 현실의 완강함을, 문학에 대한 현대의 물화된 인식을 조명하고 비판하는 시의 모티프로 그의 시집에서 확장시키고 있다. 이를테면 "면식 없는 시인의 생가를 일정에 넣"고 김남주의 생가를 찾으며 느꼈던 "참았던 허기"(「시인 김남주 생각」) 등에서도 엿볼 수 있는 바와 같이, 자본주의 체제의 이념적 지향도, 유통 구조도 가지지 못한 채, 모서리가 헐려버린 채 버려지는 해묵은 문학에 대한 사랑, 혹은 비루한 생의 빛과 사랑의 흔적을 간직한 채, 한없이 소중한 마음의 터앝으로 자리 잡고 있는 곳곳의 풍경들을 내보여준다. 그의 시는 이 잔혹한 세계에서, 한 시인의 내면을 발견하는 독서의 기쁨은 물론, 현대적 삶을 돌이켜볼 수 있는 반성의 계기와 인식의 충격을 독자에게 선사한다. 그러나 무엇보다, 이 잘못된 세계 논리 속에 우리 '대신' 망가지고, 우리 '대신' 버려지는 사람들, 간단히 말하면 시인이 짊어졌다고 믿어지는 존재의 버거운 짐과 함께 삶을 결코 벗어던질 수 없는 자의 자기모순적 소망, 혹은 그 모순적 삶을 철저히 살아가고 있는 존재의 목소리는 얼마나 커다란 울림을 던져주는가. 아마 아래의 두 편의 시가 나의 코끝을 시큰거리게 했던 것도 그런 까닭과 무관하지 않을 듯하다.

> 그는 눈치채지 않기 위해
> 사람들의 눈치를 살피지 않기로 했다
> 의자에 앉을 때는 의자 무늬로 몸을 바꾸었고
> 벽에 기댈 때는 벽이 되었다
> 흥건한 얼룩이 되어 바닥에 누웠다
> 아무도 그를 눈치채지 못했다

그는 잊혀졌다 누에처럼
그의 몸은 점점 투명해졌다
얼마나 모르고 싶었던가
잊혀지고 싶었던가
아, 그는 얼마나 사람이 아니고 싶었던가
눈이 오고 꽃이 피고 다시 낙엽이 지는 동안
그는 골백번 의자가 되었다가
벽이 되었다가 바닥이 되었다
맑은 날은 빨래를 널어놓고
놀이터 담벼락의 벽화 속에 들어가 햇빛을 쬐는 그는
조금씩 흔들리면서 아무도 눈치채지 못하게
몸 거두는 연습을 했다
바람 속으로 흔적 없이 사라지는
먼지 인간의 주문을 외우고 또 외웠다

—— 정병근, 「露宿 1」 전문

　"먼지 인간의 주문을 외우고 또 외웠"던, 그래서 스스로 아무것도 되지
않고자 했던 먼지 인간은, 자본주의라는 야수주의 속에서 육체, 사랑, 모든
것을 재료 삼아 부를 쟁취하는 대중적 삶의 실상을 보여주는 역상 문자다.
그는 철저한 가장자리의 인간이다. 그는 "의자에 앉을 때는 의자 무늬로
몸을 바꾸었고/벽에 기댈 때는 벽이 되었다/흥건한 얼룩이 되어 바닥에 누
웠다." "골백번 의자가 되었다가/벽이 되었다가 바닥이 되었"다. 세상의 문
법이 제멋대로 조종하는 꼭두각시의 삶을 살면서, 세상의 귀퉁이에 철저
히 내버려지면서도, 그를 조롱하는 세상의 논리에서 얼마나 그는 기어나
가고 싶었던가. 그는 "얼마나 모르고 싶었던가/잊혀지고 싶었던가/아, 그
는 얼마나 사람이 아니고 싶었던가." 이 아무것도 아닌 외로운 '개인'이야
말로, 집단으로, 대중으로 존재하는 이 세계의 귀퉁이에 존재하는 시한폭

탄 같은 것인지도 모른다. 스스로 완성되었다 믿는 세상이 아무것도 아님을 선포하고, 그 황막한 폐허에서, 아무것도 아닌 존재는 "어디든 뻗어 가는/위험한 채찍"처럼 "끝장을 봐야 한다"고 중얼댄다. "허공을 뚫는 초록 드릴," 혹은 "자폭의 블랙홀"(정병근 「덩굴의 路線」)을 향해 날카로운 감각의 비수를 들이댄다. "고통은 칼날이 지나간 다음에 찾아오는 법/회는 칼날의 맛이 아니던가/깨끗하게 베인 과일의 단면은 칼날의 기술이다/피 한 방울 흘리지 않고 풍경의 살을 떠내는/저 유리의 기술,"같은 치열한 시정신 혹은 "문을 열지 않고도 안으로 들이는 단칼의 기술,"(정병근, 「유리의 技術」)은 그의 시에서 섬뜩하게 빛난다. 그런 칼의 기술은 마치 세상의 목덜미를 노리는 망나니의 놀음처럼 이 야만적인 현실에 대항한 강력한 시정신의 표현이기도 하다. 우리가 살아가는 세계 논리의 부조리함, 존재를 위협하는 세상의 위선들을 직시하게 하고, 진정으로 존귀한 인간의 삶이란 무엇인지 진지하게 고민하게 한다.

2. 존재의 옹벽을 넘어

나는 시인이라는 라이선스를 소설가의 그것과 동일한 것으로 생각하지 않는다. 시는 존재를 무엇으로부터도 보호해주지 않는다. 그들은 이성으로는 엄두도 내지 못할 언어의 작두 위에서 노는 것을 즐긴다. 그것은 존재의 황홀을 맛본 자에게 내려지는 아름다운 저주다. 박형준의 시에서 우리가 발견하는 것은 바로 시인이란 존재에게 내려진 황홀한 저주이다.

석유를 먹고 온몸에 수포가 잡혔다.
옴팍집에 살던 때였다.

아버지 등에 업혀 캄캄한
빈 들판을 달리고 있었다.
읍내의 병원은 멀어,
겨울 바람이 수수깡 속처럼 울었다.
들판의 어디쯤에서였을까,
아버지는 나를 둥근 돌 위에 얹어놓고
목의 땀을 씻어내리고 있었다.

서른이 넘어서까지 그 풍경을
실제라고 믿고 살았다.
삶이 어렵다고 느낄 때마다
들판에 솟아 있는 흰 돌을
빈터처럼 간직하며 견뎠다.
마흔을 앞에 두고 나는 이제 그것이,
내 환각이 만들어낸 도피처라는 것을 안다.

달빛에 바쳐진 아이라고,
끝없는 들판에서 나는
아버지를 이야기 속에 가둬
내 설화를 창조하였다.
호롱불에 위험하게 흔들리던
옴팍집 흙벽에는 석유처럼 家系가
속절없이 타올랐다.
지평을 향한 生이 만든
겨울밤의 환각.

— 박형준, 「地平」 전문

치사량의 석유를 먹고 실려가던 밤의 벌판에서 눈먼 채 느꼈던 아름다움, "지평을 향한 生"으로 영원히 다가가기 위해 "겨울밤의 환각"과도 같은

가장자리의 시, 시학으로서의 가장자리

전설을 시인은 꿈꾸게 된다. 석유를 삼켜버린 아이의 치명적인 호기심은, 사물의 아름다움에 현혹된 시인의 눈먼 본능 같은 것이다. 석유를 마신 '모자란' 아이는 아이의 생명을 위협한다. 하지만 석유를 마시고 아버지에게 업혀 간 벌판의 아름다움은 아이의 영혼에 영원으로 각인되어 있다. 마치 "햇빛 너무 환해/눈밭을 헤치고 나온/사슴벌레 한 마리"(박형준, 「동면」)처럼, "수만 개의 별빛이/하늘과 호흡하는/너의 폐부 속으로 스며들"(박형준, 「저녁 꽃밭」)었던 순간을 시로밖에 빚어낼 수 없는 아이 같은 영혼에, 이 세상이 부여하는 삶의 형식이란 얼마나 저주스런 것인가. 다소 길지만 세 편의 시 전문을 인용해보기로 하자.

버둥거리는 염소의 입에 소금을 먹이고
목을 따자,
몇 번 몸을 떨던 염소는 곧 조용해진다
노파가 양은 솥을 대고 피를 받아낸다
염소의 뜬 눈이 광속으로 허공을 가른다
영감이 버너 불로 염소를 거으른다
불똥 속에 드러나는 염소의 얼굴
어금니를 꽉 다문 저 무표정이 무섭다
털을 다 그을린 영감이 담배를 피워문다
담배를 빠는 볼이 대추꼭지처럼 쪼글쪼글하다
염소보다 영감의 팔자가 훨씬 더 세서
염소는 죽어서도 영감을 저주하지 못할 것이다
평생을 기억하며 사는 인간만이 불행할 뿐,
기억이 짧은 염소는 그 짧은 기억의 힘으로
죽었으면 죽었지 미련 하나 남기지 않는다
오후의 설핏한 해가 힘 센 허기를 몰고 온다
허기는 얼마나 골똘한 망각인가

뒤안을 나오는데, 우리 속의 염소들이
누구시냐는 듯 멀뚱멀뚱 쳐다본다
　　　　　　　　　　── 정병근, 「뒤안을 나오며」 전문

한때는 늠름한 총견이었을
고개를 빳빳이 쳐들고 아무에게나
등짝을 맡기지 않았을 저 개
황단보도 건너 세탁소와
피자집 사이를 왔다갔다 하며
쓰레기통을 허겁지겁 뒤지고 있는 저 개
무거운 책보따리로 한쪽 어깨가 기울어진
비천한 눈매를 가진 사내와 눈이 마주치기 싫어
더 위로 올라가는 저 개
아직 하얀 눈썹 아래 시베리아 눈벌판을 간직한
눈동자로 흘깃 뒤돌아보는 저 개

지방에 시간강사 하러 종점에서
용산역 가는 첫차를 기다리는 새벽
불쑥 차도를 건너다가
공중으로 치솟은 저 개
촛불을 들고 차도를 건너는 것처럼
쓰레기 치우는 노인 한분이
김이 무럭무럭 나는 비쩍 마른 송장을
가슴에 안고 길 건너편으로 온다
祭壇같은 하얀 스티로폼 박스에
아스팔트에서 쉽사리 떼어지지 않는 울음을 뉘어놓고
뚜껑을 닫는다

무표정한 평화가 갑자기 두려워진다

가장자리의 시, 시학으로서의 가장자리

골목에서 사람들이 주머니에 손을 꽂고 나오고
버스 기사가 엔진에 시동을 건다
방금 전까지 개가 있던 건너편을 두리번거리며
책가방을 엉거주춤 들고 첫차에 오른다

— 박형준, 「어느 개의 죽음」 전문

초등학교 동창회에 나가
30년 만에 소집된 얼굴들을 만나니 그 낯짝 속에
근대사의 주름이 옹기종기 박혀 있다
좀이 먹은 제 몫의 세월 한 접시씩 받아놓고
다들 무거운 침묵에 젖어들었다
화물차 기사, 보험 설계사, 동사무소 직원, 카센타 주인, 죽은 놈
만만찮은 인생실력들이라지만 자본의 변두리에서
잡역부 노릇 하다 한생을 철거하기에
지장이 없는 배역 하나씩 떠맡고 있다
찻집은 문을 닫았고 바다도 묵언에 든 시간
뒷걸음치듯이 몇몇은 강문에서 경포대까지
반생을 몇 걸음으로 요약하면서 걸었다
술 마시고 노래하고 춤추었던 간밤의
풍경들이 또한 피안처럼 멀어라

— 박세현, 「너무 많이 속고 살았어」 전문

　　염소를 잡는 풍경이 담긴 정병근의 시는, 염소를 희생제물로 바친 성서
적 모티프에 근거하여 '삶'라는 이름으로 자행되는 잔혹의 문제를 건드리
고 있다. 염소가 노인을 저주하지 못하리라는 의외의 설정과 염소의 피라
도 마시고서 일어서야 하는 피의 징수꾼인 노인은, 삶에 대한 맹목적인 의
지와 죄악, 동시에 현실에 대한 염증과 허무를 일깨운다. 정병근의 「뒤안
을 나오며」와는 달리, 박형준은 지방에 "시간강사 하러 종점에서/용산역

가는 첫차를 기다리는 새벽"에 목격한 '어느 개의 죽음'을 통해 보여준다. 제 생의 자랑스런 내력도, 본향도 잊고, 한길을 비루하게 맴돌던 개의 죽음은 "무표정한 평화"의 뒤안에 숨죽이고 있던 황막한 살기를 폭로한다. 우리가 날마다 내몰리는 생의 도로에 존재는 얼마나 처참한 희생물로 던져져 있는가. 이러한 희생의 모티프는 좀 다른 각도에서 박세현의 시회비판적인 상상을 가능케 한다. "화물차 기사, 보험 설계사, 동사무소 직원, 카센타 주인, 죽은 놈/만만찮은 인생실력들이라지만 자본의 변두리에서/잡역부 노릇 하다 한생을 철거하기에/지장이 없는 배역"을 맡고 있는 초등학교 동창생들의 얼굴은, "술 마시고 노래하고 춤추었던 간밤의/풍경들"을 '피안'처럼 멀게 느껴지게 하는 비정한 현실의 바닥으로 다시 화자를 내몬다. 아무도 느끼고 살아가려 하지 않는 우리 삶의 분노와 처참함을 드러내는 그들 시는 뜨겁다.

이렇게 시인은 세계의 창조자이면서도 세계로부터 버려진 가장자리의 인간이며, 동시에 세계 안에 비루하게 갇혀 있는 존재이기도 하다는 이율배반적인 상황에 대한 자각은, 이 사회가 정의나 선에 의해 제대로 구축되었다는 상식과 일상적 반응에 대한 절망과도 맞닿아 있다. 일례로 "김대중과 전두환이 청와대에서 술잔을 들고/만면에 웃음을 띠는 모습이 느끼하게 잡혀"(박세현, 「칼국수를 빌려서」)오는 치정학적 처세술, 세속적인 타협주의와 야합할 수 없기에 일견 그는 사회로부터 동떨어진 존재처럼 보이기도 한다. 하지만 그런 방외성이야말로 세계에 대한 가장 전복적인 태도이며 위협적인 무기가 된다. 세계는 근본적인 부조리임에도 불구하고 자신의 존재를 지속하려 하지만, 시인은 그러한 일상의 세계에 절망하고 끝없는 전복을 기도함으로써 창조를 지속한다. 불완전한 세계에 대한 시인의 비관주의는 역설적으로 그런 절망적인 세계에서 탈출하고자 하는 언어적 열망의 다른 표현이다. 즉 존재자의 자유와 정신의 고귀함을 지킬 수 없게 하는 상황의 도전을 그는 글쓰기의 문제로 진지하게 받아들인다.

> 김대중 대통령이 남북 정상회담을 위해
> 청와대를 떠나는 시간대에
> 나는 노트북을 챙기며 경호원도 없이
> 악수도 없이 중계동을 떠났다
> 하늘은 쾌청
> 모든 것은 오케이
> 충북 벤츠가 슬몃 끼어들며
> 깜빡이를 넣는다 나는 용서한다
> 내게 중요한 일은 오케이 뒤에 가려진
> 명명되지 않은 어떤 나의 절절함
>
> — 박세현, 「지금 나의 역사」 부분

> 털이 부숭부숭한 사내들과 고기를 구워먹고
> 직립 보행하여 집으로 왔다
> 동굴 속은 어두웠다
> 재를 툭툭 털며
> 사위어 가는 불씨의 문을 열고
> 아내가 기어 나왔다
> 조 피 수수 기장을 담은
> 빗살무늬토기가 바닥에 떨어졌다
> 박살난 빗살무늬 사이로
> 곡식들이 쏟아졌다
> 곡식을 퍼담으며 아내가 울었다
> 잠깬 아이들이 함께 울었다
> 밥상 밑으로 식은 국물이 뚝뚝 떨어졌다

갈다만 돌을 꺼내 갈고 또 갈았다
단번에 몸 베는 칼 한 자루 차고
一生一代의 길을 떠나고 싶었다

— 정병근, 「빙하기의 추억」 전문

첫비행이 죽음이 될 수 있으나, 어린 송골매는 절벽의
꽃을 따는 것으로 비행 연습을 한다.

근육은 날자마자
고독으로 오므라든다

날개 밑에 부풀어오르는 하늘과
전율 사이
꽃이 거기 있어서

絕海孤島,
내리꽂혔다
솟구친다
근육이 오므라졌다
펴지는 이 쾌감

살을 상상하는 동안
발톱이 점점 바람 무늬로 뒤덮인다
발 아래 움켜쥔 고독이
무게가 느껴지지 않아서

상공에 날개를 활짝 펴고
외침이 절해를 찢어놓으며
서녘 하늘에 날다가 퍼낸 꽃물이 몇 동이일까

천길 절벽 아래
꽃파도가 인다

— 박형준, 「춤」 전문

"모든 것은 오케이"인 현실 속에서 슬쩍 끼어드는 '벤츠' 하나를 '용서'하는 화자에게 정말로 중요한 것은 "오케이 뒤에 가려진/명명되지 않은 어떤 나의 절절함"이다. 그 절절함은, 시인이 언제나 만사 오케이라는 세계 논리의 불완전함에 절망하고 있음을 의미하며, 그 절망의 내력처럼 박세현의 시집에는 시인의 현재를 아픔으로 구속하고 있는 상처받은 인물들, 풍경들이 자리잡는다. 물론 그런 풍경 속에는 현대사가 행해온 이념의 횡포와 물화된 자본주의의 음모들이 숨어 있는데, 이를테면 그가 일상 속에서 만나는 '철학박사'라든지, 그에게 생의 통찰을 던져주는 스님, 낯선 풍경에서 만난 수많은 얼굴들은 세계의 음험하고 거짓된 논리와 대조를 이루면서 순박하고 서러운 삶의 의미들을 아로새기고 있다.

정병근의 시에서, "살아서 밥 밖에 할 줄 모른 어머니"(「어머니를 버리다」)와 같이 모든 것을 세상에 바치고도 세상에서 버림받은 불운한 삶은, 우리가 행군종대를 이루며 걸어왔던 파행적인 역사의 그늘진 흔적을, 인간의 삶을 파괴하고 능욕했던 제도, 이념, 인간 삶의 비애를 비판적으로 되새겨보게 한다. 그들의 비극적인 이야기는 결코 이 시대의 귀퉁이에 놓여질 수 있는 이야기가 아니다. 그것은 '아내의 울음'을 외면하고 "一生一代의 길을 떠나고 싶었"던 시인의 갈망, 생을 위협하는 세상을 향해 반역의 비수를 가지고자 하는 모든 존재들의 현재적 이야기이며, 끊임없이 문학이 기억해내고 되살려야 할 아픔과 설움의 형상들이기 때문이다. 박형준의 시에서 나타나는, 죽음을 무릅쓰고서도 비상의 의지를 다지는 어린 송골매의 모습처럼, "一生一代의 길"이란 표현은 얼마나 우리의 가슴을 서늘하게 하는가. 비상의 환희와 절멸의 나락이 교차하는 송골매의 첫 비행의 순간은, 절벽의 '꽃'을 따려는 시인의 영혼의 몸짓임과 동시에 고독의 감각조차 희열이 되어버린 존재의 충만함을 떠올리게 한다.

어쩌면 그런 충만한 존재의 한순간을 더듬어보기 위해, 시인들은 혐오스런 삶의 문법에 붙들려 염증의 삶을 견디고 있는지도 모른다. 돈과 성공과 이성의 옹벽을 뛰어넘어 피안의 세계를 두드리기 위해 현실과 꿈의 이중국적을 가지고 살아가는 것이다. 이미 규정된 삶의 조건들을 넘어 더 깊고 광활한 생의 우주를 더듬고자 하는 욕망은 언제나 글쓰기를 가로지른다. 세계의 문법에 일그러지지 않은 당당한 존재의 목소리를 들려주기 위해 결국 세상의 귀퉁이에 웅크려야 하는 자기모순적 운명이야말로, 개인을 넘어서는 "특별한 개인"으로 시인을 남게 한다. 개인은 현대라는 역사적 시간을 살아가고 있는 모든 존재의 운명이다. 하지만 그 개인들의 우주에 침탈당한 삶의 대지, 인식의 폭력이 왜곡한 영혼의 진실을 건네주기 위해 시인은, 마치 자신의 우주와도 같은 백지를 더듬어간다. 이 세상의 가장 외로운 귀퉁이에서 울려오는 그들의 목소리는 우리가 의심하지도 않고 살아가는 처참한 생의 장소를 새로이 점검하게 한다. 비록 시라는 것을 빙자한 마약 같은 말들이 우리의 천박한 감수성을 조종하고 있다고 해도, 아직 우리는 치열한 정신과 외로움이 배어든 목소리를 사랑한다. 하루살이처럼 나불거리는 자본의 이미지에 기대지 않고, 가장 고통스런 개인적인 문맥에서 정리된 삶의 기록이자, 시대의 비밀스런 마이크로필름처럼 존재하는 시를 말이다. 그래서 더욱, 그 뜨겁고 아픈 꿈을 나눠 갖고 다독거려주는 것은, 시인과 똑같이 존재의 비상을 꿈꾸면서도 쓰라린 일상의 구석배기에 갇혀 있는 독자의 몫으로 남겨지는지도 모른다.

시인이라는 개인

1. '시인'과 '시인님'

사회적 존재일 수밖에 없는 인간은 늘 온전한 자신이 아니라, 자신의 이미지를 요구하는 시선의 규제와 간섭, 동시에 편안하고 안락한 공간이라는 환상과 사회가 정해놓은 규범 속에 움직이게 된다. 인식의 감옥에서 벗어나는 것이 불안하고 편치 않은 것은 모든 철자와 관습이 감시의 철옹성으로 축조되어 있기 때문이다. 하지만 주어진 인식과 관습의 토대로부터 떠나지 않는다면 자유로운 인식은 그만큼 유예될 것이고, 자아와의 진실한 대화는 가능할 수 없을 것이다. 수많은 시인들이 대중의 오해를 무릅쓰고 특별난 방외인의 장소를 고수하는 까닭도, 서정시가 추구하는 것이 근본적으로 자유롭고 개인적이고 인간적인 가치들이기 때문이다. 물론 그런 자기표현의 영역이 창작자 개인의 것만이 아니라는 인식하에 서정시는 오랫동안 문화적 존중을 받아왔다.

하지만 오늘날 그러한 서정시의 호소력은 심각하게 약화되고 있으며 많은 독자들로부터 외면을 받고 있다. 문제는 어디 있는 것일까. 『시작』 봄호가 "2000년대 시는 무엇이었는가"라는 특집을 들고 나온 것도, "서정시의 정도(正道)를 되살리자"는 중진 시인들의 묵직한 목소리(「돌아오라, 사라진 시의 서정성이여」, 『한겨레』, 2011. 3. 19)가 도드라지는 것도, 우리 서정시의 존재 의미를 새로이 점검해볼 시점임을 시사하는 것이 아닐까. 최근 발표된 무수한 시편들을 읽으면서 만나게 되는 것은, 이 시대 시인의 존재의미를 재점검하고 문학적 허위의식을 벗어던지고자 하는 치열한 시의식이다.

> 부산에서 젤 예쁜
> 숨겨논 딸 다희야
> 웬 유작, 하겠네?
> 1969년 가을에 나온 『현대시』 21집에 실린
> 「후니」라는 내 작품을 읽어주마
> 첫 시집에도 수록되지 않아
> 하마터면 미공개 유작이 될 뻔한
> 스물다섯 살 청년이 쓴 시야
> 대전 황희순이 보내준
> 옛 동인지를 입춘 날 아침 뒤적이다가
> 앗! 하고 발견한 거야
> 까맣게 잊고 지낸
> 젊은 날의 작품을 보니까
> 내가 꼭 작고시인의 유작을 발굴하는
> 다큐멘터리 작가가 된 것 같아
> …(중략)…
> 장가들어 아들 딸 낳고
> 동화, 시, 소설로 이름 좀 날리고
> 문학박사에 대학교수로 잘 먹고 살다가

시협회장에 명예교수에
어쭈, 은관문화훈장도 받고……
이런 생애의 들판은 땅띔도 못한
밤낮으로 자살을 꿈꾸던
스물다섯 살 때의 작품이야
그때쯤 네가 생긴 것 같아

— 오탁번, 「遺作」 부분, 『시와 세계』 봄호

위의 시에서 화자는 문청 시절 그가 참여했던 동인지에서 젊은 날의 시를 발견하고 그것을 어린 딸에게 자신의 '유작'으로 들려주고 있다. 독자는 "스물다섯 살 때의 작품이야/그때쯤 네가 생긴 것 같아"라는 구절에서 '유작'의 두 가지 의미를 발견할 수 있는데, 그 하나가 '숨겨놓은 딸'이라는 사랑의 결실이자 생물학적 유작이라면, 다른 하나는, 한 시인의 문학적 출발점을 보여주는 "스물다섯 살"의 청춘의 작품이다. 비슷한 시기에 태어난 그 두 개의 '유작'을 통해 시인은 무엇을 말하고 싶었던 것일까. 이 시의 뒷부분에는 지인의 부음을 듣고 "그의 書齋에/추위에 떨며 서 있던 蘭草"를 떠올리며 존재와 죽음의 의미를 탐문하는 화자의 모습이 그려져 있다. 한 사람의 죽음을 통해 "이승의 문이 잠"기는 순간 남겨질 발자국 소리를 엿듣던 젊은 시인의 모습은, 지극한 상실의 아픔이 빚어낸 첫말의 비밀을 발견하게 한다. 시인은 소멸의 운명으로부터 자유롭지 않은 존재에 대한 성찰, 그리고 그것으로부터 태어난 스물다섯 살의 시를, 자신의 소중한 분신인 딸의 의미와도 겹쳐놓고 있다. 화자가 딸에게 들려주는 이야기는 "동화, 시, 소설로 이름 좀 날리고/문학박사에 대학교수로 잘 먹고 살다가/시협회장에 명예교수"의 감투를 쓰고 '은관문화훈장' 같은 세상의 찬사를 받아온 입신의 생이 아니라, "밤낮으로 자살을 꿈꾸던" 순수한 시인의 이야기다. 문제는 시인의 마지막 유작이 이미 무수한 말들의 출발점에 놓여 있다는 점이다. 어여쁜 딸 앞에서 뜬금없이 떠올리는 '유작'이라는 말은, 세속의 성공과 글쓰기의 타성, 혹은 허위의 나락으로 빠져들기 쉬운 한 시인의 시적 출발점을 되새기게 한다. 시인의 세속적인 이력이 대변하듯 그는 세상이 알아주는 시인으로 성공적인 삶을 살아왔지만, 그러한 삶과는 별개로 자신의 유작으로 인정하고 싶은 것은 결국 존재와 소멸의 운명을 치열하게 응시하던 무명 시절의 시편이었다. 그렇게 순연한 가슴으로 고독하게 자신의 느낌과 사유를 좇아가던 젊은 날의 시가 암시하는 것은, 가장 중요한 시의 출발점이 인간의 아픔과 내적 진실이라는 점이다.

하지만 시인은 성공적인 시인으로 살아가는 동안 얼마나 그 첫말로부터 멀어져야 했던가. 시인에게 주어진 무수한 명예의 훈장들은 과연 무슨 의미가 있는 것일까. 무한한 보석 같은 질문들을 일상의 무덤 속에 파묻고, 때로는 번쩍이는 수사로 독자의 찬사를 받는다 하더라도, 정직한 자아를 상실하며 존재의 허기에 시달리는 시인들은 언어의 유택을 드나드는 존재인지도 모른다. 이러한 의미에서 '유작'에 대한 사유는, 시인의 삶의 토대에 대한 점검이자 존재의 '장소'에 대한 질문과 맞물려 있다. 타인의 시선과 세상의 관습으로부터 자유롭지 않은 삶에 대한 염증은 시인이 고백하는 '자살'에의 욕망의 뿌리이기도 한 셈이다. 즉 시인은 스스로의 삶을 세상의 문법에 끼워 맞추면서도, 삶의 관성을 거부하는 자기 구원의 공간으로서 자살을 꿈꾸고 있는지도 모른다.

시인은 그렇게 세계와 무리 속에 섞여 살아가면서도 소통과 단절의 외줄타기를 하며 자신의 언어를 모색한다. 비록 세상에서는 비루하고 누추한 장소일지라도 많은 시인들이 고독하지만 자유로운 인식의 삶을 선택하는 것도 그 때문일 것이다. 하지만 오늘날 적지 않은 시인들은 의도했

건 의도하지 않았건 집단과 무리로부터 벗어나지 못하며, 시인이라는 말은 운명적인 선택이자 결단이기는커녕 일종의 제도적인 '신분'으로 이해되는 경향이 있다. 사실 제도적 인준이 시인을 만들어내는 것이라면 우리는 시인을 지나치게 많이 가지고 있는지도 모른다. 이영광은 「시인님」(『애지』, 2011년 봄호)에서 소포, 청탁전화 등에서 무수히 남발되는 '시인님'이라는 말에 날카로운 일격을 날린다. "아무리 높여도 시인은 꿇은 喪主처럼 낮으므로" "시인님이 되느니 땅끝까지 실종되고 말겠다/시인님이 되느니 살처분 당하는 분홍 돼지가 되겠다"고 자탄하는 그의 시에는, 무수한 생명을 살처분한 포악한 세계에 대한 항변과 함께 그런 비정한 세계의 일부가 되기 위해 악수와 타협을 일삼느니 차라리 버림받은 자가 되겠다는 결연한 의지가 숨어 있다. 정말로 얼마나 많은 '님'들이, 아니 '님'이 되고자 하는 특권 의식이 시를 갉아먹는가. 권세와 부귀공명를 깔보는 시인의 초상은 옛말같이 들리고, 고독한 단독자의 삶은 너무도 먼 이야기가 되었다. 죽어가는 진실과 자아를 애도하듯 존재를 내지르는 절박한 목소리는 들리지 않는다. 설령 있다 하더라도 지나치게 뒤틀린 말들의 폭력적인 위장 속에 가려져 있다.

한명희가 사마천이나 고흐의 이야기를 굳이 들먹이는 것도 그네들이 견지한 자기 형벌과 광기, 반시대적 의식과 예술 정신의 상실을 너무나 자주 목도해왔기 때문인지도 모른다. 한명희는 「시인들을 위한 동화」(『시인시각』, 2011년 봄호)에서 "아주아주 옛날에는 사람들이 몸으로 글을 썼어요 고흐가 귀를 잘라 그림을 그린 것처럼요 사마천이란 사람은 자기의 가장 소중한 부분을 잘라 글을 썼"음을 환기시킴으로써 자기 징벌과도 같았던 처참한 생이 어떤 예술을 일구었는지를 되새기게 한다. '동화'라는 말이 시사하듯 사회의 이단아로 파멸해갔으나 결국 불멸의 작품으로 살아남았다는 천재들의 이야기는 아련한 전설 혹은 예술적 신화에 가깝다. 분명 한 개인의 위대한 반항이 불멸의 작품을 낳고 역사 속에 살아남는다는 문학적 해피엔딩은 말 그대로 "시인들의 동화"라고 해야 할 것이다. 하지만 사회적 처형 속에서도 문자로 살아남아야 했던 사마천의 끔찍한 생, 광기 속에 비극적으로 타올랐던 고흐의 예술혼은 무엇인가 글쓰기의 타성에 길들여져 있을지도 모를 현대 시인들을 의미심장하게 되돌아보게 한다.

하지만 우리가 더욱 심각한 질문을 던져보아야 할 지점은, 시라는 것이 존재와 영혼의 운명적인 선택이라기보다 일종의 '밥벌이'로 받아들여지고 있는 우리 시대의 문제이다. 「시인들의 동화」는 고흐나 사마천의 이야기를 현대 시인들의 영악한 처세술과 창작태도를 비판하는 모티프로 확장시키고 있다. 시인은 "요즘은 멀티태스킹이 대세입니다 사람들은 인터넷을 하면서 글을 써요 다큐멘터리를 보면서 영화를 보면서 글을 써요 짜깁기를 하면서 모자이크를 하면서 글을 써요 사람들이 점점 만능이 되어갑니다"라고 일갈함으로써 만능의 글쟁이요 엔터테이너가 되어가는 시인들과 손쉬운 기교에 길들여진 현대시의 기류에 인상적인 일격을 날린다. 물론 우리는 다양한 텍스트를 버무린 혼종의 표현 기법이나 수사를 '창조'로 용납하고 참신한 시적 모험으로까지 받아들인 선례를 많이 기억하고 있다. 표절과 패러디는 물론 '시'라는 장르적 규정에 대한 검토에 이르기까지 논쟁도 무성했다. 하지만 자신의 말을 외로이 찾아가는 작업이 아니라 엄청난 기계적 증식력을 지닌 텍스트의 잡탕이 방류되는 현실 속에 분명 서정시의 많은 미덕들은 퇴색해가고 있다. 정말로 고흐나 사마천이 "짜깁기와 모자이크"로 범벅이 된 오늘날의 텍스트를 읽는다면 어떤 생각을 했을까. 명성과 권력, 돈에 깊이 중독되어 '뛰어보기' 경쟁이라도 하듯 시대의 트렌드를 좇아가기 급급한 '시인님'들은 과연 그들에게 어떤 모습으로 비춰질 것인가. 그러한 의미에서 온갖 기술과 기교의 만능인인 '멀티태스커'들의 말부림은 다시, 서정시의 비밀로 들어가는 '의문'의 입구이다.

2. 단독자로서의 시인

극단적으로 말한다면 시인에게는 자아가 우주의 전부이다. 시인의 상상력과 감수성은 무수한 신념과 논리로 조직된 세계에서 진실한 생의 감각으로 인도하는 안테나 같은 것이다. 특별히 감정적 요소에 의지한 서정시의 서사는, 단순히 우리의 삶을 재현하는 것이 아니라, 개인의 느낌과 사유에 의해 삶을 재현함으로써 존재의 내면적 진실을 전달한다. 사실 그 자체가 아니라, 시인의 정서 속에서 '사실'과 '사건'으로 구성된 내면적 자아는 현대 세계가 망각하거나 파편화시킨 존재의 통합적인 감각을 회복시켜준다. 시라는 장르를 선택한다는 것은, 한 개인의 생의 감각을 가장 온전하고 정직하게 표현하기 위해 집단의 논리와 가치, 상속된 의미들의 특권을 포기한다는 것이다. 작은 것이든 큰 것이든, 앞선 것이든 미래의 것이든, 창조적인 건망증을 가지는 것이다. "심야의 독서는 한 권의 책을 태우며 시작되어야 하지/끝과 시작의 경계를 뭉개버려야 하지"(박서영, 「난독증」, 『시인시각』, 2011년 봄호)라는 결연한 구절이 시사하듯, 우리의 심장과 육체가 아프게 감각하는 생에 대한 온전한 지식을 찾기 위해 우리 삶을 지배하는 모든 관념과 지식을 비워내야 한다. 그러한 의미에서 시인의 "꿈은 빈 흔들의자"(박판식, 「음(晋)」, 『시로 여는 세상』, 2011년 봄호)이다. "내가 들었던 소리 중에 가장 좋았던 음(晋)은/사자의 포효소리입니다"라고 말하는 박판식의 작품 또한, 시라는 것은 적당한 수사적 싸움이 아니라, 텍스트의 평원을 지배하듯 존재의 전율을 불러오는 치열한 대결의지의 소산임을 시사해준다.

하지만 많은 시인들은 적당한 거부의 포즈를 취하지만 성난 사자처럼 싸우지는 않는다. 고립을 두려워하고 명예를 탐하며 악수와 무리짓기로 자신의 영역을 넓혀간다. 그러한 시인들을 날카롭게 조롱하고 있는 박후기의 시를 주목해본다.

> 스물여섯 살, 요즘 같으면 막 무언가를 시작할 나이. 이시가와 다쿠보쿠에겐 가난과 각혈로 얼룩진 생이 이미 끝나버린 때. 죽기 전, 힘겹게 구한 5엔을 손에 쥐고 밥을 먹는 대신 꽃집에 들러 1엔어치 목련과 1엔짜리 꽃병을 샀다는 시인.

> 목련과 선동가는 다르지 않습니다. 바닥에 떨어진 꽃잎과 선언을 다시 주워 담을 수 없기 때문입니다. 시인은 다릅니다. 바닥에 떨어진 목련의 혈담(血痰)과 내려앉은 새들의 투병과 사월의 선동을 밥그릇보다 먼저 시라는 꽃병에 주워 담습니다.

> 그러나 결핍을 모르는 시인은 모자 속에서 시를 만들고 호주머니 속에서 악수를 준비합니다. 그러므로, 밥이 되고 남은 것들이 겨우 시가 되기도 합니다.

> ― 박후기, 「시인들」 전문, 『서정시학』, 2011년 봄호

위의 시에는 '이시가와 다쿠보쿠를 생각함'이라는 부제가 붙어 있다. 메이지 시대의 불꽃 같은 개혁가로 요절한 시인 이시카와 다쿠보쿠(石川啄木, 1886~1912)를 통해 박후기가 말하고 싶었던 건 무엇일까. 세상과의 악수를 뿌리친 채 가난과 병고로 생을 마감했던 한 근대 시인의 신화는, 저주받은 고아처럼 세상과 불화할 수밖에 없는 시인의 정직성, 혹은 '고독'

이라는 불가피한 실존적 문제를 제출한다. 어쩌면 '개인'은 현대라는 역사적 시간을 살아가고 있는 모든 존재의 운명이지만 시인은 개인보다 더 홀로인 단독자들이다. 세상의 문법이 왜곡한 자신의 진실을 지켜내기 위해 시인은 세상을 등지고, 투병과 고독, 사라져가는 아름다움을 향해 자신의 모든 것을 건네준다. "밥을 먹는 대신" 꽃병을 사던, 이상적인 세계를 꿈꾸던 일세의 혁명아였으나 결핍으로 가득했던 그의 생애는 비극적인 울림을 지닌다. 하지만 박후기가 바라보는 오늘날의 시인은 어떠한가. "결핍을 모르는 시인은 모자 속에서 시를 만들고 호주머니 속에서 악수를 준비합니다. 그러므로, 밥이 되고 남은 것들이 겨우 시가 되기도" 한다. 여기서 우리는 다시 오늘날의 시인들이 잃어버린 것이 무엇인가 하는 질문을 다시 던지게 된다. 굳이 이시카와 다쿠보쿠를 들먹이지 않더라도, 시보다 밥이, 고립보다 악수가 중요한 시인들은 무엇을 위해 시를 쓰며, 서정시는 결국 무엇을 찾는다고 해야 할까.

"우리는 진짜 인생을 원해"(「사랑」, 『창작과 비평』, 2011년 봄호)라고 외치는 안현미의 시구처럼 궁극적으로 문학이 사수하고자 하는 것은 대단히 인간적인 가치들이다. 이성적 합리성이 극단화되고 영혼과 신비를 거세당한 현대 세계에서 상실되어가는 인간적 가치들은 서정시가 추구하는 근원적 이상이다. 우리가 서정시라고 부르는 특별한 글쓰기는, 자연 같은 근거를 말소당한 존재의 결핍을 표현하는 중요한 덕목을 지니고 있다. 이러한 맥락에서 박정대의 시가 '연금술의 꿈'을 지향하고 있다는 점은 매우 시사적이다. 「세상 모든 원소들의 백색소음」(『시로 여는 세상』, 2011년 봄호)에서 박정대는 "닉 케이브라는 소음의 천사"를 통해 "시인이 할 일은 세상 모든 원소들을 백색소음에 데려다주는 일"이라 노래한다. 그리고 "시인은 침묵과 고독이라는 물질로 새로운 시의 원소를 만드는 연금술사"로 규정한다. 이는 현대철학조차 놓쳐버린 삶의 신비와 꿈꾸기의 몫이 예술에 있다는 인식과 무관하지 않다. 계몽주의 시기에 쇠퇴해가던 연금술의 전통이 그의 시의 꿈으로 호명되는 것은, 연금술의 상징을 개인성의 비유로 정식화시킨 융의 논의를 통해 보아도 대단히 의미심장하다. 연금술의 목적은 '철학자의 돌(Philosopher's Stone)'을 찾는 것이다. 융은 이것을 신성한 자아의 내면적 중심을 찾는 것과 병행시킨다. 이성적 인간 같은 불구적 존재가 아니라 완전한 자아의 비유로 그가 제시했던 '철학자의 돌'은 자아와 자연과의 통합에서 가능해진다. "자아와 세계의 합일을 지향하는 서정적 연금술"은 현대 세계에서 조각나고 분열된 존재의 통합성을 추구하는 서정시의 생태를 가로지른다. 연금술사의 언어는 사물의 파편이 아닌 전체의 세계를, 강압이 아니라 융해의 힘을, 갈등과 소외가 아니라 화해와 조화를, 상처가 아니라 치유를 가르쳐준다.

비록 세상이 편벽된 논리와 조각난 감수성으로 우리의 삶을 조종하고 있다고 해도, 예술은 현실과 인간의 허위를 비판하고 진실을 말소하는 메커니즘을 폭로하며 삶의 진의와 고귀함을 견인하는 진지성으로 실체화되어야 한다. 꿈꾸지 않는다면 새로운 언어는 태어나지 않을 것이고, 척박한 말부림으로 타락해가는 현대시에 대한 비판과 부정이 가해지지 않는다면 서정시의 역사는 갱신될 수 없으며, 심원한 지혜와의 조화로운 접속도 가능할 수 없을 것이다. 이 계절의 많은 시편들은, 현대 시인들의 문학적 허위의식에 대한 쓰디쓴 인식과 인간 회복의 소망, 새로운 꿈꾸기를 모색하는 시인상을 다각적으로 보여주고 있다. 그들의 시편에서 울려오는 다채로운 목소리는, 허망한 찬사 속에 존재하는 '시인님'이 아니라, 타성적인 글쓰기에 안주하지 않으려는 단독자로서의 시인을 생생히 증거한다.

제2부

백지라는 링

소시민이면서도 자연으로 만든다. 사회 속의 좌수이면서도 해방군으로 만든다. 어쩌면 우리의 현대시가 은연중에 가... 현장이다. 시인의 펜은 현대의 내체적인 기계 숨을 흐르는 위태적 암호들로 무장되어 있는 논리와 짜... 도 같은 그런 싸움을 위해 모든 것을 결렬히 내던진다. 전윤호의 시에서 연보이는 날카로운 감성과 강한 정신은...

백지라는 링
― 전윤호의 신작시 읽기

1. 헝그리 복서의 시

일반적으로 남성적인 속성은 세계를 지배하고 장악하는 공격과 확장의 지배력으로 규정된다. 하지만 남성성은 세계를 향해 자신의 힘을 확장하는 것만이 아니라, 공격을 받아들이는 힘과 인내력에 의해서도 규정된다. 한 사람의 독자로서 내가 전윤호의 시에서 가장 먼저 느낀 것은 '남성적'이라는 점이었다. 그의 시는 끝없이 지배력을 넓혀가는 세계라는 적 앞에선, 맷집 좋은 헝그리 복서의 강인함을 감추고 있다. 시를 쓰는 행위가 결국은 백지라는 투전장에 서서 치열한 싸움을 벌이는 것이라면, 그의 호전적인 감수성에서 드러나는 사회·역사적 관계망 속에서의 싸움, 현대 남성의 의식과 정체성의 근저에 놓인 억압과 폭력의 논리는 결코 소홀히 놓쳐서는 안 되는 부분이 될 것이다. 비록 그의 첫 시집 『아내는 나를 사랑하지 않는다』에서 발견되는 시적 스타일이 그대로 변질되지 않고 이어지는 것은 아니라 할지라도, 그의 초기 시는 전윤호의 시에서 매우 중대하고도 미묘한 의미를 띠고 있기 때문에 돌이켜볼 필요가 있다. 오래전에 발표된 그의 몇 편의 시를 먼저 읽고 지나가기로 하자.

넌 4회전을 뛰기엔 너무 늙었어
언제까지 새파란 애들하고 뒹굴래
벌써 8회전짜리는 됐어야지
너는 몸을 너무 막 굴려
펀치력도 없는 주제에
웬 턱은 그렇게 치켜들고 사니
상대는 약은 놈이야
백스텝이 얼마나 유연해
넌 쫓아다니다가 지쳐
제풀에 다리가 풀려버리잖아
결혼은 뭐하러 일찍 했냐 대책도 없이
이젠 다른 도리 없어
큰 거 하나 노리자구
정 안되겠으면 신호해
타월을 던질 테니까
자 세큰드 아웃이야
입 꼭 다물고 고개 숙여

—「거울 보는 남자」 부분

내게 세상은 늘 적지의 링이었다
매수된 심판과
내가 쓰러지는 것을 기다리는 관중들만 가득했다
그러나 난 뒷걸음질치지 않았다
코너에 몰려 연타를 맞아도
등을 돌리지 않았다
난 판정을 믿지 않고

누구도 날 KO로 이기지 못했다
얼굴에 부기도 빠지기 전에
다음 시합일정이 잡히고
꼭두새벽부터 체중을 빼야 하는 내게
정말 두려운 상대는
펀치 드렁크를 몰고 오는 시간일 뿐이다
더 늦기 전에
침을 흘리는 폐인이 되기 전에
챔피언을 쓰러뜨리든지
대전료를 챙기는 매니저를 패고 싶다

—「펀치 드렁크」 전문

오직 그의 '몸'만이 자본인 권투선수에게 있어, 세상은 때려눕힐 수 없는 '백스텝이 유연'한 적과도 같다. 중요한 것은, 초라한 삼류 권투선수의 강대한 적이, (그의 다른 시편에서도 자주 암시되듯이) "내가 쓰러지는 것을 기다리는 관중들"처럼 이 세계를 메우고 있다는 사실이다. 하지만 '입 꼭 다물고 고개 숙'인 권투선수의 모습은, 독자로 하여금 그가 입었을 무수한 상처와 투지에 주목하게 함으로써, 누구도 KO로 이기진 못했던 그의 승리를 응원하게 한다. 그의 시를 읽을 때, 우리는 언제나 그를 압도하는 강대한 존재를 만난다. 타이슨과 같이 챔피언 벨트를 두르고 나타난, 때로는 사람들이 주인공이라고 하는 영웅들 말이다. 하지만 화자의 심리 속에서 그는 단번에 두 주먹으로 멱살을 움켜쥐고 싶은, 야비하고 천박한 속물들이다. '펀치 드렁크'가 되기 전에 한번은 두들겨 패주고 싶은 것들에 대해, 세상을 살아가는 현대 남성의 독특한 자의식에 대해 전윤호는 독특한 유머 감각을 가진 시를 내보여왔다.

권투선수는 승리라는 관념을 위해 존재한다. 매니저에게 그는 돈이라는 수단이 된다. 하지만 그는 비열한 '꾼'들의 투전장에 다름없는 싸움터를 운명으로 받아들인다. 잽싸게 빠져나가는 얍삽한 종족들을 혐오한다. 관객을 위해 쇼를 벌이는 것도 혐오한다. 바로 싸움에 온몸을 내던지는 권투 선수의 정신은 시를 대하는 시인의 강한 정신력을 암시하며, '적지의 링'이라는 상황 판단, '매수당한 심판'이라는 게임의 룰은 도무지 시를 쓰지 않으면 견딜 수 없게 하는 사회의 얼굴이기도 하다. 전윤호의 시에서 이러한 강대한 적의 이미지는 끝없이 복제된다. 그것들은 비열한 상관, 때로는 그의 삶을 지배하는 다양한 의미들로 탈바꿈하면서, 하나의 동질적인 가치와 시각으로 완벽하게 짜여진, 일말의 변화 가능성도 없는 폐쇄적인 세계를 구성한다. 비록 현실 속에서 그들을 날려버릴 방도는 없다 해도, 백지 속에서 심리적 액션을 취하며 그들을 날려버리는 통쾌함을 아래의 시편은 상당히 엽기적인 블랙 유머로 보여주고 있다.

오늘 또 한 놈을 죽였다
놈은 전철에서 내 발을 밟고도
사과하지 않았다
뒤통수가 깨진 몸뚱이는 지하실에 던져두었다
그저께 죽인 집주인 여자 위에 던져 놓았다
다락까지 꽉 차
이불 개어놓을 자리도 부족한데
이번엔 동사무소 직원이 자꾸 건드린다
아마 내 주민등록 등본을 떼다가
내 본색을 안 모양이다
머리채를 끌고 가
시체들을 보여줘야겠다
회사에 가면

과장이 싸늘한 미소를 지으며
직원들과 함께 날 놀려먹지만
상관없다 그들은
이미 일 년 전에 죽었으니까

　　　　　　　　　　　　　　　—「허깨비」 전문

　「허깨비」에 등장하는 화자는 현실적으로 무력한 소시민에 지나지 않지만, 누구든 죽여버릴 수 있는 내면의 공격성을 가지고 있다. 표면적으로 드러나지는 않지만 분열된 화자가 존재하는 것이다. 현실적인 자아는 주민등록을 떼고, 직원들의 놀림감이 되지만, 또 다른 내면의 자아는 자신을 무력하고 비굴하게 만든 이들을 단숨에 죽여버릴 수도 있는 무서운 화자이다. 이 시의 어조는 도깨비같이 숨어 있는 분노의 화신 같은 자아에 의존하고 있지만, 실제로 이 시의 재미는 무력한 현실적 자아의 목소리가 포개져 있다는 데서 발생한다. 이런 폭력은 바로 소시민으로 살아가는 비굴함, 그러나 건강한 분노를 표현한다. 여기서 그의 집을 가득 채우고 있는 시체는, 세상의 논리의 복제자요 〈매트릭스〉 속의 스미스 같은 존재라고 할 수 있다. 사회적 기표를 부수고, 죽임으로써 자신의 의미를 '주먹'(펜)으로 표현하고, 우리를 분노케 하는 그런 사소함에 대한 감각을 곤두세우는 존재가 바로 시인이 아닌가. 인간을 모욕하고, 시치미를 떼며, 인간을 단순한 계급으로 치환하고 매물로 취급하는 이 세계의 폭력에 대항해서 말이다. 그러한 의미에서 「허깨비」의 엽기적인 살인은, 이 비열한 세계에 대한 항변이자 반항의 제스처라 할 것이다. 살인이란 일종의 반어적인 카니발인 것이다.

　하지만 허깨비는 보이지 않는다. '허깨비'라는 것은, 우리의 심리적 삶 속에서 대단히 사실성을 확보하고 있는 유의미한 세상의 중심화된 의미들이 되며, 유령의 기류처럼 우리를 지배하고 감싸고 있는 돈의 논리 같은 것이기 때문이다. 이를테면, '마치 졸고 있는 속마음까지 읽는 듯'한 기업주 혹은 상관의 마스크를 쓰고, 타자의 말들을 판정하고, 그 말들을 통해 자신의 자본과 몸집을 불려가는 '회의실의 유령'(「회의실의 유령」)이며, 가난한 가장들을 '저승'(해고)에 처넣어 몰살시킬 수도 있는, 그 어떤 의미의 중심이다. 이러한 유령을 쳐다보는 화자의 시선은, 분노와 과민증에 사로잡힌 「허깨비」의 시선, 그리고 거울 속에서 '큰 거 하나 노리'는 권투선수의 그것과 닮아 있다. 유령 앞에 앉아, "저승에 불려온 영혼처럼 불안"해지는 자들은, 강대한 중심, 결국 돈이라는 것으로 치환되는 자본주의의 이데올로기에 목을 매고 살아가는 가장들이다.

여기서 우리는 한 개인의 공간인 집이라는 장소와, 그것을 통해 구성되어가는 사회라는 공간이 명백히 관련되어 있다는 사소하고도 주요한 문제를 환기하게 된다. 전윤호에게 있어 집이란 한 개인의 안식처요 사랑의 유토피아가 아니라, 사회의 폭력과 그것으로부터 가족을 지키려는 욕망이 충돌하는 경계에서 구성되는 불안한 공간이다. 전윤호의 시에는 '가족'과 연관된 시편들이 상당수 있는데, 하나의 가정이란 '연애소설'의 끝막에서 완성된 해피엔딩이다. 하지만 전윤호의 시에서 주목되는 것은, 한 남자가 밥줄에 목을 매게 하는 가족이란, 사회적 기제의 일부를 이루고 있는, 사회적 기제의 요구에 부합되도록 만드는 사회적 장치이자 가장 공고한 이념의 모형일 수 있다는 점이다. 권력은 가족 속에 틈입하고 가족을 통해 통제를 가한다. 가족의 사적 영역과, 음험하고 비열한 논리가 관철되는 공적 영역은 상호 고립된 것이 아니다.

사내가 큰 거 한 건 노리고

헛손질하는 동안
그녀는 책을 읽네
가난한 소녀가 자라서
아름다운 처녀가 되고
꿈을 잃지 않고 열심히 살다가
백마 탄 왕자를 만나는
연애소설은 행복하지
정리해고도 없고
부도난 어음도 없는
반드시 예정된 행운이 숨어 있는 세상은
예정된 행복한 결말처럼
교훈적이야
지금 눈앞에 닥친 어려움은 단지
둘의 사랑을 단단하게 만들려는 복선일 뿐
사내는 소주를 마시고
그녀는 책을 읽네
도중에 멈춘다 해도
끝이 궁금하진 않다네

—「연애소설」 전문

　　사랑의 동화는, 사랑은커녕 먹고살기에도 바쁜 비정한 세계 논리의 반면을 텅 빈 꿈으로 채우고 있다. 그러한 의미에서 그것은 이 세계 논리의 역상 문자이며, 바로 그런 '뻔한' 현실의 논리처럼, 세상은 정말로 이 현실에서 힘겹게 지켜나가야만 하는 사랑의 후일담을 들려주지 않는다. 하지만 사랑은 동화 같은 '꿈'이 아니라 사회의 논리를 끌어들이고 있는 실제 현실이며, 집이란 언제든 약탈당할 수도 있고, '정리해고'나 '부도난 어음'에 의해 언제든 부서질 수도 있는 불안한 공간이다. 또한 집이라는 공간은 그의 첫 시집에서 드러나는 자연아 '송구'의 이미지와 같이, 거침없이 살고 싶은 욕망의 폭발을 억압하는 장치로서 드러나는데, 왜냐하면 그것은 이 사회의 논리와는 다른 층위에서 그를 붙들고 있는 사랑이라는 관계 때문이다. 아내의 명령에 따라 '한달 치의 수업'과도 같은 쌀포대 들기는, "가만히 있어도/네가 가장이 되는 게 아냐"라는 역할적 지시이며, 그런 사회적 역할은, "아내가 가끔 굴욕적인 표정으로/밥을 짓는 이유"와 마찬가지로, 이 세계에서 견뎌내야 할 '삶의 무게'(「쌀」)이다. 무거운 쌀포대를 들고서도 "그래도 이 정도면 적당하지 싶다"라는 말에는 그만큼 가혹한 삶의 무게를 이미 그가 알고 있기 때문이 아닐까.

2. 아름다운 맷집

우리는 전윤호의 시에서 그런 삶의 무게를 '맷집'으로 견뎌가는 개인들을 어렵지 않게 찾아볼 수 있다. 어두워진 사무실 문을 닫고 나오는 한 가장의 지친 모습이라든지. 다양한 방식으로 현실에 포위되어 살기 위해 발버둥치는 모습들 말이다. "숨을 더 참기 어려워지는 저녁"(「잠수」)까지 사무실에서 버텼음에도 불구하고, '물에 불은 빈손'으로 돌아오는 '축축한 밤'의 악몽. 공포의 허깨비가 춤추는 그런 일상은 세계가 요구하는 매일의 질서이며, 때로는 물가지수로 감지되는 세계 논리이다. 또한 그것은 '허깨비'처럼 존재를 공포와 불안으로 몰아넣고, 자신의 권력을 비호하기 위해 타자의 복종과 출혈을 강요하는 이념들이다. 이런 노예적인 사회의 구조 속에 존재하는 남성이, 완벽한 가족의 보호자이자 영웅으로 존재한다는 것은 이미 환상에 지나지 않는 것이 아닐까.

애비는 밑천이 달랑달랑한 주제에
끝발도 없는 패로 막판까지 버티는
서투른 노름꾼
울지 마라 아들아
내 호주머니엔
너를 달랠 게 아무것도 없구나
옥수수 밭에 소나기 내리고
감자 고랑은 넘치는데
에미는 어디서 또 한숨짓고 있는지
살아 있다는 것이 죄스러운 밤
덜렁거리는 문을 열고
나는 또 달아난다
출근을 할 때마다
어디서 들려오는 울음소리
거리마다 귀를 막은 애비들이
경적을 울린다

— 「아이가 우는 풍경」 전문

아이의 '울음'은 아침마다 생존의 전쟁터로 내몰려가는 화자의 내면적
인 목소리의 대치이며, 개인의 감정과 상처를 무시하며, 집단적인 생존의
전쟁터로 내모는 세계에 대한 분노와 맞물려 있다. 또한 이 시는 "밑천이
달랑달랑한 주제에/끝발도 없는 패로 막판까지 버티는/서투른 노름꾼"이
라는 자기의식을 전면에 부각시키며, 아버지라는 존재의 위기, 그리고 약
육강식의 세계에서 거세된, 현대 남성의 왜소한 자기의식의 문제를 환기
시키고 있다. 하지만 경적 소리로 뒤엉킨 출근길의 대로처럼, 집단적 리비
도의 방출처럼 어딘가로 출정해 가족을 위해 무언가를 약탈해야만 하는
고단한 하루는, 쓰레기처럼 폐물이 된 존재를 내팽개치는 사회, 변덕스럽

게 인간을 교환하고 매물로 팔아버릴 수도 있는 '인간시장' 같은 세상에서, 비정한 투지를 불태우는 약자의 표정을 비춰낸다.

그쯤은 괜찮다. 남성에 대한 가장 지독한 내면적인 폭력은 바로, 사랑을 받지 못한다는 점이다(전윤호가 실제로 사랑을 받지 못한다는 말이 아니다). 가장 지독하고 치명적인 남성의 심리적 약점은 바로 그 안에 '어린아이'가 존재한다는 프로이트의 지적처럼 말이다. 아내로부터 외면당하는 남성은 가족이라는 공간에서의 죽음이며, 동시에 사회적으로 사랑과 인정을 받지 못한다는 것은 거세를 의미하는 것이다. '버려졌다' 혹은 '잊혀졌다'는 감정처럼 아이를 괴롭히는 것은 없다. 자신을 껴안아주지 않는 세계에 대한 난폭한 반항심은, 언제나 그의 시를 끌고 가는 중요한 동력이며, 그런 비정한 세계는 바로 계급과 같은 이 사회의 닫힌 시스템의 문제로 확장된다. 바로 그런 의미에서, 전윤호의 첫 시집 『이제 아내는 나를 사랑하지 않는다』는 제목은, 이 시대의 남성적 의식을 대변한다는 점에서 다음 시와 연관지어 매우 흥미롭게 되새겨볼 만하다.

> 내가 잠든 밤
> 골방에서 아내는 금강경을 쓴다
> 하루에 한 시간씩
> 말 안하고 생각 안하고
> 한 권을 온전히 다 베끼면
> 가족이 하는 일이 다 잘될 거라고
> 언제나 이유 없이 쫓기는 꿈을 꾸다가
> 놀라 깨면 머리맡 저쪽이 훤하다
> 컴퓨터를 켜놓고 잠든 아이와
> 창문을 두드리는 바람 속에서
> 경을 쓰는 손길에 눈발이 날리는 소리가 난다

잡념처럼 머나먼 자동차소리

책장을 넘길 때마다 풍경소리

나는 두렵다

아내는 나를 두고 세속을 벗어나려는가

아직 죄 없는 두 아이만 안고

범종에 새겨진 천녀처럼

비천한 나를 떠나려는가

나는 기울어진 탑처럼 금이 가다가

걱정마저 놓치고 까무룩 잠든다

—「금강경 읽는 밤」 전문

    난폭한 욕망이 질주하는 '세속'의 세계에서 저 멀리 떨어져 있는 듯한 아내의 모습을 위의 시는 '천녀'로까지 비유하고 있다. 주체라는 것이 단순히, 개인 속에 내재된 삶의 의미만이 아니라, 주체가 놓여 있는 역사·사회적 맥락에 대한 비판적 의식과 관계되는 것이라면, 우리는 밤늦게 일어나 '말 안하고 생각 안하고' 무언가를 고요히 써나가는 아내의 모습은 현실의 난폭한 질서와 그것이 토대로 하고 있는 남성적 정체성의 허위에 대한 비판 의식을 내포하고 있음을 주목하지 않을 수 없을 것이다. 재미있는 것은 백지(세계)라는 투전장에서 난폭한 '싸움'을 지속하는 화자의 모습과는 달리 "아내는 나를 두고 세속을 벗어나려는가/아직 죄 없는 두 아이만 안고/범종에 새겨진 천녀처럼/비천한 나를 떠나려는가"라는 진술이 가능케 될 정도로 저 멀리 떨어져 있는 존재같이 느껴진다는 점이다. 실제로 아내가 베끼는 것이 금강경이건 아니건 간에 중요한 것은, 언젠가부터 아내가 다른 세계로 사라져버린 듯하다는 인식이다. 남성적 논리가 의미를 장악하고, 타자의 논리의 패주시키는 확장적 욕망에서 발단된 것이라면, 여성의 우주는 그러한 가족적인 공간에서 해체당할 수밖에 없다. 역할로 축소된, 특별히 남성의 성장과 진보의 물질적 도구가 되는 자연, 혹은 쾌락의 대상으로 추상화된 여성은 삭제, 침묵의 공간에 배치된다. 남성은 여성에 대한 인식의 권력을 가지고, 남성은 성의 정복과 지배, 그리고 역할을 준다. 그것은 여성에게 있어 차별적인 우월자의 혈통에의 소속, 모방, 일체화라는 심리적 과정을 강요한다. 이러한 남성적 가치 속에 자연, 여성적인 것은 부재로 상태로 남는다.

언제부턴가 아내가 보이지 않았다
아침이면 침대 위에 아이가 대자로 자고 있고
저녁이면 나와 아이가 밥을 먹는데
밥을 퍼주고 찌개를 만든 아내는 없다
거실에는 텔레비전이 켜져 있고
만화영화와 스포츠 중계가 나오는데
청구서가 쌓인 것을 보면서
그것을 가져다 놓은 사람은 생각나지 않는다
시력이 나빠진 것일까
말이 적어지고
얼굴 보는 일이 드물어지더니
나는 그녀를 잃어버린 것일까
신문을 보다가 문득 눈을 들면
집은 언제나 그대로 이고
낮잠을 자는 휴일 꿈결처럼
청소기 돌리는 소리를 듣기도 한다
아내는 점점 투명해진 것일까
아니면 내가 지워진 것일까
자다가 깨어 우는 아이가
금새 안심하고 다시 잠드는 것을 보며
손을 내밀어 만져 보고 싶지만

어둠 속에 몸은 움직이지 않고
속절없이 식은땀만 흘리면서
나는 아내가 보고 싶다

—「투명인간」 전문

　여기서 사라진 아내는, 집이라는 공간에 안 보이는 중심으로 존재하던 아내, 즉 의미는 사라지고 텅 빈 껍질처럼 지쳐버린 삶의 의미를 내포한다. 집이란 본래 한 여인의 장소이며, 바로 그런 여인의 법이 지배하는 공간에서, 남성은 여인의 그늘로 들어간다. 하지만 습관적인 반복처럼 텅 빈 일상의 거처로만 남아 있는 집, 그렇게 사라져간 아내처럼 나의 집과 재산 (원래 남성적 관념 속에서 여자는 그의 재산이다) 또한 불안하며, 현실 속에서 그는 끝없이 사라져간 '무엇'을 본다. "가진 게 없다고/신세 한탄하면서/술 마시던 비오는 밤/도둑을 맞았다"(「도둑」). 도둑을 맞았다는 것은, (어쩌면 도둑은 실재가 아닌지도 모른다) 끝없이 무언가를 약탈함으로써 자신의 몸집을 부풀려가는 세계에서 되풀이되어 반복되는 일인지도 모른다. 마치 강간당한 자궁처럼 열려진 집에서 "열쇠 하나만 믿고/내가 주인이라 생각하다니"라는 화자의 독백에는, 가족을 먹여살리기 위해 사회를 점령하기 위해 출정하는 군상들처럼, 도둑질이든 아니든 '무슨 짓이라도 해서' 먹고살아야 하는 현대적 삶에 대한 자조감도 깊이 깃들어 있다.

나는 겹쳐 녹음된 테이프처럼
이미 실패한 누군가의 삶을 다시 사는 걸까
내가 쓰고 있는 시조차 이미
다른 이의 입에서 읊어진 듯한
두려움에
혼자 술집에서 침묵할 때

내 안을 떠도는 낯선 모습들
생각해 보면 난
만주 오녀산성 연못에서
말에게 물을 먹이던 병사이기도 하고
강화도에서 농성한 포수이기도 하며
경무대 앞에서 쓰러진 학생이기도 하다
지금 나를 괴롭히는 자들은
몽고군의 앞잡이로 내 집을 약탈하고
친구를 고문한 형사이기도 하고
우리가 숨은 동굴로
기관총을 난사한 점령군이기도 했다
오래된 총상처럼 저린 소주를 마시고
난 생각한다
다시 쓰러지는 배역이라 해도
피할 수 없음을
언제나 먼저 사라지긴 하지만
내 뒤엔 봄이 한 발 더 따라오고 있음을

—「꽃샘추위」 부분

화자는 "겹쳐 녹음된 테이프처럼/이미 실패한 누군가의 삶을 다시 사는
걸까"라는 질문을 던지지 않을 수 없는 자괴감 속에서도, "다시 쓰러지는
배역이라 해도/피할 수 없음"을 깨닫는다. 꽃샘추위를 이기고 "봄이 한 발
더 따라오고 있음"을 깨닫는 싱싱한 낙관을 되찾는다. 바로 맷집 좋은 권
투선수의 오기로 다시 털고 일어나는 것이다. 여기서 우리는 '쓰러지는 배
역'이라 할지라도 언제나 싸움을 멈출 수 없는 오기와 투지가 어떤 의미를
가지고 있는지를 상기해보아야 할 것이다. "내가 쓰고 있는 시조차 이미/
다른 이의 입에서 읊어진 듯한/두려움"처럼 우리 삶의 내부마저 철저히 장

제2부 백지라는 링

악하는 두려운 세계에서 화자의 내면을 떠도는 '낯선 모습들', 즉 "만주 오녀산성 연못에서/말에게 물을 먹이던 병사"이기도 하고 "강화도에서 농성한 포수이기도 하며/경무대 앞에서 쓰러진 학생"이기도 한 모습들은, 스스로를 현실의 논리 그 자체로 규정하는 '몽고군의 앞잡이'와 "집을 약탈하고/친구를 고문한 형사" 혹은 "기관총을 난사한 점령군"과 외로운 싸움을 지속한다. 말들 속으로 권력을 숨기고, 현실이라는 이름으로 스스로를 정당화하고, 힘이라는 논리하에 모든 언어를 흡수하고 위계화하는 힘을 향해 시인의 말은 새로운 싸움을 수행하는 것이다.

백지라는 링은 바로 펜들의 투전장이다. 시인의 펜은 현대의 내재적인 기제 속을 흐르는 위력적 암호들로 무장되어 있는 논리와 싸우고, 때로는 남들이 보기에는 '허깨비'와도 같은 그런 싸움을 위해 모든 것을 격렬히 내던진다. 전윤호의 시에서 엿보이는 날카로운 감성과 강한 정신은, 언제나 그의 시의 화자를 소시민이면서도 자연아로 만든다. 사회 속의 죄수이면서도 해방군으로 만든다. 어쩌면 우리의 현대시가 은연중에 기피하고 있는 어떤 공격도 받아들이는 투지야말로 그의 시가 보여주는 가장 큰 미덕이라 할까. 격전장을 두려워하지 않는 파이터는 정열과 투지를 불태운다. 정열과 투지, 그리고 피 흘리는 싸움에의 본능이야말로 바로 시의 법이 아닌가. 그의 시는 권투선수의 싸움을 관전하게 하는 하나의 극장이다. 나는 그의 시가 재미있다. 그의 시가 날리는 잽 하나, 라이트 훅 레프트 훅 하나하나가 살아 있기 때문이다. 때로 과격하게 시인이 날렸던 주먹보다 더욱 큰 상처로 보복당하고야 마는 그 모습은 깊은 공감을 끌어낸다. 이기기로 예정된 사회에 가담하여 줄서기를 하고, 돈을 따먹고, 진짜로 싸움은 하지 않는 도박꾼들 사이에서 전윤호의 시는 여성이든 남성이든 깊이 공감할 수 있는 심리적 소통점을 감추고 있다. 그의 시의 가장 큰 강점은 사회적 소수자, 패자, 약자에 대한 연민이라는 윤리적 감각이다. 세계와의 싸움은 곧 세계에 대한 사랑의 표현이며, 그런 싸움을 지속하는 것은 세계에 대한 자아의 특별한 관계를 암시한다. 진실한 싸움은 냉소가 아니라 사랑에서 나온다. 그의 공격성은 거칠고 순수하다. 그는 백지 위의 복서다.

검은 자객의 언어

— 여정의 신작시 읽기

1. 시인의 칼

플라톤이 『국가』에서 제시한 '동굴의 비유'에는 이데아를 향한 빛과 그 빛을 향해 가는 인간의 의지가 묘사된다. 인간이 서 있는 곳은 이데아의 세계가 아니라 동굴에 비친 그림자를 사실로 오인하는 동굴의 세계이다. 동굴의 세계는 이데아를 향한 도상에 있는 인식의 그늘을 암시하는 것이고, 현자는 자신의 인식의 동굴 안에 있는 죄수들을 이데아의 세계로 이끌려고 한다. 도상에 선 존재, 길 위에 있는 존재로 표상되는 인간의 존재는 바로, 완벽한 이상의 낙원을 향한 근대인의 심리적 지향의 뿌리를 요약해 보여준다.[1] 플라톤에게 있어 이성은 말을 사용하는 능력, 즉 말들을 매개로 진리를 재현하는 능력이다. 물론 그것은 세계를 주체와 객체의 우열 논리로 나누는 이원법적 사유에 근거하고, 재현과 은폐라는 이중의 메커니즘 속에서, '나 외에 다른 신(이성)을 섬길 수 없'는 근대의 대전제를 이룬

---

1   강훈, 「플라톤의 동굴의 비유」, 『외대철학』 3호, 1994 참조.

다(언어란 이성을 통한 신(진리)과 인간 사이의 의사소통의 문제다). 이성이 태양처럼 밝게 빛나는 상위의 범주라면 감성은 그늘진 동굴로 암시되는 착오의 범주이다. 이와 같이 양극적인 범주에 토대하고 있는 근대적 사유는, 빛과 진리를 향한 도정에서 많은 것을 타자로 배제시킴으로써 온전한 사유의 통합성을 확보하지 못했다는 것은 오랫동안 논의되어오던 현대의 비평적 화두이다.

문학은 언제나 현실의 한계성에 대한 인식에서 출발한다. 세계 혹은 역사에 대한 반성을 자양분으로 삼아 문학의 언어는, 세상의 언어가 사장해버린 삶의 복잡성을 낚아 올린다. 그것은 현실의 앙상한 논리들이 남겨놓은 결핍과 구멍을 메운다. 잘 알려져 있다시피, 신비와 꿈과 같은 비의적 영역에 대한 시인들의 탐닉 같은 것은, 문학의 진정한 본질을 어디서 발견할 것인가에 대한 의문과 연관된 문제였으며, 동시에 의사소통의 도구로 언어를 사물화하거나 현실 재현의 도구로 전락시킨 근대의 여러 문학적 관점에 대한 반역의 함의를 띤다. 문학이 낚아 올리는 신비는, 진리에 대한 직관의 능력을 상실한 근대의 결핍을 메워주는 문학의 신성한 소명과도 같은 것이었다. 세계가 진실을 온전히 구현하고 있는 낙원이라면, 문학은 더 이상 존속할 필요가 없을 것이다. 그러나 이성적이고 합리적인 언어는 결코 세계의 모든 것을 완벽하게 재현하지 못한다. 여정의 등단작이라고도 할 수 있는 「자모의 검」은 이러한 합리성의 세계에 반역하는 시인의 말에 대한 흥미로운 암시를 던지고 있다. 시를 보면,

혹자가 말하길, 입 속은 자객들의 은신처란다. 그들이 즐겨 쓰는 무기는 '영혼을 베는 보검'으로 전해오는 자모의 검이란다. 을씨년스런 날이면 자객들은 검은 말을 타고 허허벌판을 가로질러 어느 심장을

향해 힘차게 달려간단다. 천지를 울리는 말 발굽소리 어느 귓가에 닿으면 그들은 어김없이 이성의 칼집을 벗어 던지고 자모의 검을 빼어 든단다. 바람을 가르는 소리 한 영혼의 목을 뎅거덩 자르고 나면 자객들은 섬짓한 미소로 조의금을 전하고 또 다른 심장을 향해 말 달려간단다. 그날에 귀머거리는 복 있을진저, 자객들의 불문율에 있는 '귀머거리의 목은 칠 수 없다'는 조항에 따름이라.

혹자가 말하길, 자모의 검에 찔린 사람들은 귀부터 썩어간단다. 귀가 썩고 뇌가 썩고 심장이 썩고, 썩고 썩어 생긴 가슴의 커다란 구멍으로 혹한기의 바람이 불어대고 수많은 까마귀 떼의 날갯짓이 장대비처럼 내린단다. 그 부리에 생살이 뜯기고 새하얀 뼈를 갉히며 그렇게 순식간에 사라져 버린단다. 그날에 수다쟁이는 화 있을진저, 더 많은 까마귀 떼를 불러들임이라.

자객들의 말 발굽소리 요란한 날이면 너희들은 하던 일을 멈추고 두 손으로 귀부터 틀어막고 묵직한 바위 뒤에 숨어 최대한 몸을 낮춰라. 그리하면 자객들이 탄 검은 말들이 너희를 비켜 가리니, 자모의 검일망정 결코 너희를 해(害)치 못하리라. 귀 있는 자들은 들어라. 이 말로 더불어 너희가 그날에 '복 받았다' 일컬음을 받을지니, 부디 그날에 너희에게 복 있을진저, 혹자의 말이니라.

—「자모의 검」 전문

'이성의 칼집'마저 벗어던진 언어는, 현실의 논리에 갇히지 않는 시의 내면적 본질을 지시하는 것에 다름 아니다. 떠돌이 낭사처럼 '말 달려가'는 시인은, '영혼을 베는 보검'으로 존재의 심장을 관통하고자 한다. 여기서 자모의 검이라는 것은, '한 영혼의 목을 뎅거덩 자'르고 존재의 중심마저 썩어 들어가게 하는, 그럼으로써 다른 세계의 진실을 열어 보여주는 말이라고 할 수 있다. 보검이 보검일 수 있는 것은 그 검이 살아 있기 때문이다. '영혼을 베는 보검'에는 숨결이 있고, (무협지의 문맥에서 본다면) 하늘과 땅 사이의 무한한 기운이 서려 있다. 합리적이고 이성적이고 분석적인 언어가 지배하는 세계에서, 존재의 심장을 원초적으로 가격할 수 있는 언어를 꿈꾸는 것은 모든 시인들의 가장 강렬한 욕망의 표현일 것이다. 재미있게도 '이성의 칼집을 벗어던지고' 자모의 검을 빼어드는 자객은, 혈혈단신으로 현실의 황무지를 달려가는 질풍노도의 영혼(이미 우리에게 익숙한 낭만주의적인 시인의 초상)을 다시 환기시킨다. 검객이 돌아가고자 하는 곳은 바로 시인의 집이며 고향이라 할 수 있는 의미의 황무지다. 세상을 만들고 구축하고 지배하는 '수다쟁이'들은 침묵하는 시인의 입 속에 들어 있는 '자모의 검'을 조롱하지만, '입 속은 자객들의 은신처'이고, 그들은 질풍노도의 힘을 세계로 호출하며 현실의 전복을 기도한다. 검에 찔린 "가슴의 커다란 구멍으로 혹한기의 바람이 불어대고 수많은 까마귀 떼의 날갯짓이 장대비처럼 내린"다. 그리고 세계는 "새하얀 뼈를 갉히며 그렇게 순식간에 사라져 버린"다. 시인의 칼은 세계라는 허구의 중심을 향하여 끊임없이 돌진하며, 우주로까지 그의 시공간을 확장시킨다. 이러한 칼이 의미하는 것은, 모든 것이 중앙집권화되고 획일화되어 있는 세상의 언어를 해체하고 시의 언어를 '근원의 말'로 복권시키고자 하는 강렬한 의지의 표현이라 할 수 있다. 하지만 "섬짓한 미소로 조의금을 전하고 또 다른 심장을 향해 말 달려"가는 자객의 이미지는, 시인의 존립 근거까지 위협하는 현실이란 공간에서 자유로울 수 없다. 여정의 시 곳곳에는 이러한 현실에 대한 항변과 좌절이 깊게 배어 있는데, 「자모의 검」에서 엿보이는 것과 같은 신념은 곧 의혹의 대상으로 변모하고, 세계는 막다른 골목처럼 존재하는 폐쇄된 회로로 자주 드러난다.

깡패 1호가 I를 끌고 막다른 골목으로 가고 있소
막다른 골목에서 I의 비명소리가 들려오고 있소
비명소리를 타고 나타난 정의의 사자 1호가 I를 구해내고 있소
깡패 1호는 막다른 골목을 뚫고 달아나고 있소

막다른 골목이 정의의 사자 1호를 깡패 2호로 만들고 있소
막다른 골목에서 I의 비명소리가 들려오고 있소
비명소리를 타고 나타난 정의의 사자 2호가 I를 구해내고 있소
정의의 사자 1호는 깡패 2호가 되어 달아나고 있소

막다른 골목이 정의의 사자 2호를 깡패 3호로 만들고 있소
I의 비명소리는 여전히 들려오고 있소
비명소리를 타고 나타난 정의의 사자 3호가 I를 구해내고 있소
정의의 사자 2호는 깡패 3호가 되어 달아나고 있소

—「깡패, 정의의 사자, 막다른 골목, 그리고 I」 부분

 정의의 사자는 끝없이 깡패로 복제된다. 고독한 정의의 수호자로서의 1호, 2호의 이미지에는, 영혼의 보검으로 불순한 무리들을 소탕하는 자객의 이미지가 겹쳐져 있다. 그러나 '비명소리를 타고 나타난 정의의 사자'는 '깡패가 되어 달아나고 있'다. 세계는 '공모와 가담'이라는 관계를 통해 복제되는 '막다른 골목'이고, 이것은 시인의 심리적 문맥 속에서 만들어진 현실의 이미지이기도 하다. 점검되어야 할 것은, 세계의 욕망은 '정의 실현'이라는 보편성의 논리 속에 폭력적으로 가동하고 있다는 점이다. 시 속의 '골목'이, 일탈과 저항의 가능성마저 봉쇄하는 단선성의 논리나, 권력의 메커니즘이라는 것을 어렵지 않게 읽어낼 수 있지만, 더욱 치밀하게 읽어내야 할 것은, 이 시에 주체의 위치에 대한 물음이 가로질러가고 있다는 점

이다. "막다른 골목이 정의의 사자 1호를 깡패 2호로 만들고 있"다라는 구절에서 우리는 '닫힘' 자체가 폭력이라는, 닫힌 논리 공간 속에 위치하는 주체 자체가 폭력의 반영일 수밖에 없다는 어두운 코드를 짚어낼 수 있다. 실상 '정의의 수호자와 깡패'라는 도식적인 경계 같은 것도, 변형된 또 다른 폭력에 다름 아니다. 여정의 시에는 주체의 '숭배와 모방'(정의의 수호자는 만화적 영웅의 순진한 숭배와 모방이고, 깡패 또한 현실적 권력의 음험한 숭배와 모방이다)의 과정에서 은폐되는 폭력이나, 그러한 틀 속에 사로잡힌 주체의 의식/무의식을 집요하게 드러내는 코드들이 상당수 있다.

거기에는 저항의 불가능을 보여주는 거대한 벽처럼 아버지가 서 있고, 모든 것을 굽어보는 신의 눈알처럼 태양이 휑뎅그레 떠 있다. 그것은 완전한 이데아로 지상에 실현된 근대의 이념이고, 그 뒤에는 태양처럼 모든 사유를 키우고 지배하는 '선의 이데아'가 있는 것이다. 세계를 지배하는 진리와 정의는 절대화된 벽처럼 완강하게 닫혀 있다. 생각은 '모자 속의 거울' 같은 자폐된 공간에서 이루어지는 것이고, 행동이란 "바통을 주고받으며 여전히 트랙을 돌고 있"(「모자 속의 산책」)는 것에 지나지 않는다. 하지만 자객의 검은 이 닫혀 있는 골목에서, 끝없이 틈과 구멍을 찢어발기고자 한다. 그것은 '막다른 골목'처럼 닫혀 있고 고정되고 완성된 텍스트의 질서를 위협하는 일탈의 환상으로 실현된다. 하지만 그 일탈은 단순히 현실의 논리를 파괴하고 전복하는 데 목적이 있는 것이 아니라, 골목 안에서 폭력의 기표로서 지시되어 있는 '나'(자아, 시인)의 불구적 의미를 해체하고 진정한 의미로 복원시키는 데 목적이 있다. 여정의 시에서 자주, 환상의 공간은 '막다른 골목'처럼 존재하는 세계의 질서를 해체하고자 하는 심리적 지향의 표지로 나타나고, 주체는 위압적으로 '나'라는 의미로 닫혀진 의미들을 벗어던지고자 한다. 가령, 여정의 시에서 아직 '사람이 되지 못한' '피노키오' 같은 것은, 완벽한 자아라는 환영 속에 강박적으로 갇혀 있는, 그러나 그 허위의 자아로부터 벗어나고자 하는 무의식적 자아의 기표라고 할 수 있다. 태양의 공간에서 읽어보기로 하자.

2. 태양의 제국, 그림자의 죄수들

태양의 이미지는 여정의 시에서 가장 강렬하게 도드라지는 코드 중의 하나이다. 여정의 시에서 늘 태양은 존재의 의미를 속박하는 벽, 거리, 사막 같은 공간에 위치에 있고, 전체적으로 보면, 아버지가 대변하는 현실의 이념을 암암리에 부정적으로 지시하는 것임을 알 수 있다. 더 나아가 그것은 어떤 사실적인 장소를 지시한다기보다 심리적으로 극단화된 전제적 공간의 이미지로 나타남을 발견할 수 있다. 시인은 태양빛이 지시하는 분명하고 논리적이고 사실적인 세계를 억압적인 아버지의 세계와 동일시한다. 그는 현실을 가격할 수 있는 '자모의 검'을 꿈꾸지만, 아버지의 성기처럼 뾰족하게 창공으로 치솟는 마천루와 공장과 광선의 칼날에 오히려 공격당한다. 시인은 '태양의 제국을 찾아 길 떠난 나그네'(「시계 안의 生, 불구자, 그리고 시계에게」)이지만, 역설적으로 이 밝고 분명한 빛의 세계를 의심하고 회의하는 데서 그의 시는 출발한다. 태양왕인 아버지는 '시계를 주'고 '죽음을 주'고 '영원을 꿈꿀 수 있는 권리"(「피노키오 2세의 자기진술서」)마저 준 전능의 힘이다. 그를 향해 "회개기도를 드렸고 니스로 세례를 받기도 했"던 '모범수'인 시인은, '토이스토리 인형공장에서' 일과 결혼해버린, 그러므로 일을 '여자'같이 껴안아야 하는 현대사회의 도구화된 존재이기도 하다. 그는 자신의 팔다리를 세상의 공장에서 '팔아먹는' 토이스토리 속의 장난감인 것이다(「피노키오 2세의 자기진술서」).

검은 자객의 언어

여정의 시 곳곳에 산재하는 문맥을 연결시켜가다 보면, 태양의 공간은 생존이라는 현실적이고 사실적인 논리 속으로 우리를 몰아넣는 현대라는 부정적 공간임이 확인된다. 또는 생각의 방식과 세계관에 이르기까지 삶의 모든 것을 폭력적으로 지배하고 착취해온 강자의 역사임이 암시된다. 인형(아이)에게 인간(아버지)이길 요구하는 세계는, 꿈(시)의 죽음을 통해 현실(삶)을 실현한다. 여정의 시에서 '아버지처럼 코가 길어'진 그런 속임수의 역사는 자유로운 글쓰기를 방해하는 보이지 않는 덫으로 드러난다. 그는 거짓의 진리를 대변하는 아버지의 명령에 의해, 아버지의 그림자를 모방하는 '죄수'인 것이다. 결국 그는 감옥과도 같은 생산의 공장에 처박혀 "아버지 감사해요 이 썩어 문드러질 세상에 데려와 주신 것"('아버지께 감사를」)이라 중얼거린다. 그의 말에는, 억압적인 질서에로의 편입을 거부하는 시인의 좌절된 욕망이 담겨 있지만, 여전히

> 벽에 붙박힌 그 사내는 사각의 틀 속에 갇혀 정육점의 고기 마냥 걸려 있다. 머리 윗부분이 잘린, 오른쪽 귀가 잘린 그는, 시선을 왼쪽 아래에 두고 눈동자를 움직이지 않는다. 입술에는 초승달을 베어 물고, 왼쪽 새끼손가락에는 링반지를 끼고, 턱을 괴고 있다. 링반지 속에는 그 사내의 영혼 같은 한 여자가 가루가 되어 섞여 있다. 그 사내는 하반신이 없다. 그녀에게 갈 수 있는 길은 하반신과 함께 사라졌고, 그녀 또한 그 길과 함께 사라졌다.
>
> ―「고정된 사내」 부분

고정된 '사각의 틀'이라는 것은 시인의 삶을 지배하는 세상의 폭압적인 문법이며 삶의 의미들을 '길'로서 지시한다. 빌딩, 자동차, 독방 같은 세계 속에 세포처럼 붙들린 '그 사내는 하반신이 없다'. 삶의 기원이자 근원인 '하반신'이 지워지고 말소된 그는, 자신의 소유자요 주인인 아버지의 '정육

점'에 고기처럼 매달려 있다. 오로지 주인인 아버지를 위해서 그리고 그의 세계에 사용되기 위해서 그는 존재한다. 이 시에서 '머리 윗부분'과 '오른쪽 귀가 잘'려나간 사내에게 가해진 폭력은, 타자의 죽음을 누리고 소비하는 세계의 폭력으로 확장된다. 그것은 '그저 그러한' 자연을 비정하게 의미화하고 구조화하는, 세계라는 틀 자체의 강압성과 폭력성을 암시한다. 세계는, "링반지"로 암시되는 "영혼 같은 한 여자"를 지워버렸다. 원래 "동그라미는 내 얼굴"(『자화상』)이지만, "링반지 속에"서 "사내의 영혼 같"이 존재하던 여자는 세계의 질서 속에 말소되어버린다. 하지만 오직 '꿈꾸기'라는 환상 속에서 그는 '만날 수 없는' 그녀를 호출한다. 재미있는 것은, 그가 "입술에는 초승달을 베어 물고, 왼쪽 새끼손가락에는 링반지를 끼고" 있다는 부분이다. 인용에서 잘라낸 이 시의 나머지를 보면, 그녀는 '젖빛 살냄새'가 '붉은 피'로 물들어 있는 자연의 공간임이 드러나고, 아버지의 논리 속에 거세당한 그늘진 문자, 혹은 자아의 그늘진 이본임이 암시된다.

하지만 이처럼 분명한 지시의 틀 속에 '정육점의 고기마냥' '고정'되는 그는 아버지의 질서 혹은 세계의 이념에 순순히 길들여지지 못한다. "잠 속의 나는 동물처럼 길길이 날뛰었고 잠 밖의 나는 식물처럼 그 자리를 벗어나지 못"(『잠에서 깨어나다』)한다. 고정된 이념이 지배하는 세계에서 시인이 더듬어가는 것은, '그녀와 함께 걸었던 그 마지막 길'이다. 사내와 그녀, 정신과 육체, 인간과 자연 등을 떼어내어 완벽한 틀로 세워놓은 세계는, 진리로 완성된 세계가 아니라 다시 '기원'으로 돌아가기 위해 해체되어야 할 거짓의 세계다. 시인이 자주, 첫사랑, 유년 같은 근원의 공간을, 존재의 진실을 확인하기 위해 더듬어가는 것도 이러한 근원에의 지향과 무관하지 않다. "사람들은 그런 나를 손가락질한다. 내 뿌리를 들먹거린다. 나는 그들에게 온몸으로 따져본다. 말이 자꾸 빗나간다. 그들은 내 긴 혀의 사정거리 밖에 서 있다."(「카멜레온」) 결국 세계는 시인에게 하나의 악몽이요 하나의 무덤에 지나지 않는다.

> X야, 무덤을 그리고 싶은 날이면, 내가 잠든 사이, 내 살을 찢고 내 뼈를 들어내려무나. 내 뼈를 깨끗이 씻어 고이 빻아두려무나.
>
> 캔버스를 치고 황토색으로 밑칠을 하는 X야, 이제 밑그림을 그리려무나. 네 손끝으로 6개의 무덤이 솟아오르면 네 작업실 가득 까마귀 떼가 날아들었으면 좋을 텐데. 까마귀 떼의 울음소리 네 그림 위로 차곡차곡 쌓였으면 좋을 텐데.
>
> X야, 네 손끝으로 눈이 내리면 6개의 무덤 가득 아교칠을 하려무나. 그 위로 내 뼛가루를 흩뿌리고 (내 뼛가루가 다할 때까지) 겹겹으로 흩뿌리려무나.
>
> ―「무덤을 그리는 X에게」 부분

여기서 이름 없는 'X'는 「고정된 사내」에 나타나는 '지워진 그녀'의 또 다른 이름에 다름 아니다. '캔버스를 치고 황토색으로 밑칠을 하'고 '무덤'을 그리는 '나'는, '까마귀' 울음으로 아버지의 세계를 애도하는 시인의 무의식을 비춰내는 기표이다. '내 뼛가루'는, X의 손가락이 그려낸 '6개의 무덤'(아마도 노동의 시간 혹은 공장의 시간을 암시하는) 위에 흩뿌려진다. 온전한 '나'란, 그녀와 영혼처럼 연결되어 있는 생을 경험할 때만 얻어질 수 있는 것이기에, 그녀가 사라져간 세계는 무덤이라는 사멸의 공간과 다르지 않다. 그에게 그녀(육체, 자연)와의 분리는 죽음이다. 그것은 그녀와의 분리를 요구하는 세계의 폭력을 그대로 받아들인, 그럼으로써 죽음을 제의처럼 통과한 사후의 생에 지나지 않는다. 하지만 시인은 예술이라는 것을 통해, 분리된 것들을 온전한 전체로 통합하고, 세계가 말소시킨 내면의 진실들을 건져올리고자 한다. 그것은 세계를 이루고 있는 강압적인 질서와 가정들을 버림으로써 가능해진다. 가령, "겨울이다. 나는 겹겹으로 옷을 껴입었다. 그래도 춥다. 환풍기는 잘 돌아가고 그 틈 사이로 찬바람이 새어든다. 이가 맞부딪친다. 반바지에 샌들을 신은 아가씨들이 창밖을 오간다. 미친 것들"(「선풍기는 돌아가고 땀은 흐르고」)에서 엿보이는 바와 같이, 현실과 괴리되는 심리적 기후 같은 것은 세계의 통념적 질서에 동화되지 못하고, 오히려 그것을 과감하게 전복하고 파기하고자 하는 무의식의 표지라 할 수 있다. 황금과 강철과 빛으로 만들어진 아버지의 세계는 그에게 불모의 겨울이며 사막이다. 세계는 진실이 아니라 오히려 진실을 은폐하고 있는 거대한 거울이며 그럼으로써 깨어져야만 하는 분명하고 매끈한 표면이다. 여정의 시 속에는 '햇살이 내리쬘 때마다' '내 등 뒤로 흘려보낸/큐티클층의 그 은빛 환희만큼의 그늘'(「어느 나뭇잎의 노래」), '저 시멘트를 뚫을 수 없어 영원히 갇혀버린' '내 어린 날의 그 수많은 꿈들'(「황토의 꿈」 부분), 혹은 '안개가' 불러온 '한 여인', '하얀 옷을 입고 내 뒤를 쫓'는 '비명'(「질긴 안개」)이 있다. 현실의 논리에서 배제되고 삭제되어있는 그늘의 무수한 이미지는, 시인의 내면에서 해체/재구성되는 세계, 혹은 내면의 진실을 보여주기 위한 전략적 거점이 된다. 거기에서 시인은 빛과 그림자로 분리되지 않은, 즉 아버지의 세계에 동일화되기 이전의 시간을 더듬어간다. "태양이 우의 살에 빛살 혹은 빗살을 긋고/우는 햇살이 부서지는 빗속을 거닐며/우에서 女子로 여자에서 소녀로 소녀에서 태아로 사라져"(「바코드機우를 위한 랩소디」)가는 곳에, 자기 확신적인 태양의 세계가 사라지고, 달의 이미지가 점멸하는 몽환의 공간이 드러난다. 달의 공간에서 읽어보기로 하자.

3. 부서진 달, 그 기계의 자궁

여정의 시에서 달의 공간은, 자기 확신적인 태양의 세계에 대한 항변의 의미를 띠는, 자유로운 글쓰기의 공간을 지시하는 기표라 할 수 있다. 그럼에도 불구하고 시인의 글쓰기는 아직 아버지의 공장에서 자유롭지 못하다. 달이라는 잉태와 생산성의 코드 또한, 그의 환상의 심연까지 지배하는 죽음의 기계와 깊은 곳에서 관련되어 있기 때문이다. 여정의 시 속에서 자주 도드라져 보이는 사이버 공간은, 현실의 논리를 벗어난 환상의 해방구이면서도 동시에 그 환상을 통제하며 세계 논리를 가동시키는 음험한 공간이다. 그곳은 때로는 빛의 낙원이기도 하고 때로는 음산한 케이블을 따라 내려가는 '막다른 미로'이기도 하다. 사랑이 아니라 쾌락의 풀무가 난무하는 이 인공의 심연에는, 사내의 영혼 같은 '그녀'가 아니라 그녀의 이미지를 복사한 환각이 난무한다. 한번 빠져들면 '돌아오지 못하는' 낙원이며 저승이며 환생의 자궁인 그곳에서, 시인은 삶도 무덤도 얻지 못한 에킴무(ekimmu)[2]처럼 배회한다. 시인은 동굴 벽에 비치는 그림자를 실재라고 생각했던 플라톤의 인식의 죄수처럼, 손쉬운 탈출구로 인식되는 근원의

---

2 길가메시(Gilgamesh)의 서사시에는 지옥에 대한 이야기가 두 번 나오는데, 하나는 주인공 길가메시의 지옥 방문이요 또 하나는 그의 친구 엔키두(Enkidou)의 지옥 방문이다. 엔키두는 죽기 전에 지옥을 방문하여 그곳을 상세히 묘사한다. 그곳은 먼지와 어둠의 왕국, '광활한 땅' '돌아오지 못하는 땅'으로, 죽은 자들이 내려가는 곳, 산 자들의 부름을 받은 어떤 영혼들만이 다시 올라올 수 있는 곳이다. 그곳은 신들의 '그물'에, 즉 감옥에 잡힌 자들이 가게 되는 땅이다. 산자들로부터의 보살핌도 무덤도 얻지 못한 이들은 에킴무(ekimmu)라고 하는데, 이들의 그림자는 땅의 거민들을 사로잡는 유령이 되어 돌아오거나 지옥에서 다른 죽은 자들을 괴롭힌다. 김신일, 「사후의 지하세계」, http://sgti.kehc.org/myhome/lecture/eschaton-seminar/08.htm.

이미지들 또한 허위의 그림자일 수 있다는 의혹의 눈길을 거두지 않는다. "겨울이 찾아온 첫날 밤 첫사랑과 동침을 했"지만 "첫사랑은 어디로 가고 낯선 여자 하나가 내 품에 안겨 잠들어 있"(「잠에서 깨어나다」)"다거나 「벌레 11호」나 「애인 13호」 등에서 암시되는 불구적인 사랑은, 온전한 근원으로 가닿지 못하는 글쓰기의 딜레마와 결핍을 비춰낸다. 시인은 사랑의 욕망처럼 완전한 자아의 분신(시)을 생산하길 꿈꾸지만, 그것은 실현되지 못할 불가능의 욕망으로 남아 있다. 다음 같은 시를 보면

> 셋방에는
> 불, 하면 물, 하고
> 물, 하면 불, 하는 부부가
> 깨진 거울 속에서
> 살을 섞고 있다
>
> 해와 달의 신음소리
> 불과 물의 신음소리
> 정字와 난字가 부딪치는 소리
> 사이,
> 기형아의 울음소리 들려온다
>
> ─「셋방에는」 부분

위의 시가 글쓰기의 문제를 알레고리한다는 것은 "정字와 난字"라는 언어놀이에서 암시된다. 하지만 꿈꾸기(아기 낳기, 글쓰기)는 현실에 훼손되고 변형되거나 파괴당한다. 들려오는 것은 '기형아의 울음소리'이다. 그의 꿈은 결코 온전한 것으로 실현되지 못한다. 그는 언제나 기형적인 세계의 환상만을 복제하는 대리물만을 껴안고 있다. 그러므로 그의 글쓰기는 온

전한 아기, 즉 불과 물이 함께하는 완전한 꿈으로 실현되지 못한다. 끝없이 완전한 근원, 진정한 탄생의 지점에 가닿으려 하는 시인의 꿈에는, 이미 만들어져 있는 세상의 도면에 맞춰 축조될 수밖에 없는 꿈의 허위성에 대한 날카로운 통찰이 자리 잡고 있다. 이 기형적인 꿈은, 단순히 글쓰기의 욕망에만 한정되는 문제가 아니라, 글쓰기가 의존하는 토대, 예를 들어 사이버 공간이 반영하는 문화적 환각이나, 태어나자마자 생존의 시장으로 던져지는 시의 운명, 그러한 적자생존적인 현실로부터 자유로울 수 없는 현대의 삶 등에 대한 광범위한 문제의식이 반영되어 있다고 할 수 있다.

해와 달의 꿈을 꾸는 아름다운 셋방은 "인조인간♂와 인조인간♀가 ACE 침대 위에 나란히 누워 업그레이드를 하고 있"(「ACE 침대 위의 ♂ ♀」)는 정경으로 바뀐다. 그들은 'Down·Reset·Down·Reset'될 뿐인 자동화된 존재다. 침대라는 것도 서로를 '업그레이드'시키는 생산의 공장일 뿐이다. 대화라는 것은 서로의 '칩'을 갈아 끼우는 것이고, 아기는 '매니저의 주문대로' 선택된 난자와 정자의 옵션으로 태어난다. '프로그램 속에서' 자라나, '견적서'가 붙는(「아기 5호, 그룹사운드 베이비파워, 그리고 ……」) 아기는 '21C 콜로세움'에서 '생존의 전투'를 위해 끝없이 싸운다(「21C 콜로세움」). "컴퓨터 전원을 끄"면 "해가 달로 모습을 바"꾸는 「21C 콜로세움」이란 얼마나 음산한 살육장인가? 탄생이란 무한히 개조되어가는 캐릭터의 실험이고, 시(아기)라는 것도 '매니저'에 의해 흥행되는 상품일 뿐이다. 해와 달의 꿈을 꾸는 사랑이란 '죽음(!)의 문'을 통과한, 자기 복제의 환상에 지나지 않는다. '사시미를 들고 공연장을 뛰어다니는 매니저'(「베이비파워……」)들 앞에서, 진정으로 살아남을 수 있는 영혼의 말이란 무엇일까? 그 살아 있는 언어를 탐색하는 시인이 '달'이라는 근원적인 생산성의 코드에 집착하는 것은 당연한 일인지도 모른다. 달은 그가 '달아날 그 구멍'(「달아나다」)임과 동시에 무수한 말들이 죽어가는 '화장터'가 된다.

> 달의 화장터로 끌려간다. 걸친 옷이 하나 둘 불타오르고 벌거벗은
> 나도 불타오른다. 내 살 굽혀지는 냄새가 케이블 속을 떠돌고 나는 어
> 느새 유령이 되어 환생할 자궁을 찾는다. 이곳 자궁들 속은 너무 환하
> 다. 빛이 내 눈을 파먹는다. 눈 먼 내가 자궁 속에 있다. 비닐에 뒤덮
> 인 내가 자궁 속의 나를 바라보고 나를 그리워하고 나는 그리움에 북
> 받쳐 비닐을 찢고 나를 만난다. 나는 나를 부둥켜안고 살을 섞는다.
> 깊은 잠에 빠져든다. …(중략)…
>
> 케이블 속 대부분의 엄마들은 처녀다. 성경에 이르길, 처녀가 잉태
> 하사 아기를 낳으리니 그 이름을 예수라 하라했다. 예수 1호, 예수 2
> 호, 예수 3호, ……가 케이블에 꽁꽁 묶여 달의 화장터로 끌려간다. 걸
> 친 옷이 하나 둘 불타오르고 예수 1호, 예수 2호, 예수 3호, ……도 불
> 타오른다. 예수 1호, 예수 2호, 예수 3호, ……의 살 굽혀지는 냄새가
> 케이블 속을 떠돌고 예수 1호, 예수 2호, 예수 3호, ……는 어느새 유
> 령이 되어 환생할 처녀의 자궁을 찾는다. 이곳 자궁들 속은 너무 환하
> 다. 눈부시도록.
> ―「케이블 가이」 부분

　　그는 '유령이 되어 환생할 자궁을 찾'지만, 그 자궁으로 찾아낸 달의 공
간은 '빛이 내 눈을 파먹는' '비닐의 자궁'이다. 존재 안의 자연인 아니마는
결코 자연 그 자체가 아니다. 시인은 달처럼 이미지를 품어내고 잉태하고
낳기를 원하지만, 달이라는 것은 진정한 달이 아니라, 탄생의 환각으로 유
혹하기 위한 이미지일 뿐이며, 달콤하고 위험한 '잠으로 빠져'들게 하는 자
본주의의 덫일 뿐이다. 달의 아우라는 더 이상 성모라는 신성한 어머니의
코드로 드러나지 않는다. '케이블 속'에 등장하는 '처녀'의 이미지는, 사랑

검은 자객의 언어　　　　　　　　　　　　　　　　　　　　　　　173

이 아니라 불모의 쾌락을 양산하는 자본주의의 부정적인 암시다. '케이블 가이'로 태어난 '예수 1호, 예수 2호, 예수 3호……'는 '달의 화장터'로 끌려 가는 기계신의 아들인 디지털 코드에 다름 아니다. 글쓰기라는 것이 이 영 혼 없는 시대의 영혼을 갈망하는 것이라면, 시라는 것은 '예수'로 암시되는 성육신을 문자로 실현하는 행위(기독적 문맥에서 보면 예수는 육신이 된 말이다)이다. 하지만 그것은 이 자본주의의 오염된 시장에서 분리되어 존 재할 수도 없고, 우리를 구원할 수도 없는 사이비 영혼의 대리 기표다. 그 렇다면 이제 시라는 건 무엇이고 우리의 영혼은 어디에서 찾아야 할까?

이러한 물음은 다시 시인의 글쓰기가 이루어지는 냉혹한 생태의 현장 으로 우리의 시선을 되돌려놓는다. "新옵션을 몇 개 더 추가해 주문한 아 기"(「베이비스토어에서 생긴 일」)는 "하얀 시트 위에/붉은 피로 얼룩진 나"(「음식환상」)의 모습에 그늘을 드리운다. 우리의 영혼은 차가운 자본의 기계 속에 불임의 이미지로 흘러다니고, 영혼의 불멸성을 가진 진정한 창 조란 하나의 이념 내지는 추상에 지나지 않는다. 바로 우리의 글쓰기에 결 합되어 있는 기계, 의식 속에 내장되어 있는 권력의 칩들, 케이블 속으로 빨려드는 심장과 두뇌, 이렇게 공중폭발해버린 주체의 인식으로부터 여정 의 시는 시작된다.

하지만 이렇게 공고한 세계는 시인이 끝없이 말을 벼리고 담금질하게 하는 동인이 된다. 인간적인 창조를 위해 끝없는 폭력의 수단을 선택할 수 밖에 없게 하는 현대의 아이러니는, 차가운 기계 속의 황무지로 끝없는 '케 이블 가이'들을 내몬다. 그곳은 「자모의 검」에 드러나는 '허허벌판'만큼이 나 무수한 이미지의 캐릭터가 태어나고 죽어가는 광대한 디지털의 영역 이다. 무전이 복잡하게 뒤엉키기 시작한다. 비록 그것들이 우리에게 완전 한 구원의 손길을 펼쳐주지는 못할지라도 파괴당한 코드와 생성되는 코드가 귓전을 쪼아댄다. 오늘도 "자객들의 말 발굽소리 요란"(「자모의 검」)한 벌판에서, 시인의 칼은 지금 무엇을 겨누고 있는 걸까? 여정의 시는 만화와 게임과 판타지의 이미지를 여러 층위로 버무려서, 다양한 글쓰기의 전략을 종횡무진 구사한다. 과장된 표현과 현란한 언어적 제스처는, '영혼을 베'어내는 보검이 되기에는 다소 경박하고 설익은 감을 던져주지만, '자객들이 탄 검은 말'을 몰고, 존재의 심장을 겨누고자 하는 한 시인의 목소리는 개성적이고 독창적인 울림을 갖는다.

검은 자객의 언어

마피아의 눈

— 주종환 시집 『어느 도시 거주자의 몰락』 읽기

1. 시와 코미디

보들레르는 일찍이 『근대 생활의 화가(The Painter of Modern Life)』(1863)에서, 세기말의 속물적인 시민주의에 저항하는 댄디즘(dandyism)을 강조하고 있다. 댄디즘은 온갖 세속적 '계산'에서 벗어난, 일종의 '자기숭배'적 사상이며 삶의 스타일이다. 속물적인 시민사회에 봉사하는 것을 혐오하는 무정부적 관능주의자, 혹은 공공성, 시민성, 민주주의를 조롱하는 귀족주의자는 보들레르가 우아하게 조각해낸 권태로운 자유주의자의 초상을 단적으로 보여준다. 그의 권태로운 인물들이 보여주는 예술가의 초상은, 현대문명 속에 소멸되어가는 예술의 진정성, 혹은 잉여인간으로서의 예술가의 위치에 대한 예리한 예감을 그 근저에 깔고 있다. 자본주의 발달의 필연적 결과에 따른 예술의 절망적인 미래, 혹은 노동시장에 내몰린 인간들의 필연적인 속물성에 대한 예리한 까발김은 통렬하기 그지없다. 그러나 주의해서 볼 것은 이러한 일그러진 권태가 당대의 풍속에 얼마나 깊은 통찰의 계기를 제공해주었는가 하는 점이다.

주종환 시 속에 가장 뚜렷하고 특징적으로 드러나는 것은 권태로운 화자이다. 이 나른한 냉소주의자는 속물적인 인간들에 코웃음치며, 감히 점잖은 시민들을 '개새끼들'이라고 부르기도 한다(여기서 '개'라고 불렸던 시니시즘의 시조 디오게네스가 떠오르지 않는가?). 권태는, 세계의 행동성에 대한 모독이며 부정이다. 주종환 시의 화자는 보들레르나 사드의 작품에 등장하는 인물처럼 노동기피증을 가진 권태로운 인물이다. 하지만 보들레르의 권태가 일종의 귀족적인 권태라면, 주종환의 권태는 귀족이기를 스스로 포기한, 몰락한 아웃사이더의 권태다. 그러므로 당연히 우리는 주종환 시의 화자에게서 우아하고 나르시스틱한 무언가를 기대할 수 없다. 오히려 우리는 그의 시 속에서 '서민이라는 자폐성으로 똘똘 뭉친'(서민층) 희화적이고, 유머스런 화자를 본다.

권태는 끝없는 말들을 만들어낸다. 끝없이 겹쳐지고 중복되며 흐르는 말들, 주종환의 시는 일단 너무나 길다. 반복되고 반복되고 또 반복된다! 이 끊임없는 다변성의 구조는, 권태로운 시간을 때우는, 코미디의 가장 일반적인 내러티브다. 또한 그것은 너무나 많은 장식과 꾸밈음을 가진 세기말적 미학의 변주라고도 할 수 있다. 의미가 탕진된 수사는 주름지기 시작한다. 너무 많은 말들을 생산하는 과잉의 미학은, 짜부라진 내용과 형식을 가지고 있다. 그것은 바로 이 세계의 형식의 알레고리이기도 하다. 주종환 시의 조롱기 어린 어조는 독자로 하여금 하나의 '코미디'를 생각하게 한다. 여기서 코미디란 가장 넓은 개념에서 그냥 '웃긴 것'을 의미한다. 왜일까? 그것은 주종환의 시가 다루고 있는 대상, 다시 말해 도시로 알레고리되어 있는 세계가 웃기기 '때문이다'. 웃음은 대상 자체에서 발생하기도 하지만, 대상과 주체 사이의 거리에서 만들어지기도 한다. 코미디의 가장 기본적인 전략은 아이러니다. 아이러니는, 우스꽝스런 세계에 소속되어 있는 자가 가장하는 거리, 즉 국외성을 통해 만들어지기도 한다. 이 아이로니컬한 거리는 코미디를 특징짓는 핵심 열쇠이다. 다시 말해, 응시된 세계와 주체 사이에 존재하는 이 긴장 관계는, 세계의 내면과 외면에 동시에 소속된 '아웃사이더'의 위치를 전제한다. 세계의 안팎에서 이중의 세계의 속해 있는 자의 시선은 언제나 비평적인 것이다. 그것은 세계의 안팎에서 복제되고 재현되는 끝없는 이야기가 아니라, 타자의 공간에서, 본질적으로 다른 장소로부터 시작해서 어떻게 볼까, 의미만이 아니라 의미가 조직되는 방식, 즉, 관계를 보는 것이다. 다시 말해 진실이 무엇인가가 아니라 진실이 어떻게 만들어졌는가를 보는 것이다.

그리스 고전 비극이 '이상적인 세계와 인간성'을 드러내는 숭고와 비장의 문학 양식이었다면, 희극은 이러한 이상화된 경향에 대비되는 세속적인 풍자의 양식이다. 고대 아테네의 축제 극장이 얼마나 효과적인 정치적 선전의 역할을 담당했는가를 상기한다면, 이러한 엄숙함을 냉소와 아이러니로 바꾸는 희극 또한 일종의 정치희곡이라 할 수 있는 것이다. 영웅과 귀족과 시민성의 추악함을 까발기는 것은 희극의 단골 메뉴였다. 그것은 근대의 상업주의적인 부르주아 희극을 거쳐 현대의 코미디라는 양식의 뿌리가 된다. 코미디엔 언제나 어리석고 왜소하면서도 빤질거리는 속물적인 화자가 등장한다. 그들은 민주와 자유 같은 근대의 고매한 복음 뒤에 존재하는 시민적 속물성을 여지없이 까발긴다.

하지만 지나친 자의식은 코미디를 불가능하게 한다. 그래서 시인은 '일류 시인이 되는 길을 한참 미루고/슈퍼모델들의 정치적 각선미에 수작을 부리는/삼류 시인의 길을 택'하기로 작정한다. 철학적인 명상이 웃음거리가 되는 시대에, 세계의 모순과 위선들을 코미디로 번역해내는 이 현대의 시니시스트는, 이 도시의 천박한 풍속을 해부해간다. 세계의 부조리에 끼어 운신의 여지가 없는 시인, 겨우 입은 놀리고 있지만 밥줄이 끊어진 시인, 일급 시민들의 거침없는 파워를 눈으로 확인하는 자에게는, '복수심'이 작용한다. 그 복수심은 파렴치한 세계의 가치들의 속물성과 무관하지 않다. 컴컴한 도시의 귀퉁이에서, 말이라는 복식 라이플총을 들고 저격하는 자. 적을 쏘아보는 마피아의 눈처럼, 권력과 부의 신화를 희화하는 자. 일급 시민들의 위선을 경멸하는 자는 복수심에 불탄다. 하지만, 마피아의 임무처럼, 그 음모는 들키지 말아야 한다. 시민이면서, 시민이 결코 될 수 없는 자, 어둠 속의 백일몽과 백주의 몽유병자. 언제나 시인은 엉거주춤한 체위를 가진다. 주종환에게 있어 시란 "아무런 체위도 갖지 못한 어정쩡한 욕정 같은, 더럽혀진 허공을 향해/나의 입을 쩍 벌어지게 하는"(「무언가 2」) '무언가'이다. 그 무언가를 탐지해보자. 마피아의 눈으로.

2. 도시의 생리학

주종환은 스스로를 '視人'이라 주장한다. '視人'은 이 도시라는 하나의 공간을 관통하여, 이 도시를 만들어낸 문명의 밑그림을 관음증 환자처럼 훔쳐본다. 시선은 죄의식이라는 심리를 필요로 한다. 세계를 바라보고, 세계를 말하는 것에 대한 금기는 바로 하나의 누드를 엿보는 심리와 동일하다. '세계는 어차피 밖에서 안을 훔쳐보는 자의 누설된/밀실에 지나지 않는다는 것쯤 벌써 눈치챈 아이'(더러운 실내)는, 밀실에서 쓰여진 한 편의 도색적인 소설 같은 세계를 그려낸다. 그의 시에는 유난히 많은 외설적인 광경이 등장한다. 그것은 일종의 욕망의 게임과도 같은 세계의 밑그림을 그려내기 위한 전략이기도 하다. 말은 그 욕망의 파동처럼 끊임없이 난삽하게 넘쳐흐른다. 끊임없는 재잘거림, 그 다변성은 코미디의 일반적인 내러

티브 형식이다. 그리고 권태는 경험을 넘어서는 의식의 과잉이며 시간의 과잉이다. 세계란 "열쇠구멍을 통해 본 부모의 눈꼴 사나운/정사 장면"(『더러운 실내』)과도 같은 것임을 이미 눈치채버린 아이에게, 세계가 어떻게 지겹지 않을 수가 있을까? 이미 모든 것을 알아버린 나른한 '견자'에게 '덜미를 잡혀버린' 이 욕망들, 욕망과 욕망이 중첩되며 만들어진 거대한 욕망들은 바로, 도시라는 공간의 생태학적 발생의 근원을 우회적으로 암시한다. 권태로운 자는 하릴없이 도시를 내다보고, 남의 일을 훔쳐보고 스캔들을 만들어낸다. 주종환의 시에서 권태로운 일상과 관능적인 육체는 동일한 구심점을 구축한다. 보들레르의 『악의 꽃(Flower of Evil)』(1857)이 인공적인 도시를 배경으로 하고 있듯이, 이 시집의 공간 또한 탈현대적인 기표들로 현란하게 뒤덮인 세기말적 공간으로 드러난다. '모험'이 사라져버린 일상의 권태로움, 넘치는 의식 과잉은 과민하고 소심한 일상의 탐색자로서의 목소리를 가능케 한다. 화자 '나'의 심리 공간 속에서 적나라하게 발가벗겨지며 끌려들어오는 외부의 텍스트들, 변칙적으로 묘사되는 사물들은 인공적이고 사도마조히스틱한 이미지로 눈길을 끈다. 주종환의 시는 독자들에게 띄운 도시의 여행 책자다. 일종의 성적 판타지와 같은 강려한 인상을 만들어내는 것은 여행 책자의 가장 중요한 역할이며 코드라 할 수 있다. 시 속으로 들어서면 독자는 온갖 네온들이 휘번득이는 "붉은 요정들의 숲"(『아현동 블루스』), "세상의 모든 중생들을/열광적인 TV신도로 만드는"(『어느 도시 거주자의 몰락』) 자본주의적 도시로 유혹된다. 시선은 끝없이 도시의 정경 속에 환류하며 붙잡혀 있다. 세계의 대리 구조로서 재현된 그곳에는 "생산과 탕진이 악순환"(『어느 도시 거주자의 몰락』)하며 만들어낸 신기루들이 있다. "달이 뜨는 대신 대형 멀티비전이 밤하늘에 뜨고/먼 산 석양 노을 대신에 아파트 단지 불빛들이 시야에 차"(『세종로에서 아현동까지」)오르는 혼음 난교의 도시. 주종환의 시는 이 도시의 음습한 욕망의 배관들을 꼬불꼬불 탐색하며 그 깊숙한 곳에서 숙성되어 부글거리고 있는 도시의 풍문을 들려준다.

> 어김없이 생선 굽는 냄새가 진동했고, 정체를 알 수 없는
> 젊은 과부댁의 자지러지는 웃음 소리가 들려왔으며,
> 그 동네 남정네들은 집과 처자식을 팽개치고
> 그 공터 주위를 하릴없이 배회하는 일이 잦았다.
> 매일 밤, 포장마차 안에서 얼씬거리는 몇몇 그림자들이
> 그 동네의 밤을 아주 싼 값에 사 버리는 것이었다.
> 그 포장마차는 하루가 다르게 매상고가 치솟았고
> 포장마차 주인은 값비싼 가요방 기계까지 사들여 놓고는
> 그 동네 딸아이들을 모집해서 술시중을 들게 했다.
> 변성기에 접어든 남자 아이들이 그 집에서 흘러나오는
> 유행가를 따라 불렀고, 잘 따라 부르기 위해 술을 배웠다
> 그 때부터 그 마을에는, 낮보다 더 환한 이상 기후가 휩쓸었고
> 잠들지 못하는 욕망들이 사라진 개떼를 뒤쫓고 있었다.
> 어느덧 세월이 흐른 뒤에, 그 포장마차 주인은
> 그 공터 위에 고급 레스토랑과 카지노 따위를 차렸고
> 그 동네 상권을 장악한 유지가 되었다.
> 동네 사람들의 입에서 입으로,
> 국회의원 선거에 당선되었다는 재미난 소문까지 떠돌았다
>
> ―「공터」 부분

시인은 이 간결한 삽화를 통해 욕망의 먹이사슬이 또아리져 있는 천민 자본주의의 원초적인 욕망의 구조를 해부해간다. '매상고가 치솟는' '포장마차 주인'은 급기야, '고급 레스토랑과 카지노 따위를 차렸고', '국회의원

선거에 당선'됨으로써 성공과 부라는 자본주의적 신화 속의 영웅이 된다. 하지만 그 신화의 '밑그림'에는, '술시중'을 들고 있는 '동네 딸아이'들이라는 착취-피착취 구조가 가로놓여 있고, '집과 처자식을 팽개'친 '동네 남정네'들의 탈윤리성이 있으며, '변성기에 접어든 남자 아이들'이 '유행가를 따라' 부르는 맹목적 추종의 논리가 가로놓여 있다. 탐욕스런 유산자와 난봉꾼들, 그리고 그것에 공생하는 도시의 시민들은 이 도시의 거주민을 축약해 보여준다. 눈앞의 먹이와 자신의 목을 옭아매는 먹이사슬이라는 개줄 사이에서 어떻게 이들이 벗어날 수 있을까? 하는 것이 이 시가 제기하고 있는 질문들이다. 아직도 도시에는 '잠들지 못하는 욕망들이 사라진 개떼를 뒤쫓고 있'다. 흘레짓을 하지 못해 떠나버린 개떼들은 "더이상 생식의 피안을 설계할 수 없는,/영원한 표류자들의"(「도시의 神話」) 희화된 알레고리인 것이다. 개 같은 삶의 쳇바퀴를 도는 소시민의 삶에 대한 이러한 냉소적인 야유는 화자가 갖는 방관적인 거리에도 불구하고, 자신의 결코 벗어나 있는 것이 아니다. 그런 점에서 그는 당대 풍속의 관찰자가 그려내는 정치/사회/문화의 이면적 그림이다. 여기에서 독자는, 부르주아적 속물주의를 거침없이 야유했던 랭보나 보들레르의 흔적을 찾아볼 수도 있다.

세계는 "싸구려 여인숙과 식당을 적당히 갖다붙여 놓은 듯한 이 집의 구조"(「더러운 실내」)와도 같다. 시인은 "왜 세종로에서 아현동으로 가면 갈수록 거리는 더러워지고/보행의 난관들이 펼쳐지는 것인지"(「세종로에서 아현동까지」) 의문을 갖는다. 이렇게 과포화된 욕망은 필연적으로 도착적일 수밖에 없다. 이 도착적인 세계에서 시민들은 '성냥갑 속의 성냥알'들처럼 '제 화력도 모르고 뉘집 이쑤시개로 팔려'가며 '으랏차차' 힘주며 살아간다. 영화 속의 용감한 '시민 K'(「시민 K」)를 패러디한 것이라 볼 수 있는 이 소시민들은, 생존이라는 허울하에 날마다 야비한 동물적인 삶을 합리화하며, 자신의 옹색한 위치를 결코 벗어나지 않는다. "오늘날 이 타락한 원탁의 기사들은 오직 자신만을 위해 이 도시와 싸우고, 이 도시를 저마다의 투쟁 깃발 속에 도구화한다"(「도시의 神話」). 신성한 카멜롯의 신화를 추구하는 영웅이 사라져버린 도시에는 야수적/생물학적/욕망의 법칙만이 도시의 시민들을 지배하는 자연법이다. 그러므로 "지금 사람들의 핏발 선 욕망, 막다른 골목으로 내몰린 적의는/가히 유사 以前이다"(「반도 일보」). '백화점 왕국'을 비롯한 자본주의적 일상의 전 영역에서 탐사되는 욕망은 끝없는 범죄를 만들어내지만 "자본주의는 모든 죄악을 공범으로 만든다"(「백화점 왕국」). 도시라는 공간을 점유하고 있는 이 욕망의 전투의 본질을 우리는 지존파 사건을 통해 그 해명의 단초를 얻을 수 있다.

> 지존파들을 손가락 하나 까딱하는 것으로 처치해버린 진짜 지존은 누구인가. 이 세상이 바로 그 보이지 않는 지존을 모시고 있는 거대한, 합법저인 갱 단체가 아닌가. 우리는 바로, 그들에 의해 지문과 물증과 법의 기호로서 처리되고, 작용하는 추상명사들이 아닌가. …(중략)… 마유미를 정치적으로 개종시켰던 것과는 달리, 그들을 윤리적으로 개종시키기를 거부한 절대 권력의 손빠른 계산이 숨어 있었다니! …(중략)… 우리는 정부라는 단체를 고용해 지존파를 청부살인한 것이다. …(중략)… 어디 하나 그 인육(人肉)의 연기가 배어있지 않은 곳이 없다. 우리는 과연, 우리들의 일그러진 지존과 함께 무사안녕해도 되는가. TV를 끄고 돌아 앉으면 돌아 앉은 세상도 함께 꺼지는가.
>
> ―「지존무상(완결편)」 부분

지존파의 사건을 바라보며 시인은 타자의 검시학에 몰두한다. 위의 시를 통해 보면 범죄는 범죄라는 것보다 더 깊은 주제이다. 범죄라는 것이 단순히 일탈자의 욕망의 결과만이 아니라, 구조적으로 조직되어 있는 사회적 권력의 문제이기 때문이다. 엄격히 말하자면 지존파의 처참한 살육극이 면죄부를 발급받은 마유미의 테러와 다를 것이 무언가? 하지만 두 범죄의 처벌에는 언제나 '권력의 손빠른 계산'이 작용한다. 이러한 채산 없이 권력은 존재할 수도, 존속할 수도 없기 때문이다. 여기서 시인은, 이 세계라는 것이 선전하고 있는 평등, 자유, 정의의 아이러니를 폭로하고 있다. 진실로 문제가 되는 것은, 타자를 죽어야 할 자로 진단하고 있는 욕망, 타인의 도전을 징벌하겠다는 욕망과 권력의 비밀스런 조약일 것이다. 이 시에 의해 제기되는 의문은 이것이다. 당연히 누군가는 이기고 누군가는 져야 한다. 그러나 과연 누가 지게 되는가? 왜 하필이면 그가 져야 하는가, 이다. 사소한 것 같지만, 그것은 참으로 중요하고 놀라운 문제이다. 그러나 너무나 아름다운 여행 책자 속의 광경처럼, 진실이 은폐된 총천연색의 낙원에서, 모든 문제는 은폐되어 있다. 문제는 언제나 징후로 나타난다. 도시에 흥건히 넘쳐흐르는 알코올과 정액과 고성방가들, 그것은 이 도시의 일부이며 전부인 것이다. 그럼에도 불구하고 세계는 완벽하다. 하지만 반복적인 거짓말 속에 진실이 드러난다. 거짓말을 추적하면 욕망이 드러나고 욕망의 왜곡된 차원이 노출된다. 주종환의 시는 더 나아가 '정부라는 단체를 고용해 지존파를 청부살인한' 테러 집단이 바로 우리가 아닌가, 라는 통렬한 물음을 던지고 있다. 왜냐하면 경악하리만치 잔학한 지존파의 범죄는 결코, 자본주의 그 자체의 잔학성과 다른 문제가 아니기 때문이다. 적자생존의 다위니즘적 생물학의 체제를 그대로 반영하는 자본주의 사회에서 언제나 논리와 힘은 엉켜 있는 것이다. 힘의 법칙이 윤리의 궁극적인 전제라면, 과연 누가 정의로운 치안판사가 될 수 있다는 말인가? 우리를 지배하는 것은 마키아벨리의 충실한 후예자의 기만과 악덕인 것이다. 아, 이 코믹한 X등급의 세계라니!

4. 마술과 수사학, 그 신파의 세계

도시에는 날마다 거대한 TV가 날마다 사악한 낙원을 비춰내고 있다. 현실은 사실에서 서서히 멀어지며, 수사로 박제된 마술로 남는다. 그것은 끊임없이 허위의 욕망을 양산함으로써 시민들을 자본주의적 체제 속으로 귀속시키는 환원적인 사슬을 이루고 있다. 경쟁적이고 과시적인 소비는 이제 한 개인의 필요나 욕구를 넘어서 집단적이고 조직적인 욕망 관리 체제의 한 관절로 기능하고 있는 것이다. 도시에 넘치는 이미지들, 기호들은 자본주의의 마술 같은 상품이라는 보석을 만들어낸다. 거기서 시인은 스스로 보석들의 '감정사'가 되기로 작정한다.

> 다이아몬드에도 품질이 수십 등급이고
> 韓牛 고기에도 부위 별로,
> 매춘에도 나이 별로 가격이 천차만별이니
> 양질과 저질의 경계가 포장을 사이에 두고
> 신용과 불신의 눈빛이 옷차림을 사이에 두고
> 모든 가치 기준이 희소성을 중심으로 돌아가니
> 가장 흔해빠진 인간이 가장 값싸게,
> 덤핑으로 거래되는 것이 시장 경제 원리
> 자본주의가 상품화할 수 없는 인간의 영혼은
> 교활한 巫俗人들이 상품화하고
> 더 이상 아무도 눈 뜨고 보려 하지 않는
> 이 편리한 소경의 나라에서,
> 원조와 원산지와 원액과 원본을 알아볼 수 없는
> 눈속임의 마술 세계가 온 세상을 가짜로 만들고 있다
>
> 상품의 원조는, 아담과 이브가

자신들의 알몸을 가렸던 그 원죄의 잎사귀

—「보석 감정사」부분

　　사람들은 왜 물건을 사들이는가. 인류사에 있어 욕망의 발생과 기원을 같이해온 소비행위는 바로 욕망을 가리는 '나뭇잎 하나'에서 비롯된 것이 아닌가? 그러나 그 욕망을 '포장'하는 기술은 '시장경제 원리'에 의해 수많은 등급과 가치들을 만들어낸다. 하지만 보석 감정사의 눈은 '격조 높은' 그 모든 것을 부르주아적 속물주의로 번역해낸다. 언제나 과시적인 소비는 하나의 '치장'을 필요로 한다. 그 치장은 이미지와 기호들을 소비하며 신분 상승을 이루어내는 일종의 자본주의적 신화와 긴밀한 관계에 있다. 시민에게 잘도 먹혀드는 브랜드들, 깡통, 청바지, 모든 것에 붙여진 딱지들은 인간의 조각난 정체성의 파편과도 같다. 급기야 인간의 영혼마저 돈벌이가 가능한 상품 시장으로 편입시키고, 상품 시장에 예속시켜버리는 이 무서운 세계에는, "자본주의가 상품화할 수 없는 인간의 영혼은/교활한 巫俗人들이 상품화하고", "원조와 원산지와 원액과 원본을 알아볼 수 없는/눈속임의 마술 세계가 온 세상을 가짜로 만들고 있다". 하지만 이 '시장경제 원리' 속에 모든 것은 실체가 아니라, 기호화된 '차이'에 의해 가격이 정해진다. 그 이미지의 신기루 속에, 시인은 "값비싼 향수를 풍기며 지나치는 여인들의 육감적인 체위에 매번 홀리"(「세종로에서 아현동까지」)면서, "술집 여자들 밤늦게 하이힐을 끌며 귀가하는 소리"(「도시의 요람」)을 듣거나, "매일 밤 귀가길이면 소매를 잡아끄는 분칠한 10대들"(「아현동 블루스」)을 본다. "시대의 낙오자들, 알콜중독자들이 건설해 놓은/도심 속의 아방궁"(「아현동 블루스」)은, 믿기지 않을 정도로 자족적인 섹스의 낙원이라는 하나의 이미지를 구축한다. 인공적인 낙원에는 불결한 창부들로 가득하다. 여기서 우리는 보들레르의 시에 등장하는 '쓸모없는 별'들을 떠올릴 수 있을 것이다. 그들은 기계적인 문명의 '차가운 보석 같은 눈'을 가진 도시의 병든 여왕이다. 여왕이 되기를 꿈꾸면서 도시로 흘러들어온 불결한 여인들, 스타를 꿈꾸면서 요정의 여급이 된 여자들은 이 도시의 풍속도를 선명하게 압축한다. 그들은 "어머니의 환한 젖가슴으로부터 방사된/따뜻하고도 둥근 불안의 나라"(「幼年, 상처의 시작」)의 환락을 선사한다. 그러나 그 환락은 소외되고 오염되고 더럽혀진 것이다. 도시의 밤거리를 배회하며 시인은 "순애야, 금순아, 홍도야, 영자야, 다들 어디 있느냐"(「아현동 블루스」)고 부르짖는다. 감춰진 성욕처럼 색깔에서, 모든 간판, 기호에 이르기까지 모은 욕망을 마술적으로 기호화하는 세계, 동물적으로 번식하는 물신적 기표들, 이렇게 "죄악의 만찬을 베풀고 용서라는 소화제를 내미는/두 얼굴의 부성(父性)"(「전날에 과음을 하고 난 다음 날이면」)은, 지배의 기반을 만들어내는 자본, 날이 갈수록 강대해지는 권력의 중심들, 쾌락과 폭력이 겹쳐져 있는 문화, 그것이 발급하는 일급 시민증, 그 모든 것은 오직 눈속임, 마술의 수사학인 것이다.

　하지만 언제나 도시라는 육체는 이 마술의 수사적 치장을 필요로 한다. 강하게 장식된 육체는 역할과 사회적 긴장으로부터 이완된다. 육체를 넘어서는 표면은, 혹은 성적인 것을 넘어서는 장식은 일그러진다. 그것은 논리적으로 도착이다. 문화적 도착 속에, 날마다 욕망의 전투를 수행하는 자들, '나날의 불순한 낙태를 눈감아주는 태양의 비호 아래' '허구한 날 화냥기 도지는 청춘'(「주제 없는 한 슬픔」)들은, 시인과 독자가 동시에 깊이 연루되어 있는 문화 안에서, 기호화된 패션의 한 양상이며 동시에 온갖 기호로 디자인되어 있는 문화의 텍스트인 것이다. 이 그러나 그 치장물은 욕망을 가리는 것이 아니라, 욕망을 '공격'한다. 본질적으로 사도마조히스틱한 것이다. 이러한 문화적 도착성은 주체의 섹스 안에서 다시 읽혀질 수 있다. 화자는 사랑이란 말을 떠올리면 욕정을 잃는다(「사랑1」을 보라). 또 반대로 욕망의 어느 관계에서도 아름다운 사랑은 하나도 없다. 모든 관계를 가로지르는 사도마조히즘적인 요소들은 욕정의 주물화, 즉 패티시즘의 미학을 전시한다. 여자의 분홍빛 팬티에서 외설스런 소설까지도 상상하는 화자를 보자.

> 벌건 대낮,
> 이웃집 옥상 빨랫줄에 널려 있는
> 분홍색 팬티 한 장.
>
> 그 부재의 알몸을 시위라도 하듯
> 바람에 나불나불……
> 어느 열이 많은 속살의 연장인 듯.
>
> 그 분홍빛 현기증에,
> 공기가 들어가는 고무 튜브처럼
> 슬그머니 팽창하는 아랫도리,
>
> 겨우 그 팬티 한 장을 보고
> 한 묘령의 여인의 추문을 캐내려 애쓰며
> 삼류 소설 한 편 써낼 수 있는 상상을 펼치는 이.
>
> 그것도 모자라,
> 그 팬티가 불결해지기까지의 전 과정을
> 조목조목 상상하는 이.

이웃 집, 시 쓴다는 총각.

인격 훼손을 감수하고서라도
이 외설의 문학적 전통을 아직까지 고수하는 이.
그 총각 왈

시는 인격도 품격도 아닙니다
시는 항상 시를 부인하는 모든 대상을 향해
결례를 범하는 것입니다

—「어떤 권태」 부분

화자는 백주의 방 안에 드러누워 “이웃집 옥상 빨랫줄에 널려 있는/분홍색 팬티 한 장”을 보며 킬링타임을 한다. “한 묘령의 여인의 추문을 캐내려 애쓰며/삼류 소설 한 편 써낼 수 있는 상상을 펼치”고 있다. “그 팬티가 불결해지기까지의 전 과정을/조목조목 상상”하는 것이다. 보들레르가 ‘권태로운 엉덩이’를 아방가르드적인 자태로 만들었다면, 주종환은 보들레르의 여왕의 후예라고도 할 수 있는 ‘공주’의 ‘팬티 한장’을 이 시대의 에로스의 형식으로 희화한다. 팬티는, 육체의 자연성으로부터 분리된, 첨예한 현대의 주물적인 이미지며 기호이다. 재미있는 것은, 이제 예술적 영감의 원천이 바로 이 도시의 외설스런 스캔들 같은 것이라는 점이다. 문학은 이제 고아하고 아름다운 무언가를 표현하는 것이 아니라, 그 위선적인 수사의 실체를 해부하고 까발기는 것일까? 근대를 포고했던 데카메론처럼, ‘이 외설의 문학적 전통을 아직까지 고수하는’ 시인은 무례하게 말한다. “시는 인격도 품격도 아닙니다/시는 항상 시를 부인하는 모든 대상을 향해/결례를 범하는 것입니다”라고.

예술이라는 것이 단순히 감각적 오락물로 경멸되고 지식이나 교양 따위의 고급한 정신적 가치와는 아무런 관계도 없는 속물적인 시대에, 이 거대한 욕망의 말부림들 속에서, 문학마저도 이미 한통속이 되어 있는 것이다. 얼마나 환멸스런 세계인가? 그것이 진실일까 우리는 두려워한다. 그것은 정직함의 아이러니다. 진실의 아이러니이며 코미디이다. 실패한 말하기는 오히려 진실을 까발긴다. "거실 내벽에/압침으로 붙여 놓은 성도(星圖)"(「더러운 실내」)처럼 이제 꿈의 지도는 박제된 언어들로 얼룩져 있다. "뭐 그런 저런 신파적인 애환들에 매일 밤 잠을 설치는/이 땅의 순하디순한 토착민들"(「서민층」)은 날마다 희극인지 비극인지 모를 눈물을 글썽거리면서, 도착적인 세계를 살아가는 것이다. 바로 이러한 비정상성은 이 땅을 온통 욕망의 쓰레기 매립지로 만들고 있는 정치, 술수가들, 민주주의에의 반감과 직결되며(가령, 「서민층」 「그 人間」 「유치원 민주주의」), 90년대 후반의 소비만능주의적 시공간적 배경(가령, 「백화점 왕국」 「반도일보」), '의식 없는' 세대가 지배했던 이 땅에 대한 분노(「의자」), 자잘한 심리적 억압 요소들과 결부되어 확장되어간다.

일찍이 『플루타르크 영웅전』은, 아몬 신의 신탁을 받은 알렉산더가 정복한 땅마다 도시를 만들었다고 기록한다. 도시의 출현은 문화의 모든 영역에 혁명적인 영향을 미쳤다. 신전의 벽과 폼페이의 기둥들, 그리고 도시밑에 매몰된 도시. 일찍이 도시는 왕과 귀족과 영웅과, 신성한 시민들의 무대임과 동시에 인간의 벌거벗은 추악성의 집결지였다. 특히 자본주의라는 고매한 근대의 신화가 건축한 도시라는 공간은, 자유경쟁이라는 가면을 쓴 난투극들, 지성과 계몽의 허울을 쓴 인간의 동물적인 무지함, 정의라는 수사학을 덮어쓴 국가적 이념의 독재, 권력과 부의 수사학을 재빨리습득해, '행세'해보려는 속물적인 시민성으로 가득 차 있다. 현대의 극장은 인간의 영웅적 인식이 상연되는 곳이 아니라 일종의 쇼장이다. 코미디에는 언제나 독자의 무의식을 건드리는 덫이 있다. 이것은 단지 주종환의 시가 웃긴다는 것이 아니라, 이 세계의 알레고리적 공간인 도시가 웃긴다는 것이다. 이 숭고한 도시가! 오늘날의 도시에는 진정한 왕도 귀족도 영웅도 없다. 오직 추악한 속물들로 득시글거린다. 주종환의 시는 이른바 이러한 자본주의 시대에 대한 신랄하고 공격적인 비판서이며, 어떤 점에서 도시라는 공간으로 알레고리화된 세계의 문명사적 고찰이라고 할 수 있다.

이러한 추악한 도시의 생리학에 대한 비판으로서 중요한 의의를 가지는 것이 바로 '몰락'이다. 그 의미는 이중적이다. 그 첫째는, 이미 세계의 보편적인 형식으로 확장되어 있는 자본주의적 신화의 자발적 거부라는 측면에서, 그리고 둘째는, 그러한 자본주의적 생산구조 속에 내적으로 연관되어 있는 시라는 비생산적 행위의 문제를 내포하고 있다는 측면에서다. 아니, 이 몰락의 의미는 더욱더 근원적인 의미를 내포하고 있는지도 모른다. 시라는 것이 표상하는 진정한 자기반성이 사라져버린 세계는, 바로 문화의 몰락과 함수관계에 있기 때문이다. 다시 말해, 계몽적이고 근대적인 문화의 추악함을 반성하지 않는 이성, 이성의 허울을 쓴 욕망의 화력 앞에 널브러져가는 세계 자체의 죽음! 그럼에도 불구하고 세계는 건재하다.

그래서 도시 거주자는 추악한 도시의 시민이 되느니 차라리 철저히 몰락하는 아웃사이더가 되기로 작정한다. 그들의 위선과 시치미를 조롱하며 즐기는 권태로운 견자가 되기를 선택한다. 마피아는 자신의 임무가 얼마나 위험한 것인가를 안다. 그것은 체제와 법과 논리를 넘어선 과격한 테러를 예비한다. 그의 행동 법칙은 법이나 도덕률이 아니라, 바로 원초적인 '복수심'이다. 시인의 복수심은 적대적인 정부에 사격을 가하고, 허망한 성소를 점령하고, 이 세계를 장악한 위선을 저격한다. 그것은 바로, 미화된 추악함들, 응징된 진실들에 대한 이중의 구형이다. 마피아는 재빨리 숨겨둔 총구를 꺼내든다. 그러나 총알은 절대로 조준점을 맞추지 못한다. 난사한 총탄의 흔적처럼 보이기도 하는 이 어지러운 말부림들, 자유로운 상상력을 구속받는 사회에서, 말이란 이미 망가진 라이플총이 아닐까? 위기에서 웃어버릴 수 있는 것은 바로 블랙 유머다. 하지만 그 웃음은 울음일 수 있다. 긴즈버그가 갈파했듯 문학은 어차피 울부짖음 아닌가.

세계와의 피가름

— 박상순의 초기시 읽기

1. 보디빌딩의 세계

박상순의 시는, 검은 어둠 속에 퍼져가는 언어의 빛깔을 가르쳐준다. 마치 검은 마분지 위에 짜낸 색색의 물감이 신비롭게 번져가는 데칼코마니처럼. 그의 시의 독특한 빛깔을 설명하기 위해서는 섬세하고 예리한 시인의 인상에 대한 약간의 스케치가 필요할 듯하다. 아주 오래전의 12월. 어두운 카페의 한구석에 그가 앉아 있었다. 나보다 더 마른, 꼬챙이 같은 손가락이, 맥주잔을 감아쥐고 있었다. 언제나, 가느다란 뼈는 하나의 핀처럼 아프게 느껴진다. 박상순은 몹시도, 조용하고 얌전했다. 너무나 약하고, 왜소해 보였다. 그의 시에서 만나본 듯했던 이미지에 초췌한 혈색이 겹쳐 보였다. 그렇다. 느낌이란 확인되지 않을 때 확신되는 것이다. 가느다란 팔다리로 그 또한, 이 세계에서 이상하게 위리되어 있는 것이리라. 이 보디빌딩의 세계, 힘센 근육과 덤벨의 세계에서, 그의 시는, 아널드 슈워제네거의 걸음 속에 바스라지는 폐허들을 보게 만든다. 내가 그의 시를 좋아했던 것은, 고통스런 존재의 연막이 없기 때문이다. 이 마름, 뒤틀림의 통증을, 한

벌의 놀이 카드처럼, 펼쳐 보일 수 있는 이미지가 있기 때문이다.

만약 내가 그의 시에 대해서 말을 할 수 있다면 이 "말라비틀어짐"으로 부터 시작될 수밖에 없다. 나는 그를 모른다. 남자라는 말이 터무니없이 들릴 만큼, 그가 말랐다는 사실밖에 모른다. 그러나 그의 시는 이상한 '왜소함'에 대한 따가운 자의식에서 출발하는 듯이 보인다. 90년대 그의 현대시 동인상 수상문을 보면, 좀 이상한 진술이 나온다. 어쩌다 박상순은, 48킬로에서 53킬로를 왔다 갔다 하는 체격을 가지게 되었을까? "평행봉에도 오를 줄 모르고 수영도 할 줄 모르"는 인간이 되었을까? 스포츠광들이 차고 넘치고 끓어오르는 세계에서, 그는 나처럼, 소외되어 있었다. 내게 있어 남자라는 고전적인 정의는 늘, "용사"로부터 시작된다. 분명히 박상순은 "용사"가 아닐 것이다. 몽상적인 남자는 패배하며, "거세"된다는 것이 한없이 잔혹한 세계의 논리가 아니던가? 민감한 남자는 자기 파괴적이다. 나는 이상을 생각한다. 보들레르와 장 주네와 탕아들을 생각한다. 그렇구나. 하지만 몽상적인 남자는 창조적이다. 그들은 이 근육의 세계에서, 무의식의 이미지를 풀어놓는다. 그러나 그것들은 어두운 기쁨이며, 위험한 것이다. 남자가 시인이 된다는 것, 어쩌면 그것은 남성의 희생을 의미하는 것이 아닐까?

남자의 역사는 "징병"의 역사이다. 부족과 사회와 국가를 위해, 남자는 싸워야만 한다. 원시시대부터 그러하지 않았던가? 남자의 첫 수훈은 힘센 짐승을 죽이는 일이었고, 괴력의 소유자는 "영웅"으로 추앙되었으니, 남자는 반드시, 싸우고 이겨야 한다. 이길 때, 조직의 영광을 물려받았으니, 근육이라는 것은, 계급의 텍스트며, 남성미의 컬트며, 인간 우월성의 신화가 아닐 수 없는 것이다. 그렇다. 우리는 이 근육의 신화 속에 살고 있다. 그리스의 육체의 제전에서 튕겨 오르는 선수처럼, 기형과 죽음에 이르는 교정을 불사하며, 근육을 부풀리고 있다. 스포츠 클럽에도, 경기장에도, 나는 이 싸늘한 근육의 신화가 숨 쉬고 있는 것을 느낄 수 있다. 심지어, "성형수술"이라는 피의 제의까지도 마다하지 않는 이유는 무엇일까? 바로, "변신"에의 욕망 때문이 아닐까? 육체가 변할 때 퍼스낼리티는 달라진다. 걸리버와 앨리스의 상황이 보여주듯이. 걸리버는 자신을 꽁꽁 묶어놓은 난쟁이들의 밧줄을 단숨에 끊어버린다. 난쟁이들을 잡아먹는 시늉을 하며, 그들의 공포를 보고 껄껄거린다. 앨리스 또한 그렇지 않았던가? 막돼먹은 여왕을 마음껏 비난하며 법정에서 깽판 친다. 또다시 몸이 작아지자 도망치기 시작한다. 가장 커다란 공포에 그녀가 마주치는 순간, 카드 병사들이 몸을 날려 그녀를 체포하려는 순간, 앨리스는 잠을 깨고, 자신의 현실로 되돌아온다. 근육의 나라는 공격적인 전사들의 축제장이다. 이 세계는 육체의 강철 뼈대가 받치고 있다.

박상순은 가느다란 팔다리를 뻗쳐 세계와 싸운다. 잘 훈련된 킬러처럼, 세계는 늘, 그를 죽인다. 손도 잘리고, 목도 잘리고, 다리마저 잘린다. 킬러들이 사방에서 오고 있다. 아버지의 모습으로, 선생의 모습으로, 친구들의 모습으로, 도망치는 그를 기어이 찾아내고야 만다. 나는 그토록 왜소한 박상순의 육체가 무엇을 의미하는지 안다. 그는 세계에 먹히는 자이다. 그러므로 박상순은, 유년의 그림자를 뒤집어쓸 수밖에 없다. 그는 늘, "가마니" 같은 것을 쓰고 있는 사람이다. "현대시동인상" 시상식 날도, 그는 아팠다. 늘, 약을 먹었고, 학교에 결석했고, 그런데도 대학을 마쳤다. 그는 아홉 살에 죽으려고 했다. 박상순, 죽고 싶어 하는 꼬마가, 여기에 누워 있다. 휘푸른 어둠에 묻혀가는 조그만 방 속에, 한없는 흑빛을 배경으로 한 아이가 누워 있다. 이 글을 쓰기 위해, 이런 가설을 세우고 싶다. 저 언어의 근육들과 싸우기 위해, 말을 찢고 잘라내고, 뒤틀어버릴 수밖에 없었던 아이가 있었다고. 그 아이의 말들이 바로 박상순이라고.

2. 이름을 지우면서

이미지의 육체는 강대하다. 욕망을 금지하고, 법을 세우고, 언어를 지배한다. 나는 박상순의 시에서, 그를 속이고, 뜯어먹고, 괴롭히고, 죽이는 인간들을 본다. 단순하게 말해서, "근육"의 원칙이 그의 시 속에 가로놓여 있는 것이다. 그의 "바지"를 김밥처럼 맛있게 뜯어먹는 식인귀들이, 그의 시에 가득하다. 늘 그의 시에 떠오르는 것은 반복되는 장면이다. 1년 전, 2년 전, 3년 전, 혹은 6년 전의 장면들이, 순간순간 핏빛의 이미지로 바뀌어 적힌다. 기억의 장면은 망각을 향해 약간 기울어져 있어, 상상으로 채워 넣어야 할 공백을 드러낸다. 그 공백으로부터 박상순의 노트가 펼쳐지는 것일까? 슬픔과 고통을 모두 끌어들이면서, 유년의 기억이 시 전체로 퍼져나간다. 그것은 그의 삶 어디에서 사라지든, 반드시 어디에선가 또다시 나타나게 될 기억들이다. 나는 본다. 아무것도 없었던 곳에서 갑자기 아이들이 생겨나고, 아이들은 또다시 어떤 얼굴로 변해간다. 그림문자, A · B · C로 분열한 "나"들이 행동하고 말하고 지껄이고 있다. 끊임없이 생겼다가 없어지는 환영들은, 서서히 박상순의 이미지로 감광되어간다. 탱크 같은 근육, 야수적 스크린들, 이 모든 광경의 반대쪽에 왜소한 아이들이 있다.

세계는 그에게 "박상순"이라는 이름을 준다. 그의 임무는 세계를 위해 "출정"하는 것이다. 번쩍번쩍 빛나는 갑옷을 입고, 격렬한 육박전, 육체의 공격수들처럼 진군하는 것이다. 학교로, 사회로, 직장으로. 그의 세계는 질식하리만치 강대한 네 겹의 벽으로 막혀 있다. 집, 학교, 도시, 그리고 인간들이 그것이다. 그에게 있어 세계는, 갇힌 곳, 도망쳐야 할 곳, 폭력의 공간이다. 그는 곧, 근육의 세계와 화해할 수 없다는 것을 알게 된다. "징병"되지 않기 위해, 박상순은 긴박하고 숨막히는 드라마를 엮어낸다. 더 이상 그를 "아이"로 내버려두지 않는 세계에서, "놀이"를 용인하지 않는 차단된 공간에서, 그는 알 수 없는 분열을 경험한다. 먹는 것, 입는 것, 자는 것, 모든 것이 불안하다. 그러다 갑자기, 현실에서, 어떤 의식이 갈라져 나온다. "셀룰로이드/테이프로/붙여놓았던//내 두개골의 뚜껑이 열리고 만다"(「목련꽃 그늘 속」). 박상순의 시는 그렇게, 자기 분열적인 이미지로 뒤덮여 있다. 학교와 직장에 가야만 하는데 그는 아프다. 기억 속의 장면에는 꼬마 박상순이 약을 삼키고 있다. 어쩌면 그는 학교로부터 도망치기 위해 아팠는지 모른다. 남자의 세계로부터 달아나기 위해, 마라나와 자네트가 되었는지 모른다. 자신의 가느다란 몸, 아픈 여자, 버림받은 아이들을 통해, 그는 공포의 기록을 수행한다. 시 속의 목소리는 다양하지만 화자는 하나, 완전히 하나이다.

박상순은 자신을 징병하려는 세계로부터 실종되기로 했다. 끝없는 도주와 은폐의 탈주선이 그의 시 속에 어지럽게 얽혀 있다. 끝없이 그는 자신의 이름과 혈통을 바꾸어버린다. 모든 형제는 "이복"이며, 부모 또한 그렇다. 박상순은 누구의 친자도 될 수 없는 것이다. 사람들은 박상순을 "저 녀석"이라 부른다. 그들은 말한다. "내 아들이 아닙니다", "나의 아들 또한 너는 아니다"(「사랑받지 못하는 너희들에게」)라고. 그렇다면 박상순은 안전한 곳으로 도망친 걸까? 어디에서 우리는, 그를 찾아야 하나? 여기에 박상순의 혈흔 같은 이미지들이 있다. 도망치면서, 핏방울을 뿌린 걸까? 아니, 피흘림이 바로 그의 놀이였으니, 이 세계는 박상순의 놀잇감으로 가득하다. 혈흔인 언어는 박상순의 "대리물"이며, 잃어버린 세계의 대리물리학이다.

박상순의 시들은, 실종자의 치흔, 흔적, 잔해들을 조그맣게 감추고 있다. 이미지를 따라가면, "빵공장으로 통하는 철도로부터" "이발소" "변전소의 엘리베이터가 가까운 곳"에까지 이른다. 박상순은 늘 다른 공간과, 다른 마을로, 마침내 폐허가 보이는 곳으로 달아나는 것이다. 도망치는 자는 "더럽게 존재한다". 반역자이므로, 배덕자이므로. 그는 "녹색머리를 한 소년"으로 변장하기도 하고, "무덤 다섯 개"(「녹색머리를 가진 소년」)가 놓여 있는 기억의 공간을 염탐하기도 한다. 박상순은 숨어서, 사람들이 자신을 발견했나 훔쳐보고, 사람들이 속아넘어가도록 "자기"의 가짜 이미지를 곳곳에 나붙여놓는다. 여행. 그렇다, 모든 여행은 탈주하는 것이다. 4시간 뒤, 1년 뒤, 2년 뒤, 3년 뒤, 혹은 6년 뒤에도 그는 여행 중이다. 세계가 문득, 멀어져가고 있다. 현실은 날마다, 보이지 않는 곳으로 스며들어간다. 싸늘한 의식이 우리의 머리로부터 빠져나가듯이. 그는 여행지에 있으므로, 세계 전체를 텅 울리며 다가오는 자신의 음성을, 더욱 확실하게 들을 수가 있다. 환상 속에서 흘러나온 소리를, 그는 엄마의 목소리라고 생각해본다. 나뭇가지의 사각임이, 무수한 환각과 울림을 만들어낸다. 그는 "일곱 번째 어머니가/나의 일곱 번째 여행지에서 꽃나무처럼 쓰러"지는 것을 본다. "나의 여덟 번째 어머니가 목을 매달게 되는/미래의 소리가 들렸다"(「4시간 동안의 침묵」)고 생각한다. 틀림없이 아홉 번째 여행지로 갈 것이다, 그는! 박상순이 도망치는 곳은 "트럼펫"이 있는 세계이다. 아무런 누구도 놀이를 방해하지 않는, 아무도 그를 "징병"할 수 없는 세계이다. "아이"라 불리는 박상순에게, 한 명의 단짝이 있었나 보다. 두 명의 아이는 부모가 죽어버린 마을에서 트럼펫을 분다. 지붕 위로 올라가, "아버지의 머리를 꽂아 하늘 높이"(「트럼펫을 불어라」) 든 채, 어쩌면 "별이 빛나는 밤"(「별이 빛나는 밤」)이었을지 모를 그날, 트럼펫을 힘차게 불어댄다. 트럼펫 놀이처럼, 언젠가 박상순은 포르노를 그렸다. 그것은 "하나의 물감덩어리"였다. 그에게 물감, 포르노, 언어는 같은 것이다. 물감 속으로, 세계의 균열이 찬란히 산란된다. 세계는 물감과 언어 속으로 퍼져 들어가, 노란빛, 파란빛, 붉은빛으로 찰랑거린다. 거기서 떠오르는 미세한 물방울들의 안개, 가느다란 여자들이 떠오르기도 한다. 죽어버린 엄마, 마라나, 자네트……, 박상순의 눈동자는 환상으로 따갑다. 우는 것일까? 그는 그녀들에게서 욕망의 신부들을 본다. 그 모든 이들은, 박상순을 아프게 하고 꿈꾸게 하는 이들이다. 그녀를 찾기 위해 포르노를 그린 걸까? 하지만 서양화과 학생이 포르노라니! 누군가로부터 박상순은 퇴학의 위협을 받는다. 아버지의 목소리다. 선생의 목소리다. 얼마나 이 사건이 상처가 되었는지, 독자는 알겠는가? 그는 "꿈꾸기"를 박탈당한 것이다. 그래서 그는, 꿈꿀 수 있는 곳, 마루 밑에 숨는다. 세발자전거의 꿈을 꾸는 아이가, 마루 밑에 있다. 혹은 "커다란 붓"으로 자신을 지우는 아이가 있다. "묘비도 오지 않고 무덤도 오지 않는 빈방을 떠"나면서, 그는 자신의 흔적을 지운다. 자신을 비추지 않는 거울, 자신을 세계로부터 파묻어버린다.

> 표지판의 기둥들이 눈 속에 점점 묻힌다. 그래도 나는 들판을 가로지른다. 그 동안 내 아내가, 커다란 붓을 들고 눈 덮인 들판의 표지판을 지운다. 눈보라도 지운다. 나의 귀가, 나의 팔이,
>
> 나의 한쪽 눈이 지워진 눈보라에 묻힌다. 반 토막의 내가 외눈을 뜨고 눈 덮인 들판을 간다. 아내가 다시 반 토막의 나를 지운다. 들판의 눈을 지운다. 아내의 발 밑에서 외눈박이 금붕어가 꿈틀거린다.
>
> ―「지워진 사람」 부분

나의 "팔"과 "손"이 지워진 세계에서, "반 토막의 내가 외눈을 뜨고 눈 덮인 들판을 간다". "지우는 아내"는 온전히 남성이 되지 못한, 그의 무의

식의 반신임에 틀림없다. 늘, 환상은 신기루와도 같이, 현실의 모서리와 윤곽들을 몽롱하게 휘어뜨리고 있다. 현실은 조금씩 들뜨더니, "눈보라"에 떠밀리기 시작한다. 그는 하나의 유령처럼 들판에서, 현실로부터 사라져버린다. 나는 느낀다. 어떠한 잔해도 남기 않고, 자신을 말살시켜버려야만 하는 커다란 공허. 그가 학교를 떠나고 싶어 하고, 현실을 경멸하며, 오직 죽고 싶어 하기 때문에, 박상순은 자신으로부터 사라져야만 하는 것이다. 하지만 온전히 사라지지 못한 "자기"가 있다. 그는 세계에 잘려진 그림자를 가지고 있다. 그는 눈도 하나이고 "여섯 개의 다리로 움직"('곤충의 가을」)인다. 친구도 "가짜"('가짜 데미안」)만을 만난다. 가짜 데미안은 "내 발목을 물어뜯"고 "내 신발을 신고" 나를 떠난다. 그 나쁜 놈을 두들겨 패주지도 못하고, 그의 "입 속에서 주황색 애기울음이 터져 나왔다"('안녕하세요, 고갱씨」). 때로 그는 "나"라고 불리는 아이에게 커다란, 외눈박이 눈망울을 달아놓는다. "내 뒤집힌 눈동자는" "나에게 돌아오지 않"('내 마지막 의자」)기 때문에, 그는 동공이 없는 눈을 자신의 눈으로 그려 넣는다. "외눈박이 금붕어"의 꿈틀거림처럼, 그는 이 세계에서 기형적인 인간으로, 거세당했다. 얼마나 무서운 세계인가 다시 현실은, 출정의 사이렌을 울린다. 파리한 떨림이 느껴진다. 폭력, 공포, 지독한 시간이 시작된다.

　　싸이렌이 울렸다. 나는 서둘러 언덕을 내려갔다. 복면을 쓴 곤충들이 은박의 나뭇가지를 썰고 있었다. 나는 낙엽을 던져 은사시나무 속에서 쏟아져 내리는 여섯 개의 다리를 물리쳤다. 떨어진 다리들이 내 발 아래 쌓이고 또 쌓였다.

　　나는 다리들을 넘어갔다. 또다른 다리들이 나를 기다리고 있었다. 은사시나무에서 여섯 가닥의 목소리가 흘러내렸다. 곤충 같은 내 머리가 숲 속에 매달려 있었다. 나는 곤충처럼 죽어 있었다.

—「곤충의 가을」 부분

목이 긴 사내가 지붕에서 내려와
장대를 든 사내가 내 앞으로 다가와

내 얼굴에 두터운 겨울옷을 씌우고
포장된 내 몸에 장대를 달아
세탁소 지붕 위에 얹어놓던 봄

가위를 든 사람이 세탁소 앞을 지날 때에도
꽃을 든 사람이 세탁소 앞을 지날 때에도

지붕 위에 놓여진
내 검은 소리를 듣지 못했다.

—「세탁소의 봄」 부분

여기서 "다리"(남자, 페니스를 곧잘 다리로 비유한다)와 "장대를 든 사내"를 전사들이라고 읽는다면, 이 시의 메시지는 명백해진다. 징용의, 출군의 사이렌이 울리고, 그는 무수한 다리들과 싸운다. 하지만 다리 뒤에 다리가, 또 다리가 있다. 그는 "낙엽을 던져 은사시나무 속에서 쏟아져 내리는 여섯 개의 다리를 물리"치려 하지만(무기가 낙엽이라니!), 결국, "곤충 같은 내 머리가 숲 속에 매달려 있"는 것을 본다. "포장된 내 몸에 장대를 달아/세탁소 지붕 위에 얹어놓던" 자들이 이 바깥세계에 오가고 있다. 승산 없는 결투, 결과가 자명한 싸움이었던 것이다. 그러므로 이제 박상순은 "산 속의 검은 나무들이/중얼대는 소리/큰 북처럼 울릴 때/나는 나의 죽음을 고하러/서울로 왔"(「구파발」)던 그 사람이 된다. 하지만 세계는 자신의 죽음을 알지 못한다. "가위를 든 사람이 세탁소 앞을 지날 때에도/꽃을 든 사람이 세탁소 앞을 지날 때에도//지붕 위에 놓여진/내 검은 소리를 듣지 못했다." 그래서 그는 자신이 죽었다는 사실을 혼자만 아는 자가 된다. 그러므로 그의 시는, 혼잣말하기다. 자신의 죽음에 대한 애도의 기록이다. "덩어리"가 없는 신발(「정육점의 귀가」)처럼, 자기가 빠져나간, 죽어버린 세계에의 절망이 그의 시 속 곳곳에 파묻혀 있다. 그는 절망을 부숴야 했다. 부수고 지우는 자기를 불러내야 했다. 박상순의 주위에서, 안에서, 밖에서 흘러나온 유령들이 있다. 쓰면 쓸수록 그의 시는 아마도, 더 많은 자아들을 갖게 될 것이다. 그들은 그를 통과하며 그를 채운다.

3. 마라나/자네트/앨리스

박상순은 환상처럼 빛나는 여자들을 본다. 그녀들은 숲 속에 깃들여 있을 수도 있고, 머나먼 공중파 속으로 사라질 수도 있다. 그들은 죽어버린 박상순을 살리는, 환상의 재활치료사다. 항아리를 빚는데, 약을 먹고 있는데 문득, 유령들이 나타난다. 향기로운 꽃냄새 같은 것이 스며나온다. 꽃에서, 나무에서, 혼자만의 방에서, 그렇다. 여자들이 그의 내면에 섞여 있는 것이다. 그녀를 통해, 박상순은 자신을 "세계가 사라지는" 곳으로 던져 넣는다. 세계가 점처럼 꺼져버린다. 거기서, 왜소했던 그의 몸이 한없이 자라난다. 항아리를 뚫고 이 세계의 끝까지 자라나는 것이다. 「천하지간 온 곳을 더운 여름으로 꽉꽉 메워놓고 있」(「나무를 뱉어내는 항아리」)는 항아리가 이 세계의 근육보다, 더욱 더 거대한 숲으로 자라난다. 앨리스처럼. 한없이 자라나는 그녀를 만나려고, 박상순은 "편지"를 쓴다. 그녀를 만나려고 "약속"을 한다. 환각의 색유리 가루로 만든 얼굴들, 너무나 아름다워 만지면 살갗이 벗겨지는 마스크들, 그녀가 나타날 때, 그는 꿈꾸는 세계를 본다. 의식의 일식의 장소에서, 한없는 아픔을 느끼면서.

> 내가 창고 안에 들어서는 순간 별들이 쏟아져 내렸습니다. 별들은 하나같이 바늘이 돋혀 있었고 나는, 그 별들에 찔리는 바늘받이가 되고 말았습니다
> …(중략)…
>
> 나는 오래 전에 당신을 잃어버렸습니다. 당신도 나를 잃어버렸습니다. 이 창고 앞에서 우리는 두 사람의 인간으로 갈라서기 시작했습니다.
> …(중략)…
> 그리하여 내가 이 안에 들어서던 그 순간, 당신은 복제되고 또 복제되어, 날카로운 바늘의 별로 내 몸에 이렇게 쏟아져 내렸을지도 모릅니다
>
> ─「바늘잎의 별」 부분

별은 자신을 "찌르는" 아픔이다. 하지만 반짝임이다. 거기에는 "오래전에 잃어버"린 자신의 아니마가 있다. 죽어버린 오필리아처럼. 그는 몸속으로 들어오는 상처를 느낀다. "날카로운 바늘의 별"들이, 그의 어두운 방(창고)을 잠깐 빛내준다. 이 비밀스런 상처의 틈바귀를 따라 늘 그녀의 모습은 서서히 스며들어오고, 곧 그의 존재에 섞여버린다. 그러므로 우리는, 박상순을 차라리 그녀의 존재 속에서 발견해가는 것이 나으리라. 어쩌면 그녀는, 그가 달려가고 싶었던 세계일지 모른다. 그는 여자의 몸속으로 걸어들어간다. 그녀는 그에게 꿈으로 들어가는 계단을 내어준다. "그녀의 가

세계와의 피가름

습 속에" 들어가, 그는 "독약을 탄다./내 독약이 끓는다./그녀의 몸속을 돌고 돌아/내 입술을 적신다"(「새벽」). 그는 그녀의 몸속에서, 자기에게 돌아오는 "독"을 만든다. "술 취한 배들, 술 취한 구름, 거꾸로 솟아오른 풀들의 뿌리" 같은 치명적인 환상을 빚어낸다. 그녀는 "나의 이름−지우고 싶은−바뀐 뒤에도−불리어질−이름"(「춤−약속」)이다. 그래서 박상순은 그녀에게 약속한다. 자신에게 약속한다. "길−가는 길−밀려나고−끌려간−죽음의 길−위에서−내 몸은−내 몸 속에 숨어 있는−또다른 몸에게−약속했었다−행동의−죽음"(「춤−약속」)을. 이제 나는, "약속의 말들"을 놓칠 수가 없다. 매 순간의 동사들이 그의 존재를 미끄러지게 한다. 행동의 파열과 죽음. 이제 말들은 뚜벅뚜벅거리는 행군이 아니라, 무용처럼, 가볍게 미끄러진다. "춤추는 가위처럼", 자신의 환희 속으로 접근해간다. 말들을 중심으로 반짝이는 덩어리가 자라난다. 어쩌면 그것이, 박상순이 아닌가? "떨어진 내 머리를 들고 가는 나의 손−나의 발−나의 그림자"(「가는 길, 철공소 옆」)는, "소녀를 따라가"(「소녀를 만나다, 스탬프를 찍다」)듯, 한때 "네가 두들기던 실로폰 소리"처럼, "딩동동 딩동동"(「너 혼자」) 고요한 환희의 움직임을 이룬다. 말들은 현실보다 가볍게, 세계 위에 떠돌고 있다. 성냥개비 하나가 물 위에 떠오르듯이, 혹은 소금쟁이 하나가 수면을 미끄러져가듯이 나타나는 것이다. 하지만 환희는 언제나, 긴 것일 수가 없다. 시간의 마술이 풀리기 시작한다. 12시의 시계종이 울리듯이, 말들은, 세계의 뒷면으로 꺼져버린다.

밤의 우체국에서 흰 줄과 검은 줄의 스탬프를 찍었다
손바닥에 찍었다
내 손바닥에

밤의 스탬프를 찍었다

손바닥에 흐르는 강물
물 위로 떠나는 조각난 스탬프의 줄무늬
흘러가는 스탬프의 잉크
나는 그 거대한 강물 위에
못을 박았다

손바닥에 못을 박았다.

편지 쓰지 않기, 구멍 내지 않기, 뚜껑을 열지 않기, 팔을 뽑지 않기, 내장을 꺼내지 않기, 고양이 수염을 자르지 않기, 스탬프를 찍지 않기, 머리에 바퀴 달지 않기, 두 귀에 불지르지 않기, 가위로 목자르지 않기, 기차 타지 않기, 빵 먹지 않기, 못박지 않기, 빈 욕조에 들어앉지 않기, 물통을 쓰지 않기, 굴뚝에 올라가지 않기, 항아리를 깨지 않기, 가로수를 먹지 않기……
　　　　　　　　　　　—「소녀를 만나다, 스탬프를 찍다」 부분

편지에 찍힌 스탬프는 "못"으로 바뀐다. "흘러가는 스탬프의 잉크"는 손바닥에 박힌 "못" 같은 통증으로 변화한다. 그는 편지들을 물 위로 흘려보낸다. 그 말들을 모두 떠나보낸다. 그것은 하나의 커다란 단념이다. 이제는 현실에 충실해야 할 것이라고, 스스로 "못" 박는다. 하지만 물 속의 말들은 가장 가볍게 세계 속을 미끄러져 다닌다. 그 말들은 존재 속에 숨겨져 있던 가벼움을 떠올려주고, 그의 가장 부드러운 속살을 끄집어내 세계의 한 부분과 섞어버린다. 그는 세계 속을 미끄러져 다니는 말들이길 원했다. 물속에 풀려가는 물감의 아지랑이처럼. 아무것에도 걸리지 않고, 그 무엇의 방해도 받지 않는 자신이길 원했다. 물속을 떠도는 그 숱한 소리들.

물은 날카로운 세계의 구렁들을, 부드러운 알토로 떨어뜨린다. 존재 속에 숨겨진 물속의 여자처럼. 그가 존재의 무거움을 발견하는 것은 물 밖에서이다. 어느덧 그는 "편지 쓰지 않기, 구멍 내지 않기, 뚜껑을 열지 않기" 등등의 욕망을 거꾸로 쓰고 있다. 그는 이 세계에 더 이상 환한 순간들을 붙들어둘 수 없다. 현실은 결코 몽상에 의해 좌우되는 공간은 아닌 것이다. 환상의 벽이란 너무도 허술해서 현실의 어둠을 퍼져 나오게 한다. 공포가, 또다시 시작된다. "뭉개진 네 골반이 벌겋게/벽에서/벽에서/떨어지고 있었다"(「벽에서」). 이성, 법칙, 폭력의 세계와, 날마다의 잔인한 피가름을 하면서, 그 조그만 남자는 살아왔던 것일까? 현실의 세계는 늘, 그에게 커다란 "가방"을 디밀어낸다. 박상순은 때로 "가방이 폭발"하는 꿈을 꾼다.

박상순의 시는 누락된 기억을 되돌리는 얇은 릴테이프 같기도 하다. 누락된 기억을 채우기 위해, 시인은 늘 시간을 되돌려서 몇 개의 영상을 인화시켜야 했다. 인화지에는 아주 밝고 깨끗한 영상이 간혹 자리잡는다. 그러나 그것은 상처 같은 빛으로 어두워진다. 기억 속에 퍼져 있는 어둠 때문에, 무수한 긁힘, 아픈 찢어짐들 때문에. 시간의 사각지대 같은, 바로 그곳에 도망친 박상순이 보이고 작고 허약한 아이가 보인다. 95년 겨울이 흐리게 보인다. 그 시간의 지점. 나는 이렇게 엉성하게, 그 장면을 써보고 싶었다. 그리고 옅은 금이 늘어가는 침묵의 얼음, 오, 그 통증을 단 하나의 이미지로 묶어낼 수 있다면.

상처를 위한 폴라로이드
— 이윤학의 신작시 읽기

1. 잃어버린 스냅들

아주 거창하고 추상적인 관념은 시 속에서 가장 아무것도 아니다. 시에서 관념이란 대단히 나쁜 이미지에 불과하다. 우리의 영혼을 궁핍에 빠뜨리는, 너무나 오래도록 고정된 사유의 통로로 유인하는 의미의 무덤일 수 있기 때문이다. 이윤학의 시에는 세상이 거창하게 부풀려놓은 이미지나 허황된 관념의 수사가 존재하지 않는다. 그의 시는 늘 아주 구체적이고 자그마한 말들을 끌어모은다. 떠나고 없어지고 깨져나간 것들, 망가지고 죽어가는 것들을 시야로 불러온다. 그의 시는 언제나 사물, 사물의 마음, 궁극적으로는 사람의 살아 있음에 대해 생각케 한다. 문득 아주 낡은 흑백사진을 들여다볼 때의 낯섦처럼. 그의 시에는 모든 것들이 갑자기 인공의 불빛에 놀란 듯이 겁먹은 눈망울로 웅크리고 있다. 혹은 그렇게 배치되어 있다. 사물들은 사람처럼 말하고, 식물과 곤충 또한 그러하다. 사진 속의 사물들은 현대의 작위적인 삶의 형식, 부당한 허위로부터 떨어져 나와 있다. 보이지 않는 곳에서 숨 쉬고 있는 사람들. 제대로 착지할 곳도 없이 막막히 떠나가는 존재들, 세계의 한 부분으로 악착같이 견디어내다 어딘가 그늘진 곳으로 밀려난 듯한 사물들, 무심히 기억의 서랍에서 꺼낸 듯한 낯익은 광경에 시인은 예사롭지 않은 초점을 맞춘다.

작고 잊혀진 것을 그의 펜은 건드리곤 한다. 그래서 더욱 그의 시는 슬프다. 때로는 이상하게 무뚝뚝하면서도 애처롭다. 어딘지 모르게 낡은 흑백사진의 느낌을 던져주는 그의 시를 내가 처음으로 만난 것은 90년이었다. 떠나기 전에 마지막으로 '집을 확인'해보던, 그리고 불안한 시선으로 창공을 날아가는 어린 제비들의 모습을 그는 그려내고 있었다. 그의 시를 읽을 때마다 나는 자주 『한국일보』 신춘문예 당선작인 「제비집」을 떠올리곤 했다. 그의 근작시들을 읽어보기 전에, 내가 처음으로 접했던 그의 시편을 먼저 읽어보아야 할 필요가 있을 듯하다.

> 제비가 떠난 다음 날 시누대나무 빗자루를 들고
> 제비집을 헐었다. 흙가루와 함께 알 수 없는
> 제비가 품다 간 만큼의 먼지와 비듬,
> 보드랍게 가슴털이 떨어진다. 제비는 어쩌면
> 떠나기 전에 집을 확인할지 모른다.
> 마음이 약한 제비는 상처를 생각하겠지.
> 전기줄에 떼지어 앉아 다수결을 정한 다음 날
> 버리는 것이 빼앗기는 것보다 어려운 줄 아는
> 제비떼가, 하늘높이 까맣게 날아간다.
>
> ─「제비집」 전문

솔직히 말해 이 시를 접했을 때 나는 경탄하지 않을 수 없었다. 너무나 단단하고, 명료한, 그러나 많은 슬픔과 '상처'를 상상하게 하는, 한마디로 너무나 부러운 작품이었다. "시누대나무 빗자루를 들고/제비집을 헐었"던 화자처럼, 소중한 무언가가 떠나간 둥지를 부수는 작업은 바로 그의 글쓰기의 은유라고 해도 지나치지 않을 것이다. "제비가 품다 간 만큼의 먼지와 비듬"처럼 그의 시는 한켠으론 보드라운 '가슴털'과 같은 찡한 슬픔, 그리고 동시에 불안하게 상처의 지대를 비행하는 존재들의 무한한 불안과 상실감을 언제나 떠올리게 한다. 그러나 제비집은, 스스로 헐어버린 '기억의 집'처럼, 누추한 기억 속의 사랑을 둥그렇게 품고 있다. 어쩌면 하나의 상처 같기도 한 둥지. 어쨌거나 그 습도와 온도는 따스하게 느껴진다. 그의 시 속의 소재들은 바로 이러한 다습한 상처의 모습으로 서로 겹치고 연결되어 있다. 그의 시가 "무엇보다 인간과 사물에 대한 구체적이면서도 따뜻한 애정에서부터 나온다"는 당시의 심사평은, 이윤학의 시를 이해하는 데 중요한 실마리를 일찌감치 던져주고 있다. 그의 시는 거창한 언어의 거품이 부풀려놓은 이미지들이 아니라, 담담히 헐어낸 상처의 둥지같이 깊은 내면의 구덩에서 움켜낸 미세한 먼지 같은 이미지로 가득 차 있다.

이윤학은 분명 '마음 약한 제비'처럼 우리가 무심코 아프게 스쳐온 사건이나 사물, 아주 세세한 일상의 정경들을 대단히 낯설고 미세하게 보여주는 독특한 재능을 가지고 있다. 시인은, 시적 대상을 사물이란 관념에 얽어매두지 않고, 끊임없이 그것에 발언의 주권을 부여하고 때로는 스스로 사물이 된다. 그 자체가 주체가 된 대상들은, 사물을 고정된 의미로서 정복하는 언어의 폭력, 견고하게 고착된 모든 문명의 상징들을 파괴한다. 그러한 작은 것들의 입을 통해 우리는 문득, 이 세계에서 움직이고 살아나는 잊혀진 배경들을 보게 된다. "죽음을 각오"했기에 "무서울 것이 없었"(「파리 한 마리」)던 생의 상처를 그는 비정한 시선으로 거듭 묘사한다. 세계의 경솔하고 무책임한 공격을 감내하며, 고통에 면역이 되어 있는 그 작은 삶을 세밀하게 되새기는 시인의 시선에는 깊은 시적 통찰력이 깃들어 있다.

그의 시는 작은 삶의 비명을 틀어막아버린 강대한 것들을 외면한다. 그리고 세계의 배면을 비춰주는 사소한 사건들과 기억 혹은 흔적을 단단하게 간직한다. 세계를 향해 성큼 다가서서 그 속의 존재를 들여다보는 것이 아니라, 존재 혹은 사물의 내면에서 세계의 이미지를 건져올린다. 시 속의 화자는 마치 "숨을 곳이란, 자기 자신의/끝없이 어두운 동굴밖에는 없"는 사마귀처럼("무사마귀떼에게 바침」) 독방에 깊숙이 틀어박히기도 한다. 때로는 스스로의 상처 속으로 기어들어 자신을 파먹는 길을 택한다. 견디기 힘들지만 그럼에도 불구하고 견뎌내야만 하는 이 세계에서, 결국 머리칼을 움켜쥐고, 자신의 텅 빈 머릿속을 고통의 둥지처럼 바라보는 한 인간의 모습은 여전히 그의 시에 생생히 묘사되어 있다.

> 종합병원 로비에 켜진 TV
> 푸른빛이 끊임없이
> 바닷물을 열람하고 있다.
>
> 플라스틱 칼라 의자의 열에
> 맞춰 앉은 사람들
> 조금씩 입을 벌려
> 바닷물을 들이켜고 있다.
>
> 손바닥으로
> 찢어지는 입을 틀어막고 있다, 눈물이
> 찔끔찔끔 나오고 있다.
>
> TV 화면을 등진 한 사람
> 가랑이를 쭉 벌리고

머리통을 처박고 있다.

터지는 머리통,
머리털을 움켜쥐고 있다.

고통은 바위덩어리 속에 있다.
단번에 깨부술 수 없다, 그는
얼마 안 된 보호자이다.

우악스런 손가락들
바위 속으로 뿌리를 박고 있다.

—「손」 전문, 『한국문학』 2004년 겨울호

　병원의 TV 앞에서 머리통에 파묻고 있는 손가락은, 머리통이 깨질 듯한 생의 통증을 표현한다. 어떤 방식으로도 저항할 수 없는 무력한 상황에서, 자신의 고통조차 어쩌지 못하는 '보호자'는 생의 고해처럼 고통의 바닷물에 익사해 있다. 고통에 대한 철저한 묘사, 이 세밀하고 민감한 시선은 그의 시에서 가장 섬뜩한 부분이다. 사람들은 "손바닥으로/찢어지는 입을 틀어막고 있다." 웃는 것인지 우는 것인지, 벌써 오래전에 "온몸을 두들겨 맞아도/눈 하나 꿈쩍하지 않는"(「나이테」)처럼, 고통에 마비된 킬킬거림을 토해낸다. 심야의 종합병원 로비에서, 어떤 삶의 희망조차 잃어버린 채, 망연히 TV 앞에 앉아 생을 '열람'하는 이들을 그의 시는 담담하고도 예리하게 보여주는 것이다. 갑작스레 모든 것이 아득하고, 진짜로 머리칼을 쥐어뜯게 되는 순간, 무엇을 해야만, 혹은 어디에 있어야만 나날이 더욱 나아질지 이윤학 시 속의 화자들은 알지 못한다. 어디로든 도망칠 곳에 있다면, 혹은 떠나갈 곳이 있다면 우리는 가지만, 그곳은 약간의 위안을 던져주는 풍경일 뿐 그 이상은 아니다. 우리의 존재는 끝없이 통증의 격자 속에 갇혀 있으며, 이러한 불가항력적인 생에 대한 인식은 그의 시 속을 무참히 가로지르고 있다. 다시 제자리로 끌려오기 위해 떠나갔던 장소들, 찢어지기 위해 존재했던 한순간의 삶, 더럽혀지기 위해 잠시 깨끗하게 머물렀던 추억들, 사라지기 위해 존재했던 기억들, 감히 말하기조차 버거운 통증은, 그것이 현재로 지속되고 있다는 면에서 공포 그 자체이다. 그런 강력한 공포는, 마침내 죽어버릴 닭들이 더러운 격자 속에서 머리통을 내밀고 잠시 맛보았던 일순간의 풍경처럼, 허망하고 덧없는 틀 속에 갇혀 있는 삶의 실상에서 포착된 것이기도 하다.

닭장차가 멈추자,
닭대가리들이 쇠창살을 뚫고 나왔다.

눈이랑 귀랑 코랑 주둥이
볼썽사나운 벼슬이랑 목울대

정체가 풀리면 곧장 달려갈 닭장차,
폐계들이 제멋대로 구경하는
여름 한나절 고속도로 노상 주차장.

닭대가리들은
서로 비슷해
지나가고 나면
기억에 안 남는다.

몸의 철창에 갇혀
바깥을 기웃거리다

철창 안으로 돌아간다.

―「닭대가리들」 전문

철창 안에서 도로를 기웃대는 "닭대가리들"은 완전한 삶의 형식으로 주어진 죽음을 살고 있다. 위의 시에 엿보이는 닭들과 마찬가지로, 우리가 할 수 있는 것은 단지 그 틀 밖으로 머리통을 내밀어보는 것일 뿐이다. 풍경이 바뀔 때마다 또다시 머리통을 내밀고 잠시 아름다운 풍경을 둘러볼 수 있을 뿐 우리의 존재는 주어진 철창을 벗어날 수 없다. "폐계들"이 죽음 직전에 잠시 쐬어보는 도로의 바람처럼 우리는 삶이라는 잔혹한 풍경에 갇혀 있다. 끝없이 삶의 운명적인 형식을 벗어나려 하면서도 결국 세계로 소환될 수밖에 없는 불가능성의 삶. 위의 시는, 결국 죽음의 매물로 처분될 수밖에 없는 닭대가리들처럼, 우리가 갇혀 있는 세계의 형식에 대한 비정한 인식만이 아니라 현대적 삶의 황폐한 정황을 이중으로 알레고리화하고 있다.

어떻게 해야 우리는 폐계의 생에서 탈출할 수 있는가? 어디로 가야 닭대가리를 면할 수 있는가? 우리는 먹어야 한다는 허기 속에 일하고, 일하기 위해 다시 먹어 치우고, 그렇게 틀리기 위해 길을 간다. 우리가 무엇에 속해 있는지 생각하지 않고, 우리를 쥐어짜는 형식 속에 허둥거린다. 우리는 휴일을 기다리며 악착같이 일하지만, 휴일은 영원히 유예된다. 모든 존재를 노역과 생산 끝에 지친 "폐계"로 만들어버리는, 이런 틀 속에서의 거대한 떠남, 움직이며 밀려가는 그런 틀 속에서 우리는 왔다 갔다 할 뿐이다. 어떤 것들도 벗어날 수 없는 완벽한 고통의 형식 속에, 적재 화물처럼 실려가는 것이다. 그렇게 우리는 이미 어떤 틀 속에 내던져져 아무 데도 갈 수 있는 장소에 머무는 것이다. 그저 살고 있다는 자아의 이미지를 고수하며, 의자에 앉아 사무를 보고, 식사를 하고, 이야기를 나누고, 돈을 저축한다. 우리 속에 가두어진 감정은 출렁이는 물탱크처럼 알코올로 쏟아버린다. 사랑을 위해 결혼하고, 결혼하면 충분히 벌어들여야 한다. 자존심과 긍지의 계단을 오르기 위해 심장을 속이고, 이상한 인공의 제의처럼 생소한 말로 기념일을 축하하고, 그러한 모든 형식들을 완강하게 생이라 믿는다. 우리가 만든 틀과 형식 속에 스스로를 가두고, 더욱 그 틀을 완강히 지속시킬 계획을 세우고, 다시 그 틀 속에서 죽어갈 뿐이다. 하지만 그것을 몰라야만 살고 있다고 착각할 수 있다. 느끼지 않아야만 상처받지 않는다. 집착하지 않아야 아무것도 상처 입히지 않는다. 절대적인 마비만이 우리 삶의 평온이고, 분노를 가지지 않는 것이 건강이고, 아무도 사랑하지 않는 것이 누구든 만날 수 있는 방법이다. 그런 아무것도 아닌 것을 제외하고, 우리를 위해 존재하는 것은 무엇인가? 무엇을 써야 무의미를 벗어날 수 있는가? 완강한 형식을 탈출할 수 있는가? 너무나 커다란 말들이 신음을 틀어막고 있기에, 우리의 입천장은 뱉어내지 못할 분노에 허물어간다. 입속의 상처에 혀를 가져다 대듯, 온통 상처투성이인 입천장을 더듬듯, 바로 그 비명을 삼킨 텅 빈 입 동굴은 그의 독방이자, 모두가 뒤엉켜 있지만 결국 혼자 존재하는 세계에서의 소외, 고독, 고통의 이미지에 다름 아닌 것이다.

2. 인화된 침묵

입안의 상처는 먹는 것도, 삼키는 것도, 아프게 한다. 비명을 지를 시간을 가지기 위해, 밥을 버는 생활도 아프게 한다. 그럴 때마다 시인의 혀는 그 부스럼진 상처를 건드리곤 한다. 아물기도 전에 터지는 피로의 흔적처럼, 시속 화자는 주변의 아주 지쳐버린, 작은 것들을 바라보고 있다. 마치 입 안의 작은 상처와 같이 보이지도 않으면서 존재를 고통스럽게 하는 것들, 작게 숨 쉬고 있는 존재들. 파리나 모기, 마을 회관의 접는 의자, 물풀, 갑오징어, 무사마귀, 배추. 그는 숨죽여 살아가는 그 작은 것들에게서 자신의 상처를 하나하나 꺼내놓는다. 그렇게 낯익은 삶의 정경들은, 비정한 세계의 형식 속에 시간의 얼룩을 감추고 존재로 하여금 매일매일 걸어왔던 길에 맞닥치게 한다. 너무나 변함없는 흑백의 톤으로, 이윤학의 시는 그저 내려놓은 것, 걸려 있는 것, 녹슬어가는 것, 삐걱이는 것들의 총집합인 세계를 이미지로 조립한다. 눈에 띄지 않는 곳. 아무도 관심 가져주지 않는 곳. 모두가 눈을 돌리는 곳. 왠지 화자는 스스로 그런 장소에 그저 놓여 있는 망가진 사물 같은 것이 마치 자신인 것만 같아 아파하는 듯하다. 하지만 "누가 남의 엄살 따위를 사랑하겠는가."(「마을 회관, 접는 의자들」) 접는 의자가 "삐걱거리다 버려질 운명"을 호소하듯 내지르는 비명을 들으며, 우리는 우리 자신의 신음 소리도 함께 듣는다. 아무도 주의 깊게 들어주지 않는 이 삐걱임 소리는 망가졌다고 지쳤다고 비명을 지르는 우리의 목소리에 다름 아니기에 말이다. 그의 시는 그렇게 우리가 잠시 분실했던 고통을 되찾게 한다. 떠나고 싶었지만 떠날 수가 없었던 어떤 상처의 바닥에서.

> 오리가 쑤시고 다니는 호수를 보고 있었지.
> 오리는 뭉툭한 부리로 호수를 쑤시고 있었지.
> 호수의 몸 속 건더기를 집어삼키고 있었지.
> 나는 당신 마음을 쑤시고 있었지.
> 나는 당신 마음 위에 떠 있었지.
> 꼬리를 흔들며 갈퀴손으로
> 당신 마음을 긁어내고 있었지.

당신 마음이 너무 깊고 넓게 퍼져
난 가보지 않은 데 더 많고
내 눈은 어두워 보지 못했지.
난 마음 밖으로 나와 볼일을 보고
꼬리를 흔들며 뒤뚱거리며
당신 마음 위에 뜨곤 했었지.
난 당신 마음 위에서 자지 못하고
수많은 갈대 사이에 있었지.
갈대가 흔드는 칼을 보았지.
칼이 꺾이는 걸 보았지.
내 날개는
당신을 떠나는 데만 사용되었지.

　　　　　　　　　　　　　　　　　　—「오리」 전문

　　호수에서 묽고 싱거운 먹이를 집어먹는 오리들은 썩어가는 먹이의 진창을 떠나지 못한다. 상처의 밑바닥을 뒤지던 시인의 시선은 먹이에 사로잡힌 오리의 비참과 초라한 날개에 고정되어 있다. 삶은 먹이를 주는 대신 자유를 갈취하고, 우리를 살찌우는 대신 먹이로 길들인다. 사랑 또한 "꼬리를 흔들며 갈퀴손으로/당신 마음을 긁어내고 있었"던 고통의 기억으로 떠오른다. 바로 그것은 우리 존재의 풍경이기 때문이다. 날개를 달고도 오리가 떠나지 못하는 호수처럼 화자 또한 '당신'과 관련된 그 어떤 기억을 헤엄치고 떠돌지만 떠나지는 못한다. 웅덩이 같은 호수를 박차고 나왔지만 결국 그 "당신 마음 위에 떠 있었"던 기억처럼, 생은 창살이고 아픔이며 탈출해야 할 무엇이다. 하지만 자유로운 생의 흔적이자, "떠나는 데만 사용되었"던 날개가 꺾이는 것을 화자는 본다. "갈대가 흔드는 칼"과도 같은 날갯짓은, 떠남과 머무름이라는 이중의 욕망, 그리고 화자처럼 어떤 떠남에의 꿈을 키웠을지도 모를 아버지의 기억과도 결부되어 있다.

　주먹을 불끈 쥐고
　기침을 시작하는 아버지.
　금 캐러 광산에 다닌 아버지.
　돌가루 쌓아놓고 사는 아버지.

　새벽 4시를 알리는
　아버지의 기침소리.
　뭉텅이별이 쏟아지는
　아버지의 기침소리.

　네가 갓난아기였을 때
　너희 아버지는 금 캐러 가기 전에
　금 캐러 갔다 와서
　네 눈을 바라보곤 했다.

　삼십 후반이 된 아들에게
　아버지 얘기를 흘려놓고
　어머니
　비닐집 속으로 사라진다.

　뿌옇게 물방울 열린 비닐집.
　갈빗대 튀어나온 비닐집.

　경운기 몰고 풀 깎으러 가는
　넥타이 허리띠 졸라맨 아버지.

—「기침」 전문

아무런 돈도 없이, 준비도 없이 금을 캐러 갔던 아버지는 다시 집으로 돌아와 있고, 바로 제자리에서 '경운기'를 몰며 늙어간다. 그렇게 제자리로 돌아와 "주먹을 불끈 쥐고/기침을 시작하"며 늙어가는 아버지는, 젊은 날 잠시 거창한 꿈을 안고 떠돌다 귀가한 제자리처럼 허망한 빈손이다. 결국 아무것도 존재하지 않는다. '금광'의 꿈도, 슬퍼할 것도, 반응할 것도, 아무것도 없다. 단지 남아 있는 것은 허름한 생의 흔적일 뿐이며, 때로는 텅 빈 장소에 못 박혀 있는 외로운 존재 같은 사물이다.

> 소나무 기둥 허리 가는 못에 걸려있는 프라이팬.
> 소나무 기둥 골지고 갈라지는 무늬를
> 이십 년 새 바라보고 있는 프라이팬.
>
> 아이들 손바닥 들어
> 살짝 오므린 크기
> 셋이 들어앉은 프라이팬.
>
> 반숙 계란 프라이
> 밥에 얹은 어머니.
> 밥상 든 어머니.
> 벗은 발 어머니.
>
> 진눈깨비 밟고
> 방으로 오신다.
>
> ──「겨울 하늘」 전문

그는 한 여인의 생을 "소나무 기둥 골지고 갈라지는 무늬를/이십 년 새 바라보고 있는 프라이팬"에서 본다. 그것은 단지 사물이 아니다. 위의 시가 보여주는 것은 바로, 먹고살기 위해 결국은 '고철'처럼 낡아가는 생의 역사다. 거기에 무엇이 담겼었건, 프라이팬에서 멀어졌다 되돌아오는 어머니의 잰걸음은, 문턱이 닳도록 '밥상을 들고' 왕복할 뿐이다. 이렇게 '골지고 갈라진' 어떤 장소에 못 박힌 사물들의 모습은 그의 시의 풍경 곳곳에 깊숙이 널려 있다. 프라이팬은 어쩌면 먹고사는 것밖에 없었던 황폐한 어머니의 삶을 자신의 얼굴로 겹쳐 가지고 있는 것 같다. 어쩌면 그 사물들의 침묵은 거대한 도시의 부피 속에 숨겨진, 자그만 존재의 슬픔과 고통의 언어일지 모른다. 시인이 늘 사물을 통해 바라보는 것은 존재와 부재의 경계를 공유하고 있는, 세계 속에 안 보이게 비집고 앉아 있는 상처의 의미이다. 그러나 때로 상처 속을 비집고 나온 꽃눈처럼, 흉터의 딱지는 떨어지고, 상처의 시간은 새로운 빛깔을 내보이기도 한다. "연둣빛 버드나무"(「연둣빛」)에서 연상되는 "연둣빛 스커트를 입은 그대 모습"처럼 기억 혹은 추억에 고정된 몇 개의 스냅들은, 죽음과도 같은 상처의 시간을 넘어 다시 어떤 삶의 길을 가리키는 것일까? 삶이 연둣빛 첫사랑의 호기심과 같은 것을 빼앗아 갔을 때, 우리의 현실은 얼마나 남루해지는 것일까? 습관의 미로로 빙빙 감겨드는 차가운 길 위에서 삶에 대한 느낌은 어느덧 도망가버린다. 우리가 삶에 대한 감각을 잃었을 때, 더 이상 삶은 그 의미를 끄집어내주는 법이 없고, 공허한 회흑색의 공간만이 거대한 형식으로 우리를 압도한다.

그럴 때 침묵이라는 것은 존재를 못 박아두고 있는 세계의 장막을 뚫는 또다른 길인지도 모르겠다. 그 길이 우리를 울부짖게 하지 않고 지극히 고요한 삶을 살아가게 하는지도 모른다. 침묵은 때로 삶을 지키는 무기이고, 생의 한순간을 간직한 기억 또한 그렇다. 그러므로 하나의 길이라는 것은 곧 언제나 뿌리였다. 언제나 그의 발을 강력하게 붙드는 것은, 덫이면서 동시에 희망인, 어디로 갈 수 있으리라는 희망을 남겨놓는 제자리이다.

        은행잎 겹겹이 쌓인
        현대빌라 주차장에
        소나타가 보입니다.

        지붕 앞 유리 뒤 유리
        보닛 트렁크 위에도
        은행잎이 깔렸습니다.

        그대가 그리워질 때마다
        내 마음속에는
        은행잎 카펫이 깔립니다.

        소나타를 타고
        은행잎 카펫이 깔린 길을
        영원히 끝나지 않는 길을
        혼자서 달립니다

                            —「은행잎 카펫」 전문

　화자는 어떤 마술 같은 추억이 물들여놓은 은행잎의 도로를, "영원히 끝
나지 않는 길"을 혼자서 달린다. 어쩌면 그는 끝없이 마음속을 맴도는 기
억의 길을 통해, 시인 스스로의 삶을 되살고 있는 것일지도 모른다. 끝없
이 떠나면서 그 곁을 맴돌 수밖에 없게 하는 어떤 추억들처럼, 바로 그의
시가 포착하고 있는 것은 완강한 삶의 형식 속에 갇혀버린 마음이 일으키
는 기척이며, 그러한 기척처럼 상상 속에 돌아오는 존재들을 위해 그는 또
다시 헐려버릴 이미지의 둥지를 만든다. 이윤학에게 있어, 삶이란 자신의

상처를 둥글게 감싸 안는 마지막 둥지가 짜이기까지 끝없이 출발하는 문장인지 모른다. 하지만 그의 시가 내보이는 상처의 거처들은, 어쩌면 기억 저 멀리, 이제는 하나의 사진에만 낯설게 정지되어 있는 유년 혹은 추억의 소실점일지도 모를 허름한 풍경이다. 우리의 삶 속으로 갑작스레 밀치고 들어왔던 어떤 폭력의 느낌. 고통스럽도록 혼자만 기억하고 있는 그 어떤 순간들. 끝없이 더듬어 찾으면서 또다시 떠나야만 하는 것들에서 오는 슬픈 느낌은, 이윤학 시의 밑바닥에 깔려 있는 시적 정서를 대변해준다.

노란 은행잎의 카펫 도로를 질주하는 모습은 다시 '제비집'을 헐어대던 오래전의 모습과 닮았다. "버리는 것이 빼앗기는 것보다 어려운 줄 아는" 시인은 다시 낡아가는 이미지의 둥지를 헐고, 적막한 마음의 허공으로 출발하고 있는지도 모른다. 우리가 추억이라 말하는 곳에는 그들이 없다. 언제나 바람의 흐름 위에 떠 있는 순간처럼, 말들은 입술에서 말라간다. 어쩌면 그들과의 대화는 백지에 머뭇대는 침묵인지도 모른다. 그렇게 말들은 세계 밖으로 나간다. 습관의 통로와 의미 밖으로 여행한다. 단지 한 장이었던, 하얗게 먼지 앉은 사진 속에 그들은 존재한다. 아버지, 어머니, 그녀들이 누구일지라도 상관없다. 그들은 이 완강하고 비정하게 지속되는 세계에서, 그냥 상실을 지시하는 존재일 뿐이다. 그들이 가로질러 갔던 길 위의 발자국은 이미 지워졌다. 모든 것은 사라졌다. 그러나 은행잎처럼 날려 오고 날려 가는 말들은 입술에 닿는다. 비록 이 세계가 말소하고 삭제한 존재일지라도, 마음속에 인화된 침묵의 장면 속에 그들은 유일하게, 아름답게 거주한다. 상처의 빛은 언제나 말 속에 있다. 상처에는, 상처에는 시간 같은 건 없다.

존재 속의 이방인
— 이성렬의 신작 시집 읽기

1. 잔혹한 놀이

시인은 외계로 유괴된 외로운 아이와도 같다. 외로운 삶의 귀퉁이에서 세상을 관찰하는 아웃사이더로 고립된다. 자신을 둘러싼 세계로부터 단절된 순간, 시인은 잊혀진 자신의 영혼에 손바닥을 댄다. 그리고 내면으로부터 세계를 둘러본다. 궁극적으로 시인이 할 수 있는 것은 그것뿐이다. 그렇게 얇은 책장 속에서 자신의 심장과 영혼을 보여주기 위해 아무것도 아닌 언어를 하나의 우주처럼 만진다. 시는 그렇게 세상에서 동떨어져 있지만 얼마나 우리가 사는 공간에 대해 말해주는가. 이것이 시가 세계와 관계하는 방식이다. 이성렬의 시는 우리가 착실히 살아가는 현실과 이상하게 괴리되어 있는 이방인에 대해 말하고 있다. 그 이방인은 우리 속에 잠들어 있는 미개지 혹은 "내 유골을 담은 기억의 상자"(「식물의 사생활」)에서 걸어 나온 존재인지 모른다. 물론 우리는 일상의 균열을 가져오는 이방인을 좋아하지 않는다. 우리가 거주하는 공간이 다정한 사람들로 가득 차 있을 때, 유리잔을 들고 축배를 올리고, 따스한 사랑의 온기에 어깨를 적실 수 있을 때는 말이다. 하지만 문득 세상이 "컴컴한 빈 집"(「해미에서 돌아오는 저녁」)으로 느껴질 때 이방인은 나타난다. 출신지도 이력도 모르는 '비밀 요원'처럼 우리가 매순간 통과하고 있는 공포와 외로움, 아픈 삶의 구석구석을 탐지하기 위해 말이다. 이 낯선 이방인과의 만남을 이성렬은 이렇게 기록하고 있다,

> "시는 갑자기 찾아오는 것이다. 오랜 구애 끝에, 에곤 쉴레의 그림 속 여인처럼 치마 속의 은밀한 부분을 슬쩍 드러내어 주는 것. 그러나 구애는 열렬해야 하고, 시인의 삶은 충일해야 한다. 시는 어떻게 나를 처음 찾아 주었을까. 그것은 한 세기가 끝나가는 어느 겨울 호텔방에 서였다."
>
> ─「시인의 말─바리키노에서 열 번째 행성까지」

"한 세기가 끝나가는 어느 겨울 호텔방"에서 '시'는 불현듯 그를 찾아주었다. 무언가 삶의 끈질긴 버팀목이 되었던 논리가 무너지고, 자신이 안착했던 장소에의 회의가 참을 수 없는 깊어지는 순간이었을까. 어쩌면 "너무 지적이기 때문"에 좋아하지 않았던 엘리엇처럼, 노쇠와 고갈, 우울의 황무지에 내던져져 있었는지 모른다. 어쨌든 그는 설명할 수 없는 삶의 격변 앞에 당황한 것처럼 보인다. 에곤 실레의 방탕하고 나른한 화폭처럼 "오랜 구애" 끝에 찾아온 시의 비밀을 만지기 위해서 "삶은 충일해야 했건만 그의 생은 텅 비어 있었다. 잔인한 열락이 남겨놓은 스케치처럼 시는 은밀한 애욕의 비밀과도 맞닿아 있다. 사랑이란 작은 회오리처럼 존재의 발끝에서 말려 올라간 불의 열기와 흙으로 만들어진 살과 흐르는 체액의 만남과 헤어짐이 아닌가. 에곤 실레의 그림 속에 감추어진 비밀은, 애욕처럼 혼란스레 뒤엉킨 필선과 일상의 빛나는 한순간에 있다. 한 때 생의 부조리와

혼돈을 수납하던 순간이 그에게는 있었다. 일상의 균열을 의미심장하게 내보여주는 "아즈텍 증후군"을 나는 유의해 본다.

그는 안개 자욱한 아침에 찾아왔다. 멋진 테너를 자랑하는 성악가에게 남모르는 고민이 있었는데―사랑스런 여자에게 말을 걸 때 튀어나오는 소름끼치는 음성에, 누구나 질겁하며 달아나기 일쑤라는 것.

살아가는데 별 문제 아니라고 외과 의사는 말했지만, 더 큰 고민은 ―음산한 고백에 이어 목구멍에서 스물스물 기어 나오는, 뱀의 혀를 닮아 끝이 갈라진 붉은 버섯송이였다.

아즈텍 벽화를 깊이 공부한 병리학자의 생각은 달랐다―고대 멕시코 사람들의 입에서 굵은 버섯이 튀어나왔는데, 제사장은 뿌리가 없는 버섯 임자의 혀를 뽑아 돼지에게 주었다고.

병원 측의 소견서는 이러했다―이 환자의 증상은, 사랑하는 여자에게 진실을 말하는 것임. 유럽으로부터 도입된 카운터 테너, 가성(假聲)의 바이러스로 간단히 퇴치됨.

―「아즈텍 증후군」 전문

다듬어지고 조율된 멋진 '테너'는 삶의 연극을 위한 사회인의 '가면'이고 지식과 논리의 무대를 살아가는 현대인의 '가성'이다. 그러나 훈련된 목소리로 사랑을 노래하는 테너 가수의 오만한 아리아는 갑자기 "음산한 고백"으로 흐트러진다. 머리로 심장을 제어할 수 없었던 끔찍한 사랑의 트라우마가 있는 것일까. 강렬한 매혹은 사랑의 희생자를 만든다. 진실을 토로하는 '병'을 가진 화자는 사랑의 잔혹한 제물이 된다. 마치 아즈텍의 신화에서 자연의 난동에 의해 인류가 절멸과 격변을 겪듯, 존재는 자연의 제물이고, 사랑이란 심장을 공물로 요구하는 잔혹한 놀이일 뿐이므로. 이성렬 시의 비밀은 바로 여기에서 찾아질 수 있다. "멋진 테너를 자랑하는 성악가"의 고민은 "사랑스런 여자에게 말을 걸 때 튀어나오는 소름끼치는 음성"이다. "음산한 고백에 이어 목구멍에서 스물스물 기어 나오는, 뱀의 혀를 닮아 끝이 갈라진 붉은 버섯송이"는, 현대의 병리학적 소견에 의하면 "가성(假聲)의 바이러스로 간단히 퇴치"될 수 있다. 하지만 "아즈텍 벽화를 깊이 공부한 병리학자의 생각은 달랐다" 마치 아즈텍의 벽화가 증거하듯, 심장이 도려내진 존재는 혀까지 뽑혀나간 잔혹한 희생자로 내던져진다(우리는 "뱀의 혀"가 지시하는 것이 원초적으로 금지 혹은 어떤 죄악과 섹스에 대한 주제임을 이미 알고 있다). 제물을 환각 속에 잠재우는 버섯의 마취와 황홀, 극단적으로는 잔혹한 죽음으로 언어는 입안에 통증으로 잠복해 있다. "내 여자처럼 언제나 한 구석에 잠들어 있는 너를 외면하기 시작한 것은"(「사랑니에게」) 언제였던가. 열정과 도취와 자유가 아니라, 회한과 허무로 다가오는 길을 선택한 것은 무엇 때문이었을까. "서른 살에 시인이 되었더라면/많은 여자들을 만났겠지/술집에서 못 일어나는 밤이 잦고/우체국 간판이 붉은 이유를 진작 알았겠지/가난한 하늘에서 떠돌이별은 마음에/좀더 가까이 항해했겠고/밤의 푸른 목소리에 반하여/자주 떠나버렸겠지//그러나 마찬가지였겠지"(「늦게 부른 노래」)라고 그는 중얼거린다. 공허한 회흑색의 공간만이 압도하는 곳에서, 그는 꿈의 논리를 좇아가고 싶었지만 언제나 제 장소에 머물러 있었다.

하지만 시는 영혼을 갉아먹는 '악의 꽃'처럼 피 묻은 입술로 독자를 집어삼키고자 한다. 그러한 의미에서 뱀의 신중하면서도 무자비한 공격성은, 존재가 안착한 일상의 낙원을 전복하는 시인의 언어를 상징한다. 뱀의 혀는 절대의 권위와 사회적 원리를 무로 만드는 아나키즘적 상징이며 그것은 이성으로 해독되지 않는 여성의 두려운 신비와 결합되기도 했다. 뱀의 '갈라진 혀'에 대한 논의는 매우 풍성하지만, 어쨌든 길들여지지 않은 욕망의 말 혹은 열락의 늪지로 미끄러져 들어가는 또다른 진실을 암시한다.

그녀의 얼굴 변천사를 보면 진실은
바닥없는 구덩이 밑바닥에 있지.
원래 얼굴이란 원래 없는 것,
그녀가 돌잔치에서 화장품을 집어 들었다거나
버는 돈 모두 부모에게 맡긴다거나
소주 한 잔 마시면 병원에 실려 간다는, 등등
사실이 아니면 어떤가, 그들에게
환상을 줄 수 있다면, 가령
그녀의 허리가 굵어지면 포샵으로 깎으면 되고,
젖꽃판 내보인 사진을 흘리며
기자들에게 촌지 좀 쥐어주면
기관원들에게 꼭지 떼였다는 소문은 사그러들지.
무리해서 쓰러졌다는 소문을 보내면 그들은
힘내세요, 사랑해요! 라고 응원하지.
감각의 제왕,
무지개를 뿜는 그림자,
봄꽃 시들면 여름나비로 옮겨가네.
샘솟는 아이디어를 수첩에 올리고
달마다 그녀의 치마 뒷춤을 잘라먹으면 되지.
잠들기 전 냉동실에 입을 넣어두면
아침까지는 산뜻 멸균된다네.
중요한 건 결정적 순간
누구에게 전화 걸 수 있는지!
부드럽고 질긴 괴벨스,

세상을 스토킹하네.

—「누구에게 전화하는지」 전문

　소문의 안개에 싸여 있는 그녀는 환상의 히로인이다. 그녀가 선사하는 황홀과 도취는 늘 대중의 잡담 속을 흐르고 있다. 거짓이면 어떤가. "샘솟는 아이디어를 수첩에 올리고/달마다 그녀의 치마 뒷춤을 잘라먹"는 시인은 "진실은/바닥없는 구덩이 밑바닥에 있"음을 안다. 그녀는 지루한 일상을 견디는 대중의 관음증과 스토킹의 대상이다. 로케이션을 떠나고, 엄청난 개런티를 받고, 화제의 꼭대기에 올라 욕망의 스포트라이트를 받는 그녀는 코브라처럼 대중을 급습하는 클레오파트라다. 아니 심장을 도려내어 포로를 달콤하게 사로잡는 아즈텍의 전사다. 매니지먼트사의 관리를 받으며, 꿈을 공급하는 그녀. 새로운 자본주의의 지시에 따라, 제작사가 꼼꼼히 작성한 촬영 대본에 따라 꿈의 언어를 흩뿌리는 그녀는 기사 같은 매니저와 기자와 팬들에게 둘러싸인 천사로 시인의 책상에도 날아와 앉는다. 억눌리고 지루한 일상의 끝자락에 음흉한 욕망의 수수께끼를 던져놓는 그녀. 곰곰이 생각해보면 시도 이러한 생리로 출발한다. 조용한 일상을 시끌벅적 뒤집어놓는 유쾌한 스캔들처럼, 삶이 호기심과 환상을 빼앗아 갔을 때, 우리의 현실은 얼마나 남루해지는 것일까? 습관의 미로로 빙빙 감겨드는 차가운 길 위에서, 삶은 그 의미를 끄집어내주는 법이 없다. 시의 도덕은 사회적인 도덕과는 다른 것이다. 시의 도덕적인 근거는 인간의 욕망과 진실의 표현이라는 점에서 출발하고, 또한 그 철학적인 근거는 인간 내면의 영감의 우주라는 점에 놓여 있다. 그래서 시는 사회적 윤리와 확신을 깨뜨리는 낯선 방언으로, 우리 삶의 문법과 잘 짜여진 인식의 지도를 무시할 수도 있다. 가만히 생각하면 이 거리의 문법은 너무 당연하지만 이상한 것이다. 멀쩡히 살아가는 것이 오히려 미친 것이 아닐까.

　　식구들과 여행을 갈 때마다 밤중에 몰래 빠져나와 집으로 전화를 걸곤 했다. 러시안 룰레트에서 힌트를 얻은 이 놀이에 나는 온 귀의 신경을 팽팽히 곤두세우며 집중했지만, 게임의 규칙을 알지 못하여 번번이 실패하였다. 반복적으로 울리는 신호는 민물장어처럼 귓바퀴를 빠져나갔을 뿐.

　　놀이의 비밀을 알아낸 것은 엉망으로 취한 대명콘도 지하상가에서였다. 신호음이 아니라 밑에 깔린 미세한 잡음이 모르스 부호로 말하고 있음을. 무작위한 전자들의 움직임이 "적어도, 지금, 여기에"라고 속삭임을 분명히 들었고, 철학책을 뒤져가며 해독하는데 8개월이 걸렸다.

　　두 번째는 쿄토 금각사 근처 여관에서 "캡슐, 즐거움, 말미잘"이라는 단어들이 흘러나왔는데, 1년 반 후에 대전 술집에서 옆에 앉은 미대 아르바이트생과 관련되어 있음을 깨달았다. 그 다음에는 진화론의 대가인 스티븐 굴드 교수의 책에서나 읽은 듯한 "우연히, 直立猿人, 치질, 도도새"라는, 도저히 알 수 없는 말들이 튀어나왔다.

　　이 은밀한 놀이는 그러나 제주 중문단지에서 송화기 구멍 사이로 내 음산한 목소리가 "출구, 덧없음, 不在"라고 내뱉었을 때, 목덜미에 돋은 소름과 함께 끝이 났다.

　　　　　　　　　　　　　　　　　　　　　—「그림자 놀이」전문

'러시안 룰렛'은 자신의 머리를 과녁으로 삼는 치명적인 놀이이다. 도대체 멀쩡한 정신으로 어떻게 숨 쉬며 살았을까 하는 질문이 러시안 룰렛 놀이에는 숨겨져 있다. 화자는 "식구들과 여행을 갈 때마다 밤중에 몰래 빠져나와" 텅 빈 "집으로 전화를 걸곤 했다." 그 부재의 장소를 향한 "놀이의 비밀을" 눈치챈 것은 "미세한 잡음이 모르스 부호로 말하고 있음을" 느꼈을 때이며, "철학책을 뒤져가며 해독하는데 8개월이 걸렸"을 때다. 마치 하나의 부조리한 말이 우리의 머리가 숭배하던 수천의 문법과 논리, 언어를 과녁으로 삼듯이, 시인이 고수하는 일상의 문법이란 얼마나 미친 것인가.

이렇듯 이방인이 발견되는 곳은 바로 너무나 익숙해진 삶의 장소다. 아무도 쳐다보진 않지만 이 웃기는 세상을 증언하는 개그처럼, 그의 시는 황폐한 두개 숭배자인 현대인의 고독에 접속되어 있다. 하지만 멀쩡한 현실의 중심을 관통하는 '총알'의 놀이도 "내 음산한 목소리가 「출구, 덧없음, 不在」라고 내뱉었을 때" 끝이 났다." '우연'의 소산인 의식의 돌연변이체처럼 그는 터무니없는 생을 고수해온 '충견'을 발견하고 경악한다. "만취한 그 겨울날, 눈 쌓인 트렁크 위에 누군가 손가락으로 새긴 전화번호"를 보고 그는 알았다. "밤늦게 오가는 나를 끈질기게 노려보는" '스파이'는 바로 "구차한 생을 찬찬히 보살피던 내 봉분(封墳)"이었다. "썬글래스 속에 조직의 비밀을 안고 죽는 충견"처럼 주인의 문법을 따라 착실히 굴러가던 자동차는 바로 자신이었다. "내장을 내보이며 퀭하게 응시하던 망막"(「비밀요원」)으로 그의 행로를 감시하던 '비밀요원'도 자신이었고, 사라진 존재를 추적하던 자 또한 자신이었다. 그의 생을 스토킹하던 이방인은 세계와의 어긋난 관계에 토대를 두고 있다. 이렇게 이성렬의 시는, 도대체 우리가 어디까지 제정신인가? 어떻게 미쳐 살아가는가? 하는 질문을 통해 광기와 멀쩡함 사이의 모호한 경계와 자기 확인의 몸부림을 보여주는 것이다.

2. 낯선 삶의 안쪽들

시를 쓰는 것은 미친 인간이 아니라 가장 멀쩡한 자가 하는 짓이다. 시라는 것은 우리의 정신이 여과해놓은 현실이 아니라, 영혼과 감정, 정신, 그 모든 것이 갈망하는 온전한 현실을 더듬기 위해 창조된 언어이기 때문이다. 우리는 전능한 돈에 심장을 팔고, 정신의 구조 속에 살아남기 위해 성공을 좇아가고, 육체를 피로의 한계까지 밀어붙인다. 하지만 세상의 리듬을 따르지 못하는 우리의 몸은 이 세상을 얼마나 비관하고 있는가. 검은 박사모를 쓰고 지성을 과시하며 진실을 얼마나 자주 속여왔던가. 심장의 '자연발화'보다는 부와 성공이 더욱 중요했던 세상에서 "남의 슬픔을 되뇌이"며 '좇아가는 길만큼 "그렇게 다른 길은 없"(「겨울 숲가에서」)을 것이다. 하지만 이성렬은 말한다. "시를 써야 할 내적 필요성이 존재할 때만 시를 쓸 것. 내 마음을 진정으로 움직인 시만을 발표할 것. 생시에 인정받지 못할 각오를 할 것. 내가 사라진 후에 너덜너덜한 종이 위에 내 시들이 흩날릴지라도 실망하지 말 것. 시는 사는 만큼 쓰여지니 열심히 살 것, 그리고 철저히 외로워질 것. 내 시를 읽는 독자들의 시간 값으로 돈을 내고 시를 올릴 것!"(「시인의 말―바리키노에서 열 번째 행성까지」) 그렇게 "총천연색 얼룩말 무늬 스웨터 바지 한 벌" 같은 순수한 말을 입고 그는 달려가고 싶었던 걸까.

크리스마스가 가까운 60년대 아주 추운 날 아침,

유담뽀를 안은 채 잠이 깬 내 머리맡에 놓인,

깊고 따뜻한 주머니를 가진,

질기고 강한 고무줄을 두 겹 넣은,

내 다리보다 한 뼘이나 더 긴,

대바늘 사이로 수많은 한숨이 무늬를 새겨 넣은,

내 가슴 속 깊이 무지개의 화석으로 박힌,

지금 흐린 겨울 하늘에 갑골문자로 눈물겨운,

어머니가 뜨개질 부업에서 남긴 색색 털실로 짠,

총천연색 얼룩말 무늬 스웨터 바지 한 벌

—「프리즘」전문

　시는 마악 잠에서 깨어난 성탄절의 아이처럼 존재의 축복을 일깨우기 위해 찾아온 것일까? 무한한 존재의 성장을 예비하듯 "깊고 따뜻한 주머니"와 "내 다리보다 한 뼘이나 더 긴" 털실 바지는 기억 속에 비집고 앉아 있는 축복의 시간을 순수하게 품고 있다. 위의 시는 경쾌하고 따뜻하고 아릿하다. 그림책마냥 뭉클하고 애틋한 감동을 전해준다. 기억의 '프리즘'은 불현듯 "가슴 속 깊이 무지개의 화석으로 박힌,/지금 흐린 겨울 하늘에 갑골문자로 눈물겨운" 기억의 유적을 들춰내 보여준다. '얼룩말'처럼 원하는 길로 뜀박질하던 축복, 유년의 시간은 현대의 작위와 부당한 허위로부터 떨어져 나와 있다. 그 순수한 축복의 기억의 찾아 시인의 시선은 자주 플라스틱 자갈이 깔린 대리석 길이 아니라, 낯선 이방의 비포장도로, 바다가 보이는 해안선, 문명의 후방을 어슬렁거린다. 삶은 순간, "왕십리 종합시장에서 십 년을/좌판식당 하던 내 할머니"(「東京抄」) "토끼눈"을 가진 "내 어릴 적 가정부 누나"(「그믐달에게」) 같은 우수 어린 얼굴과 합류한다. 스쳐가는 것들의 아름다움을 사람들은 언제부터 잃어버렸을까. 무엇 때문에 완강한 장소와 '나'라는 관념을 고집하며 살고 있는 것일까. 하지만 그는 "도시로 돌아온 저녁에/지도와 티켓들을 봉투에 넣어/가을밭에 남겨진 이삭처럼/서랍 한 구석에 담아 두었다"(「도시로 돌아와서」). 그의 시는 그가 더듬어온 꿈의 실루엣을 조그맣게 간직한다. 하지만 그러한 흔적조차 완강한 세계를 건너가기 위해 자주 버려져야만 했다. "안개처럼 젖었던 주둥이는/낙엽으로 바스라졌다/그의 잘못이 아니다, 우리의 슬픔 또한/스스로 찾아 온 것이 아니다". 그의 시에는 갑자기 텅 비어버린 세계를 떠나는 "떠돌이 냄새"(「병동」)가 난다. 우리가 쌓아올린 지식 끝에 경험하는 거대한 허무를 둘러보는 순간 남루한 영혼의 풍경은 바닥을 내보여준다. "곧은 가드레일을 따라 길은 떠났고" 모든 것이 "내려앉"고 헐벗은 정적과 슬픔으로 숨죽이는 순간, "눈발은 바람에 날리며 길바닥에/무수한 의문부호로 출렁인다."(「다시 제야에」)

그렇게 생의 질문이 서성이는 곳이 바로 노래의 입구다. "그 겨울의 쓸쓸한 술집들과/뒷골목 여인숙의 새우잠을"(「푸른빛의 기억」) 거쳐 온 방랑자는 얼어붙은 손을 언어의 온기에 적신다, "누구도 알아들을 수 없는 목소리로"(「蓮花역을 지나며」) 생을 속삭이지만 그는 시의 언어가 아무것도 아님을 안다. "소매에 감춘 어떤 싯귀도/창밖을 데면데면 바라보는 그녀를/달랠 수 없음을."(「매산동」) 하지만 "누구도 말을 걸지 않는 분주한 거리에서/가슴에 묻은 시 한 줄과/공치고 있는 여자의 한 조각 기억으로/근근이 살아가게 됨을."(「매산동」) 안다. 그렇게 "진공 속을 거닐며 반생을 지"냈다. "모든 음향이 끊어진 이곳에는 집 없는 거미가 떠돌고/"제발 이해해줘"

라고 누구도 말하지 않"(「스페이스 워킹」)는 세계를 외계처럼 걸어가고 있다. 분명한 언어들이 분화구처럼 남겨놓은 의문에도 답하지 못한 채, 운명을 다스리는 힘의 정체를 알지도 못한 채, 삶은 도대체 어디에 착지해 있었던 걸까. 마치 "외계를 떠돌다 지구로 돌진할 거대 운석"처럼 그는 어디에 내동댕이쳐진 걸까. 그는 「공중」에서 말한다. "그곳에 가보았다는 것은 무엇을 말하는가?//어린왕자, 바오밥나무, 프란쯔 카프카, 벨로시랩터, 티코 브라헤, 따뜻한 별에서 쫓겨난 것들의 단체사진이 국경도시 Gmünd 역에 걸려 있"는 풍경에서, 그는 낯선 행성을 거니는 아이처럼, 너무나 당연했던 세계의 문법을 둘러본다. 그의 삶은 이상한 꿈이다. "멈추면 넘어진다는 가훈만이 삶의 징표인 듯."(「그림자 도시에서」) 완강하게 고수하던 제자리에서 그가 더듬어간 텍스트, 혹은 "노베 흐라디"(체코 南보헤미아의 작은 마을) '프라하' 같은 이방의 도시에서 잠시 맛보는 "갓 구운 빵에서 허무의 냄새를 맡"(「저녁에 길을 묻다」)는 것이다.

벌새는 언제부터 곡선비행을 싫어했을까
해와 달은 날마다 조울증을 보이기로 결심했을까
무궤도전차가 푸른 스파크를 일으킬 때마다
성가대 트럼펫 주자는 반음씩 낮춰 연주했지, 그리고는
눈이 퉁퉁 부은 새들을 피해 지하병동을 통과하는 지름길로 귀가
했네
검은 안경을 쓴 레고 군대가 티비를 점령했을 때, 동물원에서
펭귄을 오래 노려보면 가랑이에 품은 알을 계란 대신 건넬지,
악어가 갑옷을 벗어 코끼리 형상의 여류정치가에게 헌사할지 가늠
했네
너는 영문 크로스워드를 풀고 있었지, 빈 방에서 울며
「separate & unequal」이란 용어가 그리도 야속했던가, 교수는

존재 속의 이방인

『아웃소싱의 미래』라는 책을 오래 씹어보라고 했지

　시집 표지에 얼굴을 박은 시인은 반드시 파시즘으로 가데

　누구는 세포의 이면마다 화성과 금성의 음모가 보인다고 하던데, 아직도

　침몰한 여객선 캡틴이 정복을 벗고 먼저 구명보트에 올랐다고 생각하는지

　전쟁 대신 치르는 축구경기에서 누가 처진 스트라이커인가 면밀히 관찰하는지

　흑백영화에서 붉은 연기를 굴뚝 위로 피워 올린 최초의 감독이 누군지, 이젠 아는지

　지붕 위에 앉아 누군가 노래 부르네, 그대

　아직도 날 모른다고, 그러나 진실로 미치게 하는 건

　그토록 많은 나날, 너의 집으로 들어가는 그리운 골목과

　나오는 아득한 골목이 같다는 걸 왜 몰랐을까?

—「그 모든 나날이 지나도록 나는 아직 미쳐있네」 전문

위의 시는 투명한 현대의 우주가 우리에게 말해주지 않는 어떤 '결핍'에 대해 말하고 있다. 제자리로 돌아와야만 하는 '곡선비행'을 혐오하는 벌새, 아무도 몰래 '지하병동'을 통과하는 우리의 삶, "separate & unequal"란 말 하나로 이방인이 되어버린 삶의 문법들을 화자는 문제 삼는 것이다. 미지의 우주를 자유로이 더듬기는커녕, "시집 표지에 얼굴을 박은 시인은 반드시 파시즘으로 가"고, 사랑의 이름으로 우리는 분리되고, 찢겨지고 외로워한다. 사랑하는 이의 육체, "세포의 이면"조차 "화성과 금성의 음모가" 가득한 '여객선'에서 '구명보트'를 타고 탈출할 순 없을까. 공격적인 국가적 스포츠에 열광하는 군중들, 잿빛의 "흑백영화"와도 같은 세계에서 '아웃소싱'하기 위해 누군가 "지붕 위에 앉아" 질문을 던지듯 노래하는지도 모른

다. '영문 크로스워드'를 풀듯 의미의 텅 빈 공간을 채워가고 있는지도. "너의 집으로 들어가는 그리운 골목"처럼 세계의 균열과 틈서리를 통해 화자는 무한한 현대 세계의 공막을 바라보고 있다.

인간이 무수히 토해놓은 말들이 슬픈 무더기에 지나지 않는다는 것을 느끼는 자는 "이곳에 남기 위하여" 도리어 무한히 상상의 곁길들을 떠돈다. 때로 "잠언처럼 눈을 감고" 떠올리는 "짧은 노래"(「이곳에 남기 위하여」)를 나직이 들려준다. 우리는 무언가를 하는 것보다 존재가 될 필요가 있다. 숨 쉬는 법 하나를 배우기 위해 전생을 바치는 요가승들처럼, 삶을 누리는 법을 배울 필요가 있다. 사랑을 표현하기 위해 세포의 숨결과 불안한 고백을 따라갈 필요가 있다. 죽도록 돈을 벌기 위해 너무 바빠질 필요가 없다. 하지만 "아무리 나빠도 51%만 옳으면 되는, 게임의 법칙"(「그림자 도시에서」)이 관통하는 세상에서, 적당히 살아가는 존재들은 틀린 길에 전부를 내던지는 법이 없다. 하지만 이성렬의 시는 세계를 닮아가는 것이 아니라 바로 자신에게 어울리는 존재란 무엇인가라는 질문을 통해 세상을 관통하는 부자연스런 질서를 보여준다. 그의 시에는 인식과 일상의 울타리에 갇힌 존재의 절망과 그 삶의 틀을 넘어서려는 갈망이 동시에 들어 있다. 마치 "반쯤 열려 있는 문" 앞을 서성이는 생의 순례자처럼 "낯선 대지의 기적에 귀 기울이는/그 안쪽은 갈 수 없는 나라"지만 "문 밖에서 서성이며 행복하"다고 그는 말한다. "시간의 검은 갈퀴가 언제 목덜미를/채어갈지 모르는 이 운명도 기쁘네/문은 반만 닫혀 있으니"(「반쯤 열려 있는 문에 대하여」 전문).

바로 그 '열림'의 가능성 때문에 시인은 반쯤은 낯선 외계를 닮은 삶의 모퉁이에 서 있다. 우리는 이 지상에 왜 태어났고, 또 어떻게 살아가며, 어떻게 살아가게 될 것인가에 대해 시인은 우수 어린 질문을 던진다. 그의 시는 가장 소소한 일상에서 출발하는 듯하지만, 존재와 세계에 대한 물음에서 동시에 출발한다. 언제나 존재를 구속하며 위압적으로 버티어선 세계에서 "지상의 모든 그리움들이 뺨에 와 닿는/아린 꿈"(「흔들림」)을 찾아 우리는 외로이 책상으로 다가간다. 백지 위에 머뭇대던 꿈들이 비록 헛것일지라도, 삶은 그 헛것 속에 깃들어 있다. 중요한 것은 한때 '자연발화'한 불꽃처럼 타올랐던 꿈이 기억 속에 뿌리를 내리고 '열렬한 구애'의 기다림으로 열려 있다는 사실이다. 기다림을 선택한 자는 그 대상과 오랜 약혼 중이다. 모든 문법의 끈에서 존재를 풀어놓아준 연인처럼, 하나의 자유로운 언어를 "수많은 만남과 이별을 감당해 온 방랑자"는 기다리고 있는 중인지도 모른다. 현실의 공격을 감내하며 담담히 시를 기다리는 시인의 자세에는 겸손과 사랑이 깃들어 있다. 시라는 이방인은 또 얼마나 그를 다른 길로 데려갈 것인가. 반쯤 열린 세계로 존재를 실어가는 마법의 '양탄자'는 또 어떤 사랑의 바다로 그를 실어갈 것인가. 이성렬의 시는 삶의 자유로운 흐름을 막아버린 강대한 것들을 외면하고 흐릿하게 살아오는 꿈의 흔적들을 좇아간다. 그 아름답고 민감하고 차가운 우울의 이미지는, 채 마르지 않은 잉크로 반짝인다. 그 글자들은 자신이 흐르는 반짝임이었다는 것을 믿지 못하리라.

시 속의 삶, 삶 속의 시
― 맹문재 시인을 위한 커버스토리

1. 자유의 시인, 신념의 시인, 이성의 시인

자유는 무엇보다 정치가 아니라 문학과 관계되는 관념이다. 인간의 영혼이 자유롭다고 말하는 것은 "다른 방식으로" 생각할 수 있다는 뜻이 아닐까. 자신의 기원, 토대, 환경, 계급, 또는 이미 유력해진 관점을 거부할수 있고, 그런 예외가 법칙이 될 수 있다는 것은 문학에서 가장 중요한 토대이다. 만약 그렇게 자유로운 한 사람이 있다면, 자신의 책이 세상에서 불태워지지 않을까 염려하지 않아도 된다면, 대중의 도덕과 타협하지 않고, 심술궂고 별나다는 사회적 처형을 당하지 않을 수 있다면 시인은 그다지 고통스럽지 않으리라. 하지만 우리는 자유로운 목소리를 두려워한다. 언제나 상냥하게 웃고, 머리를 끄덕이며, 집단의 이념에 영혼을 팔아넘기는 사람을 환영한다.

하지만 그런 방식으로 진정한 문학은 가능하지 않다고 나는 믿는다. 문학은 진실에 대한 지식이기 때문이다. 시는 바로 우리의 심장, 육체, 손발이 알고 있는 이 뜨겁고도 처참한 생에 대한 온전한 지식을 찾기 위해 감행하는 것이 아닐까. 우리가 어딘가에 매인 것을 알기에, 우리를 지배하는 가치들이 완전하지 않다는 것을 알기에, 우리가 신봉하는 집단의 지식에서 뛰쳐나와 자신의 진실을 마주하려는 의지를 나는 시정신이라 부른다. 우리를 용케도 성공하게 하고, 어딘가로 기어오르게 하는 그런 무언가에서 나와 적어도 진실, 아니면 진실을 찾겠다는 신념이 살아 있을 때 쓰여지는 글을 나는 시라 부르고 싶다. 물론 신념은 자신의 위치와 결부되어 있다. 그러나 자신의 장소에서 고수해야 하는 습관적인 독단은 아니다. 집단이 종교처럼 강요하고 있는 것, 그것이 이성이며 지식이라고 가르쳐준 것을 거부할 수도 있는 자유로움을 나는 시인의 이성이라 부르고 싶다. 우리가 무언가를 그대로 받아들이는 것은 그것은 편리하기 때문이리라. 가만히 있어도 공짜 선물을 받은 아이처럼 집단의 힘에 의해 어딘가로 밀려가게 하는 편리한 습관. 하지만 생각 없이 따르는 습관적인 원칙은 신념이 아니다.

나는 맹문재 시인을 자유의 시인, 신념의 시인, 이성의 시인이라 부르고 싶다. 내가 맹문재 시인을 정말로 좋아하고 존경하는 까닭은 그가 탁월한 문학 연구자이자 유능한 비평가, 우리 시단에서 가장 뜨겁게 활동해온 시인이어서만이 아니다. 그는 '적응'의 습관을 넘어선 자유로운 영혼을 가졌기 때문이고, 신념에 찬 사회운동가요, 무엇보다 '진실'이라 믿는 것에 대해 무한히 정직한 시인이기 때문이다. 어쩌면 내가 그에 대해 알고 있는 것들은 많은 이들이 알고 있는 사실을 그다지 넘어서지 않을지도 모른다. 잘 알려져 있듯 그는 1963년 충북 단양에서 태어나 고려대에서 박사학위를 받고, 네 권의 시집 『먼 길을 움직인다』 『물고기에게 배우다』 『책이 무거운 이유』 『사과를 내밀다』를 발간했고, 훌륭한 비평집과 학술서를 다수 발간했으며, 전태일문학상과 윤상원문학상을 수상했고, 현재는 안양대 국문과 교수로 재직하고 있다.

하지만 이런 일반적인 사실 외에도 내게는 누구보다 가까이 10년 이상 그를 지켜보며 알게 된 것들이 있다. 내가 맹문재 시인을 처음 알게 된 것은 1991년 『문학정신』 제3회 신인문학상 시 부문에 맹문재의 「대싸리」 외 5편이 당선되면서였다. 1991년은 내가 첫 시집을 발간하고 '슬픈 시학' 동인 활동을 본격적으로 시작할 무렵이어서, 시단에 마악 등장하는 동세대 시인들에 관심이 많았다. 당시 나는 지칠 줄 모르고 문학의 복음을 전파하는 민중시의 흐름을 목도하며 시를 써왔지만, 비장하면서도 혁명적인 삶과는 다소 거리가 있는 유쾌한 동료들 사이에 섞여 있었다. 많은 곳을 쏘다니고 많은 사람을 만났던 그 시기, 어쩌다 한두 번 마주쳤을 법도 하건만 웬일인지 맹문재 시인은 만날 수 없었다. 이런저런 자리에서 그의 이름이 튀어나올 때마다 나는 그가 어떤 사람인지 궁금해했다. 당시 나는 젊은 시인들의 아지트 같았던 청하출판사에 자주 들락거렸는데, 그 청하출판사의 편집장으로 이선영 시인이 재직하고 있었다. 시인들에게 매우 인기가 많았고, 내가 스스럼없이 '언니'라고 부를 만큼 친했던 그녀는 현재 맹문재 시인의 아내이다.

　비록 1990년대에 맹문재 시인을 만나지는 못했지만 내가 그를 특별히 주목하게 된 것은 1993년 그가 제5회 전태일문학상 수상자로 선정되었다는 보도를 접하면서였다. 신문기사에서 그가 수상 당시(30살) 포항제철에서 7년간 기능공으로 근무했다는 이력을 보았다. 1980년대 노동의 현장에 그가 있었고, 전태일의 뜻을 기린 문학상을 수상했다는 이력은 맹문재라는 시인의 문학적 출발점을 명확히 요약해주는 표지로 각인되었다. 전태일문학상 수상작인 「미싯가루를 타며」가 던져주었던 강렬한 느낌을 잊을 수 없다. 생활의 현장, 가난과 노동의 문제가 이미 그의 시의 화두 같은 것으로 자리 잡고 있음을 느낄 수 있었다. 하지만 그 이후 발표된 그의 시들이 세상에 대한 비관적 절규나 반항적 외침에 빠지지 않은 것은, 인간의 진실, 가슴의 진실, 삶다운 삶에 대한 희망을 문학의 뼈대와 동력으로 삼았기 때문이라 생각된다.

맹문재 시인은 오랫동안 나에게, 현재의 많은 시인들의 놓치고 있는 시대와 역사의 힘을 표상하는 듯한 시인으로 각인되어 있다. 생각해보면 우리의 현대시는 80년대에서 너무나 쉽사리 90년대로 떠났고, 또 21세기로 접어든 지금 너무나 빨리 90년대에서 이탈해가고 있다. 실제로 최근에 역사에서 시적 영감을 발견하는 시인들은 드물며, 역사에 대한 관심을 보여주는 시조차 상당히 사라져가고 있는 추세이다. 아무리 그것이 미학적 당위성에 뿌리를 두고 있다 하더라도 전 시대 문학에 대한 대타 의식 혹은 문화적 이슈를 선점하기 위한 급격한 변신이 아닌가 하는 혐의를 지울 수 없고, 1980년대 이상으로 강고한 교조주의, 혹은 다양성의 퇴조로 치닫는 것이 아닌가 하는 느낌을 가지지 않을 수 없다. 그런데 그러한 시단의 기류 속에 맹문재의 시편들은 유독 독특한 광채를 발하고 있었다. 어쩌면 나는 2000년대 들어와 쉽사리 자신의 시세계를 발 빠르게 변화시킨 시인들보다, 시와 연구, 실제적인 활동에 이르기까지 묵직하게 자신의 문학 렌즈를 견지해온 그의 정직성과 일관성을 퍽이나 존경하고 좋아했던 것 같다.

그의 시에 나타나는 노동의 문제는 단순히 지난 시대의 구호적 외침이 아니다. 시인이란 존재가 세계에 대한 슬픔과 고통, 때로는 분노를 느끼면서 시를 쓰듯이, 맹문재의 시는 바로 이 시대에 현재형으로 진행되고 있는 폭력과 역사적 인식의 중요성을 환기시킨다. 이미 자본주의의 논리에 너무나도 익숙해진 우리가 때로는 민중시의 투박한 감수성에 반감을 느낀다 할지라도, 궁극적으로는 바로 그런 분노 속에 세계를 변화시키고, 세계를 달리 재현하게 하는 시적 긴장과 힘을 얻지 않는가. 맹문재에게는 이 물화된 세계에서 인간으로 살고자 하는 욕망과 일상적 현실의 차이에서 오는 긴장을 빼어나게 형상화하는 능력이 있고, 그의 시는 늘 일상의 현장에 대한 구체적인 제시를 통해 우리 세대가 관통해온 시대의 난제들에 대한 깊은 성찰을 전해준다. 물론 그러한 면모는 그의 시편들뿐 아니라 비평과 학술 연구를 관통하고 있다. 그는 수많은 학술서와 비평집, 수상집을 발간했지만, 개화기부터 현대에 이르는 노동시의 전개를 정치하게 계보화한『한국민중시문학사』는 내가 깊이 감탄했던 그의 역작이며, 우리의 학계에 반드시 기억되어야 할 보석 같은 저작이다.

2000년대에 접어들어 맹문재 시인과 가까이 만날 수 있었다는 것은 내게 큰 행운이었다. 2001년 나는『천년의 시작』창간 편집진으로 합류하게 되었다. 맹문재 시인이 주간을 맡고, 문혜원, 이성우, 김충규 시인이 편집위원으로 함께 참여한『천년의 시작』이 2002년 창간호를 낼 무렵, 우리는 시집 시리즈를 구축하고 합동 시집도 꾸려내느라 매우 바빴다. 좋은 작품을 골라내는 그의 비평적 감식안은 예리했고, 모든 것이 처음으로 진행되어야 하는 어수선한 상황에서도 맹문재 주간의 지휘 아래 모든 일이 일사천리로 진행될 수 있었다. 그는 문학의 비전을 생산하고, 실제적인 작품 생산을 자극하고, 험악한 자본주의의 기류 속에 어떤 가치를 가져올까를 늘 고민하는 사람이었다. 그는 비평이 거품처럼 부풀려놓은 시인의 명성이나 문학의 상품적 가치를 신뢰하지 않았다. 그러한 시각은 그 무렵 발간된 맹문재의 두 번째 시집『물고기에게 배우다』『한국대표노동시집』『좋은 의자 하나』등의 많은 저작을 관통하고 있는데, 전체적으로 우리의 문학이 확실한 삶에 다시 발 디딜 필요가 있음을 역설하고 있었다.

2004년 무렵부터 수년간 다시『서정시학』편집위원으로 맹문재 시인과

일하게 되었던 나는 그가 서정시학 시집 시리즈를 만들어내는 일부터 해서 등 유능한 편집인으로서 활동하는 모습을 오래도록 지켜볼 수 있었다. 문단의 인정이나 시류에 휩쓸리지 않는 엄정한 시선으로 우리 시단의 지형도를 떠내던 그는 전통 서정시의 맥을 잇는 시들이 시단의 주류로 자리 잡던 2000년대, 서정의 깊이와 현실 인식의 너비를 잘 조율하고 정돈하는 역할을 거침없이 해냈다. 이러한 작업은 2007년 발간된 그의 비평집 『시학의 변주』에 잘 드러나 있는데, 시에서든 비평에서든 시의 사회적 상상력에 대한 그의 관심은 줄곧 견지되었다. 아마도 서정시학 편집위원으로 활동하던 그 시절은 맹문재 시인이 그 어느 때보다 가장 치열하게 활동했던 시기가 아니었을까 한다. 그는 2000년대 중반기에 놀라우리만치 많은 논문과 비평, 학술서들을 발간했다. 이를테면 한용운, 김기림, 김수영, 박인환 등 우리 근현대 시사의 주요 시인들에 대한 날카로운 논점을 학계에 줄기차게 제출했고, 민중시와 노동시의 굵직한 흐름을 문학사적으로 정리했으며, 연구자들에게 소중한 서지가 될 『박인환 전집』의 발간 같은 기초 작업은 물론, 우리 시단에 중요한 비평적 이슈들을 숨 가쁘게 제기해왔다. 무엇보다 온건한 서정시가 주도적인 흐름으로 자리 잡던 현대시의 현장에서 새로운 민중성의 가능성을 검출해내는 작업은 그의 주요한 관심사였다. 그렇게 엄청난 에너지로 다각적인 활동을 펼쳐온 그였기에, 2005년 대학 강단의 전임교수로 자리를 잡는 것은 당연한 수순처럼 보였다.

시인, 비평가, 교수라는 그의 이력은 우리 시단의 많은 시인들의 그것과 그다지 다르지 않아 보인다. 하지만 그는 안온한 연구실에 갇혀 지식의 텃밭만을 일구는 시인이 아니다. 어쩌면 그의 저작 활동들보다 우리가 더 의미심장하게 기억해야 할 것은 그가 지난 20년 동안 사회와 대면해왔던 사회운동가이기도 하다는 점이다. 비정규직 문제나 빈민, 노동자, 주한미군,

환경오염, 분배와 정의와 관계되는 모든 문제들이 그의 관심을 피해 갈 수 없었고, 시대와 정면으로 마주하려는 의지는 늘 작품 곳곳에도 역동적으로 드러나 있다. 특히 노동자에 대한 그의 집념은 아주 각별한 것이다. 오래전부터 그는 구로노동자문학회 문학 강연과 같이 노동자와 일반인을 대상으로 무료 문학 강좌, 전시회, 문학 교실 등 다양한 방식으로 시를 대중과 함께 호흡하기 위해 노력해왔다. 독자와의 연대를 고민하며 인터넷 포털에 글카페를 운영하는 것 또한 빠뜨리지 않았다. 그는 또한 전태일기념사업회 일, 전국노동자문학회 기관지 발간 작업도 했다. 시대의 변화와 맞물려 현재의 활동은 예전같이 두드러지지는 않지만 우리 문학의 심장부와 외곽에 이르기까지 그의 숨결은 곳곳에 스며 있다. 그러한 시인의 특별한 행적은 '손'으로 코드화되고 표상된다.

대학교수의 손이 왜 이래?

악수를 하는 사람들은
나뭇등걸처럼 갈라진 나의 손등을 보고
놀라기도 하고 놀리기도 한다
나는 정답 같은 당당함을 가지려고 하면서도
그때마다 움츠러든다

내가 핸드크림을 바르지 않는 이유는
위생적으로 아이들에게 밥을 해주려는 것이기도 하지만
닮고 싶은 손이 있기 때문이다

투르게네프의 「노동자와 흰 손의 사나이」에 나오는 사나이는
당국의 눈치보다 노동자들의 눈치를 보느라고

6년이나 쇠고랑을 찼고
마침내 교수형을 선택했다

나도 빈 요구르트 병 같은 노동자들의 눈치를 보느라고
출석 확인을 하듯 일기를 쓰고
연서를 하고
때로는 집회에 나가지만
흰 손의 사나이가 되지 못했다

그리하여 최소한으로 고백하는 것이다
—「나는 핸드크림을 바르지 않는다」전문

　　나는 그의 손이 얼마나 거친지 사실 알지 못한다. 악수조차 필요 없을
만큼 친밀했으니. 하지만 나뭇등걸같이 갈라진 손, 핸드크림을 거부하는
손. 당국의 눈치보다는 노동자를 두려워하던 손. 투르게네프의 작품에서
교수형을 당하던 사나이의 손. 아이들에게 밥을 해주는 그 손은 그의 성실
함과 의지, 그리고 생활의 단면을 역력히 증거하는 듯하다. 그의 손을 갈
라 터지게 한 경험과 세월의 흔적처럼, 그의 시에서는 의식적이든 무의식
적이든 거대한 격변의 시대와 함께했던 민중시의 숨결이 묻어난다. 정말
로 흰 손의 사나이라면 기피하고 싶었을 아프고 소외된 풍경은 그의 시의
곳곳에 자리한다. 너무도 작아서 하잘것없이 내버려진 것, 그래서 더욱 시
가 조준해야 할 풍경, 살아가기 위해 그가 내버려야 했던 진실, 자아에 대
한 뼈아픈 성찰이 곳곳에 투영된다.
　　특히 작년 겨울에 발간된 그의 네 번째 시집『사과를 내밀다』에는 참과
거짓의 모호함, 집단화된 풍경과 내면의 부조화 등 삶의 전면과 실존의 이
면 풍경을 대비시키고 있다. 모기같이 가볍게 죽여 버릴 수 있는 것, 그래

서 의미 없는 것으로 말해지는 것들을 향해 그는 귀 기울이고, 말을 걸고, 이야기한다. 시인은 하찮은 모기 한 마리를 죽이고도, 살생의 규율을 생각한다. 삶이 있는 것들은 모두 존귀한 것이라고 우리는 믿지만, 살생의 습관으로부터 누구도 자유롭지 않다. "나의 살생 습관은/들일을 하면서 배운 것이 아니다/우물을 마시거나 장작을 패면서 체득한 것도 아니다/하늘과 대지와 영혼을 닮지 않은 배역을 맡으면서/그 길에 배신당하면서/쌓은 것이다"(「살생」). 우리 모두를 진지하게 만들던 존귀한 가치의 상실에 대한 슬픔, 그런 습관에 길들여져버린 존재에 대한 성찰은 그의 근작시들이 던지는 강력한 메시지이다. 시인은 세상의 배역을 맡으면서 배신해온 것들, 지키고 싶었지만 지키지 못한 약속을 끝없이 되새긴다. "나는 오늘 1,000일 넘게 한데서 떨고 있는 기륭전자에 가지 못했다/무척 가고 싶었지만/논문 마감일에 쫓기느라 포기하고 말았다//사실 그곳에 가는 길은 만만하지 않다/버스 노선이며 골목길도 찾아야 하지만/생업을 잃을 위험도 감수해야 된다//가야 할 곳에 가지 못해/나의 발은 하루 종일 바빴다"(「피곤한 발을 언제쯤 풀어줄 수 있을까?」)고 시인은 자탄한다. 그의 발이 그러하듯 우리는 가야 한다고 믿는 곳으로 가지 못한다. 자본의 지배에 종속되어 생업을 잃어버릴 위험까진 감수하지 못한다. 그렇게 습관 혹은 의무라는 명분으로 우리를 호출하는 일상에 대한 기록들은, 그가 소속되어 있는 집단, 사회의 정경들에 대한 예리한 해독이며, 또한 지배와 억압의 경계선에 엉거주춤 서 있는 우리 모두의 내면에 대한 날카로운 해부다.

2. 불타는 공장에서 쓰는 시

나는 훌륭한 시인에게는 반드시 자신을 시인으로 만든 결정적 순간 혹은 기억이 각인처럼 남아 있다고 믿는다. 그 어떤 순간이 맹문재를 지금의 그로 만든 것일까? 2000년대 중반 새해 벽두에 『문학사상』에서 마주쳤던 그의 시 한 편을 나는 잊을 수 없다.

보지 않는 사람은 나를 못 보겠지만 나는 뜨겁다 주인 냄새를 맡는 개처럼 선택한 길에 나는 달라붙어 있다 난전에 쪼그려 앉은 보따리 장수처럼 나는 밖을 부지런히 내다보고 있다 나약함이나 무기력은 나에게 적이다 하류 인생들이 구더기처럼 우글거리는 새벽 인력시장을 나는 싫어하지 않는다 밤잠을 설친 아침 코피를 쏟으면서도 나는 그날을 잊지 못한다

골목길 끝에 서 있는 한 그루 나무같이 나는 지도를 품고 있다 상사 앞에서 변명하는 동안에도 나는 신념 한 포기를 피운다 물건 값을 맞추기 위해 시장 골목을 이리저리 헤매고 다니면서 나는 책처럼 사람들 소리를 담는다 사람들의 말소리가 힘겹게 그네를 탈 때 나는 파랑새를 날리기도 한다 텔레비전의 코미디언 웃음에 기름범벅처럼 빠지면서도 나는 그날을 잊지 못한다

그 겨울 저녁, 나는 사막 같은 지하 작업실에서 담배를 피우며 나를 태우고 있었다.

—「겨울 저녁을 닮은 단추」 부분

이 불확실성의 시대에 우리가 아무렇게나 매장해버린 신념이란 말은 위의 시에서 얼마나 뜨겁게 들리는가. 맹문재의 시는 어떤 엄혹한 상황이든, 타인에게 자신이 어떤 모습으로 비춰지든, 자신의 생을 변함없이 이끌어가는 것이 '그날'로 암시되는 그 어떤 결단의 순간임을 강력하게 암시한다. 그런 결단과 신념이 있을 때 그가 살고 있는 공간이 '골목길 끝'과도 같

은 외로운 공간일지라도 결코 불행의 공간은 아니다. 오히려 그 좁은 '지하 작업실'은 정확한 조준 없이 쏟아지는 말들의 난장을 너머, 희망의 '파랑새'를 날리는, 당당하고 자유로운 시인의 장소다.

그의 시정신이 강렬하게 빛나는 시 「분서」를 독자들에게 꼭 소개하고 싶다. 이 시편에서도 그는 "잊을 수 없는 순간"을 반복해서 말한다.

브레히트가 「분서」에서 고민했듯이
어느 독재 정권이 위험한 책을 수거해 불사를 때
나의 시집이 들어 있을까?
분서 목록에 나의 시집이 빠진 것을 발견하고
어서 태워달라고
불같이 항의할 수 있을까?

나는 시를 진실하게 썼다고 주장할 테지만
노동자의 길을 철저히 걷지 못했기에
시집은 불태워지지 않을 것이다

그래도 시 쓰기를 그만둘 수 없는 것은
반성해서라거나
희망이 보여서가 아니라
잊을 수 없는 순간을 품고 있기 때문이다

나는 야적장에서 쓰러졌을 때

불꽃을 떠올리지 않았던가?

—「분서」 전문

그의 삶이 야적장에서 쓰러져갔던 순간에 떠올렸던 '불꽃'은, 그의 시 전체를 관류하는 자유와 반항의 이미지면서 동시에 버려진 존재들을 위해 다시 펜을 쥐게 했던 힘의 근원이기도 하다. 브레히트 같은 반시대적 인간이 된다는 것은 어려운 일이다. 모든 책이 불태워질 정도로 불온한 시인이 된다는 것은 더욱 그렇다. 그래서 더욱 시인은 "어느 잊을 수 없는 순간"의 결심을 되새기며 자신의 신념과 정직성에 대한 탐문을 지속한다. 이러한 자기 점검은 개인의 삶이 놓여 있는 장소인 역사에 대한 감각을 잃지 않는 것, 무엇보다 자신의 진실을 배반하지 않으려는 의지에서 비롯된다. 그러한 의지는 그의 참여적인 활동 속에서도 거듭 확인되는데, 노동자를 위한 수많은 활동에서부터 2009년 용산 참사 140일 해결 촉구 및 6·10 항쟁 22주년 현장 문화제까지 참여 작가로서 많은 활동을 해온 시인의 궤적 하나하나가 내게는 우리 시대의 역상 문자처럼 읽히고 있다.

그가 역사의식을 강조하는 것도 이런 맥락에 닿아 있다. 2012년 나는 『시인수첩』 가을호 좌담에 그를 초대한 적이 있다. 좌담의 논제는 '창조성'이라는 좀 거창하지만 모호하게 쓰이는 말에 대한 철저한 점검과 해부였는데, "시대를 인식하고 자신이 살아가야 할 세상을 바람직한 방향으로 이끄는 힘"으로 창조성을 규정하고, "창조성의 개념에는 역사의식이 들어 있어야 한다"고 강조하는 그의 목소리는 힘 있게 들렸다. 역사에의 관심은 우리의 시가 지나치게 기민한 비평적 이슈나 문화적 선전, 언어의 거품 현상 속으로 휩쓸려들지 않게 하는 건강한 주체성의 확보라고 나는 진단한다. 좌담 중 깊은 공감을 할 수 있었던, 맹문재의 발언 한 부분을 옮겨 보겠다.

"얼마 전 유수한 출판사에서 몇 권의 시집을 간행해 소위 '미래파'
의 시인으로 불리는 젊은 시인과 시를 얘기하다가 말문이 막혔습니다. 제가 시인의 역사성이며 민중 등을 말했는데, 그 시인은 저보고 낡았다고 하는 것이었어요. (모두 웃음) 그 시인이 시인에게 역사성이 어디 있느냐, 시인의 생각이 바로 역사성이지 무엇이 역사성이냐 하는 것이었어요. 그래서 그 시인은 자신이 하고 싶은 이야기를 마음껏 쓰겠다고 했어요. 그것이 곧 자유이고 민중이고 역사라는 말도 덧붙였지요. 저는 그와 같은 관점을 어떻게 받아들여야 할지 고민했어요. 솔직히 그 시인이 전해준 시집을 참고 참으며 한 권 읽었는데, 그다음 시집들은 제대로 읽지 못했어요. 시를 읽어도 무슨 말을 하는지 이해가 되지 않았고, 또 의미를 찾기 어려웠어요. 제가 만약 이 사실을 실토하면 그 시인은 분명 시를 왜 의미를 가지려고 읽는가요, 시를 왜 이해하려고 하는가요, 등으로 반박할 테지요. 자신의 시집에 대해 독자들이 어떻게 반응하든 상관하지 않고, 자기만 만족스러우면 된다는 시인의 창작 자세에 저는 지금도 당황하고 있어요. 그와 같은 시들을 실험성을 추구한 좋은 작품으로 인정해 시집을 간행해준 출판사며, 그 시집을 상찬한 비평가를 어떻게 받아들여야 할지도 고민하고 있어요. 독자들을 배제하는 시인이란 결국 자신을 사회적 존재로서 인식하지 않는 것이지요. 시인의 창조성이란 개인이 이 세계와의 관계를 인식하는 과정에서 생기는 것이라고 저는 생각해요."

위의 발언은 시인과 세계의 관계를 고민해온 그의 문학적 신념을 선명히 요약한다. 모두가 현대병에라도 걸린 듯 실험에만 몰두하며 국적도 개성도 없는 남의 것에 탐닉해 있을 때도 맹문재 시인은 우리의 역사와 현실에서 그의 시선을 거두지 않았다. 그는 사회를 통해서 자아와 만나고, 타자에 의해 자아를 확인한다. 그런 사회적 긴장의 힘을 잃어가고 있는 우리 시단에 대한 안타까움이 묻어나는 그의 발언은 충분히 되새겨볼 만한 의미가 있지 않을까. 우리 시대는 어떤 것도 확실하지 않다는 불확실성의 시대라고 선전된다. 그러나 바로 우리가 모어로 시를 쓰고 한국 시인으로 남아 있다는 것은 확실하며, 바로 그것이 세계화의 거대한 통사와도 같았던 탈현대주의가 우리에게 무언가 들뜨고 간악한 허위처럼 느껴지게 했던 한 까닭이 아닐까. 시대를 앞서간다는 것은 무엇일까. 실험적, 전위적이란 수식이 붙으면 시대를 앞선 것일까. 나는 '낡았다'는 말을 얻어들을 위험을 감수하면서도 시대의 핵심을 관통하는 문제를 건져 올리려는 그 당당한 의지가 진정한 좌익적인 감수성이 아닐까 생각해본다.

그렇다고 해서 내가 그의 문학 렌즈를 일방적으로 선전하거나 옹호하는 것은 아니다. 하지만 삶의 혼미와 무질서 속에 이상하게도 패기와 박력을 상실해가는 우리 시의 노쇠 현상을 보며, 어디서부터 이런 무기력증이 시작되었을까? 하는 질문을 던져보지 않을 수 없다. 군부 정권보다 더욱 광포한 독재일 수 있는 자본주의 기류에 편승하며 문화적으로 선전된 이슈를 발 빠르게 좇아가며, 자기 안일 혹은 대중의 지배를 고분고분 수락하는 시는 결코 문학의 미래를 담보하지 못한다. 나는 왜 그가 역사라는 말을 그토록 진지하게 붙들어야 하는지 다시 생각한다. 자본주의라는 거대한 공장에서 섬뜩한 먹이의 사슬에 묶여 있는 우리에게 시는 정말로 왜 필요한 걸까. 이성이 있다면 견디지 못할 것을 너무나 당연한 듯 견뎌야 하는 시대. 같이 일하고도 한 사람이 가난해진다면 한 사람이 거짓말을 한 것이다. 한 사람이 상처 입는다면 누군가 때린 것이 아닐까. 그래서 더욱 피로한 노동 끝에 독서와 일기로 불면의 밤을 보내던 한 청년을 생각한다.

이 글을 쓰고 있는 지금 문득, 이 멀쩡하게 미쳐 있는 세상에서 맹문재 시인이 무척이나 외로웠을 것이라는 생각이 든다. 자신의 책을, 아니 존재 그 자체를 불꽃에 내어주는 자는 늘 그러했던가. 시인은 말한다. "맨발로 못을 밟고 온 나를/맨손으로 못을 뽑고 있는 나를/누가 무시할 수 있겠는가/나는 맨발로 걷기 시작했다"(「못꿈」)고. 전신에 못이 박혀서도 맨발로 걸어야만 했던 자는 알고 있으리라. 시가 존재한다는 그 자체가 이 자본주의의 세상과 다른 이념을 가지고 존재하는 테러리즘임을. 시는 세상의 구미에 뜯어 맞추는 것이 아니라 문제로서 던지는 것임을. 시를 불태우는 공장을 불태우며 존재의 의미를 획득하는 것임을.

제3부

현대시의 골룸들

은 무엇일까? 아마도 그것은 내가 누구인가, 시가 무엇인가를 물어가는 그 질문의 힘이 아닐까? 그가 시
도 모른다. 다시 말해 이승훈씨가 가까스로 넘겨준 릴레이봉을 들고, 물론 내
, 그 이제 것은 그저께 쓰던 것을 고치던 것이었고, 그것은 이제 맨 처음부터 다시 써야 하는 것들이고
데리다와 제임슨이 들고가던 바통을 받아들고

실험의 계보 : 현대시의 골룸들

1. 실험의 전통과 정키

우리의 상식과 기초에 대한 점검이 탈현대 담론에 던져진 광범위한 주제였듯, 현대의 수많은 담론은 시라는 것, 시적인 것에 대한 확신조차 가상적인 이야기임을 폭로했다. 우리가 '시'로 이해하고 있는 것은 시에 대한 우리의 사유일 뿐 시 자체는 아니라는 인식은, 이미 구성된 문학사나 문학에 대한 문제적 사유를 양산시켜왔다. 전위 혹은 아방가르드적이라는 말은 우리의 정신 속에 시가 어떻게 형성이 되어 있는가? 라는 질문, 그리고 문학적 전통에 대한 비판적 인식이나 스타일의 혁신과 깊은 관련을 맺고 있다. 역사적으로 형성된 시라는 장르에 대한 과감한 도전 의식은 오늘날의 시인들에게 대단히 일반적으로 공유되고 있으며, 분명히 적지 않은 현대 시인들은 자신을 아방가르드의 후예로 여길 것이다. 오늘날 수많은 비평가도 다양한 방식으로 전위라는 말을 명예스럽게 사용하고 있으며, 다양한 글쓰기의 스타일과 기술에도 불구하고, 특별히 제도와 관습을 향한 태도에서 우리는 전위적이라거나 아방가르드라는 말을 사용하는 것을 목격할 수 있다. 대부분 현대시가 상속하고 있는 아방가르드적 정체성은 반관습적인 자기의식을 기반으로 하지만, 사실상 전위, 아방가르드란 말은 오늘날 너무나 선전을 위해 사용되고 있고, 더 이상 현대 시인들은 '전위'라는 말에 대해 심각한 책임 의식을 느끼지 않는 듯이 보인다.

때문에 나는 아방가르드라는 말보다 '실험'이라는 말을 더욱 좋아하는데, 그것은 가지각색의 표준적 가치에 대항해 분명한 목표를 가지고 새로움을 추구한다는 의미에서 사용되는 말이기 때문이다. 이와 관련하여 우리는 근 한 세기에 이르는 현대 시사의 공격적인 시의 저항적 형태들과 낯선 표현들을 돌이켜볼 수 있는데, 가령 1930년대 이상의 시적 실험이나 1950~60년대 조향, 김춘수, 현대시 동인들, 1970~80년대 이후 오규원, 이성복, 이하석, 황지우, 장정일, 박상순, 함기석, 최근의 미래파 같은 시인들을 만날 수 있다.

대개 언어란 것은 언제나 의미와 관념을 저장하려 하고, 시스템의 지배를 고수하며, 다른 항로를 택하려 하지 않는다. 또한 시인은 시에 대한 지식에 자만해서, 자신의 수사가 충분히 시적이라는 환상을 품고 언어를 결박하고 있는 수사의 끈을 풀어놓으려 하지 않는다. 그는 이미 만들어져 있는 의미에 권력을 충분히 인식하고 자신이 노예의 처지에 있다는 계약을 준수한다. 그렇지만 그는 계약 속에서 의미의 작은 빈틈을 발견하며, 이 빈틈을 이용해 계약을 전복할 수 있는 기회를 노린다. 일상의 언어에 묶인 채로, 일상의 언어의 지배력을 무력화한다. 한국 현대시사의 실험시의 계보를 짚어가기 전에, 나는 한 젊은 시인의 의미심장한 시를 먼저 소개하고자 한다.

그는 이 영화의 주인공이야. 내가 마지막까지 그를 끌고가야 하는

이유가

　이 영화를 만드는 목적이고, 그러니 그를 만들어내는 자네 솜씨에 따라 이 영화의 승패가 달려있다고 감히 말할 수 있네.

　그는 들에 핀 한 송이 꽃도 무심히 바라보지 않네. 뿌리까지 파보아야 직성이 풀리는 자야. 그가 그렇게 궁금해하던 산속의 비밀을 알게 된 것은 반지를 손에 넣은 후의 일이었지. 사실 산속의 비밀이라는 게 뭐 있나? 텅 빈 어둠 뿐,

　그는 손재주가 뛰어나고 발이 빠른 소인족이어야 하네.

　깡마른 맨 몸, 툭 튀어나온 이마, 깊은 주름

　반지의 금빛이 얼마나 찬란하던가.

　더구나 젊음을 영원히 지닐 수 있다고 하지 않던가.

　반지를 위해서 친구도 죽인 놈이야, 남 해치는 일도 밥 먹듯 했을 그런 놈이지.

　특히 그의 눈을 신경 써 만들어주게. 늪처럼 질퍽한 눈에 어린 짙은 그림자 한 가닥,

　햇빛과 달빛에 대한 공포증이란 어떤 걸까?

　　　　　　　　　　　— 김종옥, 「골룸－피터잭슨 감독의 주문」 전문

　위의 시는 영화 〈반지의 제왕〉의 스크립트 형식을 취하고 있다. 잘 알려진 대로 〈반지의 제왕〉은 2차 대전의 어둠을 배경으로 깔고 있는 작품으로, 어둠의 제왕으로부터 사육된 군대와 전쟁, 학살의 장대한 스펙터클 속에서 해맑은 자연의 순수성을 가진 호빗족의 주인공에 의해 인류가 구원된다는 대단히 계몽적인 내용을 가진 작품이다. 권력과 지배욕의 상징인 '절대반지'는 이성의 사망을 강요하면서 주체를 단순한 욕망 덩어리로 변모시킨다. 반지의 마법을 경험하고 그 힘에 오염된 골룸은, 비틀린 지배욕

과 자연에 대한 향수를 동시에 간직한 존재이다. 그는 무한대의 문명과 절대 권력을 구축하려는 문명인의 야수성을 노출하면서도, 본래 천진한 호빗족(스미골)의 천성을 감추고 있다. 이런 양자의 속성은 그의 내부에서 끊임없이 갈등한다.

위의 시는 영화의 주인공이 이전에는 선한 호빗족이었으나 환경과 권력에 오염된 '골룸'임을 주장한다. 반지는 자신은 보이지 않으면서, 모든 것을 보고 행할 수 있는 엄청난 권력을 주인에게 건네준다. 반지를 좋은 주인이 가졌을 때는 존재하지 않는 것이나 마찬가지지만, 그것을 나쁜 주인이 소유했을 때는 엄청난 재난이 다가온다. 골룸은 호빗족이었던 기억, 즉 스미골을 지배하려는 반지의 힘과 싸우면서도 반지의 매혹을 부인하지 않는 이중성을 지닌다. 끝없이 분열된 주체와 대화하며, 결국 비극적인 말로를 맞이할 수밖에 없는 골룸의 독백은, 자연과 문명의 지대에 걸쳐져 있으며, 순수한 자연과 합일하지 못하고, 동시에 그 자연의 파괴자로 완성되지도 못하는 실험시의 운명과도 맞닿아 있다고 나는 생각해본다. 현대 시인들은 자아와 세계의 합일이라는 서정시의 규정 속에, 순수한 유토피아를 회복하고 싶어 하지만, 그 유토피아는 인간 주체의 욕망과 자기중심의 이성 때문에 불가능함을 심각하게 통찰한다.

골룸은 살인과 거짓을 통해 반지를 얻고, 수세기 동안 반지의 힘에 소유당해왔다. 다시 반지를 얻기 위해 급기야 호빗족의 노예가 되기로 결심하는 골룸은, 반지를 대지의 분화구 속으로 다시 던져버리려는 호빗족의 의지를 방해하며, 반지의 운명에 거대한 영향을 미친다. 문제는 골룸을 호빗족으로 볼 것인가, 어둠의 노예로 볼 것인가이다. 현대시를 천진한 유토피아를 고수하는 호빗족으로 볼 것인가? 권력과 욕망, 문명에 오염된 기형의 언어로 볼 것인가? 순진한 호빗족이었던 스미골은 반지의 힘을 '경험'하고 나서, 끝없이 과거의 정체성과 싸움을 벌이며 분열된다. 골룸은 자신이 살인자였다는 것을 알기에 대단히 허무적이며, 스스로의 존재를 혐오하고, 끝없이 자신의 언어를 부인하며 불안해한다. 존재의 역사에 끼어들어온 엄청난 죄악과 범죄, 어떤 격변이 그를 호빗족이면서도 호빗족이 '아닌' 존재로 변형시킨 것이다. 사실, 인간이 순수의 바탕으로 돌아갈 수 있다는 낙관적인 기대는 너무 순진한 것인지도 모른다. 존재는 역사와 경험 속에서 타락하고, 그 타락과 야만성이야말로, 현대의 언어가 직시해야 할 가장 중요한 요소는 아닐까? 인간의 천성에 따라 낙천적으로 풍요로운 자연과 아름다운 삶을 되찾으려는 호빗족 프로도가 서정시의 일반적인 덕목을 상징한다면, 그 서정시의 발목을 잡아채고 끝없이 검은 힘을 환기시키는 존재는 바로 실험시가 아닐까? 언어의 반지를 대지의 구덩이로 되돌려주려는 호빗과 싸움을 벌이고, 마지막 '절정'에서 화염 구덩이와 마지막 운명을 같이하는 저주받은 문학사의 아들이 바로 실험시라 할 수 있을 것이다.

언제나 우리는 평온한 자연, 소박한 웃음을 좋아하며, 인간의 자율적인 의지와 가슴을 너무도 쉽게 신뢰한다. 하지만 언어의 엄청난 지배력과 힘을 '어둠'으로 경험하고, 흉측하게 분열되고 일그러진 골룸은, 노래와 춤을 좋아하고 자연과 어울려 낙천적으로 즐기는 호빗족처럼, 외로이 누구도 듣지 않는 노래를 부른다. 그것은 공동체 속에서 부르는 행복의 노래가 아니라, 외로운 계곡에서 부르는 개인의 노래이다. 자연을 사랑하면서도, 타락과 황폐함을 승인하는 목소리는 골룸이 죽을 때까지 따라온다. 그는 문명의 계곡을 외로이 떠도는 개인 군상들과 분열적인 회색인을 닮아 있다. 골룸은 늘 의기소침하고 우울하며, 외롭다. 자신에 대해 회의하고, 근심하고, 수척한 표정을 하고 있다. 골룸은 민첩하고 영리하고 추악하지만, 순수하고, 위트와 사나운 공격성도 갖추고 있다. 그것은 실험시의 위트와 풍자성과 공격성을 떠올리게 한다. 호빗족 샘의 모욕과 저주를 받으며, 시련의 극한을 견디며 오를 수 있는 '정상'까지 올라갔지만 결국 승리를 호빗족에게 양보하는 골룸처럼, 실험시라는 것도 서정시의 모욕과 조롱을 받으며 문학사의 정점에서 버려지는 운명을 가지고 있는 아닐까. 어쩌면 전통의 죽음을 선언하고, 현대시에 격변을 가져온 아방가르드 시인들은 골룸의 슬픔을 소유했는지도 모를 일이다. 수많은 반지 원정대들이 아름다운 숲과 평화를 지키기 위해 행보를 같이할 때, 홀로 낯선 길을 걸어 위험한 '정상'으로 시를 안내하는 골룸은 무언가 데카당트한 냄새를 풍긴다. 그러나 골룸은 한때 호빗족 프로도처럼 반지의 수호자였다. 그 대가로 그는 '잊혀진 시민'이 된다. "늪처럼 질퍽한 눈에 어린 짙은 그림자 한 가닥," "햇빛과 달빛에 대한 공포증"을 지닌 골룸에게서 나는 무언가 슬픈 전위들의 표정을 발견하게 된다.

2. 반시 · 비시 · 해체시와 메타시 논쟁

골룸은 다시는 고향으로 돌아갈 수 없다는 것을 알고 있다. 그는 호빗의 순수성이 해체되고 탄생한 제3의 존재임을 스스로 잘 인식하고 있기 때문이다. 그는 호빗족으로서의 순수한 정체성을 되찾을 가능성을 스스로 부인하고 회의하면서도 그리워한다. 동시에 그는 자연과 인간을 완전히 장악할 수 있는 반지의 권력과 매혹을 부인하지 않는다. 골룸이 권력과 욕망을 발견하고 치르는 대가는 힘이 행사되는 대상으로부터의 '소외'다. 소외는 자연을 떠난 망향자의 운명이며 현대성의 가장 중요한 징표이다. 한국의 현대시사는 과거의 전통, 자연, 공동체, 기억을 부인하면서도 복원하고 싶어 하는 골룸의 콤플렉스를 가지고 있었는지 모른다. 한국문학은 계몽

제3부 현대시의 골룸들

주의, 민족주의, 계급주의, 상징주의 등의 사상적 틈바구니에서 수많은 문학적 논리를 세우면서 전개되었지만, 이러한 노력들의 공통된 지반은 바로 모더니티의 충격, 서구적 이성주의, 합리주의를 통한 새로운 문학의 '건설'이라는 명제였다.

모더니즘은 20세기 문학 사상의 포괄적인 개념으로 주지주의나 다다이즘 또는 초현실주의 등을 포괄하기 때문에, 한국 현대시의 실험적 계보를 추적해보기 위해 모더니즘 시의 두 경향을 크게 주목해보는 것이 편리할 것이다. 그 첫째는 주지주의이며 둘째는 초현실주의이다. '실험시'라는 측면에서 보다 주목되는 이들은, 본격적인 모더니즘 이론, 특히 영미 주지주의 경향을 도입한 김기림, 정지용, 김광균, 장만영, 장서언 등의 시인보다, 초현실주의적인 경향을 실험한 이상과 『삼사문학』 동인들이다. 구인회 동인들이나 김광균과 같이 감각적 이미지를 선보였던 모더니스트들도, 낭만적 영탄을 배제하고 도시와 문명적 감각을 표현한다는 모더니즘에 충실한 것이지만, 1930년대 초현실주의적인 시 경향을 내보였던 이상이야말로 실험시의 기수라 할 것이다. 이상의 시작은, 조선과 건축, 가톨릭 소년 등에 다다풍의 시를 발표하면서 시작되었으나, 1934년 『조선중앙일보』에 발표된 「오감도—시제1호」가 대표하는 초현실주의적인 경향은 1934년에 창간한 『삼사문학』으로 이어져 이시우, 한천, 조풍연, 신백수 등 신인들의 시풍에서 그 단면을 드러낸다.

이러한 실험적인 기류는 광복과 한국전의 후유증으로 방황한 1950년대를 거쳐, 전쟁기의 후반기 동인들을 교량으로 하여, 1960년대에 상륙한다. 이미 1950년대에 수용된 실존주의나 심리주의, 뉴크리티시즘의 형식주의 문학론 등을 자양으로 1960년대에는 인간의 내면 의식 탐구와 언어 실험이 본격적으로 전개되었다. 잘 알려진 대로 1960년대에는 언어의 전복적인 실험을 통해 불온성을 노정하는 시인들이 다수 등장했는데, 여기서 우리는 1960년대 순수시 계열에 포함될 수 있는 두 가지 실험적 경향을 주목할 수 있다. 하나는, 언어와 형식 실험을 통해 자아의 내면세계를 탐구하거나 사물의 존재성을 추구하는 경향이고, 다른 하나는 전통적인 시 형식을 유지하며 개인의 서정을 감각적으로 표현하는 방법이다. 전자에 해당하는 김춘수의 무의미시는 한국 현대 시사의 대표적인 실험으로 인식되고 있다. 전통 서정시의 주관성과 참여성을 배제하며, '판단 중지'의 현상학적 방법론을 차용한 무의미시의 논리는 의미 해체를 가속화한 현대시인들에게 다양한 실험의 논리를 마련해준다. 언어 실험과 내면화 경향은 특히 1960년대『현대시』동인인 이승훈, 주문돈, 이건청, 정진규, 박의상, 마종하, 이수익, 오세영, 오탁번, 김영태, 이유경 등에게서 두드러졌고, 이 외에도 1960년대 신인들이었던 황동규, 정현종, 홍신선, 김광림, 오규원, 김요섭, 강우식, 강희근, 문효치, 이탄, 김종해, 이가림, 이근배, 김종철 등은 새로운 지성과 감수성의 혁명을 주도하면서 전후문학이 갖는 분단과 이념의 무게에서 벗어난 예리한 언어들을 내보여줌으로써, 화려하고 개성적인 언어 실험 시대를 열게 된다.

무엇보다 각별히 주목해볼 것은 1960년대에 순수 참여 논쟁과 더불어 강렬하게 제기된 김수영의 반시적 명제이다. 본래 반시(反詩, anti-poetry)라는 용어는 1954년 칠레 시인 파라가『반시집』이라는 책을 간행한 데서 비롯되었다. 이때의 반시라는 개념은 일상적 언어에 의한 일상성 탐구를 뜻하며 시의 화자는 사회적 질서 속의 한 기능인으로 제시된다. 이는 전통적 시 문법의 파괴라는 함의도 담고 있는데 기존의 시에 대한 불신, 일상적 의미의 거부, 현실적/사회적 자아에의 주체적 실천을 특성으로 한다. 김수영의 반시적 명제는 시적인 고정관념에서 과격하게 이탈한 비시,

1980~90년대의 포스트모더니즘의 인식론과 깊은 연관을 맺는 해체시의 기류와 자주 연관되어 논의되어왔다. 해체시라는 용어는 1980년대 초 등장하는데 황지우, 박남철, 이윤택 등이 발표한 일련의 전위적 실험시들을 가리킨다. 반미학의 원리에 기반한 해체시들은 예술에 대한 근본적인 회의의 반영으로 전통시 형태를 철저하게 파괴한 극단적인 문제시로 정의된다. 반권위적 우상 파괴, 반미학, 언어의 평면성, 신리얼리즘, 기존 문법의 일탈 등으로 요약되는 해체시의 미학이 보다 더 확대/구체화되는 것은 1990년대 초이다. 1990년대의 해체시는 포스트모더니즘의 문학적 실천으로 논의되면서, 데리다가 주장하듯 이성중심주의적 질서로부터의 자유를 지향하는 텍스트적 실천으로 인식되어왔다. 이를테면 해체시는 본질/현상, 말/문자, 현존/부재 같은 위계적 대립 구조와 억압적인 텍스트에 맞서, 텍스트의 내적/외적 해체를 가속화한다. 이들은 포스트모더니즘의 미학적 강령처럼 주어진 경험적 실재들을 '자연적'인 것이 아니라 '문화적'인 것으로 파악하면서, 예술사에 대한 총체적인 비평으로서 자기반영성을 내보이는데 메타성은 그 대표적인 양상이다. 이 메타시를 우리 시의 한 가능성으로 볼 것인가 아니면 시를 부정하는 것으로 볼 것인가 하는 문제는 골룸을 '호빗족'으로 볼 것인가, 호빗족의 어두운 거울인 '다른' 존재로 볼 것인가 하는 질문과 엇비슷하다. 이런 유의 글쓰기에 '시'라는 용어를 붙였다면 이는 이미 시적 장르로 인정한다는 의미가 되며, 시 자체를 부정한 것이라기보다 의미화의 한 가능성을 추구한 것이라 볼 수 있다. 이승훈이 "시적인 것도 없고 시도 없다"고 한 것은 전통적인 시 쓰기, 이른바 주체가 언어를 수단으로 대상을 노래하는 형식에 대한 부정이다. 이승훈의 시적 논리는, 본래의 시적인 본질은 부재하며, 그것은 텍스트의 자기 반영 속에 구축되는 것이라는 인식으로 요약될 수 있다. 요컨대 메타시는 이성

중심, 거대 담론에 대한 반동으로 불확실성과 불확정성을 인식소로 하는 해체주의적 세계관 내지는 시 자체에 대한 비평 의식이 탄생시킨 문학적 현대성 혹은 후기 현대성의 한 징후이다.

여기서 1996년 말에 뜨거운 쟁점적 사안으로 부각된 바 있는 해체시와 정신주의 논쟁[1] 또한 한국 현대시의 실험성을 점검하는 데 소중한 시사를 던져줄 수 있을 것이다.[2] 1996~7년 사이 『문학사상』을 통해 제기된 정신주의와 해체주의 논쟁은 1980년대 이후 본격적으로 가시화된 현대 시인들의 과격한 언어 실험에 대한 회의에서 촉발되었다. 이 논쟁은 해체주의/정신주의 논쟁이라는 말로 편리하게 구분/명명되었지만, 실제로 양자의 관점은 근대적 가치의 회의와 반성과 연계된다는 점에서는 별개의 문제가 아니다. 해체주의/정신주의 논쟁은, 이승훈이 메타-, 해체- 등의 접두사를 가진 시의 이론 제공자라는 인식에서 최동호가 "시가 시를 부정하는 자기 소멸적 퇴영성"으로 함몰하고 있다는 반론을 제기하면서 촉발되었다. 최동호는 "시가 부정되고 있다. 시를 부정하는 것이 마치 가장 첨단적인 것처럼, 또는 어쩔 수 없는 필연적 사실인 것처럼 논의되고 있다"고 우려 섞인 비판을 내보이면서, "시인의 정신이란 어떤 현실의 압력 속에서도 이를 시적인 용기 속에 담아내는 힘을 뜻한다. 그것은 삶의 파편을 통해서 보다 근본적인 것을 통찰하는 힘이며, 무수한 경험들 속에서 우리의 삶 속에 감추어진 정신적 황금 부분을 객체화시키는 정신을 뜻한다"고 자신의

---

1 해체시와 정신주의 논쟁의 전말에 관해서는 필자의 논문 「언어실험으로서의 해체와 현대 시정신」(『우리말글교육』 제7집, 우리말글교육학회, 2005) 참조.

2 『문학사상』 1995년 11월호에 최동호 교수와 이승훈 교수의 시적 입장 차이로 촉발된 이 논쟁은, '해체시'와 '정신주의 시'라는 약간은 묘연한 범주에서 시작되었지만, 이후 『시와 사상』『현대시』 등에서 확대 논의를 거쳤다.

정신주의에 대해 규정하고 있다. 간략하게 말해 최동호가 비판하는 것은 '시를 부정하는 현학적 궤변'이며 옹호하는 것은 '시의 진정성'과 1930년대 김기림이 '명랑성'이라고 언급한 바와 유사한 '건강성'이다. 해체주의 정신주의 논쟁은 현대시가 지향해야 할 것이 무엇이냐는 논쟁에 다름 아니다. 현대시의 이념인 새로움에의 추구는 시의 운명적인 질료일 수밖에 없는 '언어'의 탐구로 이어지지만, 그러한 언어를 매개로 한 시라는 장르는 한국의 현대 시사가 상속해온 삶에 대한 통찰력과 강인한 시정신을 계승한다. 실험은 언어의 적합성을 공격함으로써 '표현된 세계'를 전복하는 도구로서 존재하는 것이지, 도구의 전횡을 위해 존재해서는 안 된다. 진정한 현대성에 대한 의식은 관습과 전통으로부터의 탈각과 재구축이라는 문제와 분리될 수 없으며, 불가피하게 어느 정도의 과격한 제스처를 동반하는 것은, 언어에 대한 자기반성이라는 명제와 불가분 연관되어 있다는 점을 이 논쟁은 되새기게 해준다.

3. 네오 아방가르드와 다양한 실험의 양상

다시 우리는 1970년대로 되돌아가 산업화 시대의 다양한 문제들을 언어적 자의식과 결부시켜 다소 실험적인 방식으로 표현해낸 이른바 '도시시'라 일컬어지는 시 경향을 떠올려볼 수 있을 것이다. 이승훈은 1970년대의 신세대들인 감태준, 김광규, 이성복, 최승호, 최승자, 김혜순 등에게서 '산업사회 속에서 사물로 전락하는 자아에 대한 절망과, 그런 절망에 대한 미적 저항'[3]을 발견하며, 그것이 '1960년대의 미적 모더니즘과 1970년대

---

3 이승훈, 「미적 모더니즘과 리얼리즘의 인식」, 권영민 편, 『한국문학 50년』, 문학

의 민중시학을 발전적으로 극복'[4]한다는 데서 도시시의 의미를 찾고 있다. 산업화 시대에 쓰여진 대부분의 시들이 그렇듯이 이러한 시들은 근대라는 한국 현실 속에서의 삶을 탐색하는 존재론적인 문제에 많은 부분이 할애되어 있다. 하지만 유독 돋보이는 점은 이들이 만들어낸 시대적 삶의 풍경들이, 1980년대 시인들의 내면화된 현실의 축도임과 동시에, 일현의 언어적 반성과 결부되어 있다는 점이다. 1980년대 들어 일군의 도시파 시인들은, 언어적 탐색으로 한층 더 강렬하게 나아가게 된다. 가령, 이성복의『뒹구는 돌은 언제 잠깨는가』(1980),『남해금산』(1986), 이하석의『투명한 속』(1980), 황지우의『새들도 세상을 뜨는구나』(1983), 최승호의『고슴도치의 마을』(1985),『진흙소를 타고』(1987), 이윤택의『춤꾼 이야기』(1986), 김영태의『결혼식과 장례식』(1986)과 같은 시집들은, 기존의 서정 미학의 지반을 흔드는 다각적인 언어실험과, 도시적 소외, 일상적 삶의 비극, 자아분열의 고통을 실험적으로 표출하고 있다. 이 외에도, 도시적 감수성을 개성적으로 표출한 시인들을 통해서도 다각적으로 현대시의 실험적 기류를 검토해볼 수 있을 것이다. 이형기, 정현종, 오규원, 이승훈, 이하석, 최승호 같은 시인들은, 언어, 감수성, 전략적인 면에서도 세대적 구도를 무력하게 하는 가열한 시적 실험을 보여주었는데, 그 중에서도 특히 아방가르드적 의식을 견지하며 실험적 경향을 가장 두드러지게 내보인 시인은 오규원과 이하석이라 할 수 있을 것이다.

　　　한 쌍의 남녀(얼굴은/대한민국 사람이다)가/사막을 걸어가고 있

　　사상사, 1995, 107쪽.
4　이승훈, 앞의 책, 108쪽.

다//한 쌍의 남녀(카우보이/스타일의 모자를 쓴 남자는/곧장 앞을 보고-역시/남자다, 요염한 자태의 여자는/카메라 정면을 보고-역시/여자다)가 사막을 걸어가고 있다//이렇게만 씌어 있다/동일레나운의 광고/IT'S MY LIFE-Simple Life//(심플하다!)//simple life, 오, 이 상징의/넓은 사막이여/사막에는 生의 마빡에 집어던질/돌멩이 하나 없으니-

— 오규원, 「그것은 나의 삶」 전문

그림 1 〈Marilyn Monroe(1967)〉, Andy Warhol

오규원은 위의 시에서 광고가 만든 기호 속에서 생을 소비하는 분열된 현대인의 초상을 그려낸다. 대중의 욕망을 장악하고 추동시키며, 무수한 기호들의 번식과 소멸을 반복하는 광고를 차용한 이른바 '광고시'는 오규원의 실험시의 중핵을 차지한다. 'It's MY LIFE-simple Life'(그것은 나의 삶)라는 카피 문구를 제목으로 한 위의 시는, "선언 또는 광고 문안"(오규원, 「가끔은 주목받는 生이고 싶다」)이라는 그의 다른 시편들처럼, 소비사회의 맹목적인 욕망과 허구성에 오염되어 있는 대중을 희극적으로 풍자하고 있다. 은유와 환치의 방식으로 카피 문구를 배치하여 자본주의의 문화 기호들이 감추고 있는 이념을 폭로하고, 장르의 경계를 파괴하고 텍스트의 자율성을 해체시킨다. 오규원은 TV의 광고 문구, 영화의 미장센, 상품 안내문 등을 그대로 도입하여 시를 오염시키는 상업화된 자본주의 사회의 언어에 관심을 두며, 시라는 양식이 주는 고정관념에서 탈피하여 "의미하는 모든 것을 배반"할 수 있는 새롭고 비판적인 언어 전략을 모색[5]한다.

이러한 실험적인 작업은 컨셉추얼 아트(Conceptual Art)나 팝아트(Pop Art)의 전략을 빌려온 것이기도 하다. 잘 알려진 대로 팝 아트는 대중이 공유하는 범속한 이미지를 다중적 의미로 놀이하는데, 이는 일상 속에서 반복되는 상업언어의 진부함에 대한 확인이기도 하며, 일상성과 구체성, 기지, 상상력을 아울러 표출하는 전위예술가들의 미적 실험이기도 하다. 오규원의 시 아래 필자가 배치한 앤디 워홀의 작품에서도 볼 수 있듯이, 마릴린 먼로 같은 대중적 이미지(때로는 코카콜라, 깡통, 만화, 사진 등)는 보는 시선에 따라 각기 다른 의미의 다중성을 가지게 된다. 팝아트는 레디메이드를 예술적 차원으로 이동시키면서 소비사회의 자명성을 재인식시키고, 전경화한다는 점에서 컨셉추얼 아트와 방법론과 유사성을 보인다. 물론 오규원은 단순히 팝아트의 방법과 이념을 피상적으로 모방하거나 추종하고 있는 것은 아니다. 언어에는 "비판적 또는 해석적 의미"가 여타의 예술보다 강하게 드러나기 때문에 언어에 대한 자의식이 전제되어야 한다.[6] 길들여진 기호를 모조하고 낯선 인식의 영역으로 이동시킴으로써 관습화된 반응과 인식을 반성적으로 해체하는 것이 네오 아방가르드의 중요한 미학 원리라면, 그의 실험 정신은 형식의 파괴와 해체를 통해 의미화의 억압적인 메커니즘을 파괴하는 적극적인 전략으로서의 의미를 띤다.

이렇게 팝아트적 방법론을 통해 시적 실험을 수행했던 오규원의 시와는

---

5   이연승, 『오규원 시의 현대성』, 푸른사상사, 2004, 243쪽.
6   오규원, 「인용적 묘사와 대상」, 『문예중앙』, 1987년 겨울호.

좀 다른 차원에서, 산업화, 물신 시대의 개인, 사물에 대한 탐구를 하이퍼 리얼리즘(Hyperrealism)의 전략을 통해 수행한 이하석의 시가 있다. 이하석의 시집 『투명한 속』(1980), 『金氏의 옆 얼굴』(1984)에는, "물리적 기능의 상실에 대한 쇠붙이들의 절망"[7]으로 표현될 수 있는 유독한 폐기물과 인간과 자연으로부터 소외된 사물들이 흩뿌려져 있다. 카메라처럼 냉정한 시선을 가지고 사물과 풍경을 재현하는 그의 글쓰기 전략은 서구의 아방가르드 예술, 특히 이하석과 장정일과의 대담[8]에 밝혀져 있듯, 팝아트와 하이퍼 리얼리즘에서 차용된 것임은 잘 알려져 있다. 하이퍼 리얼리스트는, 사진으로 회화를 복제하는 게 아니라 회화로 사진을 흉내냄으로써 복제와 원본의 위계를 전복한다. 이는 20세기 초 서구의 예술전통을 전복한 아방가르드가 미극화한 네오 아방가르드(Neoavantgarde)에 속하는데, 이들은 아방가르드의 전복 작업을 보다 철저한 미술 작업으로 가시화시킨다. 이하석의 시와 라우센버그(Rauschenberg)의 작품을 비교해 보자.

빈 양주 병 곁에서 잠이 깬다. 미스 빼주는
헝클어진 머리칼을 미국식으로 쓰윽,
쓸어올린다. 화장이 군데군데 지워져
그녀의 눈 위에는 푸른 그늘이 얼룩져 있다.
하품이 술기와 구역질과 욕지거리의 입으로
새어나온다. 타임지엔 중동 쯤에서 대량 학살이 있었음을
사진으로 보여주고, 사진 아랜 색정 넘치는
여인의 분홍빛 침실의 화장품 광고. 마른 포와

---

7   박혜경, 「산업사회에서 살기, 산업사회에서 꿈꾸기 — 이하석의 시세계」, 『문학
     정신』 1990년 11월.
8   장정일, 「근대인의 초상」, 『현대시세계』 통권 8호, 1990년 9월.

땅콩 껍질이 피와 먼지 뒤엉킨 주검들 위에
흩어져 있다. 브라운인지 브라본지가 있었던
자리엔 몇 장의 지폐, 노란 휴지와 함께
구겨져 있다. 그녀는 문득 벽의 거울을 발견하곤
그 쪽으로 웃는다. 타임지의 광고 속
아름다운 여자처럼.

— 이하석, 「아메리카」 부분

그림 2 〈tracer(1963)〉, Robert Rauschenberg

라우센버그의 작품 〈추적자(tracer)〉가 보여주듯, 그는 다양한 재료들을
혼합한 아상블라주(Assemblage) 혹은 컴바인 페인팅(combine painting)을
통해, 즉 그리거나, 설계하거나, 조각하는 것이 아닌 자연적 재료나 대량생
산된 재료를 작품 속에 끌어들여 회화를 추구했다. 상이한 재료들과 독수
리, 헬리콥터 등의 이미지는 어지러운 환영처럼 대중을 장악하고 있는 미
국의 허위성을 드러낸다. 베트남전쟁이 진행되는 동안에도 끊임없이 대중

매체는 애국심을 부추기고, 사랑과 미에 대한 욕망을 부풀리기 위해 가동된다. 그림에 있는 루벤스의 〈화장하는 비너스〉와 헬리콥터, 독수리 등은 죽음과 욕망이 뒤엉킨 미국의 부조리한 현실을 드러낸다. 이하석 시 역시 라우센버그의 작품처럼 자질구레하고 상이한 소재들을 병치해 부조리한 현실을 자각하게 한다. 중동전쟁, 학살의 현장이 보도된 『타임지』 속의 화장품 광고, 색정 넘치는 여인의 분홍빛 침실, 그녀의 술안주였던 땅콩 껍질, 지폐, 노란 휴지 등이 등장한다. 미스 빼주는 미국으로 가는 꿈을 꾸지만 현실에서 그녀는 버려져 있는 창부적 존재이다.

그림 3 〈Retroactive 1〉, Robert Rauschenberg

이렇듯 자본주의가 부풀려놓은 환상의 허망함과 정치적 함의는 아폴로 11호의 월면 착륙 사진과 케네디의 사진 등이 병치된 라우센버그의 〈반동하는(Retroactive)〉에서 더욱 잘 드러난다. 이것은 사진인 듯 보이지만 회화이다. 그의 작품에서 엿보이듯 사진 혹은 실제보다 더욱 실제처럼 느껴지는 하이퍼 리얼리즘의 기법을 이하석은 자주 시에서 사용하는데, 감정을 철저히 배제한 카메라적 시선은, 일상의 미디어가 흩뿌려놓는 선전, 쉽게 망각되는 치명적인 사건들, 버려진 사물들과 병치되어 현대인의 환상과 음험하게 왜곡된 일상의 면면을 들춰보게 한다.

좀 다른 각도에서 자본주의적 공간에서 구성되는 허위와 환상에 대한 싸움은 자본주의라는 거대한 남근적 신화 속에 살고 있는 여성 시인들의 언어 실험과도 긴밀하게 결부된다. 1970~80년대 등장했던 실험적인 여성 시인들이 적지 않았지만, 특히 1980년대에 발간된 여성 시인들의 시집들은 여성적 자의식이 언어 실험과 맞물려 있음을 잘 보여준다. 가령, 『왼손을 위한 협주곡』(민음사, 2002. 초판은 1983년 문학사상사에서 발행되었다)에는 '폭양'처럼 쏟아지는 뜨겁고 파열된 언어가 분출하고 있다. 본래 〈왼손을 위한 협주곡〉은 고도프스키가 전쟁에서 오른손을 잃은 비트겐슈타인을 위해 작곡한 곡이다. 이 곡으로 비트겐슈타인은 연주 인생을 재기할 수 있었는데 이후, 고도프스키도 뇌졸중으로 쓰러져 오른손이 마비되었다. 낙심하던 그 역시 이 곡을 연주하면서 음악가로서의 생명을 이을 수 있었다. 타인과 자신을 구원한 이 음악은 김승희의 시적 영감의 근원이 된다. 죄, 태양, 폭양, 흰 뼈, 삶과 죽음, 광기, 슬픔, 음악이라는 시어와 이미지들은 서로 얽혀 시집 곳곳에 드러나 있다. 시집 속에서 김승희는 자신의 존재는 "희미한 물음표"이며 "병들"고 "광기 젖은" 물음표로서 "신의 나라에서는 필요 없는 물음표"(김승희, 「신의 연습장 위에」)라고 노래한다. 이러한 자기의식에 대한 물음은 여타의 여성시 속에서도 과격한 언어실험으로 분출되는데 1980년대의 김혜순, 김정란, 최승자, 1990년대의 김언희, 박서원, 노혜경, 이원, 김소연, 성미정, 조윤희 등의 강렬한 실험성 또한 현대시의 공간을 풍요롭게 만들어 주고 있는 것이다.

거부당하거나 인정받지 못하고, 감추어져 있는 여성의 목소리를 강렬한
해체 의식으로 표출한 최승자나 김혜순, 김정란 등이 수행해온 언어 실험
은 여성적 존재로서의 자기인식과 결부된 실험적 글쓰기를 강렬하게 보여
준다. "여성에게서 '말'을 빼앗는다는 것은, 여성이 수다를 떨지 못하게 하
겠다는 뜻이 아니다. 그것은 여성이 주체성을 가지고 자신의 방식으로 세
계와 삶을 해석하지 못하도록 하겠다는 뜻이다"[9]라는 언명처럼, 여성시의
시적 실험은 남성들이 해석해놓은 세상을 읽고 전복하기 위한 전략이기도
하다. 김혜순의『아버지가 세운 허수아비』(1985),『불쌍한 사랑기계』와『한
잔의 붉은 거울』이나 김정란의『다시 시작하는 나비』(1989),『매혹, 혹은 겹
침』(1982),『그 여자, 입구에서 가만히 뒤돌아보네』(1997),『스·타·카·
토 내 영혼』(1999),『용연향』(2001) 등의 시집은 여성의 말과 존재 의미를
탐색하는 분열된 언어를 담고 있다.

> 내가 부재를 꿈꾸기 시작했을 때
> 나를 부르러 올 리 없는 그대
> 아득한 목소리를 꿈꾸기 시작했을 때
> 부 터 내 존 재　가　산
> 　산
> 이 부
> 　　　　서
> 　　　　　져
> 　　　　　　— 김정란,『매혹, 혹은 겹침』66쪽

위의 시에서 엿보이듯 산산이 부서진 언어들은 남성의 말에 의해 형성

9　김정란,『말의 귀환』, 개마고원, 2001, 94쪽.

된 조재의 거부와 탐색, 그리고 자신의 언어로 존재와 소통하고 싶은 여성적 글쓰기의 딜레마를 비춰낸다. 세계의 폭압적인 힘과 남근적 이념을 문제적인 방식으로 읽어내는 이러한 여성시의 렌즈는, 의미와 소통 체계를 전복하고 교란하려는 실험적 몸짓과 직접적으로 결부된다. 이승원은 "70년대에서 80년대에 이르는 지식인의 절망과 부정 의식을 해체적으로 보여준 시인으로 이성복이나 황지우, 장정일이 거론된다면, 그 계열에 김승희나 최승자, 김혜순이 마땅히 들어가야 함에도 불구하고, 남성 시인들을 중점적으로 검토하고 그다음에 여성 시인들을 한꺼번에 약술하는 사례가 적지 않았던 것이다"[10]라고 주장한다.

이와 관련하여, 이미 1990년대 들어 몸이라는 기호가 일종의 시적 실험의 전략으로 사용되었다는 것은 잘 알려진 국면인데, 특히 여성시 측에서 이 몸은 현대를 구성했던 사고의 기본적인 범주를 해체하는 전략적인 거점이 될 뿐 아니라 말하기/글쓰기/언어 실험적 측면과도 직접적으로 결부된다. 불분명해 보이고, 근거 없어 보이고, 흔적을 지워가는 듯한 흔적들 속에 새겨진 것들, 모호하고 희미하고 불확실한 것들에 대한 관심은 주체 속에서 작동하는 타자, 바탕들에 대한 사유와 연계된다. 더 나아가 성을 통한 실험적 자의식은 단지 여성 시인만이 아니라, 채호기, 성귀수, 김요일 등의 시인들에 의해서도 다층적인 전략으로 실험되고 있다. 각기 전략은 다르지만 다양한 시인들의 실험적 작업 한가운데에는 시는 쓰여지고 있지만 '시는 없다'라는 탈현대적 담론의 해체 전략이 숨어 있다. 아울러 부재하거나 결여된 것, 버려지고 삭제된 것들에 대한 관심 속에는 삶의 본질을 보기를 가로막는 허상의 마술과 그 마술을 풀어가는 미적 응전이라는 두

---

10 이승원, 「상업화 시대 여성시의 전개와 전망」, 『시와 사람』 1996년 겨울호.

축이 자리 잡는다.

4. 세계를 대체하는 놀이, 그리고 젊은 전위들

1980년대 후반부터 등장한 젊은 실험시인들의 계보를 짚어보기 위해서는 우선 기형도의『입 속의 검은 잎』(1989)과 장정일의『햄버거에 대한 명상』(1987)을 기억해야 할 것이다. TV, 컴퓨터, 핸드폰, 패스트푸드 등으로 대변되는 후기 산업사회의 욕망과 소비, 자본주의의 거대한 시장 속에 매몰된 자기의식을 장정일은 극단적으로 밀고 나갔다. 장정일의 시는 개성을 상실하고 하나의 상품처럼 익명화되고 바코드화되는 인간상. 섹스의 전면적 도입, 소비사회 소비상품으로서의 글쓰기를 실험했다. 기형도의 병리적인 현대성이 1990년대 시의 세기말적 징후로 극단화된다면, 장정일의 키치적인 현대성은 재기발랄하기 그지없는 이른바 신세대 군단의 실험적 경향을 예고한다고 할 수 있다.

하지만 이러한 두 갈래의 시 경향과 아울러 우리는 1980년대 후반에 결성된 '시운동'의 영향력을 다시 환기해야 할 필요가 있다. 1980년대의 수많은 시그룹 중에서도 '시운동'(하재봉, 박덕규, 남진우, 이문재, 안재찬, 박덕규 등, 1980년 결성)에 의해 주도된 문학 운동은 그 자체가 시적 '도전'의 형식이라는 점에서 꼭 짚고 넘어가야 하는 사항이 될 수 있을 것이다. 주의 깊게 관찰하면 '시운동'이라는 동인명은, 글쓰기라는 행위 자체가 운동의 형식을 띠고 있는 것이라는 자각의 한 표현이며, 그것은 신념이나 행위를 부르짖는 차원에서가 아니라 상상력 자체가 바로 운동 형식일 수 있음을 표명한 아주 중요한 징표이다. 그들의 시운동이 무르익은 10집(1987)에 밝혀져 있듯이, '시의 피, 속에는 혁명적인 것이 숨어 있다', '해체

—비극적 사회구조의 필연적 부딪침—뒤의 창녀처럼 피어난 들꽃의 유혹, 흔들거림,' '상상력, 소외된 현실을 변형시켜 창조적 삶의 공간을 마련하는 힘'이라는 선언적 강령[11]은 시의 전략 면에서도 1990년대 시와 강력히 연계되는 참신하고 발랄한 언어 감각으로 구체화된다. 더 나아가 그들의 독특한 동인 형식이었던, 해체와 대물림(?) 또한 그 유동적 조건 아래서만 보여질 수 있는 문학적 태도의 발현이라 볼 수 있다. 우리 시사에서 '시운동'의 위치는 그들의 시뿐 아니라, 그들 시가 위치하고 있는 1980년대 시를 읽기 위한 문맥을 제공하며, 그 어떤 시 그룹보다 1990년대 시와 강렬한 친연성을 가지고 있다는 점에서 더 세심한 논의가 수행되어야 할 것이다.

'시운동' 2세대는, 1990년대에 발기된 '슬픈 시학', '21세기 전망' 등의 전위적 그룹들과 함께, 1990년대 들어 가장 역동적인 실험을 전개해나간다. 1990년대 시그룹의 실험적 지향을 가장 분명하게 요약해주는 것은 아마도 그들의 '출범 선언'[12]일 것인데, 그들은 1980년대 시를 '유곽'과 '초토'의 시로 규정하면서, 새로운 1990년대 시의 지향점을 모색해야 할 필연성을 언급한다. '시운동' 해체 동인은 "황폐로 치닫는 정신, 현실을 억압하는 다양하고 엄청난 폭력, 기존 언어를 빨아들이고 튼튼해져서 대중 속에서 왕성하게 커가는 기형적인 대체 언어에 대해서도 견딜 수 있는 탄력성"을 지닌 시를 추구한다고 밝히고 있으며, '21세기 전망'은 시인이기에 앞서 문화 동인이기를 강조하며 "영화, 연극, 등의 다방면의 작업에 직접 참

---

11 「혁명의 시대와 시적 현실의 충돌—시운동 10집 서문을 대신하여」, 『조롱받는 시인』 시운동 10집, 청하, 1987.

12 기획 좌담 「우리 시의 전위그룹과 90년대 시의 지형학」, 『현대시학』 1991년 4월호.

여'하며 문명의 '생태론적 위기의식"을 경종하는 시를 창작하겠다는 발언을 하고 있다. '슬픈 시학'은 "사실의 배후에 있는 새로운 질서, 새로운 우상을 파괴할 능력"을 찾고자 한다. 또한 그들은, "시는 재생 쓰레기"라는 자조적인 표현으로 오염된 언어 해체에 역점을 둘 것임을 암시한다. 그들의 진술은 다소 그 표현들이 다를지라도, 1990년대의 다양한 실험적 경향을 아우르는 인식의 맹아를 매우 이른 시기에 보여주고 있다는 점에서 주목거리가 아닐 수 없다. 이들의 시적 실험은 의미, 언어, 이념과 다른 질서 속에 놓여 있는 것일 수 있는 탈장르적 해체, 패러디, 혼성 모방 등의 방법론적 전략으로 다양하게 귀결된다. 이러한 시인들의 다양한 전략은, "혈연 대신 義血이 흐른다"[13]는 1990년대 문학 기류에 대한 촌철살인적인 경구처럼, 신세대 문학, 키치 등의 논의를 이끌어내리만치 도발적인 시 경향을 이끌어낸다. 진리의 기념물은 마지막 형적으로 사라지고, 변화가 자연이며, 영원은 오히려 예외이다. 그들은 공예적인 것보다 합성적이고 흐르고 다채롭고 가변적인 것에 흥미를 지닌다. 탐색과 실험은 자유이다. 모니터에서 걸어 나온 향기로운 육체들, 아이의 장난처럼, 텔레비전과 광고 딱지까지도 환상으로 조직되는 그 발랄한 자유의 춤! 좀 거친 분류이긴 하지만, 언어적 자의식에 기대고 있는 전위적인 시인들의 예로, 이승하, 채호기, 송찬호, 남진우, 성귀수 같은 시인들이 한켠을 점거하고 있다면, 김중식, 박정대, 함성호, 함기석, 김태형 등이 변화하는 실존의식 혹은 문화의 복판에

---

13 김진석은 '풍자와 자살이냐'라는 김수영의 물음을 패러디한 「패러디냐 자살이냐」라는 글을 통해 1990년대 문학 기류를 진단한다. 그는 현대의 '무섭게 열리는 탈콘텍스트' 앞에서 새로운 잡종적 형식으로 등장하고 있는 90년대 문학을, '은폐적 풍자'와 '모방하는 패러디'의 관계와 틈, '속도'와 속도에서 이탈하는 것과, 간격이라는 관점에서 해부한다. 『문학과 사회』 1993년 가을호.

뛰어들어 새로운 세대의 언어적 메스를 가하며 다양한 실험적 전략을 보여주었다. 조금 방향이 다르기는 하지만 1990년대 후반기에 결성된 '소멸의 지평선' 동인들이 보여준 세기말적 미학은, 영적 요소들과 잠재적으로 결합하는 탐미적이고 탄력 있는 세계 비판의 전략을 실험했다. 이들의 다양한 시 경향들은 대단히 지극히 현세적인 데 뿌리를 박고 있는 참신함과 대담함, 미묘한 해학과 시대적 긴박감을 실험적 언어로 포착했다.

1990년대 등장한 실험적인 시인들 중 박상순은 그 전위성에 있어 단연코 두드러지는 시인이라 할 수 있다. 그는 시집 『6은 나무 7은 돌고래』(1993), 『마라나, 포르노 만화의 여주인공』(1996)을 통해 서사적 연관성과 필연성이 해체된 대단히 독특한 실험시를 선보인 바 있다. 그의 시는 패러디, 영화시, 패스티시, 메타시 등의 방식으로 실험을 지향했던 이들보다 더욱 전복적이다. 2000년대 들어와서도 그의 시적 실험은 가열하게 견지되고 있는데 예건대 최근 간행된 『Love Adagio』는 매우 특이하다. "시는 가나다, 숫자, 알파벳순으로 배열한다. 다만, 첫 시는 짧게,/마지막은 '마지막'이니까."라는 첫 장의 말처럼 통상적인 방식과는 다르게 수록 시들이 가나다 순으로 배열되어 있다. 시집 속에 수록된 시편들 또한 박상순 특유의 유희성과 실험성을 잘 보여주고 있다.

> 이제 나는 유리병, 동 파이프, 고무 벌레, 붉은 벽돌, 거미줄, 안개,
> 비상구, 접시, 세탁소, 푸른 항구, 불난 집, 가방, 끈 떨어진 꾸러미,
> 자동차, 사라진 구름, 발, 발, 발, 밤, 밤, 밤.
>
> — 박상순, 「빨리 걷다」 전문

위의 시는 우리를 당황케 만든다. 의미의 연관성이 단절된 시어들이 나

열되어 있지만, "발, 발, 발, 밤, 밤, 밤."에서 발걸음이 점점 빨라지는 듯한 느낌을 건네받을 수 있다. 위의 시에서도 볼 수 있듯이 박상순의 실험시는 "현실을 재현하지 않는 언어. 이름을 붙여야 한다는 의무감에서 해방된 언어. 아이덴티티가 없는 언어. 뫼비우스의 띠 같은 이상한 무대 위에서 말의 우연성을 따라 움직이는 허구의 언어들"(최승호)이다. 그의 시론 「그림카드와 종이놀이」를 통해 보면 "예술은 세계를 대체하는 놀이"이며 '무엇을' 말할 때보다 '어떻게'를 말할 때에 초점을 놓고 있다. 시론 「그림카드와 종이놀이」에서 특이하게 읽혀지는 것은, 그의 시에서 녹색이 부정적인 의미로 사용되고 있는 것이, 특별히 생각해서가 아니며, 시인 자신이 녹색을 싫어하기 때문이라는 전언이다. 일반적으로 우리는 녹색은 '좋은 색'으로 교육받아왔지만 그의 시 속에서 녹색은 그런 의미의 지시는 전혀 무의미한 개인의 밀어가 되는 것이다.

이렇게 개인의 밀어를 소통 맥락이나 문맥과는 상관없이 선택하는 극단적인 개인주의는 이른바 2000년대의 미래파 시인들의 시적 실험을 이해할 수 있는 실마리를 던져주기도 한다. 권혁웅은 황병승, 장석원, 김근, 장석원, 김민정, 유형진 등의 시를 '미래파'로 거론하며, 네 가지 특성을 그들의 시가 가지고 있음을 밝힌다. 그 첫째는 "비사실적인 진술" 즉 환상이다. 둘째는 엽기이며 셋째는 "개인 은어"이다. 넷째는 "시를 낳고 이루어가는 것은 감각이지 전언이 아니"라는 뜻에서의 '감각'이다. 권혁웅이 지적하고 있는 미래파 시인들의 특성을 가장 두드러지게 보여주고 있는 시인은 황병승일 것이다.

> 언제 난 그렇듯, 왼편은 원숭이 오른편은 토끼
> 이쪽은 춤추고 저쪽은 눈물 바다지

어느 쪽으로 가도 상관없어 어차피 양쪽 다 미친 것들이니까
구름을 흔드는 웃음소리,
하늘에 걸린 체셔 고양이의 얼굴

스케이트 날이 지나간 자리마다 검은 물이 엷게 배어나왔고
나쁜 냄새가 났다.

— 황병승, 「여왕의 오럴섹스 취미」 부분(『여장남자 시코쿠』, 2005)

크로켓이나 카드놀이에 진력이 난 앨리스 부인처럼 빙판에서 스케이트를 타듯 자유롭게 어디든 갈 수 있다고 그의 시는 말한다. 여기서 황병승은 "어느 쪽으로 가도 상관없어 어차피 양쪽 다 미친 것들이니까"라고 말하며 의미, 이념, 맥락 등을 무시한다. 아울러 그는 기존의 언어와 장르적 관습을 해체하면서 비디오 게임, 만화, 랩 등 전방위의 텍스트를 쓰레기처럼 긁어모아 혼성적인 시의 언어로 응고시킨다. 이른바 탈현대의 온갖 잡동사니 텍스트의 정키를 찾아볼 수 있다.[14]

본래 미래파는 모든 20세기의 예술에 혼성적으로 반죽되어 있는 이념의 세트라고 해도 과언이 아니다. 그들의 예술적 선언은 급진적인 테크놀로지의 충격을 미적 자양으로 받아들일 것, 현학적이면서도 미디어와 합성된 이미지의 구사, 기존의 낡은 예술을 모두 부정하고 기계 시대에 어울리는 새로운 역동성을 창조할 것(필립포 마리네티) 등으로 요약된다. 황병승의 시는 일견 미래파 예술가들이 추구했던 "움직임, 속도, 기계, 에너지 그리고 과격함"은 강한 스피드감과 역동성, 서정시의 전통에서 이반된 낯선

---

14 황병승의 시에 대해서는 필자의 평문 「'시'라는 로케현장」(『시와 반시』 2007년 봄호) 참조 요망.

언어를 얼마간 관통하고 있다고 판단된다. 우리의 감수성이 '두 번째 손'을 입고 있다는 미래파의 미적 강령처럼, 예술과 기계, 미디어, 폭력, 잔혹의 감각은 특히 황병승과 장석원의 시에서 유난히 도드라져 보인다(미래파의 미적 실험을 선례로 세워놓는다면, 다른 시인들이 미래파로 묶여질 수 있을지 의문이다). 어쨌든 전세기에 미래파가 문학뿐 아니라 거의 예술의 전 방면에서 감수성의 혁명을 주도하며 처음으로 20세기의 삶의 모드에 접근한 것처럼, 현대의 젊은 시인들은 미디어, 테크놀로지, 기계가 확장시킨 새로운 감수성을 가지고 실험적 작업을 수행하고 있다고 해야 할 것이다.[15]

오늘날 우리는, 우주 시대, 정보화 시대, 전자문명 시대, 유전공학 시대, 디지털 문명 시대, 컴퓨토피아와 같은 말들이 표면으로 솟아오르면서, 민족문화니 국민문화니 하는 지역문화주의가 무색하게 된 지구촌 시대의 개막을 보았다. 모더니즘의 미학을 허무는 해체주의 실험, 남성 중심의 의미를 거부하는 여성주의적 글쓰기의 실험, 인간중심주의를 허무는 생태주의적 실험 등 현대시의 실험적 양상을 어떻게 다 아우를 수 있을까. 1990년대 현대시를 진단하기 위해 동원된 비평 용어들, 불확정성, 파편화, 패러디, 키치, 카니발, 탈식민주의, 오리엔탈리즘, 문화유물론, 사이보그, 디페랑, 상호텍스트성, 신역사주의, 기호학, 타자, 하이퍼 리얼리즘 등의 말들만 돌이켜보아도, 시적 실험은 다소 온건해 보이는 형식과 미학을 갖춘 감각파에서, 언어의 쓰레기 하치장처럼 보이는 펄럭이는 텍스트들에 이르기까지 너무도 다양하게 나타났음을 알 수 있다. 하지만 언제나 전위시인들은 시에 대해 알고 있는 것, 죽어가는 것들, 태어나고 있는 것들을 예리하게 조

---

15 현대의 젊은 시인들의 기계적 감수성에 대해서는 필자의 평론 「하이브리드, 소음의 시」(『시와 사상』 2007년 봄호) 참조 요망.

준한다. 현실의 섬세한 감도에서 서서히 멀어지는 것들, 낡은 레이더 화면에 잡히지 않는 운동, 알려지지 않은 순간으로 가는 이 운동들을 우리는 읽어내야 한다. 우리는 자신이 발 뿌리를 붙이고 있던 토대를 부수는 시간 속에 있다. 말이란 무엇이고, 문학이란 무엇인가? 모든 의미들은 혼합되고 흐려지며 아메바처럼 퍼져나간다. 문학이라는 거울은 일그러지고 언어는 그 무엇도 확실하게 반사하지 못한다. 하이퍼텍스트의 시대에 적나라하게 실체를 드러내고 있는 테크놀로지의 충격, 모든 영역의 장벽이 해체되면서 다가오는 것들은 무엇인가? 새롭게 재편되는 권력이나 힘의 메커니즘 앞에서 문학은 언제나 새로운 형식과 스타일을 개발하고 그 속에서 발생하는 또다른 문제들에 끊임없이 직면해야 한다.

앞으로 시는 과연 어떤 모양으로 규정되어갈까? 이것은 경험의 한계를 넘어서는 물음이다. 문학의 특별한 권력이 끝날 것이라는 것을 예견하면서, 주변화되면서, 인문학적 교양의 파산을 지켜보면서, 진보와 완결 같은 거대한 역사의 궤변들, 한물간 문학의 메시아니즘과도 결별하면서. 중요한 것은 현대시 100년의 역사가 아니다. 역사가 멈춘 후에 흐르는, 끝남 이전에 오고 있는 문제적 순간이다. 끝없이 혁신되고 있는 시 그 자체의 존재다. 우리는 그 움직임을 무비 카메라처럼 바쁘게 읽어낼 필요가 있다. 새로운 시를 끊임없이 발견해가는 시점에서 시는 매 순간 죽어야 한다. 가장 오래되고, 가장 새로운 형식으로, 가장 위험한 텍스트로 남아 있기 위해서.

릴레이, 시로 출발하기
― 이승훈 시집 『나는 사랑한다』 읽기

1. 머리 없는 머리말

　리어 왕은 자신의 영지를 딸들에게 나누어주고 왕의 위신조차 지킬 수
없는 자신을 탄식하며 "내가 누구인지 나에게 말할 수 있는 자는 누구냐"
고 자못 장엄하게 울부짖었다. 그러자 그의 광대가 '리어의 그림자요'라고
대답한다. 무력한 왕을 묘사하기 위해 광대가 사용한 이 그림자의 이미지
는 탈현대의 담론이 강조하는 가장 중요한 가정 하나를 상기시켜주는데,
그것은 바로 우리의 의식 속에 깊게 자리 잡고 있는 '주체'에 대한 도그마
이다. 주체는 이제 의미의 왕국(텍스트)을 통치하는 당당한 왕이 아니라,
그 공간에 흐릿하게 드리워진 그림자요, 부재의 흔적이요, 실체가 빠져나
간 자리일 뿐이다. 이승훈이라는 주체가 빠져나간 그 빈 공간은 단지 시집
뿐만 아니라 그의 책 곳곳에서 발견된다. 하지만 저자가 빠져나간 책이라
니? 그렇다면 이미 쓰여져 있는 글이란 무엇인가? 또 시란 무엇인가? 만약
한 편의 글이, 글이 되어가는 글이고, 되어가는 과정일 뿐일 수밖에 없는
글이고, 그러므로 글자가 아닐 수도 있는 글이고? 그러면? 시를 쓰는 시인

은, 시가 되어가는 시를 쓰는 주체이고, 시가 아닐 수도 있는 시를 쓰는 시인이고, 어쨌든 글 속에 이승훈 씨라고 쓰여진 주체이고, 당당히 글 속에서 말하고 방황하고 한탄하는 그이고…… 도대체 이 '나'가 무엇이냐고 질문하는 이승훈 씨는, 주체의 특권을 내어놓는 탈현대의 글쓰기의 문제를 『해체시론』에서 섬세하게 추적해간다.

저자가 '시니피앙만 뒹구는 시대'(126)라고 명명하는 현실 속에서, 주체는 텍스트의 공간에 나타나는 배우, 다시 쓰여지고, 번역되고, 전복되고 타도된, 그 주체, 화자, 저자…… 오오 그 많은 나들! 의 공간이므로, 그러한 의미에서 이 책은 주체라는 기원에 정박하지 못하고 '허공에 붕 떠 있는' 말들의 공간이라 할 수 있을 것이다. 그렇다면 이 책은 그 말들을 의미로 붙잡을 수 있는 독자에게만 열려진 것이리라. 그렇다. 내가 읽고 있는 그의 시집 속에는, 목요일 밤, 포테이토칩 하나를 옆에 놓고 컴퓨터 앞에 앉아 있는 나로부터 뻗어나간 페이지가 있는 것이다. 언어는 이제 탈현대의 담론들이 누누이 강조하고 있듯이 독자라는 또 다른 기원을 가지는 것이므로. 그렇다면 읽는다는 것은 도대체 어떤 의미를 가질 수 있는가? 도대체 내가 이 시집에서 어떤 의미를 찾아 이야기할 수 있겠는가? 서평이라면 객관적으로 작품을 해독하고 진술해야 한다. 과연 그것이 가능할까? 도대체 읽는다는 것은 어떤 것일까에 대한 매우 흥미로운 지적을 나는 그의 책 속에서 발견한다.

나는 시를 읽는다. 이 말은 진리인가? 내가 시를 읽는다고 하지만 나의 절대성은 없고 나는 시 속에서 다른 자아와 말을 나누면서 계속 변형된다. 흘러간다. 그런 점에서 시 읽기는 흘러가는 나, 망각되는 나를 바라보는 일이다. 내가 흘러가기 때문에 텍스트의 객관성이라는 것도 존재하지 않는다. 텍스트를 읽을 때, 이미 나는 내가 아니라 텍스트와 관계를 맺는, 텍스트 속에서 자신과 싸우는, 텍스트 속을 헤엄 치는 텍스트적 자아가 되기 때문이다.[1]

'읽기'가 '흘러가는 나, 망각되는 나'를 바라보는 일이며, '텍스트 속을 헤엄치는 텍스트적 자아가 되'어가는 과정이라면, 그 과정은 내가 글을 쓰는 과정에도 마찬가지로 적용되는 것이리라. 그리하여 나는 머리를 '굴리지' 않기로 한다. 나는 결국 이 시집을 고쳐 써도 된다는 것이고, 그것은 바로 그가 말하는 '해체'적 읽기의 하나가 될 수 있으므로 고쳐 써진 것이 아닐 수도 있다는 점이다. 나는, 그의 문맥 속으로 뛰어들어 그를 번역하고 교정하고 방해하기도 하며 그를 다시 쓰는 저자인 셈이다. 이렇게 읽기의 과정에서 해체되고 재구성되는 텍스트는, 닫혀 있는 체계가 아니라 이미 열려 있는 공간이다. 모든 의미를 친절하게 보존하고 있는 '텍스트의 객관성'이란 없다. 오직 텍스트는 '관계' 속에 생성되는 '흐름'일 뿐이다.

2. 타이어, 또는 말 아래의 공간

이승훈의 시는 타이어를 굴리듯이 말을 몰아간다. 말들은 구르고 꺾어지고, 계속 가고, 끼익 멈추기도 한다. 하지만 타이어는 결코, 완전하게 파킹하거나 출발하는 것이 아니다. '여기'라는 장소는 오직 글쓰기의 잠정적인 위치일 뿐이다. 타이어는 언제나 굴러간다. 조금씩 백지에 흠집을 내면서. 하지만 도대체 타이어가 이르려는 곳은 어디인가? 끝없이, '나'라고 믿었던 어느 지점을 스치며 다가가는 그곳에, 나는 있을 것인가? 이러한 존

---

1   이승훈, 「4 읽기, 망각, 몇 번이나 읽는가?」, 『해체시론』, 186쪽.

재에의 물음은, 탈현대의 담론을 가로질러 가는 핵심적인 명제다. 이승훈의 시는 잘 알려진 대로 이 탈현대적 글쓰기의 관점과 불가분의 관계에 놓여 있다. 『나는 사랑한다』에는, 파킹하지 못한 욕망, 말 속에서 나타나고 말 속에서 구성되는 자아, 실체/핵심/사실/진실로서 존재하지 못하는 것에 대한 글쓰기가 주종을 이루고 있다.

그의 시 속에서 모든 것은 하나의 결정, 하나의 덩어리, 단일한 칩으로서 존재하지 못한다. 모든 말은 끝없이 수정되고 덧칠되고 겹쳐진다. 말은, 결국 자신에게로 이르려는 말은. 나라는 목적지로 이르지 못하고 끝없이 구불거린다. 그러므로 "갈 길은 갈 필요가 없는 길"(「피로에 대하여」)인지도 모른다. 이승훈의 시에는 이렇게, 자신의 없음으로 이르는 길, '존재의 집'을 잃어버린 자의 「밝은 방」만이 환히 불 켜져 있다. 물론 그 밝은 방은 무수한 주체의 유령들이 드나드는 백지일 것이다. 그것뿐일까? 아니다. 밝은 방은 시이다. '시' 혹은 '시적인 것들'의 고갈 속에 탄생하는 새로운 글쓰기의 가능성이다. 시는 '시다운 것'으로 있는 것이 아니라 글쓰기 속에서 '일어나는 것'이다. 시는 결코 완벽한 주차장으로 이르지 못한다. 시이기를 위해서, 시로 이르려는 복잡한 국도의 주유소에 잠시 정차해 있을 뿐이다.

이렇듯 그의 시는 근대의 자의식적 주체는 맥락과 관계 속에 흐트러지는 후기표적(postsignifying) 영역의 생산물로 인식된다는 탈현대의 관점을 짙게 반영한다. 모더니즘에 있어 무한히 분열되고 쪼개지는 주체에 대한 인식, 들뢰즈와 가타리식으로 의하면 욕망을 말하고자 하는 번역의 '기계'인 자아에 대한 인식이 깃들어 있다. 열심히 생각하면 내가 나타날 것이라고 믿었던 내가 실상은 나가 아니라 나에 '대하여'에 대하여 생각하는 것임을, 없음을 확신하게 된 이 시대에 시라는 것도 '실행적 발화' 이상의 것이 될 수 없다는 인식은 그의 시에 깊이 자리 잡고 있다. 이승훈은 이러한 관점을 별 숨김없이 드러낸다. 그의 "문제는" "인식의 인식의 인식의 벽을 깨는 일!"(「시대에 대한 명상」)이며, 시라는 인식의 각질을 깨면서 끝없이 시를 "일으키는" 일이다. 시는, 끝없는 욕망의 환유 구조 속에 있는 글쓰기의 과정일 뿐이며, 이승훈의 시는 결코 사랑에 대한 시가 아니지만, 그의 글쓰기는 순수한 욕망의 흐름과도 같은 에로틱한 사랑과 닮아 있기에 "나는 사랑한다". 말은 끝없이 언어 아래의 공간, 무의식 속으로 구부러져 들어간다. 그곳이야말로 글쓰기의 퍼텐셜 에너지가 저장되어 있는 주유소다. 타이어는 끝없이 주유소에서 출발한다. 자아로 이르려는 심리적 도로를 탐색하는 것이다. 하지만 타이어가 만든 흔적들은 결코 목적지로 직진하지 못한다. 나는 누구인가? 나는 어디로 가는가? 누구는 나를 뜻하는가와 같은 질문들이 백지 위를 방황하는 검은 줄처럼, 개미들의 꼬불거리는 행렬처럼, 탈선한 기차의 레일같이 이어진다. 이 방황은 피로하다. 타이어는 한글식으로 이해하면 '피로하다'이다. 그렇다. 타이어는 지친다. 시인은 글쓰기에 지치고, 일상에 몰리고, 싫증을 낸다. 그것은 타이어의 '병'이며, 인식의 파편화다. 이것은 현대세계의 이념적, 미학적 풍경이기도 하다.

'기차를 향한 배고픔' 속에는 「세계를 향한 배고픔」이 들어 있소 기차는 세계의 흔적이지요 세상엔 흔적이 있을 뿐이요 (형이 사랑하는 상호텍스트성) 기차가 움직이는 게 아니라 세계의 흔적이 움직이고 소생이 시를 쓰는 게 아니라 소생의 흔적이 시를 쓰오 친애하는 형 이 시는 여기서 끝나오 이 시 속엔 이승훈 씨의 독특한(?). 쓰라린, 황량한, 부드러운, 소생도 뭐가 뭔지 모르는 꿈이 흐르오 (다시 기침이 나오) 어제는 또 혼자 술을 마셨소

—「기차를 향한 배고픔」 부분

'기차'라는 말에는 자기가 기차임을 주장할 수 있는 토대도 본질도 없다. 오직 기차가 되려고 달려가는 흔적이 기차라면, 나라는 것 또한 내가 되려고 달려가는 말들의 흔적 외에 무엇일 수 있을까? 그러므로, "소생이 시를 쓰/는 게 아니라 소생의 흔적이 시를 쓰"는 것이 아닐까? 흔적이 쓰고 있는 시가 어찌 시라는 실체가 될 수 있을 것인가? 오직 흔적들 속에서 기차가 일어나고 내가 일어나고 세계가 일어나고 시가 일어나는 것이 아닐까? 「기차를 향한 배고픔」은 확신의 토대를 잃어버린 세계와 나와 글쓰기에 대한 배고픔이다. 그것은 일종의 심리적 증상의 징표가 된다. 내가 특별히 재미있게 생각하는 것은, 이승훈의 시에서 빈번히 암시되는 우울증, 망상, 피로, 감기 같은 의식의 병이며 자아의 질환이다. 민감한 독자라면, 그의 시 속에 드러나는 이 '질병'의 코드들과 언어 코드와의 유사성을 일찌감치 눈치챘을 것이다. '바지'와 '감기'라는 재미있는 알레고리를 보자.

> 그 바지가, 내가 찾는 바지가 없다고 아내는
> 다른 바지만 다리고 없는 건 무섭다 난 아내에게
> 그 바지를 찾아보라고 했습니다 아내는 그런
> 바지는 원래 없다고 했습니다 준이는 압니다
> 작년 여름 준이가 태어날 때 난 그 바지를 입고
> 신촌까지 갔습니다 아내는 또 당신에겐 원래
> 그런 바지가 없다고 했습니다 난 갑자기 소리를
> 질렀습니다 준이를 안고!
>
> ─「제목 없는 시」 부분

난 살찐 남자가 아닙니다(우성 아파트 내과 병원
간호원은 어제 내 엉덩이에 주사를 놓으면서 글쎄
엉덩이에 살이 없군요 말했다 그럼 엉덩이가 뼈란

말인가? 세상에! 간호원이 그런 말을 하다니?
바지를 내리고 주사실 작은 침대에 팔을 구부리고
서서 주사를 맞는 날들이여 병원을 오가는 세월이여
올 겨울은 엉덩이에 주사나 맞으며 가나 보다)

—「준이와 겨울」 부분

화자는 자신이 늘 입곤 했던 바지를 '반복' 해 입음으로써 자아를 유지하려 한다. 그는 바지를 통해서만 자아의 기억, 자아의 계보, 자아의 연속성을 증명할 수 있고, 자기 아님으로부터 벗어날 수 있을 것이다. 바지, 그것은 자신이 자신임을 증명하는 하나의 징표요 욕망의 표지가 된다. 화자의 기억으로, "작년 여름 준이가 태어날 때 난 그 바지를 입고/신촌까지 갔"던 일이 있었으므로, 바지는 틀림없이 '있어야' 한다. 하지만 바지는 아내의 기억과의 '차이'를 통해 연기된다. 결국 화자는 겨울 양복을 입고 외출한다. 그에게는 타자의 욕망이 입혀져 있다. 차연된 바지는, 자아라는 의미의 죽음으로 가는 알레고리인 것이다. 그럼에도 불구하고 흥미롭게 읽혀지는 것은, 굳이 그 바지를 입고 나가려는 화자의 욕망이다. 그 욕망이야말로, 바로 나라는 정체화가 '일어나는' 순간이기 때문이다. 이러한 주체의 알레고리는 '살찐 남자'가 아니지만, 완전히 살이 없는 것은 아니라는 구절을 통해 다시 재미있게 암시된다. 아무리 말라도 엉덩이(자아)에 살(타자)이 없을 수가 없는데, 간호원은 그에게 "엉덩이에 살이 없"다고 말한다. "그럼 엉덩이가 뼈란/말인가? 세상에!"라는 화자의 우스꽝스런 반문은, 궁극적으로는 타자로 소환될 수밖에 없는 주체의 구조를 드러내는 조크라 할 수 있다.

여기서 이승훈 시의 스타일과 관련하여 우리는 여러 가지 요소를 상기할 수 있지만 최소한 두 가지 요소를 기억해야만 한다. 하나는 그의 시의 서술 방식이라고도 할 수 있는 이야기의 복수성이다. 이러한 특질은 위의 두 편의 시에서도 쉽게 발견된다. 자못 독특해 보이는 그의 문체의 가장 큰 특징은, 잡다한 삽화를 무작위적으로 끌어오거나 무작위한 상상들을 하나의 중요한 시적 장치로 삽입하고 있다는 점이다. 가령 독자는, 자주 시인의 말이 다른 이의 말들과 겹쳐져 진술되는 경우를 발견하게 되는데, 그리하여 우리는 늘, 시인이 다른 이의 말을 해독하는 부분과 그 글을 써나가는 이승훈 씨라는 주체의 심리적 흐름을 동시에 고려할 수밖에 없게 된다. 또한 몸살을 앓거나, 과로에 시달리는 시인에 대한 우리의 공감이나 연민까지 글에 개입되므로, 한마디로 그의 글은 여러 주체의 욕망이 혼선적으로 뒤엉키는 이상한 장이 되어버리는 것이다. 이 시집에 수록된 시편들은 가만히 살펴보면, 작품이라는 단위조차 마침표가 아니라 모든 것이 쉼표로 돌아오는 휴지, 접속, 이어가기의 반복이다. 일례로 시인은, 쉬었다 쓰고 다시 고쳐 쓰고 하는 과정을 그대로 시 속에 노출시킴으로써 시간 속에서 차연된 시적 메시지의 모호성을 지향하고 있다. 이러한 글쓰기의 전략은 어쩌면 스토리텔링의 단선성에 도전하는 미적 형식으로서, 그 일관적인 재현을 교란시키는 가장 흥미로운 전략으로 이해될 수 있다. 글쓰기의 단선적인 진행 방식을 과감하게 깨뜨리는 복선적 이야기의 충돌과 갈등 속에 펼쳐지는 이 불협화음의 이야기들, 끝없이 확대되고 의미의 영역은 바로 해체가 요구하는 미적 형식일 것이다. 의미의 방향성과 확정성을 교란하는 이러한 불협화음의 동시 진행은 독자로 하여금, 분명하고 확실한 해석을 유보시키게 한다. 우리는 텍스트의 의미를 완전히 파악할 수 없다. 텍스트는 그 텍스트의 저자, 그 텍스트를 해독이라는 방식으로 고쳐 쓰는 자, 그리고 그것을 읽으면서 이해하려는 자의 욕망이 서로 뒤엉키며 생성되는 의미의 장일 수 있을 따름이다. 그의 시는 정말로 재미있으면서 잔혹하다. 명쾌하면서도 삐딱한, 힘 있는, 애걸하는 듯한 흘림체(!)의 문체는, 독자의 눈앞으로 뛰어들어 그야말로 '해체'의 퍼포먼스를 한다.

다시 텍스트로 돌아가보자. 위의 두 편의 시가 그렇게 흔적이나 공백으로나 남을 주체의 문제를 알레고리로 드러내는 것이라면 '준이'의 이미저리는, 좀더 심층적인 의미에서 화자의 심리적 알레고리를 구성한다. 준이는 사실상 화자의 욕망을 복제하는 무의식의 이미지이며, 대치된 자아의 가면이다.

> 그러니까 이 시는 준이가 나간 다음 엉망이
> 된 시를 다시 고친 시다 중간부터 다시 쓴
> 시다
>
> —「아파트가 고맙다」 부분

> 너 태어난 지 이제 6개월 난 50년이 넘는다
> 아아 그러나 우린 친구다
> 넌 준이(본명은 이석준 내가 지어준 이름), 난 훈이
> (본명은 이승훈)니까 아내는 어서 나가라고 하지만!
>
> —「준이 얼굴을 보며」 부분

> 이런 게 인생이고 시이다 독자들은 아마 내가 준이
> 콤플렉스에 걸린 거라, 준이 편애증에 걸린 거라 생각
> 하시겠지만 난 상관없다 안그래? 준아
>
> —「준이와 겨울」 부분

'준이'가 제 욕망대로 멋대로 두드린 컴퓨터의 시를 '고치고 있는' 시인은, 무의식적으로 아이의 말에 자신의 시를 덧칠함으로써, 자아에 무의식

의 흔적을 겹쳐둔다. 시인은 「아파트가 고맙다」는 시를 쓰면서 준이 이야기를 쓰고, 그것은 곧, '아파트'라는 자아의 집, 분명한 위치를 구성하는 심리적 매개가 된다. 간단히 말해 준이는 '닫혀진 나'라는 고정된 공간을 거부하는 가능성의 자아 공간이다. 욕망의 작업을 하고 있는 시인과 무의식 덩어리인 아이는 심리적으로 '친구'다. 화자는 자아의 질병(감기) 속에, 준이라는 유아처럼 '엉덩이'를 드러내기도 하고, 바로 그런 타자의 시간에 속해 있는 것이다. 맘대로 떼도 쓰고, 그의 방으로 허락 없이 드나들고, 컴퓨터도 두드리는 준이는, 시간도, 질서도, 고정된 장소도 없는 순수한 욕망의 안티 자아라 할 수 있는 것이다. 이러한 의미에서, 그의 시에 문득문득 밀치고 들어오는 준이의 기표는, 무의식의 표지라고 할 수 있다. 그곳이 틈이고, 억압된 곳이다. 가령, "독자들은 아마 내가 준이/콤플렉스에 걸린 거라, 준이 편애증에 걸린 거라 생각/하시겠지만 난 상관없다 안그래? 준아"와 같은 우스운 발화는, 의식의 틈과 균열을 보여주는 전형적인 자가당착적 문장이다. 주체의 초점은 타자(독자)와 주체(준이를 편애하는 무의식적 주체)의 안팎을 자유롭게 이동한다. 이러한 시점의 변이를 잘 관찰해보면, 이승훈의 시를 가로질러 가고 있는 이중적 글쓰기, 즉, 주체와 타자가 같이 쓰는 특이한 글쓰기의 묘미를 감상할 수 있다. 이러한 무의식적 복화술, 혹은 입술을 숨기면서 목소리를 들려주는 독특한 화법은, 자아가 놓여 있는 시공으로부터의 탈출 심리와도 긴밀한 관련을 맺는다.

> 겨울 밤이면 할 일이 없는 나는 채널을 계속 돌린다
> 스파이 영화가 나오나 하고 스파이 영화, 첩보물이
> 보고 싶은 밤이다 탐정 영화는 싫다 스파이 영화,
> 그것도 2중 스파이가 주인공으로 나오는 영화다
> 배경은 동독이나 스위스 강원도 황량한 시골길 내가

자전거를 타고 달린다 나의 정체를 아는 사람은
없다 탐정은 정체가 드러나지만 스파이는 정체가
드러나지 않는다 나 스파이는 영화 속에서 끊임없이
위장하고 변장하고 속이고 걷는다 내 친구들은 탐정
이다 그러나 난 스파이다 내 친구들은 머리를 쓴다
난 그저 걷는다 왜 걷는지 모른다 누군가 걸으라고
하면 걷는다 낙엽이 지는 강원도 산길 아아 난 지금
누굴 찾아가는가?

—「어느 스파이의 첫사랑」 부분

난 해질 무렵 몽상가 소부르주아 시인
세상엔 관심이 없다 내가 관심을 두는 건
의자, 작은 방, 개미, 염소

피와 이슬로 된 술 난 현실 따윈 모른다
알려고 하지도 않지만 난 현실을 모르는
국문과 교수 허리띠를 헐렁하게 매고
거울을 연구하는 교수

그러나 그러나 그러나 감기엔 맥을 못 춥니다
30년 전부터 어디론가
떠나고 싶었지만!

—「오토바이」 전문

　　화자가 싫어하는 탐정물은 일관적인 실마리를 좇아가는 근대의 전형적
인 이야기 형식이다. 모든 것은, 증거와 사실과 논리 속에 잘 아귀가 맞춰
져 있다. 하지만 화자는, 세계를 조사하고 탐구하는 지적인 탐정이 아니라
'2중 스파이'가 등장하는 영화를 보기를 원한다. 그런데 재미있는 것은, 그

스파이가 달려가는 곳이 '강원도 산길'이라는 점이다. 언제나 이승훈의 시 속에는 지성이 건축한 문명적 공간인 중심에서 벗어나 화자가 꿈꾸는 변두리, 욕망의 공간이 있다. 거기에는, 어머니의 방/그녀의 방/고향/춘천이라는 기표가 가로놓인다. 이러한 욕망의 흐름은 '거울을 연구하는' 국문과 교수의 글쓰기/글읽기의 강박증과 긴밀히 결부되어 있다. "베케트를 먼저 읽고 천상병을 읽어야/하는지 불안한 나는 천상병 5분 베케트 5분/김수영 5분 다시 천상병 5분 베케트 5분 김/수영 5분이다 아아 시간에 쫓기는 나는/악몽에 쫓기는 나는 책 읽을 시간이 점점/없어지는 나는 그만큼 정서불안인 이승훈/씨"(「황혼의 책읽기」)는, 고정된 위치, 시간, 상황 조건들로부터 언제나 억압을 경험한다. 그러므로, 타자와 주체로부터 동시에 사라지는, 이중 스파이의 탈주를 꿈꾸는 것은 당연한 것이라고도 할 수 있다. 그의 주체를 규정하는 시간, 장소, 의미로부터의 탈주가, 매우 의도적인 전략임이 시 속에서 확인된다. 시 속의 화자는 이렇게 말한다. "비평가가 그의 시에서/논해야 하는 것은 그 부재를 가리키는, 반복되는 주요/개념들인 구멍, 간극, 허공, 그리고 빈 공간, 빈/페이지 그리고 물론 모자, 구두, 방, 그리고 특히/미지수 등이다 그렇든지!"(「크리티포에추리?」)라고. 화자의 말대로 부재의 공간을 가리키는, 달려가는 타이어가, 타자인 나가 그의 시라면, 독자는 이승훈의 시집에 등장하는 여자들의 의미를 더욱 세밀하게 검토해야 할 필요를 느낄 것이다. 그의 시에서 재미있게 읽혀지는 것은 뭐니 뭐니 해도, 이승훈 씨를 헐뜯고 그에게 충고도 하고 쫓아내기도 하는 예쁜 악녀들이다. "깊은 밤 피곤한 남자들을 거리로 쫓아내는 여성들", '깡패' 같기도 하고, '무당' 같기도 하고 '빨갱이' 같기도 한 여자들(「여성들」)은, 실재적인 인물이라기보다, 무의식, 혹은 욕망을 지시하는 기표들로 파악되어야 한다. '주면서 빼앗'고, '본질은 화장'에 가리워져 있는 여자들은,

말(즉, 화장)에 가려진 욕망의 공간 즉, 그의 글쓰기를 지속케 하는 매혹의 힘과도 같은 것이다. 그래서 화자는 그들을 사랑한다고 주장한다. "난 글쓰기를 두려워했다 글쓰기를 사랑했기 때문이다"라는 고백(「이 글쓰기」)을 보면! 언어가 끝없이 욕망을 배반하듯, 여자들은 남자를 배반한다. 말은 끊임없이 진실이 접혀진 곳, 거짓말 속으로 구부러져 들어간다.

그렇게 거짓말은 진실을 가리려는 언어의 치환. 끝없는 환유의 구조 속에 있다. 이 시집에는, 거짓말의 진실성을 알레고리화하는, 작지만 아주 기이한 편집증이랄까 결벽증이 묘사된다.

> 어제는 다시 쏘파 위치를 바꿨다 서향 창
> 아래 있던 쏘파를 서향 창 아래 있는 책상
> 앞으로 옮기고 비로소 마음이 놓인다 난
> 병적인 데가 있다 고교 시절 누나도 그랬고
> 지금 함께 사는 아내도 그런다 아아 그렇다
> 난 예민한 게 아니라 병적이다! 병적이다!
> 병적이다! 고교 시절 친구들도 그랬다 지금은
> 친구들도 없지만 쏘파가 신경에 거슬려 책을
> 못 읽고 1년이 갔다 이런 말을 하는 건 자랑이
> 아니다 쏘파를 다시 연구실로 옮길 수도 없고
>
> —「쏘파 이야기」 부분

소파의 배치에 집착하는 화자의 편집증은 기이한 것이다. 소파는 어떤 위치에 있어도 화자를 만족시키지 못한다. 자아를 '나'라는 의자에 이르게 하려는, 끝없이 나라는 주체의 공간에 배치하고 확정지으려는 언어적 알레고리가 이 「쏘파 이야기」에 겹쳐져 있다. 소파의 위치를 확정하지 못하는 화자는, 그가 사실적으로 거기 있으며, 정말로 깨끗하게 나답다고 말할 수 있는 틀, 지시, 영역을 확보할 수 없는 의식의 '질병'을 내포한다. 화자는 소파를 이리저리 옮긴다. 그것은 틈새를 만드는 것이며 채워 넣는 것이다. 그것은 세계의 틈을 열고 구멍을 메워 넣는 일이다. 이러한 심리적인 문맥은, 그의 글쓰기의 전략적 차원에서도 동일하게 발견된다. 특히 사진을 시 속에 삽입하는 것은. 시인이 "사이의 미학, 혹은 반미학"(「비빔밥 시론」)이라 명명하고 있듯이, 시와 시 아닌 것의 차이와 틈새를 전략적으로 시화함으로써, 무시된 공백의 의미들을 가시화하는 한 예라 할 수 있다. 시는 시라는 어떤 동일성 혹은 본성을 가리키는 것이 아니라, 반대로 차이를 만들어내는 데서 발생하는 것이다. 시는 다른 시에 대한 차이로서 발생하지만, 시라는 것 자체의 내부에 존재하는 타자로서 발생하기도 한다(그렇기 때문에 시의 죽음은 시의 발생을 위한 필수적인 은유라고도 할 수 있는 것이다). 그러므로 일견 낯설어 보이는 이승훈의 시적 실험은, 시같이 보이지 않지만, 그럴싸한 시처럼 '보이는 것'과 차이화됨으로써 시가 된다. 낯선 '차이'를 낯익은 것들과 버무려서 '비빔밥'처럼 식탁에 제공해놓는 것을, 어떻게 창조가 아니라고 말할 것인가? 우리는 모든 불편하고 과격한 것들을 충분히 하나의 은유로 읽어낼 수가 있다. 불편한 것들이 반복되는 틀이라면, 그것 자체가 해부될 수 있는 어떤 메시지를 구성하는 것이다. 어떤 시가 실험적이어서가 아니라, 그것을 특수한 '실험'으로 지시하는 의미를 역으로 읽게 하는 거짓말이 필요한 것이다. 시를 쓴다는 것은, 보이지 않는 욕망의 얼레 위에 말을 감는 것이다. 끝없이 탈주하며 다가가는 것이다. '찔리고', 구멍이 '나고', 짜부라들면서, 끝없이 끝없이, 무언가를 향해 굴러가는 것이다. 땜질 당한 타이어는, 나라는 구멍 위에 덮여진 시인의 상처다. 말의 상처이고, 삶의 상처다.

필요한 것은 이승훈의 시를 이해하기 위해, 우리는 시가 무엇인가 하는 아주 근본적인 물음을 물어야 한다는 것이다. 그 근원으로 끝없이 돌아와서 묻고 출발하고 또다시 돌아오는 긴 릴레이, 끊임없이 자신의 문맥 속으로 끼어들어오는 시선과 소문과 악담과 싸우면서, 그는 끝없는 덫, 방해, 타자, 관객들에 치이면서 달려간다. 끝없는 시작. 내가 그의 시를 읽고 쓴다는 것은, 나의 시선 속으로 밀치고 들어왔다 사라지는 무수한 릴레이 선수들(화자들)을 바라보는 것과 같으리라. 나는 그들이 어디로 달려가는지 묻고 싶지만, 언뜻 내 눈앞을 스쳐서 사라지는 어깨, 어지러운 발자국, 릴레이 주자의 표정을 덮고 있는 머리칼을 볼 뿐이다. 하지만 그를 끝없이 달려가게 하는 힘은 무엇일까? 아마도 그것은 내가 누구인가, 시가 무엇인가를 물어가는 그 질문의 힘이 아닐까? 그가 시작하는 시는 물론 어제 쓰던 것일 테고, 그 어제 것은 그저께 쓰던 것을 고치던 것이었고, 그것은 이제 맨 처음부터 다시 써야 하는 것들이고, 물론 내일도? 그럴지도 모르고 아닐지도 모른다. 다시 말해 이승훈 씨가 가까스로 넘겨준 릴레이봉을 들고, 데리다와 제임슨이 들고 가던 바통을 받아들고 뛰었던 저자, (끝없이 다시 말해), 헐떡이며 그들과 다른 문맥을 비슷하게 그리면서 뛰어온 저자가 넘겨준 릴레이봉을 들고 나는 뛰어가려 하고 있다. 물론 그 릴레이봉은 의미가 빠져나간 겉봉투, '밀봉되어 날아가는 편지'(305), 도둑맞은 편지 같은 것이다. 그러나 나는 그 겉봉투를 들고 뛴다. 다시 말해 이 글에는, 이승훈 씨가 독자에게 건네는 바통을 받아든 나의 질주가 있을 뿐이다. 그것은 욕망의 흐름을 틀면서 이어가는, 그 자체로 에로틱한 문법이다. 오오, 읽고 있으므로, '나는 사랑한다'. 사랑하며 표류한다.

거울인의 시

— 김형술의 시집『물고기가 온다』읽기

1. 무뇌아의 거울

김형술의 네 번째 시집『물고기가 온다』의 화두는 물고기이다. 일반적으로 문학적인 상징의 차원에서 생각하면 물고기는 바로 의식의 표면 밑에서 솟구쳐 오르는 영감 혹은 무의식 속에 사장되어 있는 광기와 침묵의 상징이다. 김형술은 우리의 영혼 속을 급류처럼 가로지른 삶의 감각들, 느낌들, 그 체험들을 잡아내기 위해 물고기라는 비유를 사용한다. 거기에는 무언가 중요한 것을 찾기 위한 욕망이 깃들어 있다. 하지만 그 중요한 것이란 무엇인가? 여기서 우리는 그의 시가 어떤 문맥을 통과해왔는지를 살펴볼 필요가 있다.

언젠가 나는 그의 시가 현대성의 상징인 '거울'과 깊이 연관되어 있음을 지적한 바 있다. 김형술은 명백하게 거울적인 감각을 지닌 시인이다. 거울에 대한 시인의 과민증은 그의 첫 시집『의자와 이야기하는 남자』에서부터 돌올하게 나타난다. '엘리베이터 안에 달린 거울'에서부터 '텔레비전' '뮤직비디오' 등의 다양한 거울 이미지는 그의 첫 시집을 가로지른다. 이는 환영이 실체를 가리고 있는 현대 세계의 표상이기도 하다. 그의 시는 우리가 지닌 현실적 오감만으로는 도무지 파악할 수 없는 독특한 정경을 그려내고 있다는 점에서 다소 초현실적이다. 어쩌면 무서운 속도 속에 명료한 초점 잡기가 가능하지 않은, 때로는 우리의 시야가 저 멀리 디지털 세계까지 뻗어 있는 이 세계에서, 그가 '거울'로 자주 암시하는 세계는 우리의 마음속에 펼쳐진 황량한 내면이자 현재라는 시간 안에서 존재의 유령이 되어버린 몸 같은 것과 닮아 보이기도 한다.

거울, 스크린, 리모컨의 세계 속에 살고 있는 '나'의 감각은 나라는 실체에서 출발하는 것이 아니라, 시스템에 의해 통제되고 규정되는 이미지의 질서 속에 나타난다. 우리의 삶에는 본질이 없고, 우리는 존재보다 더 유혹적인 이미지를 덧입고서, 그것에 자신의 존재를 비추며 살아가는 '거울인'이라는 인식은 그의 시를 가로지른다. 우리는 스크린이 끝없이 복제하는 환각의 이미지로 구성되고, 그러한 환영에 대한 인식도 없이 그 영역 속에서 느끼고 생활한다. 이러한 세계는 완전히 낯선 혹성의 계절을 예고한다.

> 유리로 만든 지상을 걷는다 유리 위엔 발자국이 남지 않는다. 유리의 길 아래 뒤엉킨 뿌리들과 날선 흉기들을 딛으며 그는 유령처럼 걷는다 무게도 그림자도 없이 가볍게 또 가볍게, 춤을 추듯 걷지 않는다면 그는 사라지리라 유리로 만든 세상 아래로 연기처럼, 흔적도 없이

> 유리에 비친 얼굴은 그의 얼굴이 아니다 그건 내 얼굴, 당신의 얼굴, 어깨 위에 놓여진 얼굴들을 날마다 바꾸며 살아간다 그대와 내가, 바람과 그대가, 거리마다 점멸하는 광고판과 내가, 걸어간다 걸어간다 사라진다

거울인의 시

집으로, 집으로, 투명한 무덤 속으로

유리로 만든 침대 위에 날마다 눕는다. 침대 아래 입을 벌린 어둠과
악몽, 깨어진 거울조각의 비명소리를 덮는다. 그가 잠들면 나는 깨어
나 그를 포박한 차가운 형틀과 이야기한다. 깊고깊은 사각의 무덤 속
잠들지 않는 시간들.

까마득한 허공에 걸쳐있는 유리계단을 걸어오르는 나를 위하여 그
는 휘파람을 분다. 늘 뛰어내리지만 깨어지지 않는 유리세상을 향하
여 나는 노래한다. 유리파편을 주렁주렁 매단 유리나무 몸 속에서 유
리로 만든 태양이 켜진다 호주머니 속 강철날개들이 은밀히 자라난다

—「유리침대」 전문

위의 시에는 실제적인 경험이 없다. 하지만 놀랍도록 사실적인 호소력
을 가진다. 「유리침대」는 극단적으로 조각난 잠, 바로 '그를 포박한 차가운
형틀'인 세계의 환영과 대화하는 자의 꿈이다. 이 이상한 이야기는 바로 진
짜 삶의 이야기인 것이다. 어떤 형식도 없이, 부분과 파편과 미립자로 존재
하는 무서운 악몽. 마치 유리에 찔린 듯 고통과 신음 속에 일어나고, 날마
다, 지쳐가는 이 경험을 우리는 어떻게 이해하여야 할까. 어쩌면 이 유리침
대의 환영은 멋지고 편안한 침대를 선전하는 텔레비전을 보며 잠들어야 하
는 일상적 광경과의 대화일지 모른다. 나는 그렇게 믿고 싶다.

유리침대에서 우리는 일어나고 깨어난다, 상처가 아물기도 전에, 진군
하는 세계를 따라, 그 환영의 도로, "유리로 만든 지상을 걷는다." 우리는
세계라는 환영의 일부이며 파편이다. 인간의 꿈속에서 공허하게 눈을 뜬
존재는 실상, 스스로를 산 적이 없다. 생은 부재다. 언젠가 '연기처럼, 흔
적도 없이' 사라질 존재를 채우는 것이란 오직 계속 걷고, 일하고, 잠들라

는 '명령'이며, 우리는 형식의 껍질이며 공적인 지시와 통제를 따라 반응을 출력하는 이야기 속의 존재들이다. '번호'가 '이름'이 되고, 심리적/생체적 정체성이 없이 죽지도 않고 오직 해체될 뿐인 기계. 죽은 감각들로 조립된 육체는, 늘 살의 기억을 그리워한다. 하지만 '유리침대'에는 근본적으로 사랑이 없다. "침대 아래 입을 벌린 어둠과 악몽, 깨어진 거울조각의 비명소리를 덮는다."

이런 끔찍한 환영의 세계에서, 조립된 육체와 복제된 환영의 이미지가 아니라, 이미지들 사이에 퍼져 있는 감각이 아니라, 죽을 수도 있는 물컹거리는 살, 치사량의 슬픔 모든 것을 그리워한다. 그럼에도 불구하고 우리는 그 모든 그리움을 지우고 마네킹들처럼 웃으며 거리에 도열해 있다. 끝없는 인간 삶의 양식을 복제해내는 모조의 존재. 존재를 확인하려는 열망 속에 불가능해지는 존재, 그러나 죽고 싶음, 때로 찢겨지고 싶음, 피흘리고 싶음, 껴안고 싶은 욕망은 사라지지 않는다. 하지만 그 모든 것은 물고기처럼, 의식의 물밑에 억압되고, 우리는 거품과 섬유질과 부드럽게 응결된 표면들, 유리같이 차가운 눈을 가진 거울 면이 된다. 거울을 통해 자신의 이미지를 살아가는 주체는 거울이 창조한, 거울에서 일어나는 피조물일 뿐이다. 유리침대에서 산산조각 자신의 파편에 찔리면서.

무엇보다도 유리침대의 이미지는 첫 시집 『의자와 이야기하는 남자』에서부터 김형술이 깊이 문제 삼아온 것이다. 특히 시 「어둠 속의 거울, 비디오, 비상구」는 가짜 이미지에 갇혀버린 황량한 존재감을 빼어나게 형상화한 시편이다. 물론 '거울'은 실제적인 물체를 의미하는 것만이 아니다. 거울은 마음의 풍경과 세계의 풍경을 의미심장하게 겹쳐놓고, 우리는 무엇을 갈망하며, 어떻게 살고 있는가라는 질문을 던지기 위한 하나의 특별한 은유이다. 김형술의 시는 무뇌아들처럼 거울의 세계를 살아가는 텅 빈 주체의 독백을 통해, 황량한 환각의 미로 속에 빨려든 현대적 일상, 혹은 현실/거울이라는 두 공간 속에 갈등하는 기호화된 삶의 아픔을 제시한다. 잠시 그의 오랜 시편으로 되돌아가보자.

(한밤의 TV모니터 속에서 걸어나오는 사내, 힘없이 늘어뜨린 손에 구겨져 너덜거리는 그의 그림자를 움켜쥐고)

딱딱한 푸른색의 껍질을 가진 거울 속에 잠들어 있어 노크를 하듯 리모컨을 두드리지 않으면 열리지 않는 게 나의 세상이죠. 시계를 벗어 서랍 속에 넣고 벌레처럼 조그맣게 웅크리며 거울 앞에 앉으면 등 뒤에서 춤추는 그림자와 함께 열리는 거울이 영혼을 앗아갑니다. 자전거를 타고 사막을 건너듯 끝나지 않는 긴 여행이 시작되는 거죠.

빠르게 지나치는 수많은 길들 사이에 서 있습니다. 얼음의 눈을 가진 여자와 근엄한 호색한과 천사의 미소를 가진 전쟁광들이 눈앞을 날아가죠. 저들 따윈 마음만 먹는다면 쉽사리 불러 세워 흔적도 없이 긴 시간 밖으로 추 방 해 버리거나 선심을 쓰듯 되살려놓을 수 있는 곳, 여긴 천국입니다.

하지만 이곳에도 사랑을 맹신하는 어리석은 무리들이 있어 손을 내밉니다. 걷잡을 수 없는 살의와 분노가 웃음으로 터져나오지요. 웃음소리에 천국은 잠시 흔들리지만 이곳에서 비로소 난 살아납니다. 공기처럼 가볍게 되살아나서 중세의 지옥과 창세기, 난문하는 소문과 흔해빠진 진실 사이를 가볍게 날아다니죠. 그러나 문득 거울이 뿜어대는 푸른빛에 누에고치처럼 사로잡힌 채 어둠 속에 홀로 깨어 있는 한 사내를 만나기도 하면서…… 벽돌이 지붕 가까이 내려와 새벽이 녹슨 수도꼭지를 틀 때까지…… 말입니다.

(태양이 붉은 바늘을 흘려대며 온 밤 내 그가 헤매 다닌 천국을 헝클어버리자 떨리는 손으로 서랍 속의 시계를 꺼내다 말고 그는 혼자 중얼거린다. 무표정하게 닫혀 있는, 이미 그의 영혼 일부가 되어버린 낯선 거울을 향해

······ 내 그림자는 너무 낡아 더러워졌어. 너무 무겁고 너무······)
　　　　　　　　　　　　　—「어둠 속의 거울, 비디오, 비상구」부분

　김형술의 시는 자주 현실 속의 화자와, 스크린 속에 복제된 화자의 차이를 분명히 하고 있다. 중간 중간 괄호 안에 쓰여진 부분은, 실제 화자의 복제 화자에 대한 나름의 주석이라 할 수 있다. 그러나 이러한 화자의 구분은 곧 사라져버리게 된다. 왜냐하면 현실 속의 '나'가, "한밤의 TV모니터 속에서 걸어나오는 사내"의 이미지와 뒤바뀌고, 그들의 뒤바뀐 위치는, "거울 속에 잠들어 있어 노트를 하듯 리모컨을 두드리지 않으면 열리지 않는 게 나의 세상"임을 비춰주는 이미지임을 암시한다. 리모컨을 만지작거리는 현실적 화자는, 곧바로 스크린 속에서 걸어 나오는 지친 남자와 동일시된다. 이렇게 화자와 복제 화자가 겹쳐지는 곳에 김형술 시의 재미가 있다. 달리 말해, "등 뒤에서 춤추는 그림자와 함께 열리는 거울이 영혼을 앗아"가는 것을 바라보는 화자는, 이미 "자전거를 타고 사막을 건너듯 끝나지 않는 긴 여행"을 시작했다. 이렇게 환각이 현실이 되는 순간은 결국 말 그대로 주체의 소멸점이 된다.

　이제 화자는 가상공간과도 같은 "빠르게 지나치는 수많은 길들 사이에 서 있"다. "우리의 선택이 통제되어 있는" 거대한 이야기의 시스템 속으로 흘러들어간다. 우리의 캐릭터와 아이콘들, 게임 오버(Game Over) 화면이 뜰 때마다 연기 알갱이처럼 가볍게 날아가는 죽음들. 무수한 이미지가 대

거울인의 시

체하는 세계에서, 화자는 '천국'을 본다. 그러나 그곳은 천국일까? 무의식의 공간까지 완전히 점령당한 채 거울 속의 미로에 서 있는 게 천국이라면 그것은 악몽과도 다름없을 것이다. 하지만 우리는 결코 길을 벗어날 수 없는, "거울이 뿜어대는 푸른빛에 누에고치처럼 사로잡힌" 것이다. 화자는 말한다. "이미 그의 영혼 일부가 되어버린 낯선 거울을 향해", 우리는 낡아가는 것일 뿐, 그 이상이 아니라고.

그러다 문득 화자는 이러한 현실에 참을 수 없는 역겨움과 '분노'를 느낀다. 자아를 복제한 무수한 이미지들, 그 동일성의 환각들, 스크린 속에서 웃고 있는 가면인 우리는, 우리의 존재가 가짜임을 주장하는 낡고 지쳐버린 존재의 '그림자'를 걸치고 있다. 낡고 바랜 존재감과 피로로 넝마가 된 몸은, 그곳이 천국이 아님을 주장한다. 이미지들로 밀폐된 세계의 허상은 조금씩 금이 간다. 그 깨진 거울의 균열, 파편으로 떨어져나간 그 구멍이 환영으로 밀폐된 세계의 창은 아닐까. 그 창을 향해 그는 자면서(오오 깨어 있는 잠이라니!)도 묻는다. 나는 누구인가? 나를 설명해줄 각주도 원전도 없이.

> 순수하지 않은 것이 아름답다
> 순수한 혈통의 결합에서도 쉽사리 혼혈은 태어난다
> '믿기지 않아' 허둥대는 내게
> 감각에 뒤진 사람이군 시대는 비웃는다
> '내가?' '정말?'
> 불안해 하며 거울을 볼 때
> 등뒤의 내 아이 눈빛은
> 어두운 푸른색으로 번쩍인다
>
> 불꽃처럼 출렁이는 금발

빗방울 머금은 입술
검은색도 흰색도 아닌
또한 검으면서 흰색인 피부의 리듬 앤 블루스가
숨어 있던 관능을 깨워 일으키면
온통 마음을 빼앗긴 내 아이는 자라서
파란 피부, 찢어진 눈, 은발을 가진 아이를 낳을 것이다

—「아름다운 혼혈―머라이어 캐리의 뮤직비디오」부분

우리가 한 점 흠 없는 현실이라 믿어온 거울은 그 투명함만큼이나 불순한 것이다. 그것은 '머라이어 캐리의 뮤직비디오'처럼 완벽한 매혹 속에 우리를 가두어둠으로써, 순수한 그대로의 현실이 아닌 불순한 환영으로 우리의 감각을 길들인다. "불꽃처럼 출렁이는 금발/빗방울 머금은 입술"처럼 "숨어 있던 관능을 깨워 일으키"는 매혹적인 이미지의 뒤안에 겨우겨우 떠오르는 것은, 너무나 황막하고, 음울하고, 슬픈 세계이다. 현실 속의 '나'는 끝없이 지쳐가는데, 이미지는 지치지 않는다. 무대가 하나씩 바뀔 때마다, 더욱 어디엔가 권력의 '지칠 줄 모르는' 손아귀는 넓은 그물을 우리에게 펼치고 있다. 김형술의 시는 이렇게 그물처럼 주체 속에 교차되는 환상의 거울을 통해 독자를 다시 세계 앞에 마주 서게 하고, 그 거울의 표면을 찢고 나온 침묵을 물고기라는 비유를 통해 제시해간다.

3. 거울이라는 사해, 그리고 물고기

삶 속에는 끝없는 거울의 광장이 펼쳐져 있다. 날마다 죽어가고 살아나는 환영 인간들처럼, 우리의 존재는 난무하는 이미지를 통해 자신을 비쳐보며, 흔해빠진 지시의 도로를 가볍게 날아다닌다. 이미지로 만들어진 거

대한 환각의 돔처럼, 세계는 진보와 번영, 행복이라는 밀폐된 관념 속으로 우리를 내몬다. 모든 것은 움직이면서도 실제로는 움직이지 않는다. 끝없이 변화하고 일렁이면서도 실제로는 완강한 지시의 틀 안에 강고하게 지지되고 있는 세계에서, 안 보이는 그림자로 억압된 의미들을 침묵이라고, 광기라고, 기억이라고 해도 좋다. 혹은 심장 속에 웅크린 아픔이라고 해도 좋다. 여기서 물고기는 탄생한다. 물고기는 이성의 창공을 향해 드높이 치솟는 근대적 상징인 새와 다른 것이다. 그것은 진보하고 상승하기보다, 뒤로, 아래로 향한다. 만약 우리에게 그 깊은 나락으로 깊이 처박힐 용기가 있다면 심장의 진실을 알 수 있으련만. 하지만 우리의 두 손은 일에 묶여 있고, 발은 출근길에서 자유롭지 못하다. 우리의 몸은 새벽을 기다리며 잠드는 것이 아니라 새벽이 오는 것을 두려워한다. 우리가 살아가는 세계는 심장으로 이르는 길을 방해하며, 우리의 가짜 모습을 비추고 있는 거울처럼 거대하게 서 있다. 문득 우리를 단단히 둘러싸고 있는 기호의 표면을 뚫고 솟구쳐 오르려는 통증과 억눌린 갈등 속에, 우리는 환각 속을 떠흐르는 현실이 아니라, 진짜 맨몸으로 느끼고 감촉할 수 있는 무엇을 원한다. 우리의 머리가 재빨리 지워버리지만 가슴이 기억하는 '그리움'처럼.

> 물고기는 무슨 그리움을 가졌길래
> 저마다 희디흰 십자가를 몸 속에 지녔나
>
> 그리움으로 헤엄치고
> 그리움으로 웃고 노는
> 저 천진한 목숨의 내부
>
> 이리 화안한데

이리 잘 보이는데

캄캄하여라 내 몸 안팎의 세상

햇빛의 죄라네
이 어지럼증

물고기는 아무 죄 없다네

—「물고기의 죄」 부분

시인은 왜 물고기가 "아무 죄 없다"고 언명하는 것일까? "희디흰 십자가"를 몸속에 짊어지고 세상을 건너가는 존재의 수난적인 이미지는, 근대를 구축해온 선악과 같은 흑백의 이분 코드를 떠올리게 한다. 물고기는 죄지은 육체라는 코드를 육체로서 무효화한 성육신의 이미지로 이 시에서 제시된다. 그것은 바로, 어떤 해석에도 불구하고, 순결한 생명의 약동 그 자체로 존재하는 육체를 물고기처럼 팔아넘기고, 얼리고, 먹어치우는 세계에 대한 비판적인 내포를 가지는 것일까? '목숨 내부'를 응시하는 것은, 근대의 토대인 기독교적 코드에 의하면, 이 단단하고 완강한 표면의 세계를 건드리는 금기이자 죄악이다. 하지만 화자는 몸 내부에서 흘러나온 자그만 습기의 어지럼증. 끝없이 헤엄쳐가야 하는 메마른 세계에서 춤추는 햇살의 그림자와 함께 열리는 내부의 세계를 본다. '물고기의 죄'를 규정한 건 바로 '햇빛의 죄'이지 물고기는 무구하다.

이렇게 그의 시 속에는 목숨의 내부에서 일어나는 사건들이 있다. 그의 시는 허망하고 허망한 감각, 잔해, 균열들에 초점을 맞춤으로써, 세계를 그대로 반사하는 것이 아니라, 이 세계에 표면화되지 않는 목숨의 내부를 비추어내는 거울이고자 한다. 때문에 시인의 시선은 늘 섬뜩한 매혹으로 달혀진 세계의 표면을 미끄러지며, 이미지와 이미지의 연접과 운동 속에 만들어진 현실의 틈 사이로 솟구쳐 나온 초현실적인 정경에 초점을 맞춘다. 이는 삶의 형식을 생산하는 의미들의 지시와, 그 목의 미가 무엇인지도 모른 채 맹목적으로 따라가는 현대적 삶에 대한 시인의 비판적 인식을 반영한다. 우리는 늘 나라고 생각되는 이미지를 따라간다. 그런데 이미지를 따라 가닿은 곳에서 우리는 그것이 내가 아님을 깨닫게 된다. 사회가 암묵적으로 강요하고 있는 이미지를 따라가다 보면 우리는 어느새 무상한 환멸을 느낀다. 그 환멸은 곧 우리의 삶이 우리 자신의 본질과 괴리되어 있다는 소외의 감각으로 남는다. 김형술의 시가 자주 드러내고자 하는 것은 바로 그런 환멸이다. 단순히 환멸을 드러내는 것만이 아니라, 내가 정말로 누구인가 따져보자는 것이다. 이미 세계 속에 하나의 이미지로 박제되어 있는 나의 가면들을 찢어내며 진정으로 내가 갈망했던 생은 무엇인지, 강력한 환각의 마취 속에 존재하는 욕망이 아니라, 존재 내부에서 솟구쳐 나오는 뜨거운 욕망과 슬픔, 비릿한 그리움의 의미를 생각해보자는 것이다. 하지만 우리의 감정의 출혈을 가로막는 차갑고 단단한 거울은 늘, 내면의 말들을 억압하고, 공기처럼 흩어지고 증발하는 삶의 감각들, 유혹처럼 빛나는 허상으로 우리의 심장을 겹겹으로 포위하고 있다. 우리는 아픔을 느끼지만 이곳이 '천국'이라는 이념에 설득당하고, 그렇게 이미 만들어진 이야기 속으로 날마다 걸어 들어가는 '거울 중독자들'이다. 하지만 이 중독된 낙원의 이미지가 일렁이는 세계는 그 자체로 생명 없는 '사해'와 같다. 죽음의 바다를 떠도는 유령선들처럼, 우리는 무의식의 거울 속을 떠돌면서 쳇바퀴를 돌고 있을 뿐이다.

김형술이 독자에게 던져놓는 것은, 바로 그렇게 완강히 지속됨으로써 죽어버린 꿈의 난파물이다. 거리에 흘러가는 자동차의 흐름처럼 환영이

소용돌이치는 세계에서 우리는 메마른 두개골의 해안에 부서지는 이미지의 파편을 본다. 그런 일렁이는 거울에는 채 지워지지 못할 '그리움'처럼 슬픔의 잔상이 얼룩져 있다. 그곳이 바로 물고기가 튀어 오르는 출구이고, 현실이 아닌, 그러나 현실을 닮은 초현실적 이미지가 급류처럼 터져 나오는 지점이다. "햇빛 속으로 한 떼의 물고기가 지나간다 햇빛보다 더 흰 지느러미로 날아가는 물고기떼는 투명한 자국을 허공에 남긴다. 햇빛은 캄캄해지고 세상은 잠시 흔들리고" "태초의 말씀 같은 빛이 솟는 저녁이 열린다."(「천국의 물고기」) 물고기는 허위의 이미지로 출렁이는 사해의 세계에서 일순간 솟구치는 생의 이미지, 그러나 다시 그곳으로 잠겨 들어갈 수밖에 없는 침묵 혹은 진실의 코드이기도 하다. 물고기는 늘 완강히 닫혀버린 현실의 표면을 찢어내며 이상한 환상의 파문을 일으키고, 모든 의미 체계들을 무와 혼돈으로 만든다. 잠들고, 일어나고 출근하는 그 시간의 도로에서, 문득 그는 육체 안쪽의 생명을 죄스럽게 들여다보거나, "나의 죄를 지탱해 줄 튼튼한 가지와/치욕이 덮힐 만한 그늘을 찾아"(「악몽을 방지하는 법」)가거나, "어둠 너머로 가지를 벋는 낯선 들판 한가운데로"(「폐차장의 저녁」) 다가간다. 현실의 차가운 거울 속에 '잔얼음 박힌 시린 살점들'(「기억과 과일」)처럼 얼어버린 존재는 그가 '얼음폭풍의 나날'(「폐차장에서의 독서」)이라고 말하는 생의 순간을 기다린다.

> 얼어붙은 강가에서
> 투명한 얼음장 아래 누운 시계들을 만났고
> 낯익은 숫자들이 두런두런
> 난간 없는 다리를 건너가는 것을 보았다
>
> ─「독서」 부분

얼음폭풍의 나날,
날개 달린 의자를 노래하는
예언서는 날마다 빠른 우편으로 와
하늘 가득 흩어져 저마다 별이 되고

　　　　　　　　　　　　　—「폐차장에서의 독서」 부분

겨울이 오기 전에
얼음 속에 갇혀 소멸되지 못하는
시간의 몸들을 햇빛에게 주어야겠다.

뜨거운 악취를 풍기며 썩어갈 수 있도록
무덤도 마음도 없이
그저 흐를 수 있도록

　　　　　　　　　　　　　　—「기억과 과일」 부분

　시인은 늘, 완강하게 시계 속에 고정된 일상의 시간이 아니라, '흐를 수 있'는 순간을 꿈꾼다. 화자는 "투명한 얼음장 아래 누운 시계들을 만났고/ 낯익은 숫자들이 두런두런/난간 없는 다리를 건너가는 것을 보았다." 그토록 완강하고 지속적인 세계에서 '독서'를 하는 것은 "얼음 속에 갇혀 소멸되지 못하는/시간의 몸들을 햇빛에게 주어야겠다"는 다짐, 즉 우리가 완강히 기억 속에 저장해둔 침묵을 현실에 내보여주는 일인지도 모른다. 시간은 영원이 아니며, 존재는 이미지가 아니고, 생이란 그저 뜨겁게 타올랐다 "뜨거운 악취를 풍기며 썩어갈 수 있"는 생짜 그 자체임을 말하고 싶었는지도 모른다. 우리의 마음이 기억하는 목숨의 내부는, 늘 완강하게 지속되는 세계와 갈등하며, 저 멀리 현실의 뒤안으로 사라져간 의미들을 그리워한다. 하지만 세계라는 잔혹한 거울은 어쩔 수 없이 우리가 살아가야 하는 장소이

며, 결코 부정할 수 없는 현실이다. 때문에 단지 그가 할 수 있는 일은, 마음
속에 얼비친 자그만 침묵에 영혼의 귀를 여는 것뿐이다.

어느 가을 아득한 벼랑 끝으로
망설임 없이 몸을 던져
지층의 가장 낮은 어둠 속
갓 눈뜬 한줄기 희디흰 실뿌리에
마침내 온 영혼 열어 주겠네

푸른 안개 가만히 이마를 짚는
겨울 신새벽
무거운 꿈, 거친 그리움을 버린
투명한 한 줄기 뼈로 깨어나

긴 산그림자 걷히고
바람도 숨죽인 한낮
길 끝에서 가만히 일어서겠네

낮게, 칼날처럼 일어서겠네

—「얼음꽃」 부분

저기 길 한복판
질주하는 차들을 일제히 지워

텅 비어버린 길
섬광 같은 고요 한가운데 앉아 있는
낯익은 짐승 한 마리

흐린 눈
거추장스럽게 살찐 몸
미처 다 숨기지 못한 긴 꼬리로

마주보네
성호처럼 황급히 성냥을 그어
어둠을 피워물고 하늘 올려다보면

흰 거울 하나
머리 위에 떠 있네
컹컹 짖어대는 입술들을
주렁주렁 달고 있네

―「개와 담배와 거울」 부분

　　화자는 "가장 낮은 어둠 속/갓 눈뜬 한줄기 희디흰 실뿌리"와도 같은 것
에 "마침내 온 영혼 열어 주"고자 하는 갈망을 느낀다. 침묵의 '지층' 속에
사장된 기억은 영원히 침묵하는 것이 아니라, "겨울 신새벽/무거운 꿈, 거
친 그리움을 버린/투명한 한 줄기 뼈"와도 같은 단호한 일격을 준비한다.
세계를 향해 "낮게, 칼날처럼 일어서"는 말들을 위해 그는 얼마나 수많은
거울 속의 미로를 지친 채 오갔던 것일까. 그의 존재는 시시각각 깨져나가
는 심장 속에 얼마나 많은 환각의 복사본을 저장해온 것일까. 하지만 그에
게 문득 세계는 환멸의 사막이며 무의미 그 자체이다. "질주하는 차들을
일제히 지워/텅 비어버린 길"에서, '섬광 같은 고요'의 중심에 존재하는 자
는 문득, 이미지로 가득한 세계라는 거짓거울이 아니라 '머리 위에 떠 있
는' '우주'라는 거울을 본다. 그토록 깊은 그리움을 가진 자에게 침묵은 "미
처 다 숨기지 못한 긴 꼬리"를 내보인다. "성호처럼 황급히 성냥을 그어/어

둠을 피워물고 하늘 올려다보면//흰 거울 하나/머리 위에 떠 있"고, 거기에는 침묵을 깨고 "컹컹 짖어대는 입술들"이 보인다. 무언가에 싸여 있던 침묵이 별빛을 터뜨리고, 우주의 대양을 유영하는 별무리가 찬란한 언어처럼 가로지른다. 침묵과 기억을 억압하고, 상처와 고통을 지워내는 이 완강한 세계에서, 얼어붙은 말들을 다시 흐름과 유동 속으로 되돌려놓기 위해 정말로 우리는 얼마나 뜨거운 의식의 잠열을 필요로 하는 걸까.

다시 한 번 물어보자. 물고기는 무엇인가? 어쩌면 물고기는 이 세계라는 거울이 비춰내지 않는, 우리가 결여하고 있는 모든 의미들이 아닐까? 아직 현실로 태어나지 않은 진실이거나, 무의식의 물밑으로 잠겨버린 기억 혹은 광기와 통증 같은 것들. 부와 성공을 향한 거울의 미로 속을 달려야만 하는 현대에서, 그러한 침묵을 좇아가는 이는 광인이거나 성인일 것이다. 하지만 현실이 거울처럼 완강히 닫혀 있을수록 시인은 침묵을 뒤쫓고, 어느 곳에서나 눈을 예리하게 치켜뜰 수밖에 없다. 마치 거울 진열장으로 가득한 쇼핑몰을 걸어 나와 진실로 자신이 갈망하는 심장의 한곳으로 들어설 수 있을 때까지. 진실로 눈이 멀어서 자신을 발견한 '외디푸스'처럼 진실한 언어를 구사할 수 있을 때까지. 열 번이고 백 번이고, 그렇게 죽을 준비가 된 자들만이 하나의 살아 있는 말을 위해 삶을 바치고, 그렇게 모든 생을 바쳐도 좋을 비릿한 무언가를 우리는 사랑이라고 불러보기로 하자.

상동성의 시학

— 박현수의 신작시 읽기

1. 두 개의 뿌리를 가진 문법

무엇이 선명하고 분명한 것인가를 질문함으로써 시작된 현대 철학이 불투명하고 불확실한 것들에 관심을 집중시킴으로써 그 흐름에 역행해온 것은 가장 재미있는 아이러니다. 주지하다시피 탈현대의 담론이 집중해온 불투명한 언어, 흔적, 틈에 대한 사고는 아마도 지난 20년간 젊은 시인들을 가장 강렬하게 사로잡아온 화두였다. 박현수의 신작시에서도 첫눈에 두드러지는 것은, 근대를 지지했던 인식적 확실성이 약화되면서 불가피하게 등장했던 언어에 대한 관심이 집중되어 있다는 점이다. 박현수는 단단한 현실의 문법과 그 문법이 다 말해주지 못한 삶의 진실과 번득이는 인식을 위트 있는 언어로 헤쳐서 보여주는 특출한 관찰자이다. 특히 그가 「룸살롱의 시인」에서 언급하고 있는 '기울어짐'이라는 말에서 판독되는 것은, 초점의 문제로 소급될 수밖에 없는 세계 인식의 문제, 즉 인식과 판단의 문제이다.

이봐, 박 쉬인 이쯤에서 쉬 하나 나와야 되는 거 아냐
거미줄에 걸린 나비처럼 팬티스타킹에 갇힌 손,
이렇게 시작하는 게 어때? 아니지
이곳에서는 모든 마음이 한쪽으로 기울어져 있다
욕정이 있는 것은 모두 기운다
지구도 제 욕정을 못 이겨 기울어져 있지 않은가
이건 당신 말투지, 비겁하게 한 발 물러서 있단 말이야
리얼리즘 한다는 놈들도 마찬가지야
그놈들의 리얼리즘은 너무 교활하게 선택적이란 말야
발기 안 되는 이념이
끈적한 현실과 만나는 거 자체가 불행이야
진정한 리얼리즘은 끈적끈적해야지, 좀더 끈적끈적하게
꽃피는 룸살롱은 어때, 모든 것은 피어난다
천천히 피어나는 복숭앗빛 유두
가랑이 사이에서 피어나는 뜨거운 입김
촉촉하고 탱탱하게 피어나는 건포돗빛 꽃잎
물속에 담근 일본 종이꽃처럼
소심한 모든 것들이 꽃이 되어 일어서는 화원
꽃 피어나서 꽉 조여드는 세계
손닿는 곳마다 감응이 있는 서정성의 개화
박 쉬인, 이 정도는 되어야 쉬인이지
이것이야 말로 진정한 몽유도원도의 세계라니까
이걸 모르면 쉬인 때려치워야지, 안 그래?

—「룸살롱의 시인」 부분

    그는 위의 시에서 인간의 살처럼 꼬집거나 때리면 아프고 상처가 나는 삶과 욕망의 끈적임을 리얼리스트들의 논리와 대비시켜 비꼬고 있다. 마치 "도원을 그렸는데 여자를 빠트"린 것같이, 추상과 이념이 궁극적으로

결여하고 있는 것은 생의 문제인 것이다. "욕정이 있는 것은 모두 기운다". 이 기울어짐은 객관성과 전형성을 신봉하는 리얼리즘의 미학에 어울리지 않지만, 궁극적으로 세계를 엄정하게 바라보고 재현한다는 "리얼리즘 한다는 놈들도 마찬가지"인 것이다. 리얼리즘은 결코 세계를 객관적으로 재현하지 못한다. "리얼리즘은 너무 교활하게 선택적"이며 경직되어 있기 때문이다. "진정한 리얼리즘은 끈적끈적해야지, 좀더 끈적끈적하게" 삶의 구비와 능성을 따라갈 필요가 있다.

이렇게 마치 육체와도 같이 민감하고 끈적끈적한 생의 진실을 문제 삼고 있는 그의 시에 서정시의 문제가 밑금으로 깔려 있음은 당연하다. 그의 시 전체에 투철하게 견지되고 있는 서정성에 대한 관심은, 무너진 확신의 진공을 채우는, 즉 근대의 문법이 무시하거나 삭제하고 있는 생의 진실들을 어떻게 새롭게 언어로 재현해내는가 하는 문제와 결부된다. 시 속의 화자는 룸살롱의 밀실에서, '몽유도원도' 같은 꿈과 애욕, 끈끈한 삶의 결이 시 속에 사라졌음을 우회적으로 공박한다. 실제로 현대시는 너무나 냉엄한 관찰과 시선의 권력을 고수하고 있으며, 감정과 살과 피의 종말을 살고 있는 반인간적 감수성을 전시하는 경우가 얼마나 많은가. 우리의 삶을 지배하는 현대의 문법은 인간적인 느낌에 대한 자각이 아니라 그 경험과 존재의 이유(목적)를 위한 인과론적 맥락 위에 작용한다. 우리가 포박되어 있는 근대의 의미 체계들은, 도저히 더 삶을 지탱해갈 수 없을 정도로 정신과 이성으로 결정화된 존재로 우리를 쓰고 재현하고 있다. 물론 그 존재의 문법은 이성적 주체라는 인식에 기반한다. 때문에 근대시 혹은 현대시라는 것은, 이성적 주체인 개인의 의사를 효율적으로 소통시키는, 즉 의미의 교환이라는 집단적 목적과, 그 문법 속에서 상처받는 개인의 언어라는 이중성에 의해 구축된다.

우리는 언어를 자유롭게 소비하고 교환함으로써 문법에 종속된다. 하지만 시의 언어는 언어의 소비시장에서 억압적인 권력이 지속적으로 작동함을 인식하고, 그 문법의 교환 체계에서 스스로 누락됨으로써 의미를 가진다. 시어가 추구하는 역할은 궁극적으로 존재론도 인식론도 아니다. 어쩌면 그것은 문맥으로 접속된 기호와 기호가 아니라, 맨살의 사물(자연)과 언어가 상호작용하는 생태학에 대한 사유와 닮아 있다. 예컨대 한 시인이 어떤 사물을 자기만의 방식으로 명명한다고 할 때 그 시 속의 사물은 단순히 사물이 아니라 사물이 이미 만들어진 의미라는 가면을 쓰고 있음을 폭로하는 것이다. 아울러 시의 언어는 우리가 사용하는 말들이 필요와 교환에 의해 만들어진 지극히 현실적인 논리의 산물이지, 사물과 존재의 전모를 표현하는 것이 아니라는 점을 보여준다. 현실의 문법은 자유로운 언어의 놀이(파롤)를 얼마든지 허용하며 그것을 통해 우리의 기억과 주체성을 쌓아올리고 있기에 억압적인 것으로는 잘 경험되지 않는다. 그러므로 현실의 언어는 더 이상 세계에 대해 반성하거나 고뇌하는 적대자를 생산하지 않는다. 오로지 유통과 교환의 관계 속에 미끄럽게 흐른다. 하지만 우리의 삶의 문법은 그 자체로 억압성을 내장하고 있다. 보다 우월한 의미로 자리매김된 목적과 과정, 인과론의 맥락 속에서 작동한다는 규칙 그 자체 때문이다. 개별자를 통해 보편의 전형을 지향하는 리얼리즘은 그러한 의미 세트에 충실하다. 자신이 원하는 이념을 반영한다는 그 목적성의 억압이야말로 지독한 것이며, 자신의 말 그 자체가 현실이고자 하는 욕망에 "기울어져 있는" 것이 아닐 수 없고, 그래서 더욱 리얼리즘의 현실은 자기 욕망을 '선택'한 것일 수밖에 없다. 리얼리즘의 인식을 다중적으로 해체하는 탈현대의 관점에서 보면 그것 또한 사회적 변화의 비전을 생산하는 데 실패한, 궁극적으로 의미의 진보도 변화도 없는 거대한 출렁임 속으로 섞여드는 고루한 것이다.

그럼에도 불구하고 자기 권력을 고수하려는 리얼리스트들의 유아론적 신념을 어떻게 읽어내야 할까. 아마도 '박 쉬인'은 고루한 리얼리스트들의 아집이 해체된 자리에 새로운 서정시의 현실이 모색되어야 함을 주장하고 있는 것은 아닐까. 리얼리즘이 지닌 문법의 나르시시즘은 사실상 서정시의 가장 큰 함정이기도 하다. 엄정한 방법론에 의해 현실을 묘사하는 전형화의 미학을 가진다는 것은, 자신의 언어와 특별한 스타일을 가져야만 하는 시인의 욕망과 상충될 수 있기 때문이다. 시란 우리를 지배하고 우리 자신이 한 요소로 내던져져 있는 언어의 장 안에서, 그 장을 다시 쓰는 것이다. 서정시의 독특한 아름다움과 언어의 자유로움은 늘 문체의 문제와 결부되어 있고, 이 각각의 독특한 특이성은 전형화된 현실에 대한 이념의 변화를 요구한다. 이러한 리얼리즘과 서정시의 문제를 기반으로 박현수는 현실의 문법과 자신의 글쓰기 속에서 발생하는 다양한 갈등을 변주한다. 물론 그것은 이미 제기된 사실의 죽음이라는 탈현대의 질문과 맞닿고 있기에, 어떻게 서정시를 새롭게 쓸 것인가, 즉 어떻게 화석화된 현실에 대한 인식을 타개하며, 고리타분한 서정시를 현대적으로 노래할 것인가 라는 시각에서 접근할 필요가 있다. 다시 말해 현실에 대한 고정된 문법과 시선이 건드리지 못하는, 시의 현실에 대한 치밀한 사고가 이루어져야 한다. 그는 다음과 같이 쓴다.

> 겨울 계간지도 다 읽지 못 했는데
> 봄이 왔다
> 지나친 구절처럼
> 눈이 잘 가지

않은 곳부터 꽃이 피었다
뜻을 새기지 않아도
이해되는 세계,
인간의 오독으로 얼마나
상처가 깊어졌으리!
발음되지 않는
문장부호처럼
세계는 읽을 수 없을 때만 명쾌하다
애써 읽으려 할 때마다
계간지가 계절보다 먼저 던져졌다

—「봄」 전문

　문예지는 절기에 맞추어 정기적으로 간행된다. 겨울 계간지를 읽고, 봄 계간지를 읽을 때 와야 하는 봄의 시간적(텍스트적) 논리는 맞지 않는다. 봄은 이미 당도해 있다. 시인이 '생각하는' 봄은 계간지라는 문화의 텍스트 속에서 작동하지만 실제의 봄은 텍스트의 논리에서 벗어난다. 벌써 당도한 봄이 '계간지'라는 텍스트 안에서 움직이는 시인의 시간에 대한 감각을 읽게 한다. 즉 기호적이고 자연적이고 물질적인 봄의 기표들이 중층적으로 시 속에 들어앉아 있다. 봄이라는 텍스트적 기호와 해독도 오독도 거부하는 그냥 자연, 심리적으로 다가오는 봄들 사이의 차이와 관계를 그의 시는 예리하게 포착하고 있다. 여기서 계간지란 겨울 다음에 오는 것이 곧 봄이라는 우리의 인식 논리, 더 넓혀 생각하면 철학적 관념, 세계라는 텍스트의 문법을 의미한다. 하지만 그가 느끼는 봄은 봄의 생태를 보여주는 사물에 머문다. 즉 "눈이 잘 가지/않은 곳부터" 핀 꽃, "뜻을 새기지 않아도/이해되는 세계,", "인간의 오독으로" 상처 입은 봄이라는 백지에 가닿는 것이다. 그의 시는 텍스트 안에 있지만, 문법을 벗어나는 것들에 대한 지세학적 접근법, 사물을 의미화하고 지배하는 모든 재현 수준의 문제를 돌아보게 한다. 더 나아가 겨울 계간지 다음에 봄 계간지가 나온다는 질서, 인과론적 맥락 속에 작동하는 재현의 논리를 거꾸로 읽게 한다.

봄은 똑같은 봄이되, 하나는 논리 속에 인식되는 봄이며, 다른 하나는 시인의 맨눈과 심리 속에 감각되는 봄이다. 봄이라는 말은 같아도, 발생이 다른 두 개의 기원을 가진 봄이 위의 시에는 놓여 있다. 생태학에서 아이디어를 빌려본다면 이는 역할은 같아도, 기원이 다른 생물종을 지시하는 상동성의 시학이라 할 만한 것이다, 진화론에서는 기원과 해부학적 구조가 동일하지만 외형과 작용이 다른 방향으로 진화된 기관을 상사기관이라 하고 발생의 기원과 구조는 다르나 모양과 기능이 비슷한 방향으로 진화된 기관을 상동기관이라 한다. 나중에 논의하겠지만 박현수가 현대 시인들의 수많은 텍스트들의 상동성(그러나 기원은 다른)을 이용해 하나의 텍스트를 만들어내는 전략도 이에 기반한다.

2. 언어의 열역학

근대의 정신이 낳은 리얼리즘은 근대의 시공간의 논리에 억지로 끼워 맞춰진 표현의 지세와 전형을 요구한다. 현실을 지배하는 논리가 이러한 보편성의 원리를 요구한다면, 시인의 언어는 개별성의 원리와 감성의 혼돈 속에서 자라난다. 자연의 생태와 마찬가지로 시 또한 인간이 역사 속에서 구축해온 단선적인 논리와 문법을 따르지 않는다. 의미의 진화와 언어의 역사 속에서 돌연변이와도 같은 어떤 일탈이 존재한다. 가령 이상한 실험시 같은 것이 있다. 우리가 서정시라고 하는 비교적 유형화된 장르적 글쓰기는 시의 잡다한 생태를 일반화시킨 사회적 정보로 변화시킨 것이며,

시에 대해 우리가 이해하고 진화시켜온 정보와 일시적으로 결합된 것이다. 하지만 통상 서정시라고 불리는 시는 각기 감성의 발생이 다른 시인들의 삶의 역사가 만들어낸 시간의 다중성의 집합이다. 언어의 역사 속에서도 그렇거니와 특히 실험시는 시에 대해 우리가 전개시켜온 사유와 관념을 방해하는 언어의 돌연변이체 같은 것이다. 특히 잘 소통되지 않는 언어, 소통이라는 언어의 경제학을 뿌리치는 시어, 오랜 의미를 뿌리치는 반역사적 상상들이 그러하다. 가장 극단적인 실험시의 경우는 역사적으로 굳어온 인식을 방해하는 소음으로 자신의 존재를 주장한다. 그러므로 시는 역사의 진행과 맞물리지 않는 하나의 사건으로, 역사라는 의미의 통로 '대한' 이념으로 번역될 수 있다. 역사와 충돌하는 것은 역사의 일부분이 되는 것이 아니다. 그것은 현재를 조직하는 정보의 채널, 전체적인 의미의 네트워크에 영향을 미치는 것이다. 시는 그 일탈성을 통해 역사적으로 진화해온 언어를 본래부터 무의미였던 자연의 관점에서 번역하는 역할을 수행한다. 즉 시를 쓴다는 것은 재현을 방해하는 자연을 언어 시스템 속에 불러오는 것이며, 이러한 언어의 자연성에 대한 문제적인 접근은 박현수의 시에서 자주 엿보인다. 대표적으로 의미의 그물망을 조직하는 관념의 힘에 대한 폭로, 근대의 자기 지식의 지반이 된 물질세계와 생명, 그리고 이성의 논리를 넘어서는 전 존재의 언어를 중층적으로 모색해보려는 시인의 열망은 그의 시에 잘 나타난다.

이러한 시적인 열망이 비등점에 이르면 형식을 깬다. 시인의 언어는 하나의 분명한 의미에 착지하지 않는다. 본래 시어는 개념을 나타내는 것이 아니다. 실험시의 경우에 극단적으로 증가하는 모호성의 엔트로피는 물론 역사가 만들어온 의미와 문법의 억압 때문에 발생하는 것이다. 시인은 글을 쓰면서 역사가 만들어온 의미 발생의 경로를 따르지 않고 자주 즉각적인 인식에 의존한다. 다시 말해서 자신이 다루고 있는 언어가 곧 시간의 산물임을 직관하기 때문에, 시인은 분명한 모든 것을 모호성으로 되돌리는 적극적인 상상을 하게 된다. 그 상상은 지극히 혼돈스러운 것이지만, '형상화'라는 질서를 매개로 하여 시로 완성된다. 너무도 불안정하고 예측이 불가능한 물질과 자연 세계를 직관하기 때문에 역으로 스타일이라는 시인의 문법적 질서(역사) 의식이 등장한 것이다. 문법은 사회적인 장르의 원칙에 따라 산만하고 혼돈스런 언어를 조직할 수 있게 한다. 박현수의 시쓰기의 전략이랄까 발생 원리를 보여주는 재미있는 시를 보자.

한때 고무풍선을 꿈꾸었으리
두둥실 떠오르다
바람 탱탱하게
스며든 채 굳어버린 꿈이었으리
훨훨 하늘로 오르다
한번 지상을 내려다보곤
그만 눈물이 나서
다시 내려온 마음이었으리
탱탱한 바람 냄새가 스며
이렇게 몰랑몰랑한
꿈이 손안에서 튕겨 오르는 것이리
새들의 깃털에 닿아
이렇게 하얀
속살이 종이 위에 뒹구는 것이리
한때 고무풍선을 꿈꾸었으니
지상에 남기지 않을
아픔을 슬쩍 지워주는 것이리

—「지우개를 위한 노래」 전문

고무는 고무풍선을 꿈꾸었으나 지우개가 된다. 지우개는 하나의 낱말처럼 단단하게 응고된 사물이지만 사물을 지우는 사물이다. 그것은 하나의 개념과 의미로 응고된 낱말 같은 것이지만, 그 낱말을 지우는 물체라는 점에서 재현 문법의 한 부분과 요소로 환원되지 않는다. 그것은 딱딱하게 추상화되고 관념화된 기호가 아니라, 끝없는 혼돈, 수정, 탈고를 반복해야 하는 인간의 유연한 심리와 자연성을 보여주는 언어다. 즉 그것은 일상어로 사용되긴 하지만 일상적 의미를 지워내기 위해 존재하는, 자연에 가까운 시어인 것이다. 전체적으로는 매끈한 표면으로 보이지만 가까이 지켜보면 무수한 균열과 갈등하는 필선으로 만들어진 문법, 의미의 지리학에 나타나지 못하는 침묵과 망설임의 지세를 지우개는 암시한다. 시어는 "한때 고무풍선을 꿈꾸었"고, "바람 탱탱하게/스며든 채 굳어버린 꿈"도 되고 싶었지만 "몰랑몰랑한/꿈"으로 "손안에서 튕겨 오르"고 싶어한다. 지우개는 일상적이고 상식적인 의미의 지리학에서 잘못 돌출된 감정의 격동, 즉 개인의 감정이나 슬픔의 지세들을 지운다. 다시 말해 지우개는 지워진 말이지만 그곳에 어떤 말이 있었음을 알려줌으로써 의미/비의미, 소리/소음의 경계들을 예리하게 보여준다.

　그렇다면 그 쓰여진 말이면서 동시에 지워진 말은 시와 어떤 관련이 있는가? 슬픔이나 꿈 같은 것은 냉정하고 객관적이어야 한다는 근대의 재현 문법을 위반하는 감정과 욕망의 움직임이다. 그것은 시를 쓰게 하는 가장 강력한 힘이면서도 실용적인 목적 때문에 무시된 우리 존재의 나머지 부분들, 즉 주체를 규정하는 지배 문법의 타자로 남는다. 비록 근대의 철학들이, 존재는 정신의 추상이 아니면 육체라는 물질 덩어리라고 주장한다 하더라도, 그리하여 주체와 타자를, 의미와 비의미를 가른다고 하더라도 시인의 지우개는 그것이 아님을 안다. 우리는 존재함과 동시에 지워지고 있는 것이다. 때문에 지우개라는 말은, 세계로 확장되는 근대의 밑그림과 그 속에서 지도화되지 못한 비의미의 영역을 동시에 그려나가는 것이 된다. 우리를 지배하는 문법이 각각의 단어, 문절로 만들어져 있듯이, 시의 언어는 냉엄한 사유뿐 아니라 뜨거운 감정의 언어들을 강력한 스타일 속에 녹여 접속시킴으로써 일상의 문절을 파괴하고 일그러뜨리며 틈입한다. 근대주의자 김기림에게 주는 이상의 편지 형식을 빌린 다음 시를 통해 이 문제를 더 깊이 짚어보기로 하자.

起林 大人, 날마다 술입니다그려 라이터를 갖다 대면 정수리에 알코올램프처럼 불이 붙을 것만 같소 젖은 종이처럼 연기만 소란한 삶이 싫어 독주만 마시는 중이오 불꽃을 이고 다니는 사람처럼 몸은 차고 생각은 갈수록 뜨거워집디다 술 취한 사람이 위험한 건 한 순간에 인화 물질이 되어버리기 때문이란 걸 안 것도 요즘이오 다크서클이 불에 그슬린 자욱이 아니라면 달리 무엇이겠소 가솔린 냄새 가득한 삶, 이래저래 일촉즉발일 따름이구려!

동경에서 李箱
—「알코올램프의 근황─시국시편 8」 전문

"젖은 종이처럼 연기만 소란한 삶" 혹은 "한 순간에 인화 물질이 되어버"릴 수도 있는 삶의 '일촉즉발'은 언제든 안정적인 삶의 문법을 무너뜨릴 수 있다. 슬픔이나 우울증, 분노는 냉정한 이성주의자의 사유처럼 균일한 속도와 방향으로 퍼져나가는 시공간이 아니라 신경증적인 늘어짐과 단축이 존재하는 세계를 만들어낸다. 주체의 감정이나 감각적 엔트로피가 점점 더 높아갈수록 언어는 질서 있는 세계와 안정된 문법 속으로 포섭되지 않는다. 관념이라는 차갑고 딱딱한 거푸집을 통해 백과사전적인 언어의 생태학을 만드는 것이 문법이라면, 그 지식의 딱딱한 거푸집을 버리고, 마치 하나의 원소처럼 가장 원초적인 언어의 화학반응을 보여주는 것이 시의 언어다. 시인의 의식은 언어의 불꽃반응을 지켜보는 '알코올램프'와 닮아 있는 것이다.

삶의 언어는 관념과 지식으로 우리를 지배하는 문법과는 다른 나름대로의 통사법을 가지고 있다. 가령, 먼지라는 하나의 낱말이 있다면, 그 낱말을 하나의 움직임(통사)로 확장시키는 것은 바람 같은 것이다. 시는 현대의 문법 속에서 보면 가장 언어의 역할을 하지 못하는 소음에 가까운 언어다. 시는 자연을 희생시켜 얻어진 언어/지식/의미의 장 그 자체에 관심을 가지기 때문이다. 시를 통해 새로운 인식권 안으로 어떤 의미가 들어오기 시작하고, 서서히 지식은 그 영역을 넓혀나간다. 그 자연어의 놀이인 시라는 장 속에서 '봄', '먼지' 같은 말은 텍스트의 질서(이를테면 앞에서 지적했던 계간지처럼)와 다른 의미 질서 속에 움직이고, 연금술적 불꽃반응을 통해 새로운 빛깔과 관념을 가지게 된다. 그것이 바로 시인의 정서나 감각으로 녹여낸 시적 개성으로 나타나는 것이다. 그런 "위대한 개성"들의 역사가 곧 시의 역사다. 박현수가 유치환, 이육사, 박목월, 김춘수, 서정주, 박재삼, 김소월, 한용운, 백석의 목소리와 시구들을 빌려 시를 쓰는 것도 이러한 전략에 기반한다.

> 죽어도 뉘우치지 않으려는 마음 위에
> 오늘은 이레째 암수(暗愁)의 비 내리고
> 바다의 흰 갈매기들같이도
> 인간은 얼마나 외로운 것이냐
> 얼음과 눈으로 벽을 짜 올린
> 여기는 지상,

인동 잎의 빛깔이
이루지 못한 인간의 꿈보다도 더욱 슬프다
볕이거나 그늘이거나 혓바닥 늘어뜨린
병든 수캐마냥
마음도 한자리 못 앉아 있는 마음일 때,
떨어져 나가 앉은 산 위에서
걷잡을 수 없는 슬픔의 힘을 옮겨서
그 드물다는 굳고 정한 갈매나무라는 나무를 생각하는 것이었다

—「시혼을 위한 협주−시국시편 10」 전문

시는 현실의 지도 위에 서식하는 교환의 언어가 아니다. 어딘가 둘 데
없는 "마음도 한자리 못 앉아 있는 마음일 때" "걷잡을 수 없는 슬픔의 힘
을 옮겨서" "갈매나무라는 나무"로 울창한 숲을 이루는 것이 시의 문법이
다. 이 언어의 숲은 그냥 그대로인 사물과 자연을 벌채하며 지도처럼 자신
을 넓혀온 세계의 강고한 문법을 드러내는 역할을 한다. 시는 슬픔을 먹고
자라난 갈매나무같이, 고요한 마음의 순간을 살게 하는 힘, 진지한 사고를
가능케 하는 지식의 바탕에서 살고 있다. 삶의 문법이 놓쳐버릴 수 있는
그런 미세한 마음의 기척들과 삶의 정경을 오롯이 언어에 담아내고자 하
는 지점에 박현수의 시가 있다.

달리 말해 그의 시는 지식의 장에 놓여 있는 언어를 마음의 움직임, 감
정과 꿈의 논리에 따라 자연으로 되돌려주려는 노력을 잘 보여준다. 이러
한 박현수의 시를 읽어내기 위해서는 의미를 신봉하는 기호적인 관점(관계
가 내용물로 변하는 것, 내용을 조직하기 위해 설정되는 관계와 문맥이 아
니라)보다, 시의 언어는 모든 의미를 백지로 되돌린 자연에서 출발한다는
생태학적인 관점이 필요하다. 자연과 문학의 친밀한 관계가 서정시에서

가장 극단적으로 나타나듯, 근대가 배제한 개인의 탄식과 소음들은 서정시라는 장 속에서 의미로 탄생한다. 이성적 진보를 요구하는 세계에서 존재의 잉여로 여겨진 슬픔의 탄식들, 존재의 자연이기도 한 이 마음의 목소리는 물론 근대 세계에 보충되어야 할 중요한 의미 영역이다. 그래서 서로 다른 삶의 내력과 기원을 지닌, 그러나 서로 닮아 있는 '슬픔'을 노래하는 수많은 시인들의 언어는 이 세계에 상동적으로 존재하는 돌연변이체다. 이 '시혼'들의 '협주'는 슬픔이 서식할 데가 없는 메마른 세계에 대한 탄주이자, "얼음과 눈으로 벽을 짜 올린/" 현대에 대한 강력한 비평이다. 그래서 이 시가 달고 있는 부제처럼 '시국시편'이 되는 것이다.

오래전에 우리의 언어는 바람 소리, 늑대의 울부짖음과 섞여 있었다. 자연의 소리와 하나였다, 마찬가지로 인간은 세계에 단순히 속해 있었다. 하지만 인간은, 자연에서 자신을 분리하고 사회적 진화를 시작하면서 "세계와 나"라는 대자적 구도 속에서 이해되었다. 즉 나와 세계라는 거울을 맞세워놓은 근대 철학의 코기토적 명제가 그것이다. 오늘날 우리는 '나'에서 출발한 사유나, 리얼리스트들의 사실이라 주장하는 경험적 지식들을, 자연과 실재에 대한 지식의 주요 원천으로 생각하고 있다. 하지만 자기 논리에 따라 증식되어온 근대의 진화론적 사유가 놓쳐버린 가장 중요한 지점은 바로 자연이다. 생명의 역사는 인식의 진화와 '과정'으로서의 역사를 따라가는 게 아니다. 자연은 역사처럼 단선적인 계기를 가지는 게 아니다. 돌연변이는 물론 상사성과 상동성도 아울러 가지고 있다. 근대적 기술의 반생태적인 본성이야말로, 언어의 돌연변이체와도 같은 시의 역사를 온존시키는 거대한 배경이다. 우리 삶의 문법이 의미의 폭력적인 통합과 일반화, 형식의 규율을 강조한다면, 시는 냉각된 기호적 연쇄를 파괴하는 자연의 에너지를 끊임없이 호명한다. 치열하고 뜨거운 시 의식은 일종의 열역학처럼 안정된 의미를 증발시키는 비등점의 언어를 창조하며, 언어와 지식의 맨바탕을 동시에 보여준다. 궁극적으로 세계란 우리가 자연에서 선택하여 인식한 부분에 불과하지 않은가. 이렇듯 박현수의 시는 현실의 문법이 지배하는 세계와 시라는 텍스트의 역사, 그리고 자연과의 관계를 매우 중층적이고 개성적인 방식으로 탐색하고 있으며, 단단하게 끓어오르는 슬픔의 힘, 개인의 언어의 힘, 시의 힘에 대한 꿈으로 충천해 있다.

하이브리드, 소음의 시

1. 전위와 실험

  오늘날 무엇이 시인가? 라는 질문은 엄청난 격변을 겪어온 현대시에 대한 너무 단순한 질문이 될 수 있다. 첨단 테크놀로지 시대, 하루가 다르게 급변하는 무한 미디어 시대의 경험들을 반영하듯이 현대시 역시 많은 변화를 겪어왔다. 시인의 감정과 사유를 세계에 투영하여 순정한 언어로 노래한다는 서정시의 장르적 규정은 변하지 않았지만, 그 형식과 방법에 있어서는 다양한 전략이 끊임없이 모색되어왔다. 그래서인지 갖가지 시적 표현이 난무하고 혼성적인 목소리가 난마처럼 얽힌 오늘날, 뚜렷한 준거도 없이 현대의 많은 시인들은 전위라는 표현을 수월하게 얻어듣고 있다. 전위적이라는 말은 우리의 정신 속에 시가 어떻게 형성되어 있는가? 라는 질문과 무관하지 않다. 분명히 오늘날 많은 사람들은 다양한 방식으로 전위라는 말을 사용하고 있는데, 각기 다른 스타일과 글쓰기의 기술에도 불구하고, 특별히 제도와 관습을 향한 태도에서 우리는 전위를 찾아볼 수 있다. 예술적인 혈통과 계보를 정체화하기 위해 과격한 선언적 강령을 내거는 행위에서부터, 규범적인 미학에 반역적인 글쓰기의 태도 등에서 말이다. 대부분 전위라는 말은 어떤 흐름을 깨고 솟아나온 특이성과 힘에 대한 기대를 포함한다.

하지만 오늘날 전위란 말은 너무나 선전을 위해 사용되고 있다. 근래에 와서 대부분의 시인들이 새로운 시인, 젊은 시인이라는 말을 당연히 몇 번쯤은 얻어들었을 것이다. 하지만 우리는 더 이상 '새롭다'라는 말에 대한 책임을 지지 않고, "새로운 시" 혹은 "젊은 시"라는 표현을 얻어들은 시인들도 그에 합당한 치열성을 보여주지 못한다. 끝없는 실패와 자기도전을 통해, 낡은 미학에의 돌진을 감행하기는커녕, 가장 겸손한 태도로 오직 형식이나 내용적인 측면에서만 전위의 포즈를 내보이는 것이다. 때문에 나는 우리가 가장 자주 사용되는 전위의 의미, 즉 전대의 미학의 한계를 돌파하고, 자신들의 시적 주장을 극한까지 밀어붙인 아방가르드적인 지시가 우리 시대의 시적인 성취를 기술하기 위해 그다지 쓸모 있다고 생각하지 않는다. 오히려 나는 실험이라는 말을 통해 가지각색의 표준적 가치에 대항해 분명한 목표를 가지고 새로움을 추구하는 현대시를 바라볼 것을 나의 많은 평론을 통해 수차 제안한 바 있다.

나는 이 글에서 매체적 상상력을 시에 수용한 시적 실험을 통해 젊은 시인들의 감수성의 일단을 짚어보고자 한다. 그 이유는, 우리가 일반적으로 익숙하게 대해왔던 문법과는 다른, 무언가 이질적인 글쓰기가 최근의 시에 분명히 나타났다고 보기 때문이며, 그것이 비록 가상공간에서 이루어진 것은 아니라 하더라도, 디지털 텍스트로 실현되는 글쓰기와 상당히 유사한 메커니즘을 공유하고 있기 때문이라는 점에서 찾아질 수 있을 것이다. 그것은 언어라는 문법 체계 자체로 관심을 심화시키고 있는 최근의 시적 조류의 반영일 수도 있고, 언어적 가능성을 가장 급진적으로 실험하는 가열한 글쓰기의 한 양태일 수도 있다. 어쨌거나, 나는 이러한 시들을 '실험'이라는 새로운 관점에서 논의해야 할 때가 분명히 왔다고 본다. 그 실행의 의미는 이미 이루어진 환상성과 같은 논의들과 상당히 많은 연관성이 있겠지만, 매체라는 것이 우리가 실제적으로 경험하고 의존하고 살아가는 현실의 한 부분이라는 얼개를 통해 보면, 더욱 심화된 논의가 필요하다는 생각이 든다.

2. 혼성의 문법

'가상현실'은 온라인 세계를 오프라인 세계처럼 살아가는 세대인 '모니터 킨트' 같은 표현들로 그 집약적 표현을 얻기 훨씬 전부터 시적 표현과 꾸준히 교섭해왔고, 때로는 중요한 비평적 이슈로 부각되어왔다. 가령 나의 경우만 해도, 1995년 내가 막 평단에 데뷔한 애송이였을 무렵, 나의 첫 평론이었던 「90년대 시의 변화, 변화의 전략, 변화의 메커니즘」(『시와사상』 1995년)에서 테크놀로지의 충격에 대해 심각하게 논의한 바가 있다. 그것은 우리 시대의 시가 '쓰레기 재생 공장'임을 자조하며 새로운 시의 활로를 모색하던 '슬픈 시학' 동인에 참여하면서, 나 스스로가 충분히 체험하고 느낄 수 있었던 매체적 기후에 대한 진단으로부터 시작되었다. 당시에도 어떤 징후처럼 느꼈던 것이지만, 오늘날 매체적 현실과 관계된 존재의 감각, 경험, 표현의 지세는 중요한 논의거리로 이미 부상해 있다.

이미 우리는 테크놀로지라는 소재를 통해 엄청난 집광력을 가지고 세계를 해부해가는 1990년대 시인들의 렌즈를 보았다. 눈앞에 폭발적으로 터져 나와 경이롭게 부서지는 컴퓨터 영상처럼, 포개놓고, 덮어놓고, 확장시켜놓은 현실의 이미지를 다시, 연속 시리즈의 형식으로 토막 내고 다큐멘터리 형식으로 편집하고, 비디오게임의 이미지 속에 담아놓거나, 정신분열증 환자가 바라보는 세계처럼 조각조각 흩어지는 난폭한 형식, 광고에서 오려낸 이미지들, 복사된 기호들을 디스플레이했다. 그러한 언어들은, 시라는 단위 자체를 파괴하고, 활자를 그림과 사진으로 해체시키는 등, 도대체가 걸림돌이 없는 온갖 방식으로 현실의 이미지를 파편화시켰다. 그러한 시들은 과거의 미학으로 보면 실망스런 것들임에 틀림없다. 개성의 창조와 스타일의 혁신, 잘 완성된 모던한 항아리를 우리는 기대할 수 없다. 모든 구절들을 은유와 상징으로 포맷해놓고, 호흡을 계산하여 행갈이를 하고 압축과 대치로 완공된 서정시는 우리의 미학이 완강하게 고수하는 '코드'다. 그런 미학으로 보면 압축되지도 언어들을 날것으로 주물럭대고 있는 아이들은 이해되지 않는다. 잘라내야 할 부분을 잘라내지 않고, 두드러진 의미의 지세도 발견하기 힘들다. 그저 시끄럽게 웅웅대는 소음처럼 들리는 시들! 그럼에도 불구하고, 그런 감각은 테크놀로지와 함께 서서히 증가해왔고, 시적 표현의 영역을 잠식해왔다. 시가 죽었다는 주장이 연일 터져 나왔던 것도, 알고 보면, 우리가 쓰는 시의 모델로부터의 이반 혹은 근대적 미의식의 죽음과 궤를 같이하고 있는 것이다. 당연히 이 시점에서 중요해지는 것은, 그러한 젊은 시인들의 감각이 우리의 물질적 환경이자 토대의 또다른 반영이자 응전이며, 우리 시가 맞닥쳐야만 하는 감각의 지진파를 전해주고 있는 중요한 길목이라는 인식일 것이다.

물론 현재로서는 가상현실과 기계 매체들에 탐닉한 젊은 세대의 감수성에 대한 진단이 성급한 시점이기도 하다. 우리는 언제부터인가 더 이상 이런 비판적인 판단을 섣부르게 내리기가 어렵게 되었다. 가속화된 기술 발전의 압력 속에서 인간 사회의 현재와 미래를 문자적이고 인문학적인 관점으로 진단하는 방법이 과연 옳은 것인가, 하는 근본적인 질문도 아울러 제기되어야 하기 때문이다. 또한 디지털 문화 속에 태어나 미디어의 이미지로 대치된 현실을 사는 세대가 포진하는 지금, 과연 문자 세대의 기준이 미학적 준거가 될 수 있을까 하는 질문도 시작되고 있다. 나는 올겨울에 발간된 최신간 시집들을 뒤적이다 아주 재미있는 시를 발견했다. 이는 아주 단순해 보이면서도 두 개의 문법이 혼성되어 있는 양상을 상당히 흥미진진하게 보여주고 있다. 나는 그것을, 현실/사실/언어의 문법에 의존하는 세대와 가상공간의 문법에 태생적으로 익숙한 어린 세대의 말하기와 결부되어 있는 것으로 보고 싶다. 우선 시를 읽고 논의해보자.

> 시속 200km가 넘는 환상의 레이스
> 속력으로 넘실대는 7살의 얼굴.
> 게임의 아가리로 빨려들어간 아이는
> 내가 게임에서 실수하면 곧바로
> "진짜 우리 아빠 맞아?"
> 아빠의 존재를 의심한다.
> 그럼 나는 누구의 아빠?
> 찜질방에서
> 아이와 함께 게임을 즐기고 있는
> 나는 누구의 아빠?
> 보이지 않는 손이 아이를 조종하는 것 같다.
> 나는 종종 정신을 빼놓고 미친 듯 살아간다.
> 남들의 시선에 어울리는 사람이 되기 위해
> 나는 꾸며지고 변신하고 가면을 쓴다.
> 나의 진짜 모습을 나도 잊어버리며 산다.
> 남북이산가족 상봉 장면을 보고 가슴이 찡한
> 나는 가짜 쪽에 훨씬 가까울지도 모른다.
> 질주의 괴물

하이브리드, 소음의 시

추월의 괴물
질주 코스는 하수구처럼 끝이 없고
지구는 바퀴의 마찰로 얼룩지고
아들아,
이제 그만
소금방에 가서 땀이나 쭉 빼자.
너는 진짜 내 아들 맞지?

— 장인수, 「찜질방에서」 전문

위의 시는 게임에 서툰 화자에게 "진짜 우리 아빠 맞아?"라고 아이가 내던진 말을 발단으로 하고 있다. 간단하게 말하면 시 속의 에피소드는 게임이라는 '매체 현실'을 그대로 현실로 받아들이는 아이와 현실과 가상현실이 '다름'을 인식하는 '아빠'의 문법이 뒤엉켜 있음을 전해준다. '진짜 아빠'라는 말에는 완전함에 대한 아이의 욕구가 내포되어 있다. 컴퓨터 시뮬레이션 속에서는 모든 것이 완벽하게 웃기고, 아름답고, 강하고, 자극적이다. 그런 시뮬레이션의 문법이 자연스레 젖어 있는 아이가 요구하는 '완벽한 아빠'는 실제로 현실에서 달리고 질주하고 생활에 허덕이는 아빠의 완벽한 노력과 전혀 관계가 없다. 그런데 화자는 아이의 문법을 놓치고 있다. 아빠의 생각으로는 현실에서 "질주의 괴물/추월의 괴물"인 자신의 능력을, 게임 공간에서도 아이가 말하는 '진짜 아빠'임을 증명하기 위해서 엄청난 괴력을 발휘해야 한다.

하지만 게임에 서툰 화자는 잔혹하고 피비린내 나는 게임의 문법에 잘 적응하지 못한다. "남북이산가족 상봉 장면을 보고 가슴이 찡한/나는 가짜 쪽에 훨씬 가까울지도 모른다." 게임보다 비정한 현실에 적응하기 위해 게임 속의 캐릭터처럼 "정신을 빼놓고 미친 듯 살아"가는 아빠는 자신만이 아니라 "아이를 조종하는 손"을 느낀다. 때문에 무한정 게임 스토리에 빨려드는 아이에게 화자는 "이제 그만"을 외친다. "너는 진짜 내 아들 맞지?"라고 현실의 공간으로 빠져나올 것을 권유한다. 아빠가 "그만"이라고 말하는 지점에서 아이의 가상현실은 중단된다. 이렇게 이 시는 사실과 가짜라는 경계와 차이점을 독자에게 각인시킨다. 아이는 가상현실의 문법으로 말하는데, 화자는 현실의 공간과 게임 공간의 차이와 단절을 강조함으로써, '진짜'라는 말을 아이와 다른 문법으로 말하고 있는 것이다. 이것은 바로, 가상공간을 현실의 외부 공간, 즉 실재 세계를 비춰주는 거울 정도로 인식하는 기존 세대의 감수성이 그야말로 신세대 아이의 감수성과 어긋나면서도 교차하고 있음을 보여주는 재미있는 시다. 아이에게 가상현실은 그대로 현실의 문법으로 번역되거나 매개될 필요가 없는 현실이고, 그 가상현실의 문지방으로 들어서는 순간, 아이는 물리적 환경보다는 시뮬레이션의 환경에 그대로 적응하고 실재성의 경험을 하게 된다. 현재의 어린 세대들은 인터넷 채팅이나 온라인 게임 등의 공간에서 이런 실재성의 공간에 자연스레 들어서 그곳의 문법으로 말하고 있다.

하지만 현실의 문법과 가상공간의 문법이 '다른 것'이라고 인식하는 세대와, 그 두 개의 공간을 자연스럽게 연장된 현실로 받아들이는 아이 사이의 문법의 불일치, 그리고 그러한 이중의 문법이 뒤엉켜 발생시키는 의미들을 우리는 문자 세대라는 관점에서 다시 점검해볼 필요가 있다. 왜냐하면 문자 세대는 매체를 활자적 현실을 보완하는 속도감 같은 측면에서만 그 쓸모를 파악하고 있으며, 매체 자체의 무한한 영역과 생태를 본능적으로 잘 받아들이려 하지 않기 때문이다. 즉 아무리 가상공간이 무한히 열려 있다고 하더라도 결국은 돌아와야 할 것은 현실이며, 마찬가지로 그 현실의 문법처럼 문자란 가장 신성하게 숭배되어야 할 무엇이라는 감수성이,

디지털 감각에 젖어 있는 세대의 감수성과 충돌, 교차하고 있는 것이다. 우리가 충분히 짐작할 수 있는 것이지만. 그러한 현실/문자 우위적인 상상력에 기반한 매체의 현실은 다소 부정적이다. 때문에 언제든 접속할 수 있는, 이미 가상현실로 개방되어 있는 감수성, 또 그런 감각이 받아들이고 있는 현실감 혹은 실물감을 체화하고 있는 시인들의 시를 조금 더 세밀하게 논의하기 위해, 우리는 다시 현실이라는 것의 작동 원리로 거슬러 올라갈 필요가 있다.

최근 '문자' '서지' 등에 대한 상상력을 통해 대단히 독특한 메타시를 쓰고 있는 박현수는, '고인돌'이라는 첫 표상의 출현, 문자 문명의 역사에 비유된 자신의 삶과 일상을 시적인 상상의 출발점으로 삼고 있는데, 올겨울 발간된 그의 신간 시집에 수록된 다음 시편은 매체를 받아들이는 시인의 감수성의 일단을 보여준다.

> 동방박사가 따라가던
> 별은 자판의 어디쯤에서 빛났던 것일까
> 영혼이 시의 성모였던,
> 깃털펜이 신의 음성을 받아 적던
> 시대는 어디로 갔는가
> 신들이 구름처럼 흩어진 뒤
> 자판은 말씀의 말구유
> 삼천대천세계가 녹아든 검은 경판
> 새로운 율법이 여기에서 형상을 얻으리라
>
> 깃털펜이 따라잡지 못 하는
> 언어 떼가 자판의 가로를 질주한다
> 흰 먼지를 일으키며

초원을 가로질러 달려가는 물소 떼처럼
걷잡을 수 없는 폭주가
요철의 골짜기 사이로 몰려온다
폭포처럼 쏟아져 내리는
외침이 경판의 광야에 울려 넘친다

성령은 자판의 격자 위에 강림한다
아니, 성령은 글쇠의 그림자
그것의 충돌에서 튀는 불꽃
마름모꼴 신성문자의 잡답이 일으키는
형상 없는 먼지구름
기도는 더 이상 응답하지 않는다
성령은 흩어진 글쇠 사이
질주하는 타이핑에서 불기둥처럼 피어오른다
폐자재가 된 율법 대신
성령의 골조를 짜고
외벽을 쌓는 건 자판의 신성한 촉각

보라, 깃털펜을 잡은
한 손의 노동이 만들어낸 기우뚱한 걸음걸이를
그 갈짓자의 서체를
여기, 열 손가락의 노동이
엮어 올리는 빛나는 직물이 태어나고 있다
플라스틱의 말구유에서
교신하는 좌와 우의
성스러운 연대가 새기는 계시록의 서판

정갈하게 깃털을 깎아야
구약을 쓰던, 혹은 몸통 굵은 만년필로만

기도문을 쓰던 성자는
긴 수염을 휘날리며 사막먼지 속으로 사라졌다
그들을 조문하던 부족도 흩어졌다
육필은 자판의 환청
아우라는 타이핑의 촉각 내부에 거주한다

깃털의 말들,
흑연의 언어가 수태고지하던 계절은
부활하지 않는다
동방박사가 따라가던
별은 자판의 궁륭 안에서 반짝인다

— 박현수, 「자판 경배」 전문

　위의 시는 문자 숭배적인 역사를 종교적인 은유와 연관시키고 있다. 신
성한 '정전'을 남기던 깃털펜이나 "굵은 만년필"이 사라져간 자리에는, "타
이핑의 촉각"으로 '아우라'를 저장하는 "깃털의 말들"이 난무하는 새로운
우주가 열려 있다. 마치 하나의 종교처럼 시에 인생의 모든 의미를 걸고,
그것을 구원으로 여기던 시대는 지나갔다. "영혼이 시의 성모였던,/깃털펜
이 신의 음성을 받아 적던/시대"가 끝나고, "마름모꼴 신성문자의 잡답이
일으키는/형상 없는 먼지구름"이 피어오를 때 "성스러운 연대가 새기는 계
시록의 서판" 혹은 "기도문을 쓰던 성자는" 이미 사라졌다. "동방박사가 따
라가던/별은 자판의 궁륭 안에서 반짝인다". 이제 "육필은 자판의 환청"
이 되고, 기계적인 매체는 글쓰기의 '도구'가 아니라 글쓰기를 규정하는 환
경이라는 주인이 된다. 역사적으로 보면 성서처럼 시는 문학에 있어서도
일반적 글쓰기와는 다른 영혼적 요구를 담는 장르로 인식되었다. 시에 대
한 이 특수한 신성화는, 시인이 모든 것을 바쳐 밀고 나가는 "흑연의 언어"

로 잘 유지되었다. 하지만 이제 "흑연의 언어"를 정보적으로 시뮬레이션한 '자판'으로 시는 쓰여진다. 다르게 말하자면, 바로 문자보다는 이미지와 소리, 온갖 아우라를 뿜어내는 매체 그 자체를 숭배하는, '자판 경배'의 시대가 열린 것이다. 이 시는 지금까지 우리가 신성한 문자처럼 여겨왔던 시라는 것에 투영해온 이상, 즉 진실과 영혼의 표현이라는 신앙을 폐기하고, 감각적이고 자극적인 우주 속에서 또다른 '별'(말)을 따라가는 동방박사들의 시대를 암시적으로 보여주고 있다.

그렇다면, 그러한 자판 경배 시대에 숭배되는 것들은 무엇인가. 자판을 통해 이끌려나오는 시들의 특성은 무엇일까. 오늘날 시는 현혹적인 영화 스타의 이미지를 따 오고, 게임의 파노라마를 시 속에도 펼쳐놓고 있다. 마치 별과 스타를 경배하는 팬클럽들과 작은 종교는 자판의 세계 저 너머로 퍼져나간다. 거기에는 매혹적인 대중 스타에게 경배하길 바라는 '동방박사'도 있을 것이며, 홈피를 이미지의 박람회로 만들며 새로운 물신의 교리를 전파하는 사도들도 있을 것이다. 그러한 세계에서 언어라는 것은 소리와 이미지에 대한 우위나 신성함을 주장하기 힘들다. 오히려 언어는 소리와 이미지와 동등한 물질에 가깝다. 자정마다 열정적으로 컴퓨터 앞에 모여 새로운 텍스트를 조합해내는 '손가락'들의 위력은 기계문명이 멸망하지 않는 한 엄청날 것이고, 새로운 이미지와 말들을 뱉어낼 것이다. 그 우주에 반짝이는 정보들은 마치 외계로 떠오른 우주비행사처럼, 전류와 기계의 노즐을 제거하면 죽어버릴, 낯선 천공에 뜬 이미지의 은하를 펼쳐놓는다.

우리는 결코 이러한 기계의 탯줄을 가볍게 여길 처지에 놓여 있지 않다. 이즈음 젊은 시인들의 시적 상상력은 바로 그러한 컴퓨터의 노즐에 매달려 있고, 그것을 상상의 탯줄로 여기고 있는 지경이기 때문이다. 그럼에도 불구하고 기계나 매체, 가상공간에 대한 글쓰기는 문자 숭배적인 세대의 비평가들에게 너무나 괴물처럼 취급되어온 감이 없지 않다. 이미지의 시대를 살면서도 모든 것을 문자적으로 표현해야 하는, 이중의 동떨어진 패러다임 속에서 젊은 시인들은 엄청난 현기증을 느끼고 있고, 언어 속에서 소리며 영상들이 버무려진 매체적 감수성을 거침없이 표현하기도 하는데 말이다. 뿐만 아니라 그것이 단순히 편리한 말부림이 아니라, 그냥 편안한 서정시의 수사를 구사하는 것보다 엄청난 실험적 긴장을 요구하는 것인데도 말이다. 또는 너무나 단순하게 사이버공간을 '사이버' 현실로 매도하거나, '환상' 혹은 '가상'이라는 범주로 편리하게 신비화하는 논의들도 판을 치고 있다. 하지만 우리는 개개인의 미끄러운 모니터가 모자이크처럼 완성하는 우주를, 더욱 엄격하고 세밀하게 분석해볼 필요가 있다. 그러한 분석을 위해서는 얼마간 문자 숭배적인 의식을 벗어던질 필요도 있는 것이 아닌가 판단된다. 우리는 언어의 퇴화를 감성의 퇴화로 받아들인다. 우리가 감각적이라고 여기는 말은 은유나 상징 같은 압축과 대치의 언어들이다. 하지만 그것은 문자 숭배자들의 우주다. 문자 숭배주의자들의 우주 속에서는 논리와 이성으로 원관념을 찾아내고 조합하고 해독해낼 멋진 직물이 시다. 토론과 논쟁 같은 이성의 요구를 충족시키는 텍스트에 대한 숭배가 문제인 것이다. 하지만 하나의 인식틀이 생산하는 의미들은 단지 그 맥락 안에서의 의미이며, 어떤 인식 체계의 내부에 있는 의미의 차이성이라는 것 또한 실상, 그 체계의 테두리를 만드는 구심력의 한 자장 안으로 흡수될 뿐이다. 그럴 때 다양성의 '차이'란 근본적으로 이미 재현되어 있는 시스템을 동일하게 복제하는 것이다. 즉 하나의 시스템 안에서 재현되는 것은, 하나의 디스켓을 원래 디렉토리에서 그대로 베껴내듯이, 창조되는 것이 아니라 같은 수준에서 복제되는 것이다. 이 복제의 과정은 원래의 것을 손상시키지 않는다. 여기서 전자책 예술가인 Lane Hall의 지적은 새겨들을 요소가 있다. 그는 "이제 우리는 끝없는 중첩성의 세계에 살고 있다. 또는 끝없는 오리지널(original)의 세기에 살고 있다. 복제는 오리지널보다 좋거나 나쁜 것이 아니다. 그것들은 완전히 동일하다. 같은 것은 생산의 과정적 형식으로 말해질 수 없다." 다시 말해 복제하는 것은, 같은 구조나 형태를 생산할 뿐 새로움을 생산하는 것이 아니다.[1] 이므로, 그 틀을 뛰쳐나간, 가장 극단적인 실험성을 보이는 글쓰기는, 단순히 '나쁜 시'가 되는 것이다. 다시 이중의 문법이 혼성적으로 엉켜있는 시로 돌아가 보자. 무엇이 문제인지 짚어보기 위해서.

> 사무실의 불빛은 피로란 걸 모른다
> 언제나 데드라인에 쫓겨
> 밤을 낮처럼 밝히다가 어느 순간,
> 손끝에 걸려 꺼져버리던 빛
> 하지만 속으면 안 된다
> 꺼지는 것이 아니다
> 인위적으로 차단되는 것일 뿐
>
> 형광등 불빛 아래서 밤샘을 한다
> 제각기 텍스트 하나씩 붙들고 있지만
> 그것은 차라리 콘텍스트에 가깝다
> 하이퍼와 하이브리드를 넘나드는 시대에
> 목이 뻣뻣하도록 선형적인 세계를 구축하고 있으니

---

1   Margot Lovejoy, "Artist's books in the Digital Age", *Substance* 82, 1997, Up of Wisconsin, p.116.

책을 통해 세상을 보던 시대는 지났다
MP3를 목에 걸고 멜론과 도시락을
잘근잘근 씹어대는 아이들을 보면
때때로 이런 질문을 던지고 싶다
불꽃 없는 음식을 먹고 자란 그들에겐
이 형광빛 세상이 따스한지

— 박휘민, 「형광빛」 전문

박휘민의 시는 "데드라인에 쫓겨"가며 그가 보던 교정지 속의 문자 세계, 즉 '선형적인 세계'를 구축하고 있는 화자와 "하이퍼와 하이브리드를 넘나드는 시대"에 사는 아이들을 대비시키고 있다. 아이들의 모습을 보면 "책을 통해 세상을 보던 시대는 지났다" "MP3를 목에 걸고 멜론과 도시락을 잘근잘근 씹어대는 아이들"은 형광빛의 차가운 전류에 감싸인 디지털 세대다. 문자와 인쇄의 논리를 강요받고는 있지만, 기계는 아이들의 중요한 인식 기관이며 아이들은 매체를 노즐처럼 달고 있다. 하지만 그러한 기계 매체를 통해 자신의 존재를 감각하고 표현하는 세대는 안타깝게도 인간적인 '따스함'을 잃어버리고 있는 게 아니냐는 비판적인 어조가 이 시에는 깔려 있다. 아직 문자 숭배적인 감각이 "불꽃 없는 음식을 먹고 자란 그들" 즉 디지털 세대의 문법과 '다름'을 알지만, 그 '선형적인' 세계와 '하이브리드' 세계의 대비를 통해 이 시는 디지털 세대에 대한 우려의 메시지를 구축하고 있다.

디지털 세대에게 있어 결코 문자는 표현의 전권을 틀어진 중심 매체가 아니다. 어쩌면 그들은 디지털 매체를 통해 다른 우주를 바라보며 다른 표현을 구사하고 있는지도 모른다. 분명 오늘날의 아이들은 시에서도 말하듯 "하이퍼와 하이브리드를 넘나드는 시대"를 살고 있다. "하이퍼 미디어나 인터넷, 테크노 음악, 비디오게임 속에서, 우리는 거의 모든 현대의 텍스트가, 이미지, 소리, 파편의 역동적인 발명실임을 본다. 한 벌의 활자체로는 도무지 표현할 수 없는 말들, 이리저리 뒤섞이고, 헝클어진 것들 속에 우리는 선택적으로 소비한다. 페이지의 표면, 스크린이라는 시뮬레이션, 그것 자체가 하이퍼적인 것으로 변하는 것이다. 여기서 기존의 단선적인 독법은 전복당한다"[2]는 지적처럼, 하이퍼 시대의 디지털 감각에 익숙한 젊은 시인들의 시는 언어를 사용하면서도, 문자 숭배적인 우주에 갇히지는 않는다. 서정시의 미학적인 규범은 물론 이미지와 같은 언어적 집중력에도 그다지 크게 신경 쓰지 않는 경우도 어렵지 않게 찾아볼 수 있다. 특히 황병승의 경우, 팝송 가사, 시나리오, 콘티 등의 구절을 들여쓰기도 하고(마치 음악을 듣고 이미지를 접해봐야만 그 언어를 제대로 감각할 수 있다는 듯), 하이퍼텍스트처럼 펄럭거리는 장을 몇 개나 줄줄이 붙여놓기도 한다. 당연히 문자 세대의 독자들은 어떻게 이미지를 건져 올려야 할지 어리둥절해할 것이다. 그러한 시를 읽어내기 위해서는 디지털 세대의 감각과 감수성, 독법에 얼마간 익숙해져야 할 필요가 있다. 물론 어떤 이는 반발할 수도 것이다. 도대체 그럴 필요가 있을까? 결국 시는 언어 파일 혹은 출력된 활자를 통해 의미를 형성하는 것이니까, 언어를 통해 모든 문제를 해결해야 하지 않겠느냐는 논리로 말이다. 시는 결국 언어일 뿐이니까. 아무리 활자 폰트, 사진, 그림까지 디스플레이해놓았다 하더라도, 언어적 메시지를 지향하는 것이 시가 아니겠냐는 대답. 하지만? 시가 말을 통해 비의미화된 영역을 끝없이 말 속으로 끌어오는 것이라면, 또 그 말의 문법

---

2 Paul Zelevansky, "Attention SPAM", *Substance* 82, 1997, Up of Wisconsin, pp.139~140.

하이브리드, 소음의 시

자체에 대한 도전의 형식으로 존재하는 담론이라면? 대답은 궁극적으로 시의 개념적 정의의 문제와 결부되는 것이다.

(나는 이 글에서, 하이브리드의 문법을 더욱 극렬하게 구사하고 있는 시인을 다룬 한 장 전체를, 원고 매수가 너무 넘친다는 편집부의 요청으로 삭제했다. 차후에 다른 기회를 통해 더욱 깊이 논의할 기회가 있으리라 믿는다) 하지만 '전위적인 것이 도대체 무엇인가'라는 질문이 이 글에서 완전히 해결되리라고 기대할 수는 없을 것 같다. 어쩌면 전위란 새로움의 구호라기보다, 이 글의 도입부에서도 말했듯, 분명한 미적 목표를 가진 실험 정도의 의미로 우리가 받아들인다면, 매체적 경험의 표현의 가능성을 탐색하는 것은 분명 우리가 지금보다 훨씬 더 중요한 의미를 부여해야만 하는 현상임에 틀림없을 것이다. 오늘날 젊은 시인들은 시는 끝없이 문자 숭배적인 인식과 언어를 탈코드화하면서, 자신들의 삶의 감각을 전달할 새로운 소통법을 만들어가고 있는지도 모른다. 그들이 흘려보내는 메시지를, 의미 있는 코드로 수신하느냐 아니냐는 전적으로 독자에게 달려 있다. 하지만 나는 권하고 싶다. 일단 그것을 의미 있게 보자고. 이들의 시는 너무나 지루한 은유와 상징들, 서정시의 미적 규범을 뛰쳐나와 조용히 쿠데타를 일으킨다. 만약 당신의 문법에 갑자기 에러가 난다면, 글자가 깨지고 어떤 해독도 먹혀들지 않는다면, 나는 순결한 문자 숭배자인가? 물어볼 필요가 있다. 잡다하고 혼성적인 문법을 구사하는 아이들을 난폭하게 비난하기 전에, 그들도 그들이 시답다고 생각하는 방식으로 치열하게 시를 쓰고 있음을 받아들이자는 것이다. 소음처럼 들리는 그것이 그들의 말이기에.

현대시의 무국적성과 언어의 그러데이션

1. '쉬'의 나라에서

서정시의 가장 중요한 토대는 모국어의 미감과 서정적인 울림이다. 하지만 오늘날 현대시가 내보이고 있는 심각한 외국어 혼용 현상과 다문화적 감수성은 서정시가 모국어 창작의 정수라는 고정관념을 허물면서 명확한 판단을 보류한 채로 수월하게 우리 시단에 수락되고 있다. 이러한 경향은 단지 한국의 현대시만의 문제는 아닐 것이다. 인터넷 가상공간을 넘실거리는 이미지와 담론들의 유동 속에 단일한 문화 구역 속에 만들어진 전통문화의 관념은 허물어져가고 있으며 현대시는 세계화 시대의 다양한 문화담론들의 간섭을 받으면서 더 이상 '서정시'의 영역으로 여겨지던 미학을 고수하지 않는다. 어떻게 이 어지러운 현대시의 움직임을 정리할 수 있을까? 오늘날 젊은 시인들의 시 속에는 우리가 현대시의 의미심장한 요소로 탐색하던 민족주의자의 포즈도, 수많은 정전들을 독파한 문학적 성실성도 복잡한 가족사의 상흔도 성장의 내력도 이념적인 취향도 짚어낼 길이 없다. 그들은 돈에도 끌리고 이념에도 끌리며 문화에도 끌린다. 시집마다 하나의 세계를 갱신하는 치열한 일모작의 제의도 보여주지 않는다. 국가와 민족문화의 정수로서 현대시를 내밀어 보여주고 싶어 하는 한국인의 갈망과 자긍심도 배반해버린다. 모국어로 지어진 숭고한 언어의 사원은 온갖 잡동사니들로 난장판이 되어 있다. 시 속에서 놀다 간 것인지 기도하다 간 것인지, 싸움박질을 하다 간 것인지 지루하게 졸다 간 것인지 독자들은 알 길이 없다.

이른바 포스트모더니즘의 포즈를 전위적으로 내보여주던 세대의 출현 이후 김준오는 이를 '타락한 글쓰기'로 규정하기도 했다. 은유와 상징 대신 시문체가 서사문학처럼 서술체와 진술체로 변화하고, 3인칭 시점을 자주 구사하며 실없이 독자를 시 속에 끌어들이거나 총체적으로 장르 해체 또는 장르 혼합을 일으킨 그들의 전략들은 시의 전통 문법을 깨뜨리는 데 충분했다. 장정일은 누구보다 전통 시 문법으로부터 해방된 자유를 행사[1]하고 있는 것으로 그는 평가하고 있다.

> 드디어 나는 만들어졌습니다요
> 그러나 쇄계는 곧바로
> 슈라장이 되었습니다요
> 제멋대로 펜대를 운전하는
> 거지같은 자석들이
> 지랄 떨기 쉬작했을 때!
>
> 그런데 내 내가 누 누구냐구요?
> 아아 무 묻지 마쉽시오

---

1 김준오, 「타락된 글쓰기, 시인의 모순-장정일의 시세계」, 『작가세계』 1997년 봄호.

제3부 현대시의 골롬들

으 은 유 와 풍 풍자를 내뱉으며
처 처 천년을 장슈한 나 나 나는
쉬 쉬 쉬 쉬인입니다요

— 장정일, 「쉬인」, 『햄버거에 대한 명상』

    서정시의 모범적인 수사로 여겨지던 "으 은 유 와 풍 풍자를 내뱉으며/처 처 천년을 장슈한 나" 시인 때문에 결국 '쉬인'은 만들어졌다고 일갈하는 장정일의 시에는 아주 의미심장한 구절이 있다. 이 범속한 세계와 구분되는, 그럼으로써 세계 논리를 반성적으로 비춰주는 자율성의 미학을 고수하는 "잘 빚어진 항아리"는 '쉬인'이 의도하는 바가 아니다. 숭고한 미의 창조자인 시인이 아니라 사이비 시인 같기도 한 '쉬인'이 출현함으로써 "쇄계는 곧바로/슈라장이 되었"다. '쉬 쉬 쉬 쉬인'은 마치 소변 보는 소리와도 같이 들린다. '시인'은 '쉬인', 곧 '쉬나 휘갈기는 놈', 즉 '쉬인'이 쓰는 (싸는?) '쉬'는 '시'가 아닌 그야말로 '쉬', 배설물에 불과하다는 묘한 뉘앙스를 풍긴다. 아마도 독자들은 묻고 싶을 것이다. 그럼 장정일 너는 뭐냐? 젊어서부터 엄청난 시집을 읽어치우고 기어이 시인이 돼서 "햄버거에 대한 명상"을 선포했던 그가 시도, 시집도, 시인의 가치도 부정하고 있는 것인가. 그가 혐오하는 것은 우리 사회에 만연한 시에 대한 엄숙주의다. 엄숙주의자의 포즈만 떨쳐버리면 시가 아닐 것도 없는 것을 그는 말하고 싶은 것이다.

    누구보다 전통 서정시의 문법으로부터 일탈을 기도한 그의 '쉬'를 설명하기 위해 비평은 한동안 부산을 떨어댔다. 독자들도 잘 알고 있을 비평적 진단은 이러하다. 6월 항쟁과 더불어 동구권 사회주의의 급격한 몰락은 사회체제론 등의 거대 담론들이 쇠락하는 결과를 가져왔다. 자본주의 문화의 대항 논리로서 논의되던 사회주의적 도덕성 우위의 가치 기준도 무너지게 되었다. 지식사회를 뜨겁게 달구었던 포스트모더니즘 논쟁과 더불어 문화의 지형은 '영상 세대'의 '신세대', '포스트모던', '문화산업', '정보사회'와 '디지털 문화' 같은 개념들로 해독되었고, 대중문화의 양적인 팽창과 더불어 서정시의 순수 미학도 훼손되기 시작했다. 특히 WTO 체제의 등장과 함께 국내 시장이 개방되면서 사실상 글로벌화 시대로 접어들었고 자본의 경제 논리에 편승한 문화 자본의 이윤 논리가 문학에도 상승 작용을 일으키면서 상업주의적이고 키치적 경향이 확대되어갔다.

하지만 시가 아닌 '쉬'를 간단히 키치의 미학으로 간단히 정리해버리려는 비평적 시도는 더욱 복잡한 문제에 봉착했는지도 모른다. 과거에 시적 창조성을 가져오는 상상력은 문학의 중요한 핵심이었다. 하지만 이제 끔찍하도록 '다른' 무언가를 지식과 고통을 다해 짜내곤 했던 상상의 능력은 차라리 괴물 같은 텍스트와 대결해야 하는 비평의 몫이라 할 만하다. 우리의 포스트모던한 세계는 그러라고 있는 것이 아닌가! 우리가 아무리 피해가려 해도 결국 백지에 다름 아니었던 텍스트의 세계를 온통 수라장으로 만들며 '쉬인'들은 더욱 증가할 것이다. 삼류 시인이라는 이름으로 박해받고 비평 속에서 평가절하당하더라도 알지 못할 갈등과 씨름하는 괴이한 목소리는 사라지지 않을 것이다. 검열에 대항해 자유를 외치던 목소리도 아니고, 진실을 재현하기 위한 투쟁도 아니고, 언어의 조화를 추구하기 위한 심미적인 몸짓도 아닌 상태로 말이다. 분명 이렇게 문제 많은 시에 대해 쓴답시고 앉아 있는 시간은 외롭고 막막하다.

2. '나'라는 아수라장에서

하이데거는 그의 논문 「횔덜린과 시의 본질(Hölderlin and the Essence of Poetry)」에서 "인간은 오두막에 산다(but Man dwells in huts)"라는 횔덜린의 시 구절에 주목하며, 자연으로부터 소외된 인간의 군상을 발견하고 그 인간이 안처할 수 있는 '오두막'이라도 가지고자 하는 욕망이 결국 '언어의 집'에 대한 욕망과 맞물린다고 주장한다. 시는 우리가 살아가는 파편화된 사회 속에서 개인의 소외와 실존을 치유하고, 인간과 세계, 주체와 타자의 간극을 메우고 세계와 소통시킨다. 시는 고향과 '존재'라는 본질을 상실한 현대인의 궁극적 고향이라 할 수 있다. 서정시에는 고향에 대한 궁극적인 향수가 있다. 시인은 "신과 인간 사이에 존재한다"는 하이데거의 논리를 통해 생각해보면 "구름에 달 가듯이 가는 나그네"는 결코 고향에 당도하지 못한다. 그는 언어 속에서 고향과 타향 바로 그 틈새에 던져진 것이다. 즉 세계와 인간, 고향과 타향의 간극을 창조적 에너지로 메우던 시에 대한 최근의 언급이 눈에 뜨인다. 서동욱은 한 문학 좌담에서 말한다. "가령 하이데거의 경우 일상적 네트워크는 지칭 구조로 되어 있지요. 연필은 종이를, 종이는 글을, 글은 출판을 지칭하는 식으로…… 그리고 이 지칭의 네트워크에서 우리를 떼어놓는 것, 사물의 기능에 입각해 그 사물을 사용할 때 망각되고 있던 사물의 존재함 자체에 대해 질문을 던지게 해주는 것이, 기능이 없음으로 인해서 낯선 대상, 바로 예술작품입니다."[2] 그의 논의는 시라는 언어적 형상물은 세계라는 지시의 네트워크, 즉 외부에 대한 질문이 아니라 외부로부터 우리를 떼어놓기 위한 내부에 대한 질문이며, 그러한

---

2 『문학동네』 2009년 봄호, 380쪽.

내부로의 질문은 곧 세계를 향할 수 있음을 말하고 있다.

그렇다면 현대시의 외국어 차용 같은 무국적적인 몸짓도 결국 모국어라는 지족적인 언어 시스템, 그 언어 시스템에서 추상되는 민족, 국가와 같은 근대적 네트워크에서 벗어나기 위한 탈현대의 몸짓과 연관될 수 있을 것이다. 일반적으로 모국어 시스템을 순수하게 정화하고 확장시킨다고 인식되는 문학이 특별히 외국어와 외래어 등을 적극적으로 구사했다는 것은 서정시에 대한 일반적인 인식과 상반되어 보인다. 물론 현대의 젊은 시인들의 언어 의식은 특별히 현재까지도 현대시에 광범위한 파장을 던지고 있는 김수영의 반시 의식이나, 1980년대의 포스트모더니즘에 이르기까지 현대시에서 언어와 연관되는 중요한 문맥들을 탐색하기 위함이라고 해독할 수도 있다. 우리는 모국어라는 시스템이 때로 민족/국가/문화적 이념과 일치되어 일종의 주체와 정체성을 구성한다는 것을 안다. 때문에 모국어로부터의 일탈은 문화적 정신적 유산의 박탈과 삭제의 문제와 맞물려 있다. 얌전히 모국어의 신화 속에 구성되어 있는 나라는 주체와 그것으로부터 망명한 또다른 나, 혹은 너에 대한 흥미로운 탐구는 시를 통해서도 확인할 수 있다.

> 버스 정류장에서, 맥도널드 앞에서
> 집을 잃고 손을 내밀면서도
> 해브 어 나이스 데이를 외치는 너
> 개를 끌어안고 사는 너
> 너는 내가 아니다
>
> 너는 나를 모른다
> 안드로메다, 오토 바디, 쎄이프웨이 앞에서

모르는 말을 귓속에 쏟아붇는 너
수돗물처럼 킬킬거리는 너
날아가는 휴일을 망연히 내다보는 너

영원히 달려가고 열심히 출근하고
입술에 키스 키스 키스를 붙이고 사는 너
나와는 살과 피가 다른 너

나는 하나인데 너는 너무 많고
네가 하나일 때 나 또한 너무 많아서
백 갈래로 쪼개져도 닿을 수 없다

— 최정례, 「너는 내가 아니다」 부분

　　모국어 서정시를 짜내기 위해 악바리같이 일하는(만약에 화자를 시인으로 해독할 수 있다면) 나'와 "해브 어 나이스 데이"를 외치고 "입술에 키스 키스 키스를 붙이고 사는 너"는 다른 인간이다. "안드로메다, 오토 바디, 쎄이프웨이 앞에서/모르는 말을 귓속에 쏟아붇는 너"는 착실하게 '나'라는 정체성을 고수하는 '나'를 "살과 피가 다른" 존재로 인식하게 한다. 즉 너라는 존재를 발견하는 자리는 자신의 위치와 정체성을 알아차리는 장소이다. 간단히 말해 '너'는 사고방식도 생활방식도 너무 다른 종족이다. 외국에서 유학을 하고 간단히 이민을 가는, 이미 세계가 자신의 거처인 종족은 한 장소를 착실히 지키며 살아온 '나'와 다른 정체성, 세대, 문화적 층을 의미한다. 하지만 그러한 너와 나는 간단히 이분화되는 것이 아니다. '우리'라는 말 속에서 엉거주춤 묶이거나 알 수 없는 '차이'로 인해 무수히 분열되고 쪼개지는 단자화된 개인들인 것이다. 그러므로 나에게 너무 동일화의 미학을 강요하지 말라. 서정시의 완벽한 공감이나 소통의 미학은 인간의 꿈에 지나지 않는다는 전언을 다음의 시는 내보이고 있다.

> 내 눈물이 눈물을 보이는 순간
> 눈은 눈물이 아니고 눈물만이 눈물인 것이고, 라고
> 우리는 말하는 순간 말이 우리가 되지만
> …(중략)…
>
> 나는 나대로 너는 너대로 우리라고 말하지 말라고
> 우리는 말하지 말라고
> 이 리듬은 따단따단따단.
>
> ─ 이윤설, 「이 리듬은」 부분

이윤설의 「이 리듬은」에는 현대의 젊은 시인들의 복잡한 언어 의식이 표출되고 있다. "우리는 말하는 순간 말이 우리가 되지만" "눈은 눈물이 아니고 눈물만이 눈물인 것"처럼 '우리'라는 말은 궁극적으로 우리가 아니다. 간단히 말해 언어는 존재를 온전히 재현할 수도 감정을 교류할 수도 없다. '우리'라는 집단적인 자아는 불가능하다. 화자는 "나는 나대로 너는 너대로 우리라고 말하지 말라고"고 일갈한다. 나와 너라는 자아가 없다면 우리도 존재할 수 없다. 그저 언어의 의미, 자아, 정체성을 넘어, 리듬을 즐기듯 적당히 언어의 감각을 즐기자는 태도인 것이다.

이러한 유희적인 태도를 밀고 나가는 시인들은 상당히 많은데 그 한 예로 송승환의 시를 들 수 있다. 그의 시 「랜디」는 마치 나, 정체성, 의미라는 본질들을 조롱하듯 언어의 유희를 극단적으로 보여주고 있다. 이를테면 "푸휭 푸푸휭 푸푸푸휭 푸푸푸푸휭 푸휭 푸휭 푸부휭 푸부휭휭 부훙 부훙 푸부훙 부훙 부훙 부호옹 부호옹 호옹 호옹 부운훙 부운훙 분훙"과 같은 구절은 언어의 의미가 아닌 느낌을 일깨우기에 충분하다. 언어를 너와

나 사이의 메시지이자 소통의 고리로 사용하는 것이 아니라 날것의 소리 질료를 드러내어 의미나 정체성의 신화에 가려졌던 언어 그 자체의 존재를 인식하도록 해주는 것이다. 이렇듯 현란한 언어를 구사하는 시인들의 모아놓았을 때 우리는 공들여 탐구한 서정시의 미학이 아니라 자신의 감각에 정직하게 기댄 한 세대의 의식의 풍경을 마주하게 된다.

> 그것은 자기(自己)인 듯도 하고 사기(詐欺)인 듯도 했다
> 분명 손거울은 아니었다
> 어느 날 잠에서 깨어났을 때 그것이 사방에 배어 있었고, 사내는 견
> 딜 수 없었다
> ─삼십 년은 너무 깁니다!
> 그는 한바탕 울고 크게 즉흥시를 읊었다
> 그는 그때 단 한 번, 누구도 흉내낼 수 없는 위대한 예술가가 되었
> 던 것이다
> 감당해야 할 인간의 시간이 입맛을 다시며 다가왔다
>
> ─ 정한아, 「人間의 時間」 부분

정한아의 시는 '자기(自己)'라는 말이 '사기(詐欺)'인 듯하다는 과격한 조롱을 던지고 있다. 화자가 발견한 것은 세계나 자아를 투명하게 비춰주던 시의 '손거울'이 분명 아니다. 그것은 '즉흥시' 같기도 하고, "단 한 번, 누구도 흉내 낼 수 없는 위대한 예술가"의 작품 같기도 하고 엉터리 '쉬' 같기도 하다. 불멸의 예술가의 천재성 때문인지, 특별함과 위대함이 사라진 이 세계의 지루함 때문인지 "삼십 년은 너무 깁니다!"라고 사내는 외친다. 그저 "감당해야 할 인간의 시간"은 불투명한 현실을 관류한다. 나는 천재인지도 모르고 마악 "잠에서 깨어난" 몽유병자인지도 모른다. 나는 한국인지도 모르고 아닌지도 모른다. 나는 우리인지도 모르고 아닌지도 모른다.

이렇게 규정할 수 없는 "나라는 수라장에서" 그들은 쓴다. 소통이 되건 말건, 공감을 얻건 말건!

3. 가문 백지의 벌판에서

사실 텍스트의 해석과 소통은 독자의 문제다. 왜 너는 어려운 말만 해! 라며 투정 부리는 너에게 나의 언어는 너무도 어려운 말일 수 있다. 막히지 않고 소통되어야만 하는 완벽한 언어는 이미 바벨탑의 비극 이후 불가능한 것이다. 서로 통하지 않는다면 내가 막혀 있는 먹통이거나 나의 언어가 그에게는 침묵과 소음에 가까운 그 무엇이기 때문이다. 우리는 그러한 소통의 부담의 시에 너무 과도하게 짐 지우고 있다. 소통이 안 되면 '공감'을 하라고! 서정시의 울림을 느껴보라고 다그친다. 하지만 교감이 곧 소통이 되리라 주장하는 서정시의 신화를 과신하지 말아야 한다. 공감이 되지 않으리라는 것도 과신하지 말아야 한다. 시는 결코 구원이 아니다. 시인은 상상력의 계시로 언어의 분열을 치유하는 선지자가 아니다. 그저 시라는 몽상의 구름과자를 뜯어먹는 어린 양떼일 뿐.

> 구름의 아이들이 발을 구르고
> 구겨진 발들이 저마다 소리지를 때
> 그러데이션에 실패한 구름에도 소실점은 찍힌다
> …(중략)…
> 침묵을 말하는 검지손가락검은손가락
> 비밀로 녹는 솜사탕솜사탕
> 대답 없는 주머니속주머니
> 복화술로 훈육된 염소들염소

우클렐레우클렐레로 춤을추면

실측한 구름보다 가벼워진단다
우리는
구름을 흠애하는 코끼리의 망막은

— 김은주, 「구름왕」 부분

그러데이션은 부드럽게 섞이는 색조를 표현하지만 그 어떤 언어도 몽상의 구름빛을 표현할 '그러데이션'을 완성하지 못한다. 언어의 실패를 증명하듯 "그러데이션에 실패한 구름에도 소실점은 찍힌다". 우리는 단지 우리가 배우고 상속받은 언어, 즉 "복화술로 훈육된 염소들"이 되어 무언가를 빌려 꿈의 질료인 구름을 표현할 뿐이다. 하와이의 전통악기 "우클렐레우클렐레"를 빌려 구름처럼 가볍고 텅 빈 무언가를 노래하는 것이다. 여기서 우리는 질문을 던져볼 수 있다. 우리말 속에는 구름을 표현할 단어가 없다는 것인가? 왜 굳이 사람들이 알지도 못하는 생소한 타국의 악기 이름까지 끌어들여야 한다는 말이냐. 또 그것이 지향하는 시적 효과는 무엇이란 말인가. 일단 좋다 나쁘다는 판단을 보류하고 그들의 감수성을 짚어보기로 하자.

모퉁이를 돌아 달로와요 제과점을 지날 때
오늘의 달은 몇 시에 뜹니까, 달빵은 언제 나올지 모릅니다
보이지 않아도 어딘가 떠 있을 테니 달로와요

달에 구름이 머물면 달빵의 부스러기
달빵을 나눠먹다 올려다 본 어둠에 눈이 멀어도 좋았을,
달빛 촉수만으로도 알맞던 밤

어느 천문학자는 연인을 위해 달의 부스러기를 훔쳤다
깊은 무모함은 美神,
오래된 기침은 흰 봉투에 든 달을 한 입에 털어 넣었을 것
증후처럼 고요하던 새벽의 가루약처럼

— 이은규, 「달로와요」 부분

　이렇게 한국어와 모국어가 부드럽게 그러데이션되는 현상은 오늘날 젊은 시인들의 시에 대단히 자주 드러난다. 이은규의 시도 예외는 아니다. '달로와요'는 19세기의 프랑스인 '달로와요(Dalloyau)'가 만든 제과점 이름이다. 하지만 "달로 와요"는 순수한 우리말처럼 아름답게 읽힌다. 제과점 속에 놓인 '달빵'처럼 달콤하고 그리운 그 무엇을 시인은 노래한다. 화자의 시선은 "달빵을 나눠먹다 올려다 본 어둠에 눈이 멀어도 좋았을,/달빛"을 향해 있다. 그런 "달의 부스러기"를 훔치는 일이 결국 시라는 것이 위의 시가 전하는 메시지의 전부인지 모른다. 주목되는 것은 우리말과 닮아 있는 외국어의 소리와 의미를 포개면서 태어나는 무국적의 언어이다.

　이렇듯 젊은 시인들의 시에는 모국어의 경계를 허물어뜨리는 말놀이와 천진함이 있다. 때로는 떨떠름한 외국어와 우리말을 뒤섞기도 하고, 외국의 고유명사, 지명 등을 빌려 독특한 미감을 만들어내기도 한다. 모국어에 기반한 서정시의 울림은 무언가 이국적으로 느껴지는 다른 방식으로 변질되고 있는 것이다. 그들의 시는 자주 외국어를 직접적으로 끌어들이며 『호텔 타셀의 돼지들』(오은), 『앨리스네 집』(황성희) 같은 도발적인 제목의 시집을 던져놓기도 한다. 은유와 상징 같은 수사적 질서는 파괴되어 있고 한 단어로 표현해도 될 것을 반복하기도 한다. 마치 무라카미 하루키의 『댄스, 댄스, 댄스』라는 소설처럼, '시'라는 한마디로 표현해도 될 것을 「시, 시, 시」(이성미)라고 써야만 하는 이유가 무엇인지는 조금 더 섬세하게 고

민해봐야 한다. 「시, 시, 시」에서는 '시들해진 시, 시시해 시' 등 '시'로 시작하는 말들이 시에 대한 심각한 무언가를 표현하려 하지만 전체적으로 너무 과도한 말장난처럼 여겨지기도 한다.

이렇게 우리에게 익숙해져 있는 서정시의 문법을 배반하는 이유는 무엇일까. 주하림의 「레드 아이」를 보자.

> 왜 나의 눈이 세상의 정물을 칭찬하며 우물쭈물 입을 엽니까
> 한몸이 되려고 울퉁불퉁 시간 위를 견디었다 말하지 못합니까
> 서로 같은 방향을 보기 위해 멍자국이 새카맣게 쏠린 것이라고
> 왜 그 결심은 나를 흔들며 무섭게 설득시키지 못합니까
> 바다 일몰을 보고 싶다는 마지막 청이 떨어지기 무섭게
> 나는 입술 주변에 삐뚤빼뚤 다리를 그려주었죠
> 애야, 이십년 넘게 떨어져 있던 한쪽 눈을 찾아가도 되겠니
> 내 가슴을 벌려달라는 말이었습니다
> 자궁을 헤치다 천천히 침몰하는 해파리떼, 퉁퉁 붓는 눈꺼풀들
>
> — 주하림, 「레드 아이」 부분

화자는 "왜 나의 눈이 세상의 정물을 칭찬하며 우물쭈물 입을 엽니까"라고 항변을 토해놓고 있다. 세계를 미적으로 재현하기 위해 얌전히 백지 속에 배열되던 '정물'의 언어들은 죽었다. 화자의 눈은 관찰하고 묘사하고 완성하기를 거부한다. 그저 무의식의 심연 속을 헤엄쳐다니는 해파리처럼 "입술 주변에 삐뚤빼뚤 다리를 그려주"고 "이십년 넘게 떨어져 있던 한쪽 눈"을 찾아 헤엄쳐다니게 방생하는 것이 그들의 글쓰기의 문법일까? 세상에 상처 입은 '레드 아이'는 (인용하지 않은 시의 앞부분에서 길게 진술되듯) "울퉁불퉁 시간 위를 견"뎌왔다. 눈물의 바다 속에 익사한 해파리처럼 "퉁퉁 불은 눈꺼풀"로 헤엄쳐가는 화자의 세상은 불화와 균열로 가득 차

현대시의 무국적성과 언어의 그러데이션

있다. 그래서 언어는 찢어지고 상처 입고, 명료한 시선은 충혈되어 있다. "자궁을 헤치다 천천히 침몰하는 해파리떼" 같은 말은 하이데거의 '고향'을 찾아가려 하지만 영원한 망향과 도망, 표류는 그들의 운명이다.

이렇듯 벗어날 수 없는 버려짐과 외로움의 감수성은 젊은 시인들의 시에서 발견되는 공통항이다. 자신의 존재를 내던질 수 있는 이상과 이념 같은 고향을 그들은 발견하지 못한다. 알 수 없는 통증을 머금고 있는 언어들이 그저 막막한 "가문 벌판" 위에 펼쳐질 뿐이다.

> 그러니까, 가문 벌판이었다.
> 저녁이면 한 무리 염소들은 그늘로 떠났고
> 목동의 손만 홀로 남아
> 벌판 한가운데 놓인 탁자에서 타자를 쳤다
>
> — 이선욱, 「탁탁탁」 부분

이선욱의 시는 백지라는 가문 벌판 위에 글자를 쏟아놓는 "목동의 손", 즉 시인의 글쓰기를 보여주고 있다. 그의 시는 오늘날 젊은 시인들이 맞닥치고 있는 심리적 고통을 담담하게 전달한다. 그들에게는 국가나 민족 같은 '우리'라는 집단성의 울타리가 존재하지 않는다. 필사적으로 외쳐야 할 이념도 초월에의 의지도 존재하지 않는다. 젊은 시인들의 개성과 언어는 각기 다르지만 결국 인간이라는 생물이 겪는 고독과 외로움이 여러 형태로 변형되어 포진하고 있는 것이다.

분명한 것은 오늘날의 현대시가 너무 거대하게 정형화된 서정시의 문법에서 일탈하고 있다는 점이다. 또한 모국어로 동질화된 서정시의 수사는 그들의 복잡한 의식을 제대로 재현해내지 못한다는 점이다. 서정에 대한 과도한 신봉과 상투적인 표현을 도려내는 것, 이렇게 느끼고 사유하는 주체 자체가 국가와 민족문화의 유산이므로, 전통 서정이라는 유산은 따로 챙길 것이 없이, 그저 그들이 살아가는 삶과 의식을 가장 정직하고 도발적으로 생산해내자는 것인가! 그들의 시는 차라리 방황을 선택하지 서정시가 고수하는 수사의 가로수 길을 산책하지 않는다. 나는 이들을 시를 굳이 어떤 부류로 명쾌하게 범주화하고 싶지는 않다. '신세대'라는 역사적인 명명, '신서정'이라는 미학적인 명명들도 다 1990년대에 써먹은 말들이 아니던가. 어떤 명명도 현대시가 발산하는 복잡한 무늬들을 해명하기에 너무나 부족하다. 우리 시단에 좀 더 날카로운 논의들이 박력 있게 전개되길 기대한다.

ㄱ

현대시와 골룸의 언어들

허혜정